KB241373

불란서 안경원

조경란 소설

문학동네

차례

내 사랑 클레멘타인

지독한 꿈이다. 한 손으로 입을 틀어막은 채 그녀는 잠에서 깨어난다. 손가락 새로 미적지근한 침이 흘러나오고 있다. 입가를 훔치고는 가슴 위로 손바닥을 올려놓는다. 앙상한 갈비뼈를 드러내고 서 있던 남자는 바로 아버지였다. 벌써 몇 번째인가. 그녀는 질끈 눈을 감아버린다. 대체 왜 이런 꿈이 몇 차례나 반복해서 잠 속으로 끼어드는지 알 수가 없다. 다른 누구도 아닌 아버지와 교접(交接)하는 그 불결한 꿈은 잊을 만하면 다시 잠 속으로 잠행해오곤 한다. 잠을 털어내려는 듯 그녀는 벌떡 몸을 일으킨다.

거실 창을 통해 가로등 불빛이 들어오고 있는 걸 보면 그다지 오래 잠들었던 것 같지는 않다. 선잠을 잔 탓인지 골치가 쑤신다. 초저녁에 아이들을 돌려보내고 청소기를 한번 돌린 후에 거실바닥에 드러누워버렸다. 그리고 눈을 감았을 것이다. 벽시계는 열두시를 향해 치닫고 있다. 그녀는 거실을 둘러보면서 오늘은 청소를 다 마치지도 못하고 잠이 들었다는 사실을 깨닫는다. 아이들이 함부로 벗어던지고 간 슬리퍼들이 거실 여기저기에 놓여 있다. 신발장 안에 슬리퍼들을 나란히 담아놓고 피아노 뚜껑을 닫는다. 저녁식사는 제대로 하셨을까. 미간 사이에 칼로 그은 듯 날카로운 주름이 새겨진 어머니의 일그러진 얼굴이 떠오른다. 그것은 차라리 무표정한 얼굴보다는 한결 나았다. 오늘처럼 레슨이 몰려 있는 날에는 식사 준비를 제대로 해놓을 수가 없다. 아이들의 여름방학이 멀지 않았다. 그녀는 방학이 시작되면 같은 요일이며 같은 시간대에 아이들이 몰리지 않도록 레슨 시간표를 다시 짜야겠다는 생각을 한다. 다리를 절뚝거리면서 식탁을 차리는 어머니의 뒷모습이 어른거린다. 불을 끈다. 주머니에서 열쇠를 꺼내 현관문을 잠근다. 열쇠는 뻑뻑하게 잘 돌아가지 않는다. 이마에 땀이 솟고 있다.

그녀는 느릿느릿 일곱 개의 계단을 올라간다. 문은 단단히 잠겨 있다. 문이 잠긴 걸 보면 해연이 들어온 게 틀림없다. 문단속할 사람은 그녀 이외에 해연밖에 없다. 그애는 그녀가 집에 들어왔는지 확인하지 않는다. 현관문을 열자 투명한 종소리가 들린다. 그녀는 현관문 꼭대기를 올려다본다. 하얀 사기로 만들어진 종이 희미하게 떨고 있다. 아버지의 외출을 감시하기 위한 종이다. 딸랑딸랑. 그녀는 현관문을 닫는다. 해연의 방안에서만 희미한 불빛이 새나오고 있을 뿐 집안은 정적에 파묻혀 있다. 공소한 느낌에 그녀는 부르르 어깨를 떠는 시늉을 해본다. 닝닝

거리는 날벌레 소리가 바로 귀언저리에서 들린다. 두 팔을 내저으며 그녀는 해연의 방문을 연다. 침대에 엎드려 누운 그애는 이어폰을 꽂은 채 신문에 고개를 묻고 있다. "식사는 챙겨드렸니?" 해연이 귀에서 이어폰을 떼어낸다. "나 조금 전에 들어왔어. 벌써 주무시고 계시던걸." 방문을 닫으려는데 해연이 그녀를 불러세운다. "언니, 애벌레들 중에 자기가 깨고 나온 알껍질을 모두 뜯어먹는 습성을 갖고 있는 게 뭔지 알아? 다섯 글자." "글쎄……." 그녀는 고개를 갸웃거린다. 그애의 손에는 볼펜이 들려 있다. "혹시 뭐 바다거북이 같은 거 아냐?" "아니, 누가 한글이래? 영어로 말야." 그애는 단번에 그녀의 말을 일축해버리고 만다. "……." 그녀는 웅얼거리며 말을 삼킨다. "시시하게." 신문을 휙 넘기며 해연이 중얼거린다. 낱말퍼즐이 시시하다는 건지 아니면 그녀에게 하는 말인지 분간이 서지 않는다. 할말이 있는 듯 미르적거리다가 해연의 방문을 닫는다. 오늘은 비교적 이른 귀가다. 언제부터인가 그애는 새벽을 넘겨 들어오기 예사였고 어떤 날은 아예 외박을 하고 오는 경우도 있다. 그녀는 해연에게 아무것도 추궁하지 않는다. 그것은 어머니도 마찬가지다. 다만 아버지만은 어쩌다 그애를 마주치기라도 할 때면 큰애 친군가? 멀건 눈으로 그렇게 물었다. 그때마다 해연은 넌더리가 난다는 듯 그 길쭘한 눈꼬리를 치켜올리며 방문을 닫아버리기 일쑤였다. 그것말고두 달라진 것은 아주 많았다. 아니다. 어쩌면 아무것두 달라진 건 없는지 모른다.

그녀는 소리나지 않게 조심하면서 안방문을 열어본다. 아버지와 어머니는 사이좋은 부부처럼 한 이불 속에 누워 있다. 태아같이 웅크려 누운 아버지의 허리께쯤에 얇은 모시이불이 걸쳐져 있다. 고른 숨소리 때문일까. 아주 짧은 순간 그녀는 평화스러워지는 것을 느낀다. 하지만 이내 고개를 흔들고 만다. 한밤중이나 새벽녘, 언제 다시 잠에서 깨어난 아버지가 아랫도리를 내놓고 집안을 서성거리거나 울음을 토해낼지 모르기 때문이다. 쉽사리 마음을 놓아서는 안 된다. 아마도 어머니는 잠들지 않고 있을 것이다. 어머니는 오래 전부터 숙면을 잃어버렸다. 그녀는 어머니의 얼굴을 내려다본다. 어둠에 가린 어머니의 얼굴은 또렷하게 보이지 않는다. 눈을 감았어도 완전히 감고 있는 게 아니라는 걸 잘 안다. 어머니는 숨죽여 울고 있는지도 모른다. 아직도 눈물이 남아 있다면 말이다. 숱 없는 여자의 휑한 두상을 내려다본 것처럼 마음이 심란해진다. 그녀는 방문을 닫고 돌아선다. 뒷머리 한쪽이 쿡쿡 쑤시고 있다. 그녀는 싱크대 서랍을 뒤져 진통제를 찾다 말고 손을 멈춘다. 쓰러지기 전에 아버지는 심한 편두통에 시달려 자주 알약을 먹곤 했다. 물 한 잔을 마시고 그녀는 거실 한가운데 서서 담배를 피운다. 혓바닥이 아릿하다. 한라산. 해발 천구백오십 미터의 산. 옥상의 높이는 얼마쯤 될까. 그녀는 문득 생각한다. 아버지의 담배다. 그녀 주위로 아버지의 냄새가 피어오르고 있다. 냄새 때문이다. 그녀는 언뜻 중얼거리며 담배를 부벼끈다. 그 지독한 꿈이 자신이 피우는 아버지의 담배냄새 때문이라는 데 생각이 미친다. 그녀는 진저리를 친다. 해연의 방에 불이 꺼진다.

거실 한구석에 있는 계단을 올라간다. 방으로 통하는 계단이다. 한 발 한 발 눈을 지릅뜨며 주의깊게 내딛는다. 아버지는 이 집을 지을 때 옥상 위에다 옥탑이라는 방을 하나 더 올렸다. 어쩌다 그 방이 그녀의 차지가 되었는지 지금은 기억나지 않는다.

다른 방과 달리 옥탑방은 여름에는 더 무덥고 겨울에는 이가 시릴 정도로 기온이 내려간다. 막내인 석준이 중국으로 떠나버린 후 아래층에 방이 하나 비어 있긴 하지만 그녀는 옥탑에서 내려올 생각이 없다. 석준의 방을 쓴다는 것도 마음에 걸리지만 무엇보다도 아침저녁으로 가족들과 마주쳐야 한다는 게 끔찍하다. 그럴 바에야 숫제 일층 피아노학원으로 거처를 옮기는 게 낫다. 옥탑 위로는 아무도 올라오지 않는다. 가운데가 우묵하게 패여 신경써서 내딛지 않으면 안 되는 나무계단 때문만은 아니다. 옥탑방은 그녀의 은신처나 다름없다.

방문 옆 한켠에는 옥상으로 통하는 작은 알루미늄 쪽문이 있다. 그녀는 쪽문을 연다. 펑펑한 옥상이다. 상한 노른자 같은 달이 막 옥상 위로 떠오르고 있는 참이다. 보름은 닷새 전에 지났다. 옥상 위에는 세 개의 중 크기 항아리들이 놓여 있다. 고추장 항아리 두 개, 나머지 하나는 된장독. 하지만 지금은 텅 비어 있다. 물조차 담겨 있지 않다. 어머니는 더이상 장을 담그지 않는다. 빨랫줄엔 A자로 벌어진 빈 집게들만 목을 매달고 있다. 커다랗고 노란 물탱크도 있다. 그녀는 슬리퍼도 신지 않은 맨발로 옥상 가장자리를 따라 걸어본다. 아직 지열이 식지 않았는지 발바닥이 금세 뜨뜻해져온다. 방은 무더울 것이다. 그녀는 옥상 가장자리에 서서 골목 안을 내려다본다. 가끔 집앞 가로등 밑에서 입맞춤을 하거나 담배를 피우는 학생들을 볼 때도 있다. 휘우뚱거리며 걸음을 헛놓다가 담벼락을 붙잡고 구토를 하는 취객들도 있다. 오늘은 지나다니는 사람 하나 보이지 않는다. 사위는 적연스럽다. 지대가 높은 편이지만 유독 이 집이 다른 집에 비해서 더 높이 세워지긴 했다. 육 년 전에 아버지가 지은 집이다. 집집

마다 옥상에 노란 물탱크들이 있다. 옥상 위에 우뚝 선 물탱크들은 그 집을 지키는 어떤 정령 같아 보이기도 한다. 가끔 그녀는 공중제비를 하듯 휙휙 다른 집 옥상을 건너다니며 노란 물탱크 뚜껑을 열고 아무거나 집어넣고 싶은 충동을 느낄 때도 있다. 이를테면 강한 효과를 지닌 수면제나 토끼표 본드 같은 것들.

　바람 한 점 불어오지 않는다. 내일부터 장마가 시작된다는 게 도무지 믿기지 않는다. 저쪽 하늘 어디에도 그럴 법한 전조는 보이지 않는다. 비가 와야 한다. 그 동안 너무 건조했다. 담장들이나 앞집 대추나무 둥치가 쩍쩍 갈라터지는 것만 같았다. 내일은 정말 비가 와야 할 텐데. 그녀는 먼 곳으로 눈을 던진다. 어디선가 칭얼거리는 아이 울음소리가 들린다. 그녀는 배 위에 손을 올려본다. 뱃속에서 정구공만한 무엇이 살아 꿈틀거리는 듯하다. 맞은편 집 삼층 화장실에 불이 켜진다. 노트짝만한 불투명 유리 속에서 성별을 구별할 수 없는 사람이 샤워를 하고 있다. 어두운 곳에 있을수록 밝은 저쪽은 더 잘 보이는 법이다. 창문이 약간만이라도 열린다면 그 안쪽 구석구석까지 훑어볼 수 있다. 창문은 열리지 않는다. 저 유리문 안쪽에 있는 실루엣은 여자인 게 분명하다. 그녀는 여느 때보다 심한 피로를 느낀다. 빨리 방에 들어가서 눕고 싶다. 한데도 발등에 못이라도 박힌 것마냥 꼼짝도 할 수 없다. 달이 이우는 소리라도 들을 수 있을 듯한 정적이다. 그녀는 훌쩍 옥상 난간 위로 올라선다. 머릿속이 출렁거린다. 한 발만 내딛으면 바로 골목이다. 그녀는 골목을 내려다본다. 시멘트 바닥이 눈앞으로 쏟아진다. 그녀는 눈을 감는다.

이불을 탈탈 털어 침대 위로 개어 올리다가 그녀는 문득 어젯 밤 해연이 물어보았던 퀴즈의 정답을 생각해낸다. 무당벌레다. 그런데 무당벌레를 영어로 뭐라고 하는지는 알 수 없다. 무당벌 레의 애벌레는 자기가 깨고 나온 알껍질을 모두 뜯어먹는 습성 을 갖고 있다. 그녀는 흠칫 이불을 개던 손을 멈추고 만다.

방문을 연다. 심호흡을 한 번 크게 내쉬고는 계단을 내려간 다. 관절염 때문에 몇 해 전부터 눈에 띄게 다리를 저는 어머니 가 막 밥을 푸고 있다. "늦게 일어났구나." 들릴락말락하게 어 머니가 말한다. 고저가 없는 목소리이다. "어제 좀 잠을 설쳤더 니." 어머니에게 주걱을 받아든다. 주걱을 받아드는 그 짧은 순 간에 어머니의 손을 스친다. 나이가 들어서도 어머니의 손은 마 늘 한두 개 찧어넣고 나물이나 무치면 딱 어울릴 그런 손이었 다. 그런 어머니의 손은 두툼하게 살이 올라 있다. 손뿐만이 아 니다. 체중도 날로 늘고 있다. 늘고 있는 건 주름살도 마찬가지 다. 그녀는 어머니를 식탁의자에 앉히고 마저 밥을 푸고는 냉장 고를 열어 반찬통들을 꺼낸다. 싱크대 위에 놓여 있던 야채봉지 를 열어 상추와 치커리를 꺼낸다. 치매환자에게는 녹황색 채소 가 좋다. 상추와 치커리를 씻는데 손가락 두 마디쯤 크기의 회 갈색 벌레가 물그릇 위로 투둑 떨어진다. 괄태충이다. 습습한 야 채봉지 안에서 기생하고 있었나보다. 짧은 다리를 게게 놀리며 허우적거린다. 껍데기는 없지만 꼭 달팽이처럼 생겼다. 그녀는 수돗물을 세게 틀어 괄태충을 하수구로 흘려버린다.

아버지의 밥은 공기의 절반쯤만 담는다. 무겁고 탁한 어머니 의 한숨소리가 들린다. 그녀는 아무것도 듣지 못했다는 듯 무심한 표정으로 접시에 반찬들을 담고 물잔을 챙겨놓는다. 식탁 위에 아버지의 은수저를 내려놓자 어머니는 안방으로 들어간다. 아직 잠옷도 갈아입지 못한 아버지가 어머니의 손에 이끌려 밖으로 나오고 있다. 눈을 뜨자마자 배가 고프다고 몹시 칭얼거렸을 것이다. 아버지는 어머니의 늙은 시아버지 같아 보인다. 그녀는 앉기 편하도록 아버지 자리의 식탁의자를 약간 뒤로 빼놓는다. "아침 자셔요." 어머니가 아버지의 손에 수저를 쥐어준다. 아버지가 인상을 찌푸리며 당혹한 표정을 짓는다. "왜 그루." 아욱국에 밥을 말다가 어머니가 묻는다. "이거 어떻게 묵는 줄 모르는데……." 아버지가 말끝을 흐린다. 그녀는 숟가락을 내려놓고만 싶다. 또 하루가 시작되고 있다는 게 실감나고 있다. 음식물을 앞에 놓고도 먹는 방법을 몰라 허둥거리는 건 이제 다반사다. 이불을 발치에 두고도 추위에 덜덜 떨기도 한다. 아버지의 뇌는 점점 심하게 쭈그러들고 있는 중이다. 퇴원하기 전에 그녀는 병원에서 아버지의 뇌사진을 본 적이 있다. 보통 사람의 뇌와 달리 아버지의 뇌는 그 이랑이 몹시 위축되고 뇌고랑 사이가 넓어져 있었는데 특히 인지능력을 주관한다는 전두엽 부분의 변화가 심했다. 구불거리는 뇌고랑 사이는 손가락 하나가 쑥 들어갈 정도로 넓어져 있었다. 그 텅 빈 공간. 얼핏 그녀는 그 사이로 찬바람이 드나드는 소리를 들었다. 아버지의 뇌는 점점 차갑게 얼어가고 있는 것이 분명하다. 그 텅 빈 공간 속으로 얼음이나 고드름 같은 게 쌓이고 있다.

어머니가 아버지에게 밥을 떠 먹이기 시작한다. 구리터분한 아버지의 검은 입속으로 상추쌈이 들어간다. 그 상추쌈 속에 느물거리는 괄태충 한 마리가 숨어 있을 것만 같다. 팔뚝에 소름이 돈다. 허옇게 침이 말라붙은 아버지의 입주위가 불결해 보인다. 밥이 아니라 모래를 씹고 있는 기분이다. 물수건으로 얼굴이라도 닦아주고 식탁 앞에 앉히시지. 그렇다고 어머니에게 투덜거릴 마음은 없다. 처음부터 그랬던 건 아니었으니까. 그녀는 꿀꺽 밥을 삼킨다. 몇 년 사이에 이십 년은 더 늙어버린 아버지의 팔뚝과 어깨가 보인다. 그녀는 더이상 고개를 들지 않는다. 아버지의 성긴 눈썹과 검버섯이 돋아 있는 얼굴, 아무것도 기억하지 못하는 눈동자와 마주치고 싶지 않다. 건강했을 때에도 아버지와 눈을 마주보며 이야기한 기억은 별로 없다. 그랬다면 아마 그건 서로의 부주의였거나 우연히 마주친 것에 불과했을 것이다. 가족들과 눈을 마주보며 이야기한다는 건 얼마나 낯설고 우울한 일인가.

반 공기 정도의 밥을 비운 아버지가 어머니의 부축을 받고 안방으로 들어간다. 그녀는 밥 한 공기를 고스란히 남긴다. 식탁 위를 치우지는 않는다. 조금 있으면 아버지는 또 밥을 달라고 어머니를 조를 것이다. 아버지의 단기기억은 이제 한계에 달해 있는 것 같다. 기억력은 채 몇 초를 넘기지 못 한다. 예를 들어 수첩이나 열쇠, 사진 등 아버지가 사주 사용하는 물건을 보여주면서 잘 기억하세요라고 말한 뒤 오 분 후에 다시 물어보면 거의 기억하지 못한다. 그것도 벌써 오래 전 일이다. 지금은 오 분이 아니라 영점 오 초의 시간만에도 기억하지 못할 것이다. 밥상을 물리자마자 바로 밥을 주지 않는다고 투정을 하는 것도 마찬가지 이유다. 자신이 밥을 먹었다는 사실을 잊어버렸기 때문이다. 한때 중부노인복지관의 치매가족모임에 참석해서 같은 처지에 있는 사람들을 만나거나 치매에 관한 책들을 탐독한 어머니가 환자치료에 관한 여러 가지 요령들을 배워왔다. 집안에 거울이란 거울은 모두 치우고 욕실바닥에 고무매트가 깔린 것도 그 무렵의 일이다. 식사량을 적게 해서 자주 주거나 아니면 차를 마시게 하면서 주의와 관심을 다른 곳으로 유도하는 것도 방법이었다. 그러나 그런 것에도 어머니는 차츰차츰 시들해져가고 있다. 차 끓여요? 과일 깎을까요? 해도 묵묵부답일 때가 많다.

아버지는 건강했다. 어느 날 노란 등산용 조끼를 입고 외출을 하려던 아버지가 계단에 주저앉아 일어나지 못했다. 눈이 양쪽으로 돌아가 있었다. 가벼운 중풍 정도가 아니었다. 얼마 후 병원에서는 알츠하이머병 초기라고 했다. 뇌의 손상은 우선 아버지의 허리를 꺾이게 했다. 백팔십 미터가 넘는 장신의 아버지는 이제 어떻게 보면 어머니와 엇비슷해 보인다. 어머니의 신장은 백육십도 못 된다. 날마다 허리가 구부러지고 키가 줄어들었다. 그 속도는 아마도 죽어가는 뇌세포의 크기와 맞먹을지도 모른다. 저러다가 아예 다시 태아만한 크기가 돼서 죽어버리는 건 아닐까. 그녀는 가끔 웅크리고 잠든 아버지를 볼 때마다 그런 생각을 하곤 한다. 그러나 신장이 줄어든다는 것보다 더 치명적인 사실은 아버지는 그 병을 통해 인간이 가진 존엄성을 상실했다는 것일 터이다. 어쩌면 아버지는 더이상 인간이 아닐지도 모른다. 가족말고는 그 누구도 도와줄 사람이 없다. 그러나 가족도 인내하는 것 외에는 할 수 있는 게 아무것도 없다. 지금 우리에게 아직 인내심이 남아 있는 사람은 누구일까. 어머니? 해연이? 아니면 나?…… 그녀는 고개를 젓는다. 오 년이란 세월은 짧지 않다.

아직도 열시밖에 안 지났어. 거실 벽시계를 올려다보며 그녀는 혼자 중얼거린다. 오늘은 오후 세시 이후부터 레슨이 있는 날이다. 그 전에 두 명의 주부들이 오긴 하지만 그것도 점심시간 이후부터다. 일층 학원으로 내려가려면 아직도 서너 시간이 남아 있는 셈이다. 한번 더 아버지와 얼굴을 맞대고 식탁 앞에 앉아야 한다. 하루는 길고도 길었다. 그녀는 조각보로 식탁을 덮어놓고 거실을 지나친다. 안방에서는 어머니가 옷을 갈아입히느라 아버지를 어르고 달래는 목소리가 새나오고 있다. 어머니의 목소리는 흐느낌 같기도 하고 낮은 탄식소리 같기도 하다. 방문 앞에서 구식 선풍기가 털털거리며 돌아가고 있다. 선풍기의 푸른색 날개 사이로 아버지의 맨다리가 보인다. 그녀는 얼른 눈을 돌린다. 옷을 갈아입히기 전에 어머니는 아버지 다리 사이에다 두툼한 성인용 패드를 끼우고 있을 것이다. 아버지의 요실금은 날로 심해지고 있다.

일층 계단에서 옥탑방까지 오르는 그 짧은 거리는 아래층과 비교도 안 될 만큼 푹푹 찌고 있다. 온도 차이가 온몸으로 느껴진다. 그녀는 그새 달구어진 방문 손잡이를 잡다가 그대로 손이 타버릴 것만 같다는 생각을 한다. 장마가 시작된다고 했는데. 그녀는 침대 위에 놓인 베개를 방바닥으로 내려놓는다. 아무래도 침대보다는 딱딱한 방바닥이 더위를 견디기에 수월한 편이다. 베개를 바닥으로 내려놓는데 사진 한 장이 풀썩 떨어진다. 액자도 없이 책장 위에 세워둔 사진이다. 그녀는 방바닥에 배를 대고 누워 사진을 집어든다. 가족사진. 흰색 와이셔츠에 양복을 차려입은 아버지를 가운데 앉히고 그 주위로 어머니와 해연, 석준, 그리고 그녀가 둘러싸고 있다. 석준이 중국으로 떠나기 전에 동네 사진관에 가서 찍은 사진이다. 그녀는 그 사진을 찍던 날의 부산함과 어색함이 떠올라 얼굴을 찌푸린다. 어느 누구도 내켜

하면서 찍은 사진이 아니다. 처음 찍는 가족사진임에도 불구하
고 말이다. 삼 년 전이다. 그때만 해도 잠깐잠깐씩 아버지가 제
정신으로 돌아올 때였다. 사진을 찍자고 한 건 아버지였다. 가족
중 아무도 아버지의 그 엉뚱하기까지 한 의견에 반대하고 나서
지 못했다. 그저들 묵묵히 옷을 갈아입고 머리를 만지고 계단을
내려갔다. 말은 안 했지만 모두들 알고 있었으리라. 처음이자 마
지막 가족사진이 될 거라는 사실을. 이마가 약간 벗겨진 아버지
의 얼굴은 검고 눈꼬리는 축 처져 있다. 어떻게 보면 약간 부은
것 같기도 하다. 연둣빛 블라우스를 입은 해연이 아버지의 왼팔
을 잡고 있고 오른쪽에는 파마기도 없이 부스스한 머리를 한 어
머니가 서 있다. 그 뒤로 까만색 터틀넥 셔츠를 입은 석준과 그녀
가 서 있다. 석준과 그녀는 무표정한 얼굴이다. 그나마 살짝이라
도 웃고 있는 사람은 해연뿐이다. 어머니는 치아를 드러내기는
했지만 그건 웃고 있는 표정이 아니다. 애써 울음을 참고 있는 듯
한, 이 짧은 시간이 너무도 고역스럽다는 얼굴이다. 자, 아주머니
아저씨 쪽으로 약간 고개를 기울이시구요, 거 뒤에 아가씨 좀 웃
으세요. 어디 초상이라도 났습니까. 왜들 그렇게 딱딱하게……
사진사의 말에 모두들 그녀처럼 깜짝 놀랐을까. 그녀는 얼른 이
를 드러내 보이며 얼굴 근육을 당겼다. 난중에 사진 안 나왔다고
사진값 깎자는 말씀이나 하지덜 마세요, 이렇게 표정잡기 힘든
가족은 머리털 나고 처음이네. 자, 그냥 찍습니다. 찰칵 찰칵. 그
녀는 웃고 싶었다. 찰칵 찰칵. 그러나 사진 속의 그녀는 입을 꽉
다물고 있었다. 가족사진을 찍고 난 후의 허탈감을 어떻게 설명
할 수 있을까. 그 어색함은 또 어떻게. 눈이 시릴 만큼 강렬한 조
도의 라이트가 꺼지고 나서도 가족들은 한참 동안 움직이지 않았

다. 필름을 갈아끼우는 사진사를 기다리는 사람들처럼 그대로
정지한 채 닫힌 카메라의 셔터만 바라보고 있었다. 어깨가 결리
고 무릎은 완전히 굳어버린 것만 같았다. 누군가 먼저 자리를
털고 일어나기를 기다리며 그녀는 카메라를 쏘아보고 있었다.
단칼에 싹둑 잘린 듯 시간마저 정지된 듯 싶었다.

먼저 몸을 움직인 사람은 아버지였다. 울음을 참는 듯한 누군
가의 흐느낌 소리가 들리고 나서 몇 초쯤 지나서였을까. 아버지
가 몸을 틀면서 어머니의 손을 잡아당겼다. 그새 또 오줌을 지린
것이다. 그제서야 가족들은 아버지를 부축해 몸을 일으키거나
사진사에게 만원가량의 선금을 지불한다거나 하는 등 부산하게
움직이다가 서둘러 사진관을 빠져나왔다. 울음을 터뜨린 건 어
머니였고 그때까지도 단 한마디 말도 없던 사람은 사흘 후면 중
국으로 떠날 석준이였다. 해연은 선금을 지불하고 영수증까지
챙겼다. 사진 사이즈며 액자 테두리 디자인을 고른 것도 해연이
었다. 확대된 그 사진은 석준이 떠난 후에 안방에 걸렸고 서비스
로 인화해준 보통 크기의 사진 몇 장은 가족들에게 한 장씩 나누
어졌다. 석준이 떠난 후에 그녀는 그 사진을 우편으로 보냈다.
하지만 석준이 그 사진을 제 방에 걸어놓으리라는 확신은 할 수
없었다. 해연의 방에도 그 사진은 보이지 않았다. 그녀는 아무렇
게나 책갈피에 끼워두었던 사진을 꺼내 책장 위에 세워두었다.

가끔씩 그 사진을 들여다보기는 하지만 가족들의 표정보다는
사진을 찍고 돌아온 이후의 시간들이 더 생생하게 기억나곤 한
다. 아버지가 어머니 손에 이끌려 안방으로 들어가는 것을 보고
해연과 석준도 각자 제 방으로 들어가버리고 말았다. 낯선 타인
처럼 서로들 아무 말도 없이 말이다. 그때 안방문과 석준, 해연

의 방문소리. 그들은 탁, 하고 방문을 닫아버렸다. 그 둔중하고 차갑고 조금은 쓸쓸했던 방문소리. 그 닫힌 방문 안에서 모두들 무엇을 하고 있을지 상상하고 싶지 않았다. 그녀는 아직도 그 방문소리를 잊을 수가 없다.

전화벨이 울린다. 날카로운 전화벨 소리가 방안 공기를 뒤흔들어놓는다. 그녀는 사진을 도로 책장 위로 올려놓으려다 말고 얼른 수화기를 집어든다. 그 결에 책상의자에 정강이뼈를 부딪히고 만다. 아버지는 전화벨 소리에 민감하다. 깜짝깜짝 놀라기도 하고 어떤 때는 손수 전화를 받고 싶어 안달을 하며 만류하는 어머니의 옷을 갈갈이 찢어버리기도 한다. 여보시오, 누구시오, 나 밥 좀 주소. 대체 배가 고파서 죽을 지경이구만. 아 글쎄 이년들이 나를…… 아버지의 쉬고 갈라터진 목소리가 들리는 듯하다. 이제 아래층에는 해연의 방에만 전화가 놓여 있긴 하지만 그녀는 버릇처럼 재빨리 수화기를 들곤 한다. "여보세요." 낯선 여인의 음성이다. 그녀는 정강이뼈를 문지르면서 무심히 대꾸한다. 곧 시퍼런 멍이 들 것이다. 유독 멍이 잘 드는 어머니를 닮았는지 그녀의 몸에서도 멍이 떠날 날이 없다. 멍은 몸안에서 죽은 피 때문에 생긴다고 들었다. 내 몸안에는 얼마나 많은 죽은 피들이 뭉쳐져 있을까. 까맣게 죽은 피들이 심장을 돌고 온몸의 미세한 실핏줄로 흘러들어가겠지. 그녀는 문득 생각한다. "여보세요, 거기 연희네 집 맞나요?" 여인의 목소리가 귓속을 파고든다. "아닌데요." 통증 때문인지 저도 모르게 약간 새된 목소리가 튀어나온다. "거기 팔칠육에 구일일사 아네요?" 틀린 번호다. 국번은 같지만 구일일사가 아니라 칠육육삼이다. 그리고 연희네 집도 아니다. "네에, 미안합니다." 전화가 곧 끊어지긴 했지만 여인의 음성에는 석연찮아하는 기색이 뚜렷하다. 금방 다시 전화가 걸려올 것 같다. 사진을 책장 위에 놓고 누우려는데 전화벨이 울린다. 그 여자다. "글쎄 번호도 틀린 데다가 여긴 그런 사람 안 산대두요." 그녀는 심상하게 대꾸한다. "참 이상하네요. 제 전화기에는 분명히 팔칠육에 구일일사로 나타나는데요, 어째서 칠육육삼으로 연결이 될까요." 여인은 이해할 수 없다는 듯 낮은 목소리로 웅얼거린다. 번호판을 누르면 액정판에 그 숫자가 나타나는 전화기도 있나보다. 하지만 번호도 틀리고 연희라는 이름도 처음 듣는다. 그건 일 년에 한 번 듣기도 어려운 어머니의 이름도 아니다. "혹시 연희라는 사람 모르시나요?" 여인의 목소리에는 어떤 간절함 같은 게 배어 있다. 이상하게도 잘못 걸려온 여느 전화처럼 함부로 내칠 수만은 없다. "혼선인가봐요, 전화국에 신고 한번 해보세요. 혹시 그 지역에 전화선이 고장난 건지도 모르잖아요." 알겠다는 대답을 한 여인이 천천히 송수화기를 내린다. 아주 느리고 미련이 남은 듯한 손놀림이다.

한 시간쯤 지났을까. 그녀는 전화벨 소리에 선잠에서 깨어난다. 예의 그 여인의 목소리다. 울컥 찌증이 솟구치려 한다. "정말 미안해요. 전화국에 신고를 했더니, 오늘 이 일대에 전화선이 고장났대요……." 그렇다고 또 전화를 할 필요가 있었을까. 그녀는 아랫입술에 붙은 거스러미를 떼어내며 곰곰이 생각한다. "선이 엉켰는지 제대로 번호를 눌러도 그쪽으로만 연결이 된 것 같아요. 오후 중으로 수리가 된다고 하네요." 여인은 지금 이마에 땀이라도 훔치고 있는 것 같다. 전화선이 고장난 게 제 탓이라도 되는 것처럼 수굿하고 미적거리는 목소리가 그런 느낌을 들게 한다. 어느새 짜증이 가라앉고 있다. "잠깐만요." 전화를 끊으려는데 여인의 다급한 목소리가 귀를 잡는다. "왜 그러시죠?" "저, 정말, 거기 연희라는 사람 안 사나요?" "!……" 아무런 대꾸없이 그녀는 전화를 툭 내려버린다. 전화를 끊고 나자 정말 언젠가 연희라는 사람을 알았던 것은 아닐까 하는 생각마저 들 정도로 머리가 혼란스러워진다. 연희라는 여자는 누굴까. 그녀는 잠시 전화기에서 눈을 떼지 않는다. 곡절을 숨긴 듯한 애소적인 그 여인의 목소리가 다시 들릴 것만 같다. 전화는 울리지 않는다.

시계바늘이 한시를 가리키고 있다. 점심식사를 준비해야 한다. 하루 종일 허기를 느끼는 아버지와 다리를 절룩거리는 뚱뚱한 어머니가 기다리고 있을 것이다. 설거지를 마치면 곧바로 일층으로 내려가야 한다. 학생들이 몰려올 시간이다. 그녀는 방문 손잡이를 돌리다 말고 전화를 바라본다. 언제 그랬냐는 듯 전화기는 엽총에 맞은 새처럼 납작하게 엎드려 있다.

거실에 있는 피아노 두 대와 방에 있는 한 대까지 아이들로 꽉 차 있다. 세 명이 한꺼번에 두드려대는 피아노 소리가 오늘 따라 참기 힘든 소음 같기만 하다. 불협화음들…… 모차르트 소나타 십일번과 단조로운 팔번의 하농, 소나티네 곡들이 일층을 가득 메우고 있다. 두 명의 주부들이 다녀간 이후 수업을 마친 아이들이 몰려오기 시작했다. 연습을 해온 아이들은 아무도 없다. 바로 어제 틀린 부분에서 또 실수를 하고 박자와 음정은 엉망이다. 음악이 아니다. 소음과 다를 게 없다. 그녀는 피아노를 치고 있는 아이들의 좁은 어깨를 바라보고 서 있다. 일일이

지적해주고 싶은 마음조차 들지 않는다. 아이들은 바쁘다. 학교가 파하면 서너 군데씩 학원을 다니고 숙제를 해야 하고 만화영화도 봐야 하고. 아이들의 등은 성장을 멈춘 채 정지해 있는 것만 같다. 직장여성들이나 주부들을 제외하면 자신이 원해서 피아노를 치러다니는 아이는 거의 없다. 학교수업의 연장인 듯 나른한 태도로 사십여 분을 겨우 채우곤 할 따름이다. 꾀병을 부리거나 아니면 다른 학원과 시간표가 겹쳐 채 시간을 채우지 않고 가는 것도 예삿일이다.

이제 집안의 수입원은 이 피아노학원뿐이다. 다달이 월급을 받는 해연은 그녀 앞으로 한 달에 이십만원만 내놓고 있다. 아버지의 병원비로 그녀의 삼천만원짜리 적금을 해약한 걸 알고부터이다. 결혼비용이었다. 그전에 해연은 제 수입을 어머니에게 맡기고 있었다. 그러던 것을 지금은 스스로 관리하고 있다. 병원치료를 중단하고 있는 지금도 아버지 앞으로 한약값만 해도 한 달에 삼십오만원 정도 들어간다. 적은 액수가 아니다. 장학금을 받고 아르바이트를 하고 있다고는 하지만 그래도 일 년에 두서너 차례씩 석준에게 송금도 해야 한다. 지금 당장은 학원을 그민둘래야 그만둘 수기 없는 상황이다. 아이들에게 조금 더 친절해야 할 필요가 있다. 그녀는 체르니 연습곡 일번을 치고 있는 아이에게 다가간다. "미옥아 선생님이 어제도 말했잖아. 그새 잊어버린 거야? 이건 아다지오가 아녜요, 알레그로야 알레그로, 자, 손목을 들어, 그렇게 흔들지 말고 그러니까 음이 흩어져버리잖니. 음을 끌어들여야지." 아이는 알겠다는 듯 고개를 끄덕인다. "다시 쳐봐, 거기 도돌이표부터." 아이의 손은 여전히 건반 위에서 헛돌고 있다. 벌써 한 달째 같은 곡을 연습하고 있는 중이다. 지겹지도 않을까.

　손닿는 대로 여기저기 흩어져 있는 만화책들을 쌓아놓고 그녀는 위층으로 올라간다. 이십여 분쯤 여유가 있다. 주먹만하게 뭉쳐진 먼지들이 계단에서 풀썩거리며 굴러다닌다. 물청소를 한 게 언제인지 까마득하기만 하다. 계단을 청소하는 건 아버지의 새벽 일과였다. 비라도 오면 좀 웬만해지련만. 슬리퍼로 먼지들을 꾹꾹 밟아버린다. 아직 오후인데도 불구하고 집안은 새벽 두시의 기운이 감돌고 있다. 공연히 등허리께로 한기가 느껴진다. 어머니는 식탁의자에 앉아 염주알들을 굴리고 있다. "아버지는요?" 어머니는 마지못한 듯 천천히 눈을 뜬다. 아무런 고통도 열망도 담겨 있지 않는 눈이다. 새카만 까마귀떼가 부리를 들이대도 방어하지 않을 그런 눈 같다. "주무신다. 근데 아이들은 어쩌고?" "찬밥이 있긴 한데 밥이 좀 모자랄 것 같아서요." 그녀는 우물쭈물 말을 삼킨다. "쌀 씻어놨어." 그녀는 취사 표시로 보온밥통을 작동시켜놓고 맞은편 의자에 앉는다. 차 한잔 마실 시간은 있다. "물 올릴까요." "안 내려가봐도 돼?" "애들은 저 없으면 더 좋아해요." "그래도 그렇지, 돈 받고 하는 일인데." 그녀는 주전자를 올리고 가스불을 켠다. 녹차 두 잔을 만든다. 아버지가 잠든 시간은 어머니의 휴식시간이다. 하지만 아버지의 잠은 그다지 길지 않다. 짧게 여러 번 수면을 취한다. 마음을 놓고 무얼 할 수 있는 시간이 못 된다. 벌써 오늘만 해도 두 번이나 이렇게 앉아 밥을 먹었는데도 그녀는 어머니와 아주 오랜만에 마주 앉는 느낌이다. 그때와 다른 점은 있다. 아버지가 자리를 비웠다는 것. 그것만으로도 그녀는 큰 숨을 쉴 수 있을 것만 같다. 혹시 그건 어머니도 마찬가지가 아닐까.

"편지 안 온 지 한참 지났지?" 갑자기 긴한 말을 찾은 듯 그녀를 빤히 올려다보면서 어머니가 묻는다. 껍질 벗긴 감자처럼 노오란 얼굴이다. 그녀는 금방 가슴이 먹먹해진다. 어머니는 아직도 석준을 기다리는 걸까. 중국으로 떠난 뒤 석준은 한 번도 귀국하지 않았다. 방학 때는 아르바이트를 하느라 시간을 낼 수 없고 학기중엔 수업을 따라가느라 정신을 못 차릴 만큼 바쁘다고 했다. 그녀는 석준의 말을 믿지 않는다. 그건 해연도 다르지 않다. 석준의 말을 믿고 있는 건 어머니밖에 없다. 석준이 돌아오면 금세라도 아버지가 벌떡 일어서기라도 할 것처럼 어머니는 간절히 그애를 기다린다. 어리석은 짓이다. 어머니의 잦은 전화에 질린 서준은 아예 전화번호를 바꾸어버렸다. 집에는 생활비를 아끼느라 전화를 없앴다고 했다. 그 말을 믿는 사람도 어머니밖에 없다. 그애는 돌아오지 않는다. 연초에 그녀 앞으로 편지가 왔다. 누나, 나는 돌아갈 수 없어. 아니 돌아가고 싶지 않아. 대체 내가 뭘 할 수 있겠어. 누나만은 나를 이해해주기 바래. 그 편지를 어머니에게 보여드릴 수는 없었다. 해연에게도 말하지 않았다. 나였더라도 돌아오고 싶지 않을 거야. 편지를 꼭꼭 접으며 그녀는 읊조렸다. 그녀는 석준이 돌아오지 않는 것에 마음을 쓰지 않기로 했다. 그애가 돌아와도 달라질 건 아무것도 없을 게 분명하니까. 그 편지를 받은 이후에도 송금을 멈추지는 않았다. 낯선 땅에서 생활비와 학비를 벌어 공부한다는 게 어쩌면 거의 불가능한 일인지도 몰랐다. 누나 그러지 마. 나를 좀 잊어줘. 석준의 편지는 절규에 가까웠다. 그애도 고통스러운 것이다. 그녀는 석준이 영영 돌아오지 않기를 바란다.

"지난달에 왔으니까 아직 올 때 멀었어요." 눈을 내리깔며 그녀는 대답한다. 어머니의 눈을 맞바라볼 용기가 없다. 어쩌면 어머니가 기다리는 건 석준이 아닐런지도 모른다. 그녀는 입을 다문다. "그렇지, 아직 멀었구나." 상심한 어머니의 어깨는 눈에 띄게 더 수그러들고 있다. 가지처럼 퍼런 입술 새로 금방이라도 울음이 터져나올 것만 같다. 그녀는 어머니를 위로할 수 있는 방법을 모른다. 지금은 누구도 서로를 위로해줄 여유가 없다. 어머니에게 안부편지나 한장 쓰라고, 오늘은 석준에게 편지를 써야겠다는 작정을 한다. 전화는 한 달에 한 번꼴로 그애가 걸어오고 있지만 그나마 하던 형식적인 안부편지마저도 뜸해지고 있다. 한숨을 토하듯 말을 내뱉은 어머니는 다시 염주를 굴리기 시작한다.

어제 새벽녘부터 장마가 시작되었다. 잠결에 그녀는 빗소리를 들었다. 비닐로 만든 옷과 장화를 신은 수천 명의 군인들이 저벅저벅 진군해오는 것 같은 그 소리는 골목 안으로 쏟아지기 시작하는 빗소리였다. 비는 골목 초입에서부터 저벅저벅, 그렇게 찾아왔다. 하루 종일 한 번도 쉬지 않고 내린 비로 골목 안은 군데군데 물웅덩이가 파이고 터진 쓰레기봉지에서 풍겨나는 악취로 가득하다. 퇴근하고 피아노를 배우러 오는 젊은 여자 서넛이 아직도 오지 않고 있다. 벌써 여덟시가 가까워오는 걸 보면 오늘은 안 올 모양이다. 비가 오면 그네들은 학원을 자주 빼먹곤 한다. 아이들도 마찬가지다. 마지막 타임이었던 아이들을 모두 돌려보낸 후 그녀는 현관문을 열어두고 거실에 앉아 골목을 내려다본다. 신발장 근처까지 빗줄기가 들이치고 있다. 무릎을 감싸안은 손등과 종아리로도 섬뜩한 기운이 느껴진다. 그녀는 좀

더 고개를 내밀어본다. 이른 저녁인데도 배를 곯은 도둑고양이들이 눈을 빛내며 흩어진 쓰레기봉지 주변을 얼씬거리고들 있다. 그 위로 휘늘어진 대추나무 그림자가 괴괴하기만 하다. 빗소리는 점점 더 세차게 들린다. 손바닥 안이 눅눅해지고 있다. 습도가 높아졌다. 어젯밤 욕실에 빨아놓은 빨래에서는 쉰 냄새가 날 것이다. 장마가 시작된다는 걸 깜박 잊고는 손빨래를 했다. 삶아야 되는 아버지의 속옷과 타월 몇 장. 그런데 그는 올까. 아직 시간은 남아 있다.

그녀는 장식용 서랍장을 열고 담배곽을 꺼낸다. 담배를 숨겨놓은 서랍장 속에는 남자용 박스팬티와 흰 런닝셔츠 몇 장이 차곡차곡 개켜져 있다. 그녀는 속옷 위에 코를 들이대고는 냄새를 맡아본다. 좀약 냄새가 배어 있다. 그녀는 속옷을 모두 꺼내본다. 언제 사둔 것인지 기억나지는 않는다. 너무 어둡다. 부스스 일어나 불을 켠다. 감색 체크무늬가 들어간 팬티가 두 장, 흰 런닝셔츠 두 장이 얄팍하게 잡힌다. 그녀는 손바닥으로 속옷을 가만히 쓸어본다. 백 퍼센트 순면 제품들이다. 그녀는 잘 개켜진 그것들을 탈탈 털어 다시 접기 시작한다. 맨 밑의 서랍에 속옷들을 단정히 담아놓는다. 모두 포장만 뜯어놓은 새 옷이다. 담배에 불을 붙인다. 가늘고 긴 담배다. 들이친 빗물에 젖은 슬리퍼가 번들거리고 있다. 해연은 언제 돌아올까. 그녀는 열어놓은 현관 밖을 내다보며 해연을 생각한다. 그애의 퇴근시간은 일곱시다. 그러나 귀가시간은 늘 일정치 않다. 우산은 갖고 나갔을까…… 내처 비를 맞고 들어올 애가 아니다. 전철역까지 오 분도 안 되는 짧은 거리지만 그애는 비닐우산을 사거나 아니면 집으로 전화를 할 것이다. 그녀였다면 산책을 하듯 그냥 타박타박 걸어왔으리라. 그녀는 아침에 집을 나갔다가 저녁이나 새벽녘에 들어오는 해연의 일상이 부러울 때가 있다. 그애는 모른다. 아침 저녁으로 병든 아버지와 시름에 겨운 어머니를 지켜봐야만 하는 고통을. 그 적나라한 쓰라림을 말이다. 옷을 갈아입고 세수를 하고 그저 방문을 탁 닫고 제 방으로 들어가버리면 그만이다.

그녀는 해연처럼 아침에 나갔다가 저녁에 돌아오는 생활을 꿈꾼다. 육 년 전, 아버지가 이 집을 짓고 일층에 피아노학원을 차린 뒤 그녀의 생활은 거의 유폐된 셈이다. 피아노학원을 갖고 싶다고 생각한 적은 없었다. 그런 의사를 아버지에게 내비친 적도 없다. 한데 노후대책으로 이 다세대주택을 지은 후 아버지는 일층에 학원을 내기 원했다. 지하에는 세를 주었다. 월세였던 것을 이 년 전쯤에 전세로 돌리고 말았다. 돈이 궁해졌기 때문이다. 아버지의 뜻에 따라 그녀는 별다른 대꾸 없이 출퇴근하던 학원을 그만두었다. 그 시절만 해도 아버지는 건강했다. 자주 편두통에 시달리는 것만 제외하면 아무런 문제가 없었다. 그 나이에 흔한 당뇨나 고혈압과도 멀었고 술을 즐기지도 않았다. 그때처럼 아침 아홉시쯤 일어나 한갓진 전철을 타고 출근하고 싶다. 그게 어렵다면 학원만이라도 집이 아닌 다른 곳으로 옮길 수 있다면. 시장 입구나 아니면 골목 초입의 세탁소 자리로라도 말이다. 전철 안에서 읽던 소설책들과 아이들과 먹던 스낵과자들, 어머니가 차려준 밥상과 퇴근 무렵의 현란한 네온들…… 굵은 빗방울 하나가 얼굴을 때리고 주륵 흘러내린다. 춥다.

찰각찰각. 그녀는 귀를 세운다. 대문을 가볍게 흔들어대는 소리가 들린다. 시계를 본다. 벌써 아홉시 반이 지나고 있다. 약속한 시간에서 삼십 분쯤 늦은 셈이다. 그녀는 인터폰을 누른다.

무겁고 둔탁한 구둣소리를 내며 그가 계단을 올라온다. "좀 늦었지." 빗물이 떨어지는 우산을 접으며 그가 현관으로 들어선다. 그제서야 그녀는 현관문을 닫는다. "그러길레 밖에서 만나자니까." 그의 목소리에 짜증이 묻어 있다는 걸 느낄 수 있다. 그녀는 대꾸할 말이 없다. 외출이 어렵게 된 건 어제오늘의 일이 아니다. 그는 가끔 그런 것들을 잊어버리곤 한다. 사소한 문제가 아니다. 매번 상기시키는 것도 이젠 지겨울 때가 있다. 그는 젖은 양말을 벗고 거실바닥에 픽썩 주저앉는다. 보름 만의 만남이다. 그런데도 그의 태도는 어제 만나고 헤어진 사람 같다. 그녀는 그의 양말을 서랍장 위에 늘어뜨려놓고 선풍기를 세게 튼다. 양말짝들이 바닥으로 튕겨져나간다. 그녀는 메트로놈으로 양말 한끝을 눌러 고정시킨다. 그가 갈 때쯤 말라 있을 것이다. 얼마 전까지만 해도 그녀는 그와 키스를 하지 않아도 그의 입에서 풍겨나오는 냄새를 맡을 수 있었다. 지금은 그와 혀를 얽는 키스를 한대도 그 향기를 알아맞힐 자신이 없다.

그는 하루 종일 껌을 씹는 게 일이다. 제과회사인 S그룹의 중앙연구소에 근무하고 있다. 그의 하루 일과는 껌씹기로 시작해서 껌을 뱉는 일로 끝난다. 매일 아침 팀원인 다섯 명과 전날 생산된 껌과 개발중인 시제품들을 시식하면서 품평회를 갖는다. 풍만감은 얼마나 되는지, 탄력성은 좋은지, 어느 정도나 딱딱한지, 향이 잘 퍼지는지를 체크한다. 그 모든 것들은 과학적인 수치가 아니라 인간이 가진 감각만으로 평가할 수밖에 없다고 한다. 화공학을 전공한 그는 그녀가 교습을 나갔던 피아노학원에 다녔었다. 악기를 연주하는 것을 좋아하는 사람이었다. 피아노를 배우기 전에도 이미 바이올린은 아마추어 수준을 넘어서 있었다. 출퇴근을 하던 시절에 그녀는 그에게 피아노를 가르쳤다. 그는 교습을 하던 그녀에게 껌 한 통을 내밀었다. 포도과육이 첨가된 껌이었다. 껌을 건네받으며 그녀는 그의 귀를 쳐다보았다. 잘 뜬 수제비처럼 야들야들하게 생긴 귀였다. 다음날 그녀는 그가 올 시간에 맞춰 그 껌 한 개를 입에 물었다. 체르니 이십일 번을 치다 말고 그가 웃었다. 이젠 지나가는 사람들 입에서 나는 향취만으로도 무슨 껌을 씹고 있는지 알 수 있어요. 그녀는 그를 따라 웃었다. 그녀의 흰 치아가 하얗게 빛났다. 그를 만나면서 껌을 씹는 행위도 일종의 견딤이 아닐까라고 생각한 적이 있다. 그녀는 그가 하루 종일 껌을 씹으면서 제 몫의 일상을 견디고 있다고 생각했다. 아니면 삶의 어떤 진부함 같은 것들을 말이다. 열쇠로 대문을 따는 쇳소리가 들린다. 또각또각 지나가고 있는 구둣소리는 해연의 것이다. 해연이 계단을 올라가고 있다. 이른 귀가다. 그녀는 머지않아 해연이 집을 떠날 거라는 사실을 알고 있다. 우연히 엿듣게 된 그애의 전화내용을 통해서였다. 그애가 나가고 나면 집은 정말 텅 빌 것이다. 병든 아버지와 다리를 저는 어머니, 그리고 그녀만 남는다.

"어때, 생각 있어?" 찻잔을 내려놓는 그녀의 목덜미에 입김을 뿜어대며 그가 속삭인다. 그의 입김은 미적지근하다. 그녀는 무표정한 얼굴로 찻잔을 집어든다. 뱉어놓고도 실없는 말을 했다는 듯 그는 얼굴을 찌푸리며 어색하게 웃는다. 그에게서 쿰쿰한 겨드랑이 냄새가 나는 것도 같다. 오래 맡아보지 못한 냄새다. 그는 회사에서도 가끔 화장실에 가서 휴지로 겨드랑이께를 닦아야 할 만큼 땀이 많은 체질이다. "아버님은 요즘 좀 어떠시냐?" "그냥, 그럭저럭 지내실 만하지 뭐." 어쩌다 이렇게 무감각한 목소리로 안부나 묻는 사이가 되어버렸을까. 그녀는 돌이켜보고 싶지 않다. 말이 나온 결혼 이야기도 쑥 들어가버린 지 오래다. 그에게 잘못이 있었던 건 아니다. 상황 탓이다. 아니다. 그건 아버지 탓이다. "비가 제법 내리네……." 그녀는 닫힌 현관문 쪽으로 눈을 돌린다. 그는 아무 말도 하지 않는다. 강풍으로 틀어놓은 선풍기 소리만 요란스럽게 들리고 있다.

그가 골목 밖으로 사라지는 것을 물끄러미 바라보고 있다가 그녀는 현관문을 잡아당긴다. 문은 잠겨 있다. 일층에 불이 켜져 있는 것을 보았을 텐데도 해연은 또 문을 잠가버린 것이다. 부주의한 성격 탓인가. 그녀는 주머니에서 열쇠를 꺼낸다. 집안에는 한약냄새가 배어 있다. 한약냄새는 죽음의 냄새다. 그것도 이제는 면역이 돼버렸다. 신발을 벗는데 어디선가 똑, 똑, 명징하게 물방울 떨어지는 소리가 들린다. 누군가 수도꼭지를 꽉 잠그지 않았나보다. 그녀는 주방 쪽으로 가본다. 개수대에는 설거지를 하지 않은 그릇들이 포개져 있다. 어쩌다 집에서 밥을 먹을 때에도 해연은 제가 먹은 그릇들만 치운다. 새삼스러운 일이 아닌데도 신경이 날카로워진다. 물방울은 떨어지지 않는다. 욕실도 마찬가지다. 그런데도 어디선가 계속해서 물방울이 떨어지고 있다. 일정한 간격이 아니다. 똑, 똑, 토도독. 거실등을 켠다. 그녀는 주위를 둘러본다. 안방문과 해연의 방은 굳게 닫혀 있다. 후덥지근한 날씨인데도 모두들 방문을 닫고 있다. 거실 천장을 훑어본다. 현관 왼쪽에 있는 장식장 위에서 시선을 멈추고 만다. 물이 새고 있다. 천장에서 장식장 위로 빗물이 떨어지고 있다. 장식장에서 흘러내린 빗물은 거실 바닥을 흥건히 적시고 있다. 그녀는 느닷없이 웃음이 터질 것만 같다. 아버지가 설계하고 직접 일꾼들을 부려가며 지은 집이다. 한때 공사장을 전전하며 목수일을 하기도 했다. 그런데 물이 새다니. 갑자기 그녀는 태아처럼 웅크리고 잠든 아버지를 깨우고 싶은 충동을 느낀다. 물이 새는 저 천장을 보여주고 싶다. 허술하게 무너지고 있는 이 집을 보여주고 싶다. 비는 쉽게 그치지 않을 것이다.

그녀는 목이 아플 정도로 천장을 올려다본다. 그러다가 장식장을 두 팔로 끌어당긴다. 꼼짝도 하지 않는다. 귀언저리부터 땀이 흐르고 있다. 장식장 안에는 별로 무게가 나갈 만한 물건이 없다. 얄팍한 앨범 몇 권과 찻잔 세트 같은 것들. 그런데도 혼자서는 들 수 없을 만큼 무겁다. 그녀는 노크도 없이 해연의 방문을 연다. 텔레비전을 보고 있다가 해연이 고개를 들어 그녀를 바라본다. 사나워진 심사 때문일까, 왠지 뜨악해 보이는 눈빛이다. "좀 나와봐." 그녀는 무뚝뚝하게 말한다. "왜 그래?" 귀찮다는 표정이 역력하다. "너 몰랐니? 천장에 물이 새고 있단 말야." 목소리를 더 낮춘다. 괜히 방문을 열었다는 생각마저 든다. 사나워진 속내를 들킬까 내심 불안하기도 하다. "그걸 내가 어떻게 알아?" 그러면서도 해연은 그녀를 따라 거실로 나온다. "우리 둘이서 저걸 들어내잔 말야?" 해연은 말도 안 된다는 듯 눈을 둥그렇게 뜨고 그녀를 본다. "왜 안 될까?" 그녀는 저도 모르게 해연의 연약해 보이는 손목을 쳐다본다. "그러지 말고 그냥 세숫대야나 올려놓지 그래." "밤 내내 비가 내릴 텐데 세숫대야는 누가 비우니? 니가 할거야?" 해연은 입을 다문다. 금세 그칠 비가 아니다. 그냥 내버려두면 거실바닥은 온통 물바다가 될 게 뻔하다. 물은 문지방을 넘어 잠든 아버지와 어머니의 귓속으로 재빨리 흘러들어갈 것이다. 어쩌면 그들은 잠든 채 익사할 수도 있다. 집은 소리도 없이 물에 잠길 것이다. 완전히 물속에 갇혀버릴 것이다. "해보지 뭐." 해연이 허리를 굽히고 장식장 왼쪽을 단단히 잡는다. 그녀는 오른쪽을 붙든다. 하낫, 둘, 셋. 장식장은 겨우 삼십 센티미터쯤 벽에서 떨어진다. 몇 번의 시도 끝에 그녀와 해연은 장식장을 거실벽에서 떼어놓는다. 장식장 자리가 그대로 남아 있는 벽지에서도 물이 흐르고 있다. 누렇게 얼룩진 벽지는 금방이라도 떨어져나갈 것만 같다. 군데군데 시멘트로 마감한 벽이 보이기도 한다. "이젠 어떡할 건데 언니?" 그녀는 대답할 말이 없다. 어쩌자는 작정도 없이 장식장을 옮겨놓았을 뿐이다. 멈칫거리던 해연은 손바닥을 탁탁 털더니 도로 방으로 들어가버린다. 방문이 닫힌다. 아아, 저 문소리. 그녀는 귀를 틀어막아버린다. 해연의 방에 불이 꺼진다.

급한 대로 욕실에서 세숫대야를 꺼내다 거실바닥에 내려놓는다. 물이 고인 바닥에 신문지를 깔아 물기를 흡수시킨다. 나흘치 신문이 금세 물에 젖어 흐물거린다. 신문지를 치우고 대강 걸레질을 하고 나자 그런 대로 걸을 만해진다. 물기를 짠 걸레를 세숫대야 밑에 깔고 일어서다가 그녀는 장식장에 등을 부딪힌다. 움푹 패여 있던 장식장 뒷면에서 무언가 바닥으로 툭 떨어진다. 몹시 둔탁한 소리다. 그녀는 고개를 숙인다. 장식장 뒷면 홈에서 떨어진 것은 벽돌처럼 생긴 회색빛 돌이다. 이게 뭘까. 그녀는 허리를 굽혀 그것을 집어든다 ……문패다. 張基哲. 아버지이 이름이 새겨진 문패. 그녀는 손목이 시큰해지는 것도 아랑곳않고 문패를 들고 서 있다. 이상한 일이다. 왜 이 문패가 이곳에 놓여 있었을까. 누군가 일부러 밀어넣지 않았으면 불가능한 일이다. 장식장 위에 놓여 있다가 뒤로 떨어져버렸다고도 짐작할 수 없다. 그랬다면 문패는 당연히 바닥에 떨어져 있어야 한다. 누군가 일부러 밀어넣은 게 분명하다. 아버지일까…… 아마도 이 집을 짓고 난 얼마 후일 것이다. 자신의 이름이 새겨진 문패를 들고 한참을 물끄러미 바라보고 있던 아버지를 본 적이 있다. 생각난다. 그때 그녀는 샤워를 하러 욕실에 들어가던 참이었다. 소파에 앉은 아버지는 한손에 담배를 들고 문패를 들여다보고 있었다. 그녀가 샤워를 끝내고 나왔을 때도 아버지는 같은 자세였다. 그때 아버지의 웅크린 등과 담배냄새, 심지어는 벌리고 앉은 다리의 각도까지도 기억나는 건 어쩐 일일까. 유독 눈여겨본 것도 아닌데 말이다. 그런데 이 문패가 대문 옆에 붙어 있는 걸 본 기억은 없는 것 같다. 아니 문패는 단 하루도 대문에 걸려 있지 않았다. 지금도 대문 옆에는 문패를 걸기 위한 대못이 덜렁 박혀 있다. 아버지는 어째서 이 문패를 이렇게 후미진 곳에 감춰놓았을까.

아버지는 수위였다. 초등학교나 아파트 건물 입구에서 항상 하늘색 제복을 입고 있었다. 한때 목수였던 적도 있었지만 그건 아버지의 인생에서 아주 짧은 시기에 불과하다. 아버지 인생의 대부분은 학교나 아파트, 빌라 입구에서 그 건물들을 지키는 파수꾼으로 흘려보냈다. 그녀는 아버지를 사랑했다. 아버지를 사랑하지 않게 된 건 아버지가 그녀가 다니는 중학교의 수위가 된 후부터였다. 교복을 입은 그녀는 아침저녁으로 교문 앞에서 아버지와 마주쳐야 했다. 일부러 고개를 돌리고 지나쳤다. 곤혹스런 날들이었다. 그녀는 아버지를 아는 척하지 않았다. 아버지 역시 그랬다. 될 수 있으면 집에서도 아버지와 마주치는 것을 피했다. 그녀의 친구들은 가끔 수위 아저씨에게 빵이나 음료수 등을 가져다주기도 했다. 체육시간에 운동장에 나올 때면 화단에서 쓰레기를 줍거나 테니스코트 바닥을 공글리고 있는 아버지를 발견할 수 있었다. 그 코트에서 흰 반바지를 입고 테니스를 치던 국사 선생님에게 선생님 사는 게 너무 힘이 들어요,라고 시작되는 긴긴 편지를 쓰기도 했다. 열네 살, 중학교 일학년 때였다. 예민한 나이였다. 제발 어디 다른 데로 옮길 수 없어 아빠! 그녀는 수저를 내팽개치며 소리쳤다. 아버지는 묵묵히 담배를 피워 물었다. 아버지는 곧 자리를 옮겼고 그녀는 졸업한 이후에 그 학교를 한 번도 찾아가본 적이 없다. 집에서 불과 십 분도 안 되는 거리에 있는 학교였다. 도시 곳곳에서 파수꾼 노릇을 하던 아버지는 이 집에서 쓰러졌다. 환갑을 일 년 앞둔 나이였다. 죽음에 이르는 그 병에 걸리기에 아버지는 너무도 젊었다.

어느새 세숫대야에서 빗물이 넘치고 있다. 그녀는 정신을 차린 듯 허겁지겁 세숫대야를 들고 욕실바닥에 물을 쏟아버린다. 이 비가 언제쯤 그칠까. 시간은 벌써 한시가 가까워온다. 바닥에 깔아놓은 걸레 위로 물이 떨어지고 있다. 그녀는 물이 떨어지는 그 자리에 식탁의자 하나를 갖다놓는다. 신발장 서랍을 열고 손전등을 꺼낸다. 의자 위에 올라선다. 벽지조차 떨어져나간 천장은 얇은 합판을 드러내놓고 있다. 그녀는 고개를 들고 손전등을 비춰본다. 합판 위에는 약간의 틈을 두고 오 센티미터 두께쯤 돼 보이는 흰 스치로폼이 덮여져 있다. 아마도 스치로폼 위에는 콘크리트가 쳐져 있을 것이다. 콘크리트 윗면은 옥상이거나 일부는 그녀의 방바닥이다. 그녀는 팔을 뻗어 스치로폼을 만져본다. 물컹하다. 스며들고 있는 비 때문이다. 손톱으로 긁어본다. 콩처럼 작고 동그란 스치로폼 조각들이 후두둑 머리 위로 떨어진다. 그녀는 더 세게 긁어댄다. 밤새도록 그렇게 긁는다면 방을 뚫고 하늘까지 볼 수 있을 것만 같다. 떨어진 조각들로 그녀의 머리와 발등이 새하얘지기 시작한다. 입술을 꾹 다물고 손톱 끝에 좀더 힘을 준다. 갑자기 의자가 기우뚱거린다. 아얏! 그녀는 거실바닥으로 나동그라진다. 손전등이 깨진다.

주말 아침이다. 이틀 간 쉬지 않고 퍼붓던 비는 어느새 말끔히 그쳐 있다. 화창하다. 방바닥까지 햇살이 들어차온다. 그녀는 목을 길게 빼고 창가로 다가간다. 에스자로 구부러진 남태령 고개와 낮게 웅크린 관악 산자락이 씻어낸 것처럼 선명하고 가깝게 다가와 있다. 그녀는 창문 밖으로 손을 뻗어본다. 장마는 잠시 소강상태에 들어갔다. 놓치기 아까운 볕이다. 오늘은 밀린 손빨래를 하고 아래층 청소도 해야 한다. 아버지의 눅눅한 이부자리도 옥상에 말려야 한다. 주말이다. 외출한 지가 언제인지 까마득하기만 하다. 그녀는 달력을 본다. 달력은 그저 숫자들을 모아놓은 낙서장 같다. 기억할 만한 날짜가 없다. 물끄러미 쳐다보다가 한 장 뒤로 넘긴다. 시장에 가서 생선이나 야채거리를 사는 것 외에 핸드백을 매고 화장한 얼굴로 외출해본 건 벌써 한 달 전이다. 결혼한 친구의 집들이도 백일잔치에도 가지 않았다. 다른 누군가를 만나는 것도 내키지 않고 그들의 한결같은 위로도 귀에 들어오지 않는다. 지금은 우울증을 견디는 것보다 인내심을 잃지 않는 게 중요하다. 그녀는 누구에게도 전화하지 않는다. 간간이 걸려오던 친구들의 전화도 뜸해졌다. 가끔 잠이 안 오는 새벽녘이나 늦은 밤에 불현듯 누구에겐가 전화를 걸고 싶을 때가 있긴 하다. 그럴 때면 그녀는 사람들의 이름과 전화번호가 적힌 낡은 수첩을 한 장 한 장 넘겨본다. 그들의 얼굴과 목소리를 떠올려본다. 그리고는 다시 수첩을 서랍 속에 깊숙이 밀어둔다. 서른한 살의 주말 아침이다. 그녀는 침대에 걸터앉아 신문을 펴든다. 그나마 신문이라도 꼼꼼히 읽을 수 있는 시간은 주말에나 가능하다. 소설책을 읽거나 석준에게 편지 쓸 여유도 주말이 아니면 내기 힘들다. 그녀는 신문의 뒷면부터 펼쳐보다가 사회면 박스기사에서 눈을 멈추고 만다. '칠순노인, 치매증 아내와 동반자살'. 기사의 제목이다. 치매에 시달리는 아내를 장남 내외와 칠 년 간이나 지성으로 병수발을 한 칠순노인이 아내를 목졸라 죽이고 자살했다. 아들 앞으로 그 동안 고생했다는 유서를 남겼다. 그녀는 신문을 접는다. 더이상 읽고 싶지 않다. 아래층으로 내려가야 한다. 식탁을 차리고 빨래를 해야 한다. 아버지의 이부자리도 햇볕에 말려야 하고…… 그녀는 다시 신문을 펼쳐든다. 칠순노인의 유서를 읽는다. 못난 부모, 오늘 다시는 못 올 곳으로 간다. 부디 형제들끼리 잘 살아라.

갑자기 아래층에서 날카로운 비명소리가 들린다. 그녀는 신문을 내던지고 방문을 열어제낀다. 어머니의 울음소리와 해연의 악쓰는 소리가 한꺼번에 들리고 있다. 계단을 뛰어내려간다. 손가방을 들고 내의만 걸친 아버지가 현관 문고리를 잡고 엉거주춤하게 서 있다. 해연은 뒤에서 아버지의 허리를 꽉 움켜쥐고 있다. 주저앉아 무을 놓고 울고 있는 어머니는 바닥에 머리를 짓찧기도 한다. "왜 그래?" 그녀는 저도 모르게 소리친다. "아버지 좀 어떻게 해봐 언니." 해연은 울부짖는다. 그녀는 아버지 앞으로 다가선다. 아버지는 또 어디론가 떠나고 싶은 모양이다. 가끔씩 가방을 싸들고 기차를 타겠다고 어거지를 부리는 건 새삼스런 일이 아니다. 아버지를 진정시켜놓고 가방을 열어본 적도 있다. 수위 시절에 쓰던 낡은 수첩이나 육십칠년에 찍은 결혼사진, 그리고 꾸덕꾸덕 마른 생선들. "그만 안으로 들어가세요." 그녀는 아버지의 가방을 잡아끈다. 침착해야 한다. 그녀는 마음을 다잡는다. 정신을 차린 듯 비교적 또렷한 눈빛으로 아버지가 그녀의 얼굴을 쳐다본다. 가슴이 철렁 내려앉는다. 아주 오랜만에 아버지의 눈을 들여다본다. 아버지의 눈은 핏발이 서 있고 동공은 크게 열려 있다. 언뜻 보면 광휘가 내비치는 것 같다. 그녀는 아버지의 눈을 피한다. "아주마니, 나 좀 데려다주소. 우리 어무이를 만나야 하는데 이것들이 도대체 나를 놔주지 않구만. 아주마니 제발 나 좀……." 아버지는 그녀의 팔을 붙들고 애원을 한다. 짓무른 눈가에 물기가 내비치고 있다. 무릎이 무너지는 것만 같다. 급기야 아버지는 바닥에 털썩 주저앉아 그녀에게 머리를 조아리기 시작한다. "아주마니, 나 기차 좀 태워주소, 내 돈은 드리리다 아주마니……." 아버지는 운다. 그녀는 아버지의 굽은 어깨를 내려다본다. 마음은 점점 더 차가워지고 있다. 어떤 연민도 끓어오르지 않는다. 그냥 덥석 아버지를 안아 방에 내던지고 싶을 따름이다. 방문에다 두껍고 단단한 합판을 대고 망치질을 하고 싶다. 다시는 못 나오게, 다시는 가방을 꾸리지 않게. 통곡에 가까운 어머니의 울음소리가 가슴을 때린다. 목을 매거나 동맥을 자르는 법, 가스를 틀어놓는 법, 옥상에서 떨어지는 법. 방법은 많다. 아버지에게 그런 것들을 설명해주고 싶다. 아버지는 왜 자살도 못하는가

아버지가 기차를 타고 가고 싶어하는 곳은 전라남도 여수다. 넓고 넓은 바닷가 마을. 하루 종일 생선 비린내가 진동하고 끈

끈한 바닷바람이 불어대는 곳. 수십 척의 고깃배가 드나들고 고무장화를 신은 사내들이 활개를 치는 그곳. 그 중에 아버지의 동생들도 있다. 두 명의 삼촌들. 모두 배를 타는 사람들이다. 푸른 문신이 새겨진 굵은 팔뚝으로 회를 치고 댓병짜리 소주를 단숨에 삼킨다. 화살통을 매고 태양을 찾아가는 사람들처럼 그들의 얼굴은 검다. 길게 뻗은 오동도 다리 위에서 아버지와 둘이 찍은 사진이 있다. 그때 그녀의 왼쪽 가슴에는 아버지가 잡아준 매미 한 마리가 브로치처럼 달려 있다. 아버지의 한쪽 팔이 그녀의 좁은 어깨를 감싸안고 있다. 그때 이후로 아버지의 고향에 가본 적이 없다. 아버지가 고향을 떠난 것은 열다섯 살 때다. 아버지의 어머니가 복어국을 끓여먹고 자살을 했다. 당신의 생신날이었다. 그 이야기를 듣게 된 건 그녀가 스무 살이 넘어서였다. 비밀을 누설하듯 아버지는 술잔을 기울이며 그녀에게 그 이야기를 들려주었다. 그녀는 무감동했다. 다만 다시는 그곳에 가고 싶지 않다는 생각을 하며 아버지의 잔에 술을 따랐다. 바닷가 마을. 아버지는 그곳에 가서 사십구 년 전에 자살한 당신의 어머니를 만나고 싶어한다.

"집어넣어버려 제발." 씨늘한 어투로 헤연이 말한다. 그애의 눈빛은 적의로 이글거리고 있다. 헤연이 아버지를 집어넣으라는 곳은 안방이 아니다. 노인복지원 같은 전문시설을 말하는 것이다. 알아보지 않은 건 아니다. 어머니와 헤연이 눈치채지 못하게 그런 곳들을 알아보고 다니기도 했다. 한 달 전에 외출한 이유도 그 때문이다. 대부분 생활보호대상자나 무의탁노인의 경우에만 받아들여주고 제대로 된 치료시설원은 입원비만 해도 한 달에 백만원에서 백오십만원까지 했다. 아버지는 생활보호대상자도 아니었고 또 한 달에 그만한 비용을 치를 수 있을 만한 경제적인 여유도 없다. 그녀는 포기했다. 해연에게 그 비용을 책임지라고 말할 수는 없는 노릇이다. "왜, 돈 때메 그래? 그래서 이러고 있는 거야?" 대꾸하고 싶지 않다. "언니, 돈은 내가 낼게!" 그녀는 해연을 본다. 정말 생면부지인 사람 같기만 하다. "일어나세요, 아버지. 제가 맛있는 거 해드릴게요." 그녀는 아직도 머리를 조아리고 있는 아버지의 등을 쓸어가며 달랜다. 환자라고는 해도 한번 어거지를 부리기 시작하면 아버지의 완력을 당해낼 재간이 없다. 석준이 있을 때는 그애가 아버지를 막아서고 그것도 안 되면 번쩍 안아 강제로 안방으로 들여놓곤 했다. 지금 집안엔 여자들뿐이다. 완력을 쓸 수 없으면 달래고 어르는게 상책이다. 이제 아버지의 나이는 예순여섯 살이 아니다. 그렇게 생각하면 아무것도 할 수 없다. 아버지의 나이는 여섯 살이다. 그렇다고 믿어야 한다. "서 있지만 말고 얼른 거기 잡아." 그녀는 해연에게 쏘아붙이며 아버지의 왼쪽 겨드랑이께를 잡는다. 그새 기운을 잃었는지 아버지는 별다른 저항없이 주춤주춤 자리에서 일어난다. 마지못한 듯 해연이 아버지의 한쪽 팔을 잡아 이끈다. "아주마니, 난 가야 되우. 집에 가야 된단 말……." 안방문을 닫아버린다.

　손지갑만 챙겨든 해연이 휑한 걸음으로 집을 나간다. 그녀는 해연을 붙잡지 않는다. 다시는 들어오지 않을 사람 같다. 그녀는 진통제를 넘기고 나서 청심환 한 알과 물컵을 어머니에게 내민다. "네 아버지를, 어떡하면 좋으냐……." 어머니는 이를 깨물며 울음을 삼킨다. 그녀는 어머니를 부축해 소파에 앉힌다. 어머니는 이마를 짚고 소파에 길게 눕는다. 탄식소리가 새어나온다.

식탁 주위에는 깨진 접시들과 녹색 채소들, 구운 생선들이 떨어져 있다. 생선이 치매환자에게 좋다는 걸 안 이후로 끼니 때마다 한 번도 빠뜨린 적이 없다. 평소에도 아버지는 생선요리를 좋아했다. 생선을 먹지 않는 그녀로서는 생선을 굽고 조림을 만들고 찌는 일들이 곤혹스럽다. 몇 년째 집안에 배어 있는 건 한약냄새뿐이 아니다. 그녀는 고무장갑을 끼고 접시조각들과 흩어진 반찬들을 집어 쓰레기통에 넣는다. 걸레로 한 번 닦고는 청소기를 돌린다. 그래도 어쩐지 바닥에서는 썩는 냄새가 진동하고 지국이 그대로 남아 있는 것 같다. "한번 들어가봐라." 눈을 꾹 감은 채 어머니가 말한다. 안방에서는 아무 소리도 들리지 않는다. 청소기 스위치를 내리고 안방문을 밀어본다. 가방을 꽈끌어안은 채 아버지는 잠들어 있다.

그나마 한나절이라도 비가 그친 게 다행이다. 다시 비가 쏟아지기 전에 어디서 물이 새고 있는지 알아내야 한다. 그녀는 손전등을 들고 뚫어진 천장과 옥탑방 창틀까지 샅샅이 살펴보았지만 물이 새고 있는 곳을 찾을 수 없다. 기와에 문제가 있는 건 아닐 거다. 건평 오십육 평인 이 집을 짓는 데만 꼬박 삼 개월이 걸렸다. 살던 집을 헐어내고 새집을 짓는 동안 가족들은 임시로 동네 근처에 방 하나를 얻어 살았다. 한 방에서 아버지와 어머니, 석준과 해연, 그녀가 생활을 했다. 새집은 아버지의 오랜 꿈이었다. 모두들 삼 개월쯤의 고생은 참아내야 한다는 걸 알고 있었다. 하루 종일 공사장에서 일꾼들에게 시달린 아버지는 술냄새를 풍기며 잠에 골아떨어졌고 해연은 잘 들어오지 않았다. 석준은 독서실에서 기숙했다. 가끔 아버지와 어머니는 여관에 가서 자고 오기도 했다. 그렇기는 해도 다섯 식구가 한 방에서 잠을 자는 날이 많았다. 털 많은 석준의 다리가 목을 눌러 비명을 지르며 잠에서 깨어날 때도 있었다. 아침이면 모두들 말없이 뿔뿔이 흩어졌다. 어머니는 일꾼들의 새참거리를 만드느라 부산했다. 그녀는 다른 때보다 일찍 출근했다. 아무도 없는 학원에서 빵과 우유로 아침을 대신하고 두세 시간씩 혼자 피아노를 쳤다. 부엌과 겸한 세면실에서 뒷물을 하고 있을 때 아버지가 벌컥 문을 열고 들어온 적도 있었다. 참기 힘든 나날들이었다.

삼 개월이라면 단독주택을 짓는 공사기간치고는 꽤 긴 시간이다. 그렇게 허술하게 집을 지을 아버지가 아니다. 그런데도 물이 샌다. 물이 새는 건 올해가 처음이다. 임시방편이기는 하지만 그녀는 철물점에서 사온 스치로폼을 사각으로 잘라 뚫어진 합판과 스치로폼 사이에 있는 틈에다 걸쳐놓는다. 또 빗물이 샌다면 일단 스치로폼이 얼마간이라도 빗물을 흡수할 수 있을 것이다. 그녀는 다용도실에서 찾아낸 벽지를 펼쳐놓고 반듯하게 자른다. 거실바닥에는 미리 신문지 몇 장을 깔아놓았다. 거실과 방에 발라진 벽지들은 질감이나 무늬가 다르다. 빛깔만은 엇비슷해 보이는 아이보리색이다. 벽지용 풀을 바른다. 처음 해보는 도배질이다. 생각보다 간단하지가 않다. 풀질이 서툰 탓인지 벽지는 자꾸만 깔아놓은 신문지로 들러붙는다. 그녀는 두 팔을 벌려 벽지양 귀퉁이를 붙잡고 의자 위에 올라선다. 비가 오기 전에 어떻게든 수습을 해야만 한다. 오래 전에 누군가 살림을 걷어치우고 도망간 집이 꼭 이럴까. 천장이 뚫어지고 얼룩진 벽지가 너덜거리고 자리를 잃은 장식장이 제멋대로 서 있는 집은 마치 흉가 같다. 무엇보다도 그 천장에 자주 눈을 두고 서 있는 어머니의 뒷모습이 마음에 걸린다. 일단 가려놓기라도 하고 싶다. 그녀는 천장에 벽지를 붙인다. 팔이 후들후들 떨린다. 의자가 금방이라도 넘어질 것 같다. 그녀는 빗자루를 들고 천장에 붙인 벽지를 쓸어낸다. 장식장 뒷면에 가려져 있던 벽지를 뜯어낸다. 축축한 벽지는 금방 떨어져나간다. 아직도 물기가 남아 있는 시멘트 가루가 바닥으로 부스스 떨어져내린다. 남은 새 벽지에 풀칠을 해서 그 자리에 붙인다. 초배를 안 한 탓인지 벽지는 간단하게 들러붙지 않는다. 손바닥으로 단단히 누르고 빗자루로 다시 한번 쓸어낸다. 대체 어디서 비가 새는 것일까. 아버지를 깨워 묻고 싶다. 그걸 짐작할 만한 사람은 아버지밖에 없을 것이다. 스치로폼을 깔고 벽지를 바르긴 했지만 허튼 짓이라는 걸 모르는 건 아니다. 부슬비 정도야 그런 대로 견디겠지만 장대비가 시작된다면 또 물이 샐 게 분명하다. 그런데도 별다른 방법이 떠오르지 않는다. 단 몇 초라도 시커멓게 구멍이 뚫린 천장을 보고 싶지 않다. 얼룩진 벽지도 마찬가지다. 이마의 땀을 훔친다. 밀린 사흘치의 손빨래를 하고 난 것처럼 허리까지 시큰거린다. 그녀는 뒷걸음질치며 거실벽을 쳐다본다. 질감이나 무늬가 다른 벽지가 발라져 있다. 비슷한 빛깔이라고는 하나 금방 새것이라는 표가 난다. 어쩔 수가 없다. 다용도실에 여분의 거실벽지는 남아 있지 않았다. 도와줄 사람만 있다면 누렇게 변색된 다른 벽지들을 모두 뜯어내고 새것으로 붙이고 싶다. 새 벽지로 바른 부분만 탐스런 목련이 하얗게 피어 있다. 장식장을 옮겨야 한다. 해연은 아직 들어오지 않고 있다.

"……상(像)이 겹치면서 모든 사물이 두 개로 보이기 시작했어요, 아마 한 달쯤 됐을 거예요. 머리는 또 얼마나 아픈지, 어떤 날은 정말 참을 수 없을 만큼 아파서 출근하는 남편을 붙잡

고 막 악을 썼어요. 나 좀, 나 좀 어떻게 해줘요, 여보…… 죽는
게 낫겠다 싶을 만큼 머리가 아팠거든요. 남편은 내 팔을 뿌리
치고 그대로 출근해버렸어요. 듣고 있어요?" 서른대여섯 살쯤
됐을까. 여인의 목소리는 약간 허스키하면서도 마음을 잡아끄는
미묘한 울림이 있다. 그녀는 아까부터 여인의 목소리에 귀를 빼
앗기고 있다. "시력이 떨어지거나 안경돗수가 맞질 않으면 그렇
게 머리가 아프다고들 하던데, 혹시 안과 한번 가보지 그러세
요." "벌써 가봤죠. 주위에서 그런 소릴 자주 들었거든요. 새로
안경을 맞춰 끼면 좀 나아질까 했는데 아무 소용이 없네요." 그
녀는 안과의사가 되어 여인의 눈동자를 들여다본다. 검사기에
여인의 동공이 들어찬다. 아무것도 없는 텅 빈 공동(空洞)이다.
자세히 들여다보면 흰자 위에 터진 실핏줄들이 거미줄처럼 얽혀
붉게 물들어 있다. 검사기의 화면 속에 드러난 것은 그 여인의
안구가 아니다. 어쩌면 그것은 여인의 시퍼렇게 멍든 심장일지
도 모른다. 미몽에서 깨어난 듯 그녀는 되게 몸서리를 친다. 하
마터면 수화기를 놓칠 뻔한다. "여보세요?…… 제가 괜히 방해
하고 있는 건 아닌지." 이쪽의 움직임을 놓치지 않았나보다. 당
황해하는 기색이 역연하다. "아 아녜요." 그녀는 성급히 대답한
다. 유심히 듣고 있는걸요. 뒤엣말은 하지 않는다. 여인의 목소
리가 이어지고 있다.

　흘깃 벽시계를 쳐다본다. 여인이 전화를 걸어온 지 어느새 한
시간이 지나고 있는 참이다. 한 시간. 그녀는 한 번도 만난 적
없는 이 여인과 통화를 하고 있다. 그녀가 전화를 받았을 때 여
인은 이렇게 말했다. 저어, 지난번엔 혼선이 됐었죠, 연희라는
사람을 찾았던…… 몹시 조심스런 목소리다. 혹은 곡절을 숨긴

듯한 그런 목소리. "실은 두 달 전부터 친척이 하는 가게에 나가서 밤일을 도와주고 있어요. 집에 있어봤자 잠도 잘 안 오고 ……, 밤 열한시쯤 출근해서 아침 여섯시가 넘어야 집엘 가요. 여기 이 열꽃 자국들, 아 참, 볼 수가 없겠네요. 납이란 게 얼마나 무서운지 몰라요. 차라리 도금공장보다야 주방일이 편해요. 지금은 많이 나아진 거지만 도금공장을 그만두고 나자마자 온몸에 미친 듯이 열꽃이 피어올랐어요. 남편은, 제 몸이 닿는 걸 아주 싫어해요." 밤 열한시다. 해연은 언제 돌아올까. 해연이 돌아오면 새로 벽지를 바른 깨끗한 천장을 보여주고 싶다. 어쩌면 해연은 집을 떠나겠다는 생각을 포기할지도 모른다. 둘이서 장식장도 두루 옮겨놔야 한다. 그녀는 수화기를 쥐었던 손을 바꿔 잡는다. 수화기에 눌려 있던 오른쪽 귀가 아프다. 아마도 벌겋게 달아올라 있을 것이다. 몇 년 사이에 누구와도 이렇게 긴 통화를 해본 기억이 없다. "저어, 다시 전화해도 될까요." 여인이 묻고 있다. 그녀는 선뜻 대답하지 않는다. 아무 말이 없다가 천천히, 전화가 끊어진다. 후륵거리는 가벼운 한숨소리를 들은 것도 같다. 전화가 끊어질 때까지도 그녀는 아뭇소리도 하지 않고 수화기만 꼭 쥐고 있다. 송수화기를 내려놓으면서 그녀는 한 시간이 넘도록 긴 통화를 한 그 여인의 이름도 모른다는 사실을 깨닫는다. 왜 다시 전화를 걸어왔는지, 이름이 무엇인지 여인은 말하지 않았다. 그녀에게도 아무것도 묻지 않았다. 여인에게 중요한 것은 그런 게 아닌지 모른다. 그녀는 알 듯 모를 듯 가만히 고개를 끄덕거린다. 문득 그녀의 눈앞으로 밤의 출분(出奔)을 이기지 못하고 허위허위 길을 떠나는 여인의 뒷모습이 보인다. 망구의 노파처럼 지치고 힘겨워 보이는 걸음걸이다. 또각또각.

계단을 오르는 발걸음 소리가 들린다. 해연이다. 그녀는 방문을 연다.

욕실에 불이 켜져 있다. 그녀는 욕실로 다가간다. "아직 안 주무셨어요?" 어머니는 아버지의 요강을 부시고 있다. 어릴 때 마루 한구석에 놓여 있던 사기요강과는 다르게 스테인레스로 만들어진 요강이다. 허리가 아픈지 물 묻은 손으로 툭툭 척추뼈 근처를 두드린다. 어머니의 허리둘레는 그녀의 두배쯤 돼 보인다. 왜 자꾸만 살이 찌는지 그녀는 궁금하지 않다. "아버지가 여태 안 주무신다." 늘 그렇듯이 담담하고 표정이 없는 목소리다. "뭐 하시는데요?" "봐도 암 것도 모르면서…… 텔레비전 보셔." 변기 속에는 아버지의 똥이 들어 있다. 어머니가 요강을 닦는 동안 그녀는 변기 물을 내린다. 채소를 많이 섭취하는 까닭인지 아버지의 똥은 항상 푸르뎅뎅한 빛깔이다. 아버지의 똥이 회오리치며 사라지고 있다. 기다렸다가 그녀는 한 번 더 물을 내린다. "해연이 들어왔냐?" 비눗기 묻은 손을 비벼대며 어머니가 묻는다. 어머니의 입에서 해연의 이름을 듣는 것은 아주 오랜만이다. 생소하다. 그녀는 어머니의 눈빛을 바라보고 싶다. 그 눈에 담겨진 것들을 훔쳐보고 싶다. 어머니는 그녀를 쳐다보지 않는다. "네, 그만 주무세요." 그녀는 거실 천장등을 끄고 구석에 있는 목이 긴 스탠드를 밝혀놓는다. 장식장은 아직도 아무렇게나 거실 한가운데 놓여 있다. 현관문은 단단히 잠겨 있다. 함부로 벗어던져놓은 해연의 구두를 가지런히 정리해놓는다. 주말이 지나가고 있다.

해연은 침대 위에 올라앉아서 맥주를 마시고 있다. 전작이 있었는지 얼굴이 붉다 못해 새하얗게 질려 보인다. 어깨며 팔뚝에도 붉은 반점이 돋아 있다. 그녀는 장식장을 도로 옮겨놓자는 말을 꺼내려다가 입을 다물어버린다. "언니도 마실 테야?" 해연이 비닐봉지에서 캔맥주 하나를 꺼내 그녀에게 내민다. 그녀는 뚜껑을 딴다. 거품이 흘러내린다. 목안이 얼얼할 정도로 청량감이 느껴지는 맥주다. 해연은 쿠션을 등에 받치고 기대앉는다. 두 다리도 길게 뻗는다. 몹시 피곤해 보인다. 어쩌면 아까 그러고 집을 나간 이후부터 지금까지 내내 술을 마셨는지도 모른다. 내일은 월요일이다. 해연은 아침 일찍 출근해야 한다. 그녀는 그냥 나가야겠다는 생각을 하면서도 화장대의자를 끌어다가 해연을 마주보고 앉는다. 술을 마셔본 것도 그렇지만 이렇게 해연과 마주앉아 술을 마시는 건 기억도 안 날 만큼 오래 전 일이다. 그녀는 어색해진다. 캔 하나를 비울 때까지 해연은 아무 말도 하지 않는다. 어색한 건 그녀만이 아닐 것이다. "왜 그래, 그만 마셔." 해연이 새 캔을 따는 것을 보면서 그녀는 입을 연다. "웃겨, 무슨 상관야? 내가 무슨 짓을 하든 말든." 해연의 눈동자는 초점이 흔들리고 있다. 그녀는 두번째 캔맥주를 마시기 시작한다. 잠깐 머리가 어지러운 것도 같고 편두통이 시작된 것 같기도 하다. 그만 나가야지. 그녀는 맥주를 넘기며 속으로 중얼거린다. "언니." 갑자기 해연의 목소리가 은밀해진다. 그녀는 의아한 얼굴로 해연을 본다. 술 탓인가. 해연의 얼굴에 생기가 흐르고 있다. 아니 생기가 있다기보다 진지해지고 있다는 표현이 더 적절하다. "저, 아버지 말야, 생각해봤는데 요양원이나 뭐 그런 데 있잖아. 아버지한테도 그게 낫지 않겠어? 이게 뭐야, 십구석이라고 들어오면 허구한 날 똥냄새나 나고……." 그녀는 끄덕끄덕 뜻 모를 고갯짓을 한다. 해연은 취했다. 내일 아침 여섯시면 부시시 일어나 뒷골이 쑤신다며 진통제를 찾을 것이다. 그녀는 두 개째 캔만 다 비우면 일어나자고 다짐한다. 온몸이 느른해지고 있다. "그렇잖아 생각해보라구. 난 정말 지긋지긋해. 벌써 몇 년째난 말야. 긴 병에 효자 없다는 말 몰라?" 해연의 목소리는 점점 더 또렷해지고 있다. "그런 말 하지 말자, 우리." 그녀는 빈 캔을 우그러뜨리며 해연에게 쏘아붙인다. "언니, 정말 솔직히 말해봐. 우리끼린데 못 할 말이 뭐 있어. 언니 이렇게 살고 싶어? 응? 낫는 병도 아니잖아. 왜 그걸 몰라?" 모르지 않는다. 아무도 그 사실을 잊고 있는 사람은 없다. 비닐봉지에서 새 맥주캔을 꺼낸다. 봉지에는 아직 두 개의 캔이 남아 있다. 앉아 있는데도 어쩐지 무르팍이 후들후들 떨리는 것만 같다. "나 가을에 적금 타. 그거 해약할게. 난 정말 이대로는 못 살겠단 말야." 해연이 으르렁거리듯 말한다. 그녀는 맥주캔을 들고 자리에서 일어난다. 해연은 두 손을 꽉 움켜쥐고 있다. "넌, 그런 말 할 자격 없어, 알어?" 핏발 선 눈으로 해연이 그녀를 노려본다. 그녀는 천천히 해연의 방을 나온다.

적금을 타는 가을에 아마도 해연은 집을 나갈 것이다. 그녀는 발걸음이 헛놓이지 않도록 조심하며 계단을 올라간다. 가을이면 이제 얼마 남지 않았다. 석준은 돌아오지 않을 것이고 해연은 계절이 바뀌는 대로 집을 떠난다. 그들은 모두 떠난다. 아무도 다시 돌아오지 않을 것이다. 아무도. 그녀는 들고 있던 맥주를 한 모금 삼킨다. 아랫배까지 뜨끈거리는 느낌이다.

해연이 집에 온 것은 그녀가 다섯 살 되던 해였다. 얼굴이 쪼글거리고 머리카락도 거의 없는 아기였다. 그 아기를 가슴에 품고 대문으로 들어선 사람은 바로 아침에 외출을 나갔던 어머니였다. 어머니는 발목까지 내려오는 긴 치마를 입었다. 밤색 바탕에 흰 반달무늬가 무수히 프린트돼 있던 치마. 그녀는 그 치마를 기억한다. 그건 아마도 평소에는 어머니가 치마를 잘 입지 않아서였기 때문일 것이다. 어머니는 아침부터 무표정한 얼굴로 옷을 갈아입고 파마기가 풀린 머리에 핀을 꽂았다. 그리고 외출을 했다. 아버지는 어머니의 뒤를 따라 아주 보폭이 좁은 걸음으로 대문으로 들어왔다. 마치 이 집으로 들어오고 싶어하지 않는 듯한 걸음걸이였다. 아버지의 어깨에는 하얗게 비듬이 떨어져 있었다. 문을 잠가요. 어머니가 차가운 얼굴로 아버지에게 말했다. 그녀는 어머니의 그런 얼굴을 처음 보았다. 그건 그녀가 알고 있던 어머니의 얼굴이 아니었다. 그녀는 갑자기 울고 싶어졌다. 어깨가 시리도록 쓸쓸해지는 느낌이었다. 아버지는 대문을 닫았다. 철커덕. 대문이 닫히던 그 육중한 소리. 단단히 빗장을 지르던 소리. 그녀는 아직도 그 귀를 찢을 듯한 쇳소리를 잊지 못한다. 아기를 안고 안방에 들어간 어머니는 분유를 먹이고 기저귀를 갈아주었다. 그녀는 주춤거리며 아기의 얼굴을 훔쳐보았다. 아주 못생긴 아기였다. 네 동생이야, 오늘부터. 어머니가 예의 그 차가운 목소리로 명령을 하듯 그녀에게 말했다. 그녀는 가만히 고개를 끄덕였다. 딱딱한 얼굴을 한 어머니가 그녀의 머리를 쓰다듬어주었다. 아버지는 방문 밖에서 담배를 피우고 있었다. 그녀는 새 가족이 된 아기에 대해서 단 한 번도 어머니에게 물어보지 않았다. 어른들의 일이었다. 그리고 어차피 어떤 간섭이나 선택 같은 것도 할 수 없는 나이라는 걸 잘 알고 있었기 때문인지도 몰랐다. 그날부터 아기는 그녀의 동생이 되었다. 이 년 뒤에 석준이 태어났다. 그녀에게는 두 명의 동생이 생겼다.

지금까지도 해연은 그 사실을 모르고 있다. 모르고 있는 사람은 해연 자신밖에 없다.

빈 캔을 휴지통에 던져넣고 그녀는 침대에 드러눕는다. 베개며 침대보는 눅진눅진하다. 내일까지만이라도 비가 내리지 않았으면 좋겠어. 새로 바른 벽지가 마를 동안만이라도 말야. 옆에 누가 있기라도 한 것처럼 그녀는 중얼거린다. 그렇지 않으면 푸른 곰팡이가 온통 천장과 벽을 뒤덮을 것이다. 집은 삽시간에 푸른 곰팡이 속에 파묻혀버릴 것이다. 골이 쑤신다. 그녀는 불을 끄려고 몸을 일으킨다. 스위치에 갖다댄 왼쪽 손에 눈이 간다. 왼쪽 약지손가락. 그녀는 반지를 빼본다. 한가운데 쌀알만한 큐빅이 박혀 있는 십사 케이 금반지다. 큐빅이 빠져 있다. 몇 년 전인가 그에게 처음 받은 선물이다. 그녀는 반지를 가까이 들여다본다. 큐빅이 빠져나간 자리가 동그랗게 뚫려 있다. 어디서 알이 빠져버렸을까. 도배질을 할 때였나? 아니면 아까 욕실에서? 그녀는 고개를 갸우뚱거린다. 그러다가 반지를 휙 던져버린다. 책장 모서리에 부딪힌 반지는 투명한 소리를 내며 방바닥으로 떨어진다. 한참 동안 빙그르르 돌다가 멈춘다. 그녀는 불을 끈다.

아라비아 숫자를 헤아리듯 담담하게 그녀는 자신의 나이를 헤아려본다. 스물여덟, 스물아홉, 서른, 서른한 살. 그녀는 거기까지 세고 멈춘다. 서른한 살. 아무런 일도 일어나지 않았더라면 아마도 지금은 한 남자의 아내가 되어 있거나 아니면 벌써 토마토처럼 얼굴이 붉은 아이의 엄마가 되어 있을지도 몰랐다. 남편을 출근시킨 뒤에 동네 아이들을 모아 피아노레슨을 한 돈으로 적금을 들 수도 있고 싱싱한 해물을 사와 저녁식탁을 준비할 수

도 있었다. 그것도 아니라면 하루 종일 라디오를 틀어놓고 자신
이 보낸 엽서가 소개되지는 않을까 귀를 기울이며 커피를 마실
지 몰랐다. 때로 반상회 같은 것에도 참석할 수 있다. 주말에는
남편과 함께 영화를 보거나 값싼 집을 찾아다니며 외식을 하겠
지. 최소한 이 집은 떠나 있었을 것이다.

　마치 혼몽한 낮잠을 자고 있던 새에 누군가 자신의 인생을 끌
어다 이곳에 부려놓고 떠나버린 느낌이다. 제풀에 그녀는 풀썩
주저앉아 있다. 서른한 살. 얼굴에 잡티가 생기고 눈가에는 거므
스름하게 기미도 끼어 있다. 아직 아랫배가 나올 정두는 아니지
만 살갗에도 탄력이 없다. 정구공만한 젖가슴도 약간 늘어지고
있다. 서른한 살에 그녀는 이미 자신이 손쓸 수도 없이 늙어가
고 있다는 사실을 발견한다. 거울 속에는 한때 눈빛이 희고 분
을 바른 것처럼 뽀얬던 얼굴 대신 불면의 밤을 지내고 난 것처
럼 지치고 생기를 잃은 얼굴이 비춰져 있다. 생전 처음 보는 얼
굴 같다. 아무런 꿈도 미련도 없어 보이는 얼굴을 한 여자가 그
녀를 빤히 올려다보고 있다. 그녀는 입술을 깨문다. 기껏 집을
떠나는 게 너의 꿈이었니. 그녀는 자문을 하듯 읊조리며 거울
속의 여자에게 묻는다. 여자는 말이 없다. 어디론가 멀리, 나를
좀 데려다줘. 그녀는 울먹이는 목소리로 거울 속의 여자에게 애
원한다. 죽을 때까지 껴안고 가야 할 비밀을 누설한 사람처럼
그녀는 순간적으로 입을 틀어막는다. 지금껏 단 한 번도, 누구에
게두 해보지 않은 말이다. 낙서로라도 그런 문장은 써본 기억이
없다. 거울 속의 여자는 여전히 말이 없다. 아무 말도 하지 않겠
다는 듯 아예 입을 꽉 틀어막고 있다. 자의식을 버리면 인생이
조금 편안해질까…… 허탈한 목소리로 그녀는 거울 밖에서 중

얼거린다. 눈물을 닦아내고 분첩을 꺼내 톡톡 두드린다. 세심한 손길로 눈두덩이에 갈색 아이섀도를 칠하고 갈라진 입술에 립스틱도 바른다. 그래도 얼굴에 화색은 돌지 않는다. 서른한 살. 화장도 잘 먹지 않는 나이다. 공들여 화장한 얼굴을 다시 거울로 비춰본다. 밤일을 나가는 늙은 여자처럼 꺼칠하고 무언지 모르게 부조화스러워 보인다. 두껍게 분을 바른 얼굴 속에서 아무런 동요도 없는 눈동자만 껌벅거리고 있다.

그녀는 현관문을 열어놓고 거실바닥에 앉는다. 오랜만에 화장한 얼굴이 가면을 쓴 것처럼 갑갑하기만 하다. 손가락으로 바닥을 길게 쓸어본다. 레슨이 끝난 후에도 청소를 하지 않아서인지 손가락 끝에 먼지가 묻어난다. 모래 알갱이들도 흩어져 있다. 화장을 하는 대신 바닥 청소를 하고 슬리퍼와 만화책들을 정돈할 수도 있었다. 그녀는 화장을 했다. 먼지가 굴러다니고 아무렇게나 벗어던진 슬리퍼들과 내팽개쳐진 만화책들 사이에서 그녀는 다소곳이 앉아 있다. 소강상태에 있던 장마가 남부지방에서부터 다시 북상중이다. 자세히 쳐다보지 않으면 보이지도 않을 것 같은 실비가 질금질금 떨어지고 있다. 어두워진 골목은 오래된 영화필름처럼 세로로 금이 가 있고 자세히 귀를 기울이면 지지직거리는 소리도 들을 수 있을 것 같다. 저 정도의 비라면 아직 천장에서 물방울이 떨어질 정도는 아닐 것이다. 그녀는 다시 발치께로 눈을 내린다. 무료한 듯 먼지가 쌓인 거실바닥에 대고 손가락을 이리저리 움직여본다. 석준과 해연의 이름을 써본다. 먼지가 묻어난다. 뚱뚱한 어머니의 이름도 빠뜨리지 않는다. 그녀는 손짓을 멈추지 않는다. 유난히 하관이 길쭉한 얼굴형에 광대뼈가 나온 얼굴. 흰색이 섞인 성성한 눈썹, 그리고 크고 휘늘어진 양쪽 귓불. 그녀는 얼굴형 안에 콕, 콕, 점 두 개를 찍는다. 아버지의 얼굴이다. 그녀는 손바닥으로 거실바닥을 세게 문질러버린다. 금세 그들의 이름과 얼굴이 사라진다.

찰각찰각. 대문을 흔들어대는 소리가 들린다. 그녀는 자리에서 일어나지 않는다. 그는 습관대로 조심스럽게 대문을 흔들고 있다. 마지막 타임이었던 처녀를 돌려보내고 대문을 잠그지 않았다. 오늘 만날 수 있지? 아, 됐어 내가 그리로 갈게. 약속도 없이 그는 저녁에 전화를 해왔다. 그녀의 대답도 듣지 않고 전화를 끊었다. 그는 몹시도 느린 걸음으로 계단을 올라오고 있다. 다른 날에 그가 또 저 계단을 올라올 수 있을까. 그녀는 혼잣말을 하며 자리에서 일어난다. "어, 나 왔어." 그는 여전히 아침에 나갔다가 저녁에 들어온 사람처럼 말한다. 그녀는 피식 웃음이 날 것만 같다. "그렇게 서 있지만 말고 차라도 한잔 줘봐." 거실바닥에 앉은 그가 그녀를 올려다보며 말한다. 그의 입에서는 아무런 냄새도 맡아지지 않는다. 그녀는 미니 냉장고에서 주스병을 꺼낸다. 아이들이 즐겨 마시는 음료수와 바나나 우유들로 냉장고 안은 꽉 차 있다. 누가 넣어놓았는지 반쯤 먹다 남은 새우깡 봉지도 들어 있다. 차라리 술이나 마실걸. 그녀는 짐짓 어깨를 추켜올려본다. 반팔 티셔츠를 입고 앉아 있는 그의 뒷모습에선 아직도 청년의 냄새가 난다. 턱수염도 푸르고 왠지 겨드랑이 털두 갓 따낸 물미역처럼 파아란 것만 같은 그두 벌써 서른두 살이다. 우리가 처음 만난 게 언제였었나. 그녀는 컵에 주스를 따르며 머릿속을 뒤적거려본다. 정확하게 기억나지는 않는다. 그저 아침이면 전철을 타고 나가 아이들을 가르치던 때라고만 기억날 뿐이다. 그녀는 오렌지주스를 내려놓고 그와 마주보고 앉는다. 아버지는 잠이 들었을까. 저녁 때에는 텔레비전을 보다가 갑자기 소리를 지르며 안방을 뛰쳐나가는 통에 한바탕 생난리를 겪었다. 텔레비전에서는 각목과 쇠파이프가 날아다니고 피투성이가 된 사람들이 쓰러져 있었다. 조심을 한다는 게 그만. 어머니는 말끝을 흐렸다. 판단력과 인지력을 상실한 치매환자에게는 무엇이든 자신과 동일시하는 경향이 있기 때문에 그런 텔레비전 프로그램은 좋지 않다는 걸 누구보다도 어머니가 잘 알고 있었다. 잠깐 어머니가 한눈을 파는 사이에 아버지가 채널을 돌린 것이다. 아버지 같은 환자에게는 자극이 없는 유아 프로그램이나 차라리 만화영화가 좋다. 혼겁을 한 아버지를 진정시켜놓고 어머니는 또 청심환을 먹었다. 청심환은 이제 세 알 정도 남아 있다.

　"얼마 전부터 만나는 여자가 있어." 그는 직설적인 화법을 좋아하는 사람이다. 잠시 다른 생각을 한 걸 들키지 않으려는 듯 그녀는 고개부터 끄덕끄덕거린다. 그리고 나서야 그가 내뱉은 말의 의미를 되짚는다. 그녀는 잠깐 화장실에라도 다녀오고 싶다는 생각을 한다. 화장실에 가서 찬물에 손을 씻고 거울을 들여다보고 싶다. 지금 어떤 표정을 하고 있는지 가면은 단단히 씌워져 있는지 확인하고 싶다. 주스를 한 모금 마신다. "무슨 말인지나 알고 끄덕거리는 거야, 대체?" 답답하다는 듯 그가 그녀 앞으로 바투 다가앉으며 낮게 웅얼거린다. "그럼 알지, 잘 알고 말고." 그녀는 그의 눈을 똑바로 맞바라보며 대답한다. 그렇게 간단한 걸 내가 모를까. 그녀의 눈은 되레 그렇게 따지는 듯하다. "너를, 아니 네가 처한 상황을 감당할 자신이 없어." 그의 목울대는 떨리는 듯 미세하게 움직이고 있다. 한때 저 목울대에 얼굴을 묻기도 했고 입을 맞추기도 했더랬다. 만약 우리가 결혼

했더라면, 쓰러진 아버지를 두고 그때 이 집을 떠났더라면 우린 지금 행복했을까. 아니 나는 행복했을까. "게다가 너는 맏딸이 잖아." 꽤나 냉소적인 목소리다. "그런 말은 하는 게 아냐." 그 녀는 얼른 쏘아붙인다. 내가 맏딸이기 때문에 아버지와 이 집을 떠날 수 없는 건 아니다. 그렇게 생각해본 적은 단 한 번도 없 다. 단지 석준은 먼 곳에 있고 해연도 떠날 준비를 하고 있기 때 문이다. 그들을 붙잡아놓을 만한 정당한 구실이 없을 뿐이다. 나 를 붙잡고 있는 건 아무것도 없다. 그녀는 그를 향해 그렇게 외 치고 싶다. "그만 헤어지자. 꼭 때가 있는 건 아니지만, 더 늦기 전에." 이 말을 하기 위해 그는 얼마나 망설이고 고민해왔을까. 결단코 그는 씹고 있던 껌을 뱉듯 그렇게 간단하게 나와 헤어질 결심을 할 사람이 아니다. 그녀는 청년 같은 그의 등을 가만가 만 쓰다듬어주고 싶다. "나는 이미 어젯밤에 당신과 헤어졌는 걸." 독백을 하듯 그녀는 천천히 입을 움직인다. "……그게 무 슨 소리야?" 그가 빤히 그녀를 쳐다보고 있다. "어? 아니, 아무 것도 아냐." 얼굴이 발갛게 달아오르는 게 느껴진다. 더이상 무 슨 말이 필요할까. 그녀는 가만히 자리에서 일어난다. 그리고는 침착하게 현관문을 연다. 부슬비가 가로등 밑에서 하얗게 난무 하고 있다. 그가 아무 말 없이 구두를 꿰어신는다. "잘 가." 그 녀는 희미하게 웃으며 말한다. 한동안 그녀의 얼굴을 쳐다보고 있던 그가 뭔가 할말이 남은 듯 입술을 움직거리다가 그냥 등을 돌려버린다. 그는 올라올 때처럼 아주 느린 속도로 계단을 내려 간다. 그는 다시 저 계단을 올라오지 않을 것이다. 잠깐, 잠깐만 기다려줘! 그녀는 머릿속에서 화급히 그를 불러세운다. 못 한 말 이 있어…… 손바닥으로 아랫배를 문질러본다. 뭔가 움틀거리는 느낌, 그 생경한 움직임이 느껴지지 않는다. 그녀는 입을 꾹 다문다. 그가 대문 밖으로 사라지는 것을 보자 그녀는 그제서야 자신이 껌처럼 버려졌다는 사실을 깨닫는다.

그녀는 한 마리 무당벌레다.

이제 갓 알에서 깨어나온 그녀는 꿈틀거리면서 제가 깨고 나온 알껍질을 뜯어먹기 시작한다. 아직 뜨지 못한 두 눈 속으로 햇살이 쏟아져 들어오고 있다. 눈알이 쓰라리고 따끔거린다. 눈을 비벼대면서도 몸놀림을 멈추지는 않는다. 탄생의 모든 흔적을 지워버려야만 한다. 이것은 본능이다. 탄생을 위한 처절한 축제다. 새로운 날들이 기다리고 있다. 애벌레는 일층부터 뜯어먹고 있다. 일층을 지나 가족들이 있는 이층을 뜯어먹는다. 가끔 난간도 없는 계단들이 목구멍을 쿡쿡 찌르기도 한다. 애벌레는 곧 옥탑방으로 주둥이를 들이댄다. 기어이 알껍질을 모두 뜯어먹고 만다. 애벌레는 눈을 뜬다. 자신의 몸이 옥상 시멘트바닥에 부려져 있다는 걸 깨닫는다. 옥상은 허공에 붕 떠 있다.

누군가로부터 호되게 뺨을 맞은 듯한 통증을 느끼며 그녀는 잠에서 깨어난다. 웬일인지 갓 깨어난 애벌레처럼 쉽사리 눈이 떠지지 않는다. 백 년 동안이나 깊은 잠에 빠져 있었는지도 모른다. 그렇다면 어떻게 눈을 뜰까. 그녀는 눈을 부빈다. 영영 눈을 뜨지 못할 거라는 불안감이 가슴을 짓누른다. 아아, 그녀는 소리친다. 턱이 늘어진 어머니의 얼굴이 눈앞에 가득 차 있다. 모든 꿈들과 자신의 육체를 붙잡고 놓아주지 않던 혼귀들의 손가락이 재빨리 달아나는 것이 느껴진다. 형광등은 환하게 밝혀져 있다. 눈이 부시다. 그녀는 몸을 벌떡 일으켜 세운다. "어, 엄마……." 새벽 네시가 막 지나고 있다. 이런 시각에 어머니의 얼굴을 본 적이 없다. 어머니가 옥탑방에 올라온 건 기억도 할수 없을 만큼 오래된 일이다. 그녀는 가슴을 쓸어내리며 어머니의 얼굴을 본다. 무표정하고 담담해 보이는 얼굴이다. "아버지가……, 사라지셨어." 어머니는 침대에 털퍼덕 주저앉는다. 침대는 흔들리고 한쪽으로 기울어진다. 그녀는 마치 시소를 타고있는 느낌이다. 무거운 어머니가 저쪽에 앉아 있고 그녀는 건너편에 앉아 있다. 한 번 더 어머니가 몸을 풀썩거린다면 멀리, 아주 멀리 휙 날아가버릴 수도 있을 것 같다. 가벼운 공처럼 얼레를 놓쳐버린 꼬리연처럼…… 아, 아버지가 없어지셨다고 했지. 처음 있는 일은 아니다. 그녀는 입술을 깨문다. 아버지는 어디로사라졌을까. 지금쯤 바닷가 마을로 떠나는 새벽기차를 타고 있을까. 아니면 홀연히 장식장 뒤편으로 숨어버렸을까. 어머니는고개를 숙이고 있다. 울음소리는 들리지 않는다. "제가 찾아볼게요. 어디 멀리로는, 못 가셨을 거예요." 그녀는 허공을 향해띄엄띄엄 중얼거린다. 어머니의 굽은 어깨가 미세하게 흔들거리고 있다. 어디 멀리는 못 갔을 것이다. 파출소에서 전화가 오는건 차라리 다행한 일이다. 하지만 동네를 벗어나면 찾을 길이막연해진다. 동네 버스정거장에서 쭈그러앉아 있던 아버지를 발견한 뒷집여자 덕분에 숨을 돌린 적이 있다. 이제 파출소 직원들은 모두 아버지의 얼굴을 기억하고 있다. 여기 계십니다, 제발문단속 좀 잘하십쇼. 신경질적이고 나른한 목소리로 전화를 해온다. "곧 찾을 수 있을 거예요." 그러면서도 그녀는 몸을 일으키지 않는다.

어머니가 방을 나가고 있다. 거대한 물소처럼 둔하고 미련해보이는 몸이다. 아버지는 어디로 가셨을까. 그녀는 무릎을 세운다. 마냥 앉아서 기다리는 것밖에는 아무런 방법이 없는 것만 같다. 그녀는 아버지가 무사히 그 바닷가 마을에 도착하기를 바란다. 여수의 끈끈한 바닷바람을 쏘이고 삼촌들처럼 배를 타고 나가 고기를 낚거나 회를 치기를 바란다. 죽은 친할머니를 만날 수도 있다. 그러는 사이에 어쩌면 잃어버린 기억을 찾을 수 있을지도 모른다. 이렇게 기다리고 있는 동안, 저 계단을 내려가지 않을 동안에. 시간이 흐르고 있다. 딱히 그곳이 아니더라도 그녀는 아버지가 아주 멀리, 아무도 찾을 수 없는 먼 곳으로 떠나가기를 바란다. 네시 삼십분이다. 아래층에서는 아무런 기척도 들리지 않는다. 해연은 잠들어 있을까. 아마도 어머니는 해연의 방문을 열어보지 않았을 것이다. 그녀는 천천히 몸을 일으킨다. 어두운 거실에서 어머니는 소파에 등을 꼿꼿이 세우고 앉아 있다. 해연의 방에는 불이 꺼져 있다. 현관문은 활짝 열려 있다. 문 꼭대기에 매달린 사기종이 희미한 소리를 내며 흔들거린다. 바람이 불고 있는 탓이다. 슬리퍼를 신고 현관을 내려간다. 얼마 전에 아버지가 내려갔을 계단이다. 어둠 속에서도 아버지의 발자국들이 환히 보이는 듯하다.

그녀는 일층 피아노학원 현관문을 잡아당긴다. 철컥, 문이 열린다. 이상한 일이다. 문을 잠그지 않았었나. 문득 현관문을 잠그지 않았을지도 모른다는 생각을 한다. 그와 헤어진 직후다. 그랬을 가능성이 아주 없지는 않다. 서늘한 기운이 등줄기를 훑고 지나간다. 불을 켠다. 아버지는 보이지 않는다. 흩어진 슬리퍼들과 만화책들. 모래 알갱이들이며 얼룩이 남아 있는 빈 주스잔들까지 그대로 놓여 있다. 저녁 무렵과 조금도 다름없는 실내다. 누군가 다녀간 흔적은 찾을 수 없다. 그녀는 화장실 문을 연다.

아버지는 없다. 아버지가 이곳에 내려올 리는 없다고 생각하면
서도 피아노가 있는 두 개의 방들을 차례로 둘러본다. 거실불을
끄고 나오려다 그녀는 후딱 몸을 돌려세운다. 골목 쪽으로 난
작은방 입구로 다가간다. 스위치를 올린다. 속옷 차림인 아버지
는 피아노 다리 밑에 몸을 웅크린 채 숨어 있다. 송곳을 삼킨 느
낌이 이럴까. 그녀는 두 손을 꽉 그러잡는다. 아버지의 몸은 피
아노 의자에 가려져 있다. 이쪽을 보지 않겠다는 듯 고개를 푹
수그리고 있다. 잠들어 있는 게 아니다. 아버지는 숨어 있는 것
이다…… "아버지." 탄식을 하듯 그녀는 아버지를 부른다. 아버
지의 몸은 더욱 오그라들고 있다. 부들부들 떨고 있다. "왜 여기
계세요……, 아버지가 가시고 싶어하는 곳은 여기가 아니잖아
요. 왜 좀더 멀리, 멀리 못 가셨어요." 그녀는 아버지를 비켜 창
문 쪽으로 시선을 던져둔다. 목소리는 자꾸만 잦아들고 있다.
"얼른 떠나세요. 지금이라도 늦지 않았어요. 저 그냥 갈게요. 그
리구 다시 돌아오지 마세요 제발……." 그녀의 눈에 광채가 빛나
기 시작한다. 그녀는 피아노 의자를 빼낸다. 가방을 끌어안은 아
버지는 태아처럼 웅크리고 있다. 아버지의 팔을 잡아 끌어낸다.
"으으으…… 으윽." 짐승 같은 소리를 흘리며 아버지는 겁에 질
린 얼굴로 피아노 다리를 붙든다. 그녀는 아버지의 다리와 팔을
한꺼번에 잡아끈다. 아버지는 끌려나오지 않는다. "이러고 있지
말고 어디든 가시란 말예요 아버지, 떠나세요 그만 아버진 이제
사실 만큼 사셨잖아요. 제발 저 좀 그만 놔주세요. 네? 아버지 저
를 좀." 그녀는 미친 듯이 아버지의 어깨를 후려친다. 아버지는
꼼짝도 하지 않는다. 앓는 짐승 같은 소리만 연신 되풀이할 뿐이
다. 그녀는 아버지의 뒷머리와 등허리께를 사정없이 내려친다. 아

버지의 머리채를 잡아흔든다. "얼른 가시라구요, 저를 말려 죽일 셈이세요. 가 가란 말이야 가!" 눈앞이 아뜩해진다. "으으, 으으 으흐윽." 아버지가 거칠게 그녀를 밀어낸다. 그녀는 바닥에 주저 앉는다. 손가락 사이에 아버지의 머리칼이 한 움큼 묻어나 있다. 그녀는 아버지를 노려본다. 아버지는 쭈그려 앉은 자세로 그녀의 얼굴 너머에 눈을 던지고 있다. 눈동자가 헐떡이고 있다. "이게 무슨 짓이냐." 이를 갈아대는 목소리다. 그녀는 훌쩍 뒤를 돌아본다. "짐승보다 못한 년." 무서운 얼굴을 한 어머니가 그녀를 노려 보고 서 있다. 어머니가 그녀의 머리채를 휘어잡고 바닥에 내려찧는다. 그녀는 입술을 깨물고 신음소리를 삼킨다. 거실바닥과 그녀 의 목덜미로 누군가의 눈물이 뭉텅뭉텅 떨어져내린다. 그녀는 한 방울의 눈물도 흘리지 않는다.

파키라 나무가 죽었다. 행운목과 홍콩야자 나무가 죽은 건 지 난달이다. 새집이 완성된 뒤에 아버지는 석준을 데리고 나가 남 부터미널 지하 꽃시장에서 관엽식물 화분들을 몇 개 사왔다. 유 난히도 싱싱하고 진초록 빛깔이 눈부시던 화분들이었다. 아버지 는 소파 뒤와 장식장 옆에 화분들을 놓아두고 가지를 치고 계절 이 바뀔 때마다 영양주사를 놓았다. 가지를 치기가 무섭게 나무 들은 곧 싹을 틔우고 하룻밤 새에 손가락 한 마디씩이나 자라 있었다. 믿기지 않을 정도로 놀라운 생명력이었다. 아버지는 그 주위에서 담배를 피우고 신문을 읽었다. 행운목과 둥치가 보이 지 않도록 잎이 무성했던 홍콩야자 나무가 죽고 나서 거실에 유 일하게 남아 있던 건 파키라 나무뿐이었다. 아버지가 쓰러지고 나서 가지를 치고 때맞춰 분갈이를 해줄 사람은 아무도 없었다.

아버지는 자신이 기르던 나무도 기억하지 못했다. 나무는 소리도 없이 죽어버렸다. 그녀는 파키라 나무의 마른 둥치를 만져본다. 까끌거리는 나무껍질들이 먼지처럼 가볍게 떨어져내린다. 한 잎도 남아 있지 않다. 굵은 둥치에 붙어 있던 가지들도 바싹 말라 있다. 가지는 나무젓가락처럼 똑 부러진다. 화분 밑에는 누렇게 시든 손바닥만한 잎들이 몇 개 떨어져 있다. 어쩌다 가끔 물을 주기는 했다. 물의 양을 가늠할 줄 몰라서 거실바닥을 적신 적도 있다. 나무는 아주 오래 전에 죽은 것 같다. 아무도 이 사실을 눈치채지 못했다. 화장실 창틀에 거미줄이 쳐 있거나 밥통 주위에 개미떼가 꼬인 것을 발견한 사람은 어머니였다. 못볼 것을 보았다는 듯 어머니는 거미줄을 쓸어내고 개미를 퇴치한다는 접착용 약을 사다 붙이기도 했다. 유독 그런 것에 민감한 어머니도 파키라 나무가 죽은 건 모르고 있던 것 같다. 아니다. 아마도 어머니는 알고 있으면서도 말하지 않았는지도 모른다. 화분 위의 흙들을 만져보다가 손톱으로 긁어본다. 마른 흙들이 거실바닥으로 떨어진다. 뼛가루를 만지는 기분이다. 뿌리는 쉽게 드러나지 않는다. 그녀는 소파를 한쪽으로 밀쳐두고 화분을 끌어낸다. 화분이 있던 자리에는 둥그런 자국이 남아 있다. 물끄러미 그 자리를 들여다본다. 어쩌면 어머니가 두려워한 건 저 지나치도록 선명한 자국이 아니었을까. 그녀는 까닭없이 고개를 주억거린다. 주위에는 먼지들이 굴러다니고 있다. 그다지 힘을 주지 않았는데도 화분은 쉽게 끌려나온다. 그녀는 허리와 두 팔에 힘을 주면서 힘껏 화분을 들어올린다. 죽은 나무의 화분은 생각만큼 가볍지 않다. 그녀는 얼른 손을 놓고 만다. 벌써 허리께가 시큰거린다. 거실바닥이 쓸리지 않도록 조심하면서 화분을 현관까지 끌고 간다. 간신히 현관 밖으로 화분을 끌어내놓는다. 발바닥까지 땀이 차오르고 있는 느낌이다. 그녀는 계단을 내려다본다. 옥상 가장자리에 올라섰을 때처럼 아뜩해진다. 혼자서 화분을 들고 계단을 내려간다는 건 아무래도 불가능해 보인다. 게다가 지금은 한밤중이 아닌가. 해연이 도와줄 거야. 그녀는 이마의 땀을 훔치며 중얼거린다.

"열꽃이 조금 가라앉긴 했지만 그래도 아직 반팔 옷은 입을 수가 없어요. 얼굴은 그나마 좀 나은 편이니까…… 괜히 쓸데없는 수다만 늘어놓고 있는 건 아닌지." 여인의 목소리는 지난번보다 한결 차분하고 긴장감이 풀려 있다. 친밀감 때문일까. 겨우 세번째 통화이기는 하지만 이제는 익숙해진 목소리다. 그녀는 수화기를 든 채 흙이 파고들어가 새까매진 손톱을 내려다보고 있다. "사실 지금 약간 피곤해요." 그녀의 목소리는 콱 잠겨 있다. "네에 그것도 모르고 제가, 그럼 그만 끊을게요." 당혹스러운 듯 여인은 서둘러 전화를 끊을 기세다. "아녜요, 그러시지 않아도 돼요. 전화 끊고 나서 금방 자면 되는걸요." 그녀는 수화기를 쥔 손에 힘을 주며 여인을 불러세운다. 이름을 알고 있다면 그 이름을 소리내어 불러보고 싶다. 그러나 여인은 이번에도 아무것도 묻지 않는다. 이름이나 나이 같은 것들. 고개를 내두르며 그녀는 아예 해연의 침대에 걸터앉는다. 열두시가 넘었다. 해연은 늦겠다는 전화도 걸어오지 않는다. "실은 오랜만에 좀 멀리 다녀왔거든요. 아뇨, 근교였어요. 경기도 이천 어디쯤이었는데. 아버지가 운전을 하셨어요. 가족 중에서 운전할 수 있는 사람은 아버지밖에 없거든요. 여동생과 저는 면허는 있는데 말짱 헛거예요, 차 살 때 한다고 연수를 미뤘거든요. 아버지한테 운전연습을 부탁했더니 도저히 시간을 못 내시겠다네요. 나이가 드시긴 했어도 아직 꽤나 바쁘시거든요. ……석준이라고, 네에, 제 막내 동생이에요. 그애가 중국에서 공부를 마치고 아주 귀국했어요. 네? 며칠 전에요. 그래서 모처럼 가족들끼리 나들이를 간 거예요. 한집에 살면서도 왜들 그렇게 시간을 맞추기 힘든지 몰라요. 새벽부터 일어나서 김밥을 싸느라고 얼마나 분주했던지, 요즘 같은 날씨에는 김밥이 금방 상한다고 나가서 대충 사먹자고 했 더니 굳이 김밥을 싸라고 성화들을 해서…… 뭐, 그래야 소풍가 는 기분이 난다나요. 세상에 차는 또 얼마나 막히는지 갑갑해서 혼났어요. 요즘은 평일에도 차가 그렇게 막히데요. 그나마 비가 안 온 게 천만다행이지, 그랬더라면 아마 이 시간에도 차안에 갇혀 있었을 거예요. 온천을 하고 그늘에 앉아서 김밥을 먹었어 요. 상하진 않았더라구요. 사진도 찍구요. 제가 사진을 찍느라 고, 아마 저는 한 장도 찍히지 못했을 거예요. 아버지가 그렇게 좋아하시더라구요. 오랜만에 가족들이 한자리에 모여서 그랬는 지…….” 그녀는 숨을 한 번 크게 들이내쉰다. 마치 낯선 외국 어로 된 책을 낭독하고 있는 기분이다. 나는 지금 한 편의 연극 을 보고 있는 거야, 모노드라마 같은. 그녀는 아랫입술을 깨문 다. 그녀의 말이 이어지기를 기다리는 듯 여인은 말이 없다. 긴 침묵이 흐른다.

화분을 현관 밖에 옮겨놓은 후에 샤워도 못 하고 손도 씻지 않아서 그런지 머리카락에서도 땀냄새가 나고 있다. 샤워를 하 러 욕실로 들어가려는데 전화벨이 울렸다. 그녀는 단번에 여인 의 전화라는 걸 알아차렸다. 그 시간에 전화해올 사람이라고는 여인밖에 없다. 연희라는 사람을 찾던 여인. “즐거우셨겠어요.”

"그냥 그렇죠 뭐, 가족들하고의 나들이라는 게…… 참, 머리 아픈 건 요즘 좀 어떠세요?" "병원에서도 별 이상이 없다고 하니까 걱정은 안 하는데 그래도 아픈 건 여전하네요. 어쩌면 오진일지도 모르겠어요. 큰 병원으로 다시 가보든가 해야지. 근데 두통보다 참을 수 없는 건 불면증이에요. 정말 미칠 것만 같아요. 이 고통은 당해본 사람 아니면 이해 못 할 거예요. 약국에 가도 수면제는 잘 주지 않더라구요. 죽을 것도 아닌데 뭘 그렇게 까다롭게들 구는지, 사정사정해도 헛수고지 뭐예요. 수면유도제라나 뭐 그런 거만 먹고 있어요. 그래도 잠이 안 오는 건 마찬가지긴 해요." "그거 습관된다던대요. 저의 집에 피아노 치러 오는 학생들 중에 불면 때문에 고생하는 처녀가 있어요. 하도 습관이 돼놔서 이젠 수면제도 서너 알 갖고는 말을 안 듣는대요. 조심하세요." 그녀는 자신의 책상 서랍에 들어 있는 길죽한 성냥곽을 떠올린다. 알약은 성냥곽 속에 들어 있다. "저 그런데 말예요. 그때 왜 연희라는 사람을 찾았었잖아요. 그분하고는 통화하셨나요?" "……." 여인은 말이 없다. 그녀는 괜한 것을 물었다는 후회를 한다. 이름을 물어본 것도 아닌데. 그녀는 침을 삼킨다. 어쩌면 여인은 다시 전화를 해오지 않을지도 모른다. 방금 한 말을 취소하고만 싶다. "연희는, 제 오랜 친구였어요." 그녀는 여인의 목소리가 잦아들고 있다는 걸 눈치챈다. 역시 괜한 것을 물었나보다. 전화기 밖에서 여인은 숨을 죽이고 있다. 갑자기 모든 것이 어색해지고 있다. 그녀는 해연의 침대에서 일어난다. 곧 해연이 들이닥칠지 모른다. 늦은 밤에 자신의 방에서 전화를 하고 있는 걸 보고는 인상을 찌푸릴 것이다. 그녀는 곧 전화를 끊어야겠다고 생각한다. "연희는…… 죽었어요." "……!"

"삼 년 전에……." 한숨소리일까. 아니면 흐느끼는 소리. 그녀는 손을 내민다. 전화기 이쪽에서 저켠에 있는 여인의 등을 가만히 쓸어본다. 어깨를 오그린 채 여인은 울고 있다. 전화기에 얼굴을 파묻고 있는 여인의 얼굴은 영영 볼 수가 없다. 그녀는 천천히 수화기를 내려놓는다.

쪽문을 연다. 바람이 불고 있다. 팔을 엇갈려 끼우며 그녀는 옥상 한가운데로 걸어간다. 빨랫줄에는 아버지의 속옷과 타월들이 바람에 나부끼고 있다. 어머니는 해가 질 때까지 빨래를 널어놓는 걸 몹시 싫어한다. 그녀는 속옷과 타월들을 걷는다. 습기를 먹었는지 빨래들은 눅눅하다. 냄새를 맡아본다. 다행히 세제 냄새만 풍긴다. 갑자기 팔이 무거워진다. 그녀는 걷은 빨래들을 노란 물탱크 옆에 내려놓는다. 별도 없고 구름도 보이지 않는다. 그러나 그녀는 알고 있다. 저 하늘 멀리서 비를 품은 거대한 먹구름들이 성큼성큼 몰려오고 있다는 사실을. 장마는 곧 다시 시작될 것이다. 유난히 길고 긴 장마라고 했다. 그녀는 맨발로 옥상 가장자리를 따라 걷는다. 산책을 하듯 느린 걸음걸이다. 그녀는 골목 초입에 눈을 둔다. 금방이라도 해연이 또각거리는 구둣소리를 내며 골목으로 들어설 것 같다. 골목은 여전히 텅 비어 있다. 그녀는 성큼 옥상 가장자리로 올라선다. 몸이 휘우뚱거린다. 순식간에 골목 한가운데로 떨어져버릴 것만 같다. 그녀는 두 팔을 벌린다 밤밑을 쳐다본다 나락이다 그녀는 왼쪽다리를 들어올린다 몸이 기울어진다 그녀는 질끈 눈을 감는다

아버지는 아이스크림을 먹고 있다. 포장을 벗기기 전에도 이미 물컹거렸던 아이스크림은 아버지의 손가락 새로 흘러내려 무

릎 위로 뚝뚝 떨어지고 있다. 그녀는 가방에서 휴지를 꺼내 아버지의 무릎을 닦는다. 순간적으로 놀란 듯 아버지가 다리를 움찔거린다. "괜찮아요, 아버지. 이거 닦아야지요." 아버지는 가만히 고개를 끄덕거린다. 집을 나올 때부터 아버지는 무슨 말을 해도 고개만 끄덕거리고 있다. 그녀는 비닐봉지에서 생수병을 꺼내 한모금 마신다. 비닐봉지 안에는 음료수와 삶은 달걀이 들어 있다. 왜 하필이면 삶은 달걀을 샀을까. 그녀는 자조하듯 입술을 일그러뜨리며 아버지와 자신의 사이에다 슬며시 비닐봉지를 내려놓는다. 그녀는 좀더 왼켠으로 비켜 앉는다. 목욕을 시키고 새 옷을 갈아입혔는데도 어쩐지 아버지한테서 퀴퀴한 곰팡이 냄새가 나는 것 같다. 가구를 바꾸고 온 집안을 새로 도배를 한대도 지워지지 않을 냄새다. 집을 헐어버려도 아버지의 냄새는 영영 가시지 않을런지도 모른다. 담배를 피울 수 있다면. 그녀는 주위를 둘러본다. 삼십몇 도쯤이나 될까. 몹시 무더운 날씨다. 벤치는 금방 화덕에서 꺼낸 것처럼 뜨겁기만 하다. 서울역의 시계탑은 오후 두시를 가리키고 있다. 가방을 든 사람들이 역사 입구로 들어가고 또 나오고 한다. 아직 휴가철이 아닌데도 배낭을 짊어진 젊은 남녀들이 제법 눈에 뜨인다. 모두들 가벼운 옷차림에 모자를 쓰고 있다. 보따리를 머리에 인 노파와 군복을 입은 사내들도 여럿 보인다. 아마도 가방이나 주머니 속에는 열차표들을 지니고 있을 것이다. 모두들 어디로들 떠나는 것일까. 그녀는 낯모르는 사람들의 얼굴을 물끄러미 바라본다. 갑자기 그 사람들 중에서 우연히 아는 사람을 만날지도 모른다는 당혹감이 인다. 그 사람과 정면으로 눈을 맞닥뜨릴 수도 있다. 그녀는 고개를 떨군다. 전화를 걸어온 여인. 어쩌면 연희라는 사람을 찾았던 여인도 저 인파 속에 숨어 있을지 모른다.

열차표는 두시 사십분이다. 그녀는 아버지 상의주머니를 유심히 쳐다본다. 한 장뿐인 열차표는 그 주머니 안에 들어 있다. "아버지 더우시죠? 조금만 참으세요. 기차 타시면 아주 시원할 거예요." 그녀는 아버지를 돌아본다. "제 말 잘 알아들으시는 거죠? 아버지는 지금 할머니한테 가시는 거예요. 네?" 다짐을 하듯 또박또박한 어투다. "압니다 어무이. 우리 지금 여수로 가는 거잖소." 아버지가 그녀를 쳐다보며 대꾸한다. 가슴이 덜컥 내려앉는다. 비교적 말짱해 보이는 표정이다. 턱밑까지 꺼멓게 검버섯이 번져 있다. 그녀는 아버지의 눈을 피하지 않는다. "그래요, 여수로 가는 기차예요. 그거 절대로 잊어버리시면 안 돼요. 누가 물어보면 기차표 꺼내보이시면서 여수 가는 거라고 하셔야 돼요, 아셨죠?" "네, 네. 갑니다. 갑니다." 아버지의 입가에는 아이스크림이 허옇게 말라붙어 있다. 그녀는 아버지의 입 주변을 닦아준다. 눈곱도 떼어내준다. 외출복을 입은 아버지는 점잖은 노교수 같다. "뭐 더 드시고 싶은 거 없으세요?" 아버지는 손가락으로 생수병을 가리킨다. 아버지에게 생수병을 건네준다. 배가 고파서 늘 밥을 찾는 건 아니지만 그녀는 집에서 나오기 전에 아버지에게 밥을 두 공기나 퍼주었다. 아버지는 한 숟가락도 안 남기고 다 먹었다. 마치 곧 자신이 이 집을 떠나게 될 거라는 사실을 잘 알고 있는 것 같았다. 목요일이다 어머니가 병원에 가서 약을 타오는 날이다. 진료를 받고 관절염 약을 타러 한 달에 한 번씩 어머니가 유일하게 외출하는 날이다. 병원은 집에서 꽤 먼 거리에 있다. 그녀는 목요일을 기다렸다. 해연은 회사에 있다. 늦은 오후까지는 아무도 집에 오지 않을 터였다. 아무런 일도 일어나지 않는다면.

아버지는 말이 없다. 오로지 가방만 꽉 끌어안고 있을 따름이다. 아버지…… 그녀는 속으로 아버지를 불러본다. 목안이 쓰라린다. 생수를 마신다. 시계탑은 두시 십분을 가리키고 있다. 고장난 시계일런지도 모른다. 그녀는 손목시계를 들여다본다. 정확히 두시 십분이다. "아버지." 엷은 막이 낀 것 같은 뿌연 눈으로 아버지가 돌아본다. 무슨 말을 해도 다 알아들을 것만 같다. 아버지는 나를 이해할지도 모른다. 그녀는 마음을 다잡는다. "저, 집에 전화 좀 걸고 올게요. 혹시 어머니가 들어오셨는지도 모르잖아요. 잠깐만 기다리실 수 있죠?" 골이 지끈거린다. 편두통이 시작되고 있다. 햇빛 때문이다. 아니다. 오랜만에 탄 버스 때문이다. 멀미다. 그녀는 속이 울렁거리는 걸 느낀다. "어무이…… 와 그라시요." 아버지가 그녀의 눈을 똑바로 쳐다보며 서툴게 입술을 움직인다. 누렇게 변색된 앞니가 드러난다. 그녀는 손바닥으로 이마를 짚는다. 식은땀이 배어나고 있다. "얼른 올게요. 잠깐만 앉아계세요." 그녀는 벤치에서 일어난다. 금방이라도 뇌수가 쏟아질 것만 같다. 아버지는 그녀를 보고 있지 않다. 벤치 앞으로 지나다니는 사람들을 바라보고 있다. 아버지 옆에는 비닐봉지가 놓여 있다. 그녀는 벤치 뒤로 돌아선다. 아버지의 등뒤를 지나친다. 떡볶이나 오징어를 파는 좌판을 지나 길게 늘어서 있는 공중전화부스로 들어간다. 그녀는 공중전화에 얼굴을 묻는다. 긴 한숨이 새어나온다. 그녀는 동전도 집어넣지 않고 번호판을 꾹꾹 누른다. 연신 뚜뚜뚜거리는 기계음이 귓속을 파고든다. 아랑곳없이 그녀는 손가락에 힘을 준다. 뚜뚜뚜뚜. 엄마, 저예요. 저 오늘 외출했어요. 모처럼 햇빛을 받았더니 얼마나 어지러운지 몰라요. 사람들은 또 얼마나 많은지, 정신이 하나도 없어요. 예, 곧 들어갈게요, 걱정하지 마세요…… 뚜뚜뚜뚜. 해연아, 언니야. 나 아버지랑 산책 나왔어. 바람 좀 쐬고 싶으신가봐. 그래 조심해서 모시고 들어갈게. 응 별일 없어. 별일 있을 게 뭐가 있니, 우리한테. 근데 너 오늘은 일찍 들어올 수 있니? 아니, 집에서 같이 저녁이나 먹자고. 그러니? 많이 바쁜가보구나. 그럼 그만 끊을게. 뚜뚜뚜뚜. 누군가 전화부스 유리문을 탕탕 치고 있다. 그녀는 뒤를 돌아본다. 낯선 사내가 그녀를 쏘아보고 있다. 사내의 손에는 전화카드가 들려 있다. 그녀는 얼른 눈물을 훔치고 전화부스를 나온다.

식당 안은 분주하다 한켠에 가방을 세워둔 사람들이 우동이나 비빔밥 같은 것들을 먹고 있다. 그녀는 맨 구석자리로 가서 앉는다. 라면을 주문한다. 손목을 올려다본다. 두시 삼십분이다. 기차는 두시 사십분에 출발한다. 그녀는 핸드백 끈을 단단히 손에 감아쥔다. 식당 밖에서도 가방을 든 사람들이 분주히 오가고 있다. 버스가 멈추고 사람들이 올라탄다. 내리는 사람보다 타는 사람들이 더 많다. 버스는 곧 출발한다. 금방 다른 버스가 멈춰 선다. 해가 기울고 나면 어머니도 버스를 타고 집으로 돌아올 것이다. 절뚝거리며 계단을 오른다. 돌아오자마자 안방문을 열 것이다. 그때 아버지는 없다. 아버지는 기차를 타고 있다. 멀리, 바다로 가는 기차다. 기차가 멈추면 친할머니가 아버지를 마중 나와 있을 것이다. 아버지는 그 바닷가 마을에서 할머니를 다시 만날 수 있을 것이다. 기차가 지나간다…… 그녀는 나무젓가락을 쪼갠다. 후후 불어가며 라면을 먹는다. 라면국물이 옷 앞섶으로 튀어오른다. 수프 냄새가 역하다. 그녀는 젓가락질을 멈추지 않는다. 또다시 속이 울렁거리고 있다. 그녀는 젓가락을 내려놓는다. 라면그릇 속에는 마침표 같은 개미들이 둥둥 떠 있다. 시계를 본다. 두시 오십오분이다. 기차는 떠났다. 그녀는 냉큼 자리에서 일어난다.

날이 어둑해지는가 싶더니 비가 흩뿌리기 시작한다. 장마가 새로 이어지는 것이다. 우산을 받쳐든 사람들이 드문드문 골목을 지나다니고 있다. 거실로 비가 몇 방울 들이친다. 빗방울은 그녀의 목덜미로도 떨어지고 있다. 그녀는 등을 돌려 창문을 닫고는 다시 소파에 앉는다. 바람이 들어왔던 것도 아닌데 금세 후덥지근해지는 것 같다. 그렇잖아도 한약을 달인 터라 실내온도가 높아져 있는 참이다. 어머니의 발가락에서도 한약냄새가 나고 있는 것 같다. "병원에선 뭐래요?" 그녀는 소파에 길게 누워 있는 어머니에게 묻는다. "관절염에 무슨 특별한 치료가 있냐, 할 수 없으니까 그냥 약이나 타먹으라는 거지." 한쪽 팔을 이마에 올리고 있는 어머니는 잠이 오는지 목소리가 가늘게 잦아들고 있다. "차라리 계속 침을 맞는 게 어떠세요. 그때처럼 중간에 그만두시지 말구요, 그럼 효과도 없대는데." 어머니는 육개월쯤 경희의료원으로 침을 맞으러 다닌 적이 있다. 그만 둔 것은 아버지가 쓰러진 이후부터다. "어차피 죽을 때까지 나을 병이 아니니까." 아무런 감정도 섞이지 않은 목소리다. 그녀는 힐긋 어머니를 돌아본다. 이마에 올린 팔 때문에 얼굴은 잘 보이지 않는다. "방에 들어가서 주무세요." 그녀는 소파에서 일어난다. "너무 더워서." 선풍기를 어머니 쪽으로 돌려놓고 물 한잔을 마신다. 실내등을 끄고 방으로 올라가려던 그녀는 문득 걸음을 멈춘다. 한동안 그대로 서 있는다. 마치 늘 몸에 지니고 있던 무언가를 잃어버린 허전한 느낌이다. 그녀는 몸을 돌리고는 느릿느릿 거실을 가로질러간다. 안방문 손잡이를 잡는다. 손바닥으로 섬뜩한 감각이 전해져온다. 아버지는 있을까. 가슴이 뛰고 있다. 소리나지 않게 문을 밀어본다. 안방에는 아무도 없다. 캄캄한 어둠뿐이다. 아버지는 어디로 갔을까…… 그녀는 눈을 깜박거린다.

텔레비전을 켜둔 채로 아버지는 깊이 잠들어 있다. 그녀는 텔레비전을 끄고 이불을 덮어준다. 아버지는 신음소리를 내며 돌아눕는다. 돌아누워도 여전히 둥글게 몸을 만 채다. 자궁 속에 웅크리고 있는 태아 같다. 흘러내린 이불을 가슴까지 올려 꼭꼭 여며준다. 선풍기 타이머를 삼십 분으로 맞춰놓는다. 아버지의 머리맡에는 가방이 놓여 있다. 그녀는 방을 나가려다 말고 가방을 집어든다. 아주 가볍다. 옷장을 열고 가방을 집어넣는다. 옷장문을 닫는다. 옷장 맞은편 벽에는 커다란 가족사진이 붙어 있다. 흰색 와이셔츠를 입은 아버지를 둘러싸고 어머니와 해연, 그리고 석준과 그녀가 서 있다. 그녀는 손을 뻗어 액자를 만져본다. 어둠 속에서도 손닿는 자리가 금방 말끔해지는 게 보인다. 켜켜이 먼지가 쌓여 있다. 그녀는 안방을 나온다. 그새 곤하게 잠들었는지 어머니는 가볍게 코까지 골고 있다. 그녀는 새로 벽지를 바른 천장에 눈을 던진다. 아직 비가 새고 있는 것 같지는 않지만 쏟아지고 있는 기세로 봐서는 얼마 견디지 못한 게 분명하다. 또 빗물이 들이치고 소리도 없이 거실바닥으로 흘러내릴 것이다. 천장은 시꺼멓게 구멍이 뚫릴 것이다. 해연은 언제 돌아올까.

그녀는 현관문을 연다. 딸랑딸랑. 종소리가 들린다. 그녀는 우산을 들고 현관 밖에 우뚝 서서 골목을 내려다본다. 불빛 때문인지 유독 가로등 밑으로만 비가 더 세차게 쏟아지고 있는 것 같다. 장님처럼 한 손으로 벽을 짚어가면서 뚜벅뚜벅 계단을 내려간다. 몇 개쯤 내려갔을까. 미처 어쩔 새도 없이 빗물에 슬리퍼가 칙 미끄러진다. 난간도 없는 계단이다. 떨어지면 바로 옆집 옥상이다. 아얏! 그녀는 순간적으로 소리친다. 그녀의 발끝에 채인 파키라 나무 화분이 옆집 옥상으로 떨어진다. 화분이 떨어지는 것과 동시에 그녀는 무릎을 접질리면서 일층 계단께까지 미끄러져버린다. 화분이 박살나는 소리가 들린다. 그녀는 아랫배를 오그리며 귀를 틀어막는다. 빗물이 흥건한 바닥에 주저앉은 채로 선뜻 일어날 생각을 하지 못한다. 영영 일어나지 못할지도 모른다는 불안감이 머리를 스친다. 아랫도리가 시큰하다. 천천히 몸을 일으킨다. 발목과 종아리에 피가 배어나고 있는 것 외에 별다른 통증은 없다. 제자리걸음을 해본다. 아무런 이상이 없는 것 같다. 그녀는 땀을 훔치며 옆집 옥상을 내려다본다. 황톳빛 화분이 산산조각 나 있다. 이미 오래 전에 죽은 화분이다. 머리와 가슴팍으로 빗물이 세차게 쏟아지고 있다. 그녀는 깨진 화분을 묵묵히 바라보다가 등을 돌린다. 일층 현관문을 잡아당긴다. 문은 단단히 잠겨 있다. 열쇠는 주머니 속에 들어 있다. 그녀는 내처 계단을 내려간다. 대문 앞에 내팽개쳐진 우산을 집어든다. 빗장이 질러져 있다. 해연이 돌아올 텐데. 어쩌면 해연은 열쇠로 대문을 열다가 그냥 돌아서버렸는지도 알 수 없다. 언제 빗장을 질러놓았을까. 그녀는 대문 밖에 해연이 서 있기라도 한 듯 허겁지겁 빗장을 풀어낸다. 녹이 슬었는지 빗장은 매끄럽게 움직이지 않는다. 두 손에 힘을 준다. 손등에 퍼렇게 힘줄이 돋아난다. 육중한 소리를 내며 대문이 열린다. 그녀는 대문 밖으로 나간다. 골목은 텅 비어 있다. 주차되어 있는 몇 대의 자동차들만 숨죽인 채 엎드려 있다. 도둑고양이들도 보이지 않는다. 아득히 먼 곳에서 천둥소리가 들리고 있다. 그녀는 하늘을 본다. 무서운 기세로 비가 퍼부어지고 있다. 우산을 펼쳐든다. 우산살이 두 개나 부러져 있다. 그녀는 골목 한가운데 서 있다. 우산 안으로도 비가 들이친다. 정수리께에서 흘러내린 빗물이 눈이며 콧등으로 줄줄이 떨어지고 있다. 눈앞이 희뿌애진다. 그녀는 팔뚝으로 얼굴을 닦아내고는 대문 옆에 있는 스테인레스 우편함을 연다. ……張基哲. 아버지의 이름이 새겨진 문패다. 우산이 확 뒤집어진다. 그녀는 얼결에 몇 발자국 뒤로 밀려난다. 바람이 불고 있다. 눈을 뜰 수가 없을 만큼 세차게 비가 쏟아진다. 그녀는 손바닥으로 얼굴을 가리고 주춤주춤 대문 옆으로 다가간다. 녹슨 못에 문패를 매단다. 어디선가 또 천둥소리가 들린다. 그녀는 고개를 높이 들어올린다. 식칼로 내려친 듯 선명한 금 하나가 하늘을 가로지르고 있다.

(『문예중앙』 1997년 가을)

푸른 나부(裸婦)

　그애를 여자, 혹은 그녀라고 지칭하는 것은 아직도 어색하다. 그것은 단지 그애가 이제 갓 열일곱을 넘긴 미성년자인 탓만은 아닐 것이다. 스물아홉의 초여름 어느 날 나는 한 소녀를 만났다,라고 서두를 시작해야 하지만 나는 그럴 수가 없다. 미성년자이기는 했으나 그녀는 분명 '소녀'는 아니었기 때문이다. 소녀라는 어감에서 느낄 수 있는 초록 빛깔. 그 투명한 나이. 허나 그녀의 인생은 나를 만나기 전이나 그 이후에도 그런 것들과는 거리가 멀 것이 분명해 보였다. 열일곱 살이기는 하지만 결코 소녀라고 부를 수 없는 한 여자가 어느 날 나의 삶을 비집고 들어섰다. 그것은 내 의지가 아니었다고 생각되지만 때로는 의지와 상관없이 찾아오는 그런 불가항력적인 만남이 있는 법이다.

그렇다는 것을 나는 그녀를 통해 알게 되었다. 스물아홉이라는 너무 늦거나 혹은 너무 빠른 나이에.

그녀와 나는 만난 지 얼마 지나지 않아 곧 헤어지고 말았다. 나는 아직도 그녀와 나의 만남이 그리 특별하다고는 생각하지 않는다. 그녀와의 헤어짐 역시 그러했다. 그녀와 나는 헤어질 수밖에 없었다. 지금까지 나는 헤어져도 아무 상관이 없는 사람이거나 헤어져도 그만인 사람들만을 만나왔는지도 모른다. 그러니까 나는 스물아홉이 되도록 별리(別離)의 고통을 모르고 있었던 셈이다. 이것은 그녀가 떠나고 나서 우연히 든 생각이었다. 나는 내가 그런 부류의 사람이라고 단정하고 있었으므로 그녀와의 헤어짐 또한 내 삶에 그다지 특별한 기억을 남기지는 못할 것이다.

그러나 나는 가끔 아주 오래된 일을 추억하듯 그녀의 모습을 떠올리고는 한다. 귀밑에서 찰랑거리곤 하던 진한 갈색과 붉은 기가 도는 머리카락. 채 성숙하지 못한 깡마른 팔과 다리. 어깨에 둘러메어져 있던 노란 비닐가방. 그리고 무섭도록 새까만 그녀의 눈동자…….

그때 나는 누군가 내 이름을 부르는 소리를 들었다. 아니 분명 그런 소리가 들려왔다고 생각했다. 얼결에 옆구리를 한 대 얻어맞은 사람처럼 후딱 고개를 들어 주위를 두리번거렸다. 눈이 마주친 사람은 없었다. 퇴근 무렵의 혼잡한 지하철 안. 딱히 이런 장소에서 내 이름을 부를 만한 사람이 없다는 것을 잘 알면서도 좀처럼 내 귀를 의심할 수가 없었다.

누군가 내 뒤를 미행하고 있구나. 그런 느낌에 사로잡히기 시작하였다. 나는 연약한 짐승처럼 몸을 잔뜩 웅크렸다. 고개를 돌리지 않으면서 어둑한 지하철 창문으로 나를 주시하고 있을지도 모를 누군가를 찾기 위해 안간힘을 쓰고 있었다. 그런데 누굴까……? 그다지 특별할 게 없는 내 삶에 그럴 만한 사람이 있을 리 없었다. 나는 극도로 예민해져 있었다. 단지 달거리 날짜가 다가오고 있었기 때문은 아니었다. 열린 창문으로 후덥지근한 바람이 들어오고 있었다. 머리카락이 흩어지기 시작했다. 나는 얼른 고개를 숙였다. 그러나 어느새 두 귀가 발갛게 달아오르는 것을 느끼고 있었다.

내 등뒤를 따라잡고 있는 시선을 느끼면서 지하철에서 내려 역 근처의 동네 책방으로 들어섰다. 책방의 유리문을 밀다가 나는 문득 가방을 잃어버린 지 벌써 일주일이 지나고 있음을 깨닫고 있었다.

내가 뒤를 돌아보았을 때, 그때도 나에게 눈길을 보내고 있는 사람은 아무도 없었다. 제법 규모가 큰 책방 안에는 서너 명의 남자와 몇몇 젊은 여자들이 있을 따름이었다. 그럴 리가 없다는 표정으로 다시 한 번 실내를 휘둘러보았다. 실내는 조용했으며 모두들 책을 뒤적거리느라 고개를 숙이고들 있었다. 그럼에도 누군가 내 이름을 불렀다는 생각을 떨쳐버릴 수가 없었다. 잘못 들은 걸까. 나는 사슴이나 영양처럼 머리를 추켜들고 귀를 이리저리 비틀어보았다. 본래 길고 뾰족했다고 하는 인간의 귀는 진화과정에서 말려든 형태로 오므라들었으므로 다른 짐승들과는 달리 소리의 방향을 잡으려 할 때 귀를 일으켜 세우거나 돌릴 수는 없다. 그러므로 귀 대신 분명히 머리를 돌려 소리를 모았겠지만 나는 내가 귀를 비틀었다고 생각했다. 귀에 관한 한 나는 아직 덜 진화된 상태였기 때문이었다.

누군가 나를 미행하고 있다.

하여 나는 태연하지 않으면 안 되었다. 가방을 다시 고쳐메었다. 그렇다고 해서 투덕거리는 마음이 진정되는 것은 아니었으나 그 밖에 달리 태연함을 가장할 만한 아무런 방법도 찾아낼 수가 없었다. 진열대 사이를 느린 걸음으로 옮겨다니면서 실내에 있는 사람들을 곁눈질하기 시작했다. 세 명의 남자와 네 명의 여자들. 이 이상한 게임에 나는 차츰 흥분하고 있었다.

세 명의 남자들. 그들에 대해서는 일찌감치 아무것도 기대하지 않기로 하였다. 나를 미행하거나 내 이름을 부를 수 있는 그런 애틋한 기억을 부려놓고 떠난 남자는 지금까지 단 한 사람도 없었기 때문이었다. 그들에게 나는 그냥 한때의 지나간 시간에 불과했을 거였고 그것은 나 역시 마찬가지였다. 나는 잊혀져가는 것들에 매달리는 것을 좋아하지 않는다. 잊혀지는 것은 나름대로 어떤 필연적인 이유들이 있을 터이니까. 미련을 남기지 않는 만남. 담백한 이별. 차라리 나는 그런 것들을 좋아한다고 말해야 할 성싶다. 헤어지고 나서도 일상이 뒤흔들릴 만한 사람은 만난 적이 없었다. 누군가를 헤코지한 기억? ……아니, 나는 고개를 내둘렀다. 그럴 수 있을 법한 사건 같은 것도 없이 스물아홉의 내 인생은 지극히 단조롭고 지루하였다. 그때까지만 해도.

나는 점점 더 혼란스러워지기 시작했다. 교복을 입고 있는 두 명의 여학생들은 참고서 코너에, 한 여자는 아동용 서적 코너에 서 있었다. 출산을 앞둔 임부였다. 그리고 또 한 여자. 노란 비닐백을 어깨에 멘 그녀는 진열대에 비스듬히 몸을 기대고 서서 건성건성 잡지를 넘기고 있었다. 저 여자다. 막연하긴 했지만 나는 퇴근 무렵부터 지금까지 나를 미행하고 있는 사람이 그녀라는 것을 거의 확신하고 있었다. 천천히 그녀를 향해 걸어가기 시작했다. 도무지 기억에 없는 옆모습이었다. 여름용 샌들을 신은 그녀의 발목은 금방이라도 툭 부러질 듯 가늘어 보였다. 저가는 발목. 언젠가 한 번 본 적이 있을지도 모른다는 생각이 들었다. 그러나 단지 발목만으로 사람을 기억할 정도로 나는 섬세한 사람이 아니라는 것을 잘 알고 있었다. 소매 없는 흰 셔츠에 청 반바지. 아직은 때이른 차림이었다.

읽고 있던 잡지를 덮어놓으며 그녀가 흘끗 뒤를 돌아보았다. 그녀와 내 눈이 맞부딪혔다. 전혀 동요하지 않는 눈빛이었다. 그럼 저 여자도 아니란 말인가. 당황한 나는 얼른 그녀에게서 시선을 떼고 말았다. 그러나 그녀와 내 눈이 마주쳤던 그 짧은 순간, 나는 그녀의 많은 것을 보고 말았다. 뽀얀 얼굴에 짙은 화장을 하고 있었지만 스물을 넘지 않은 나이라는 것을 알아차릴 수 있었다. 그럴 만큼 그녀의 얼굴은 동안이었고 화장은 서툴렀다. 나이를 감추기 위해서가 아니라면 그렇게 할 수 없는 화장이었다. 그녀의 얼굴은 차라리 분장한 배우처럼 보였다. 내게서 고개를 돌린 그녀는 금방이라도 책방을 나가버릴 것만 같았다. 저 여자도 아닐 거란 짐작을 하면서도 나는 무언가 조급해지는 것을 느끼고 있었다. 내 뒤를 미행하고 있는 사람이 그녀가 아니라고 해도 이제는 상관없었다. 그러나 이상하게도 나는 그녀일 거라는 기대를 저버리지 않고 있었다.

그녀가 다른 잡지를 펼쳐드는 것을 보며 나는 부러 느릿느릿 유리문을 밀고 밖으로 나왔다. 그대로 집으로 돌아갈 수도 있었다. 여느 때처럼 아무도 없는 빈집에 돌아가 저녁밥을 지어먹고 채널을 바꿔가며 시시한 드라마를 몇 편쯤 볼 수도 있었다. 그렇지만 나는 그대로 집으로 돌아갈 수가 없었다. 그러고 싶지 않았다. 일찌감치 너를 느끼고 있었어. 자, 이제부터는 마음놓고 나를 따라와보지 그래. 나는 집과는 반대방향으로 길을 거슬러 올라가기 시작하였다. 어느새 나는 그녀를 유인하고 있었던 거였다. 내 걸음은 스스로 느끼기에도 몹시 부자연스러웠다. 나는 흘러내리지도 않는 가방을 자꾸만 고쳐메면서 느릿하게 걸었다.

나는 책방에서 그리 멀지 않은 곳에 있는 '풍경'이라는 찻집으로 들어갔다. 녹차를 주문하면서 나는 그녀가 이 찻집으로 들어올 것인가 안 들어올 것인가 하는 것에 누군가와 내기를 하고 있는 성싶었다. 과연 풍경 안으로 들어올까, 그녀는?

여섯 개의 테이블은 거의 좌석이 비어 있었다. 다른 때 같았으면 창가자리에 앉았을 테지만 나는 망설이지 않고 출입구가 잘 보이는 구석자리를 선택하였다. 그녀를 잘 살피기 위해서였을까. 아무래도 좋았다. 녹차 한 잔을 다 마실 동안 찻집으로 들어오는 사람은 아무도 없었다. 나는 조금 실망스러워지는 것을 느꼈다. 내 뒤를 미행하거나 이름을 불렀다는 것은 착각이었고 더구나 노란 비닐백을 멘 여자일 거라는 짐작은 터무니없는 것일지도 몰랐다. 내 귀에 이상이 생긴 것일까.

그녀가 풍경 안으로 들어섰다. 이제는 그만 이 무모한 게임을 포기하고 집으로 돌아가야 하지 않을까 생각하던 참이었다. 방금 막 장례식에라도 다녀온 사람처럼 나는 우울해지고 있었다. 그때 예의 그 노란 비닐백을 멘 그녀가 스윽 풍경으로 걸어들어온 것이다. 나는 하마터면 찻잔을 놓칠 뻔했다. 차마 못 볼 것을 보기라도 한 듯 심하게 가슴이 떨렸다. 찻잔을 내려놓고 손목을 들어 시계보는 시늉을 하였다. 그새 여덟시가 가까워오고 있었다. 저녁 여섯시가 조금 못 돼 퇴근을 했고 그 이후의 시간 동안 나는 내 의지와 상관없이 줄곧 그녀와 함께 있었던 것이다. 그런데 저 여자는 왜 나를 따라왔을까. 게다가 그녀는 내 이름까지 부르지 않았던가. 어째서……? 그것까지는 아직 알 수 없는 노릇이었다. 저 여자, 암만 애를 써봐도 전혀 기억에 없는 얼굴이다. 저 무연한 얼굴, 도대체 나와 무슨 인연을 갖고 있는 것일까.

그녀가 세 대째 담배에 불을 붙이는 것을 보면서 나는 자리에서 일어났다. 오늘은 이제 더이상 아무 일도 일어나지 않을 것임을 깨달았기 때문만은 아니었다. 나는 극도로 피곤해져 있었다. 이제는 그만 집으로 돌아가야 할 시간이었다. 그녀는 창밖으로 시선을 던진 채 꼼짝 않고 앉아 있었다. 내가 자리에서 일어나는 것을 느낄 수 있었을 텐데도 그녀는 고개 한 번 돌리지 않았다. 나 역시 굳이 그녀를 흘금거리지 않아도 그런 것쯤은 쉽게 알 수 있었다. 나는 천천히 풍경을 걸어나왔다. 내 등뒤에서 소리없이 문이 닫혔다.

그날 저녁, 나는 한 통의 전화를 받게 되었다. 아홉시 뉴스를 시청하고 나서 사들고 들어온 김밥의 포장을 풀고 있을 때였다. 전화벨이 울리는 순간 나는 어쩌면 오늘 이 김밥을 먹지 못하게 될지도 모른다는 짐작을 하였다. 아무런 기대도 저항도 없이 순순히 수화기를 들었다.

"어째서 메모를 남겨놓지 않았지?"

새된 목소리에 게다가 거두절미한 반말이었다. 그녀였다. 그녀임이 분명했다.

"……."

유난히 가는 발목에 긴 다리를 가진 여자. 노란 비닐백을 멘 그 여자. 그제서야 모든 것이 분명해지는 느낌이었다. 머릿속이 말개지고 있었다.

"……뭣 때문에 내가 그래야만 하는 거였니?"

나는 침착하고 싶었다. 그러나 내 목소리는 귀에 거슬릴 정도로 침중하게 들려왔다.

"나는 단지 메모를 남겨놓기 바랬어, 그것뿐이었어. 그게 그렇게 어려운 부탁은 아니잖아? 그 정도는 해줄 수 있을 거라고 생각했어. 내가 잘못 생각한 거야?"

그녀는 쉴틈없이 그렇게 지껄이고 있었다. 나에게 화를 내고 있는 것이다, 지금 이 여자애는. 어처구니없는 일이었다. 시위라도 하는 듯 그녀와 나는 서로 수화기를 붙잡고 한동안 아무 소리도 하지 않았다. 그래, 나는 그녀가 원했던 대로 하지 않았다. 그래야 할 필요를 느끼지 못했기 때문이었다. 그런데 지금 그녀는 그것 때문에 이렇게 화가 나 있는 것이다. 그렇다고 굳이 나를 미행할 필요까지는 없었을 텐데. 그녀는 이미 내 이름이나 전화번호, 통장의 비밀번호까지 알고 있지 않은가. 게다가 집의 위치는 말할 것도 없고. 나는 그녀에게 대부분의 모든 것이 노출되어 있는 터였다. 생각하면 참으로 섬뜩한 일이 아닐 수 없었다. 화를 내야 할 사람은 그녀가 아니라 바로 나였다. 그런데 오히려 지금 이 여자애가 내게 화를 내고 있는 것이다. 어쩐지 웃음이 비어져나올 것만 같았다.

뭔가 이상한 일이 벌어지려 하는 거야. 나는 가만히 수화기를 내려놓았다. 가방을 잃어버린 지 일주일이 지나고 있는 금요일 저녁이었다.

그날은 서울에 첫 오존주의보가 내린 날이었다. 하루 종일 농무(濃霧)가 낀 듯 하늘은 침울하였고 금방이라도 비가 쏟아질 것만 같았다. 그 두터운 구름을 뚫고 자외선이 쏟아지고 있다는 것이 도무지 믿겨지지 않았다. 오존주의보라는 것이 내렸다고 해서 여느 날과 다른 점은 없었다. 허나 다시 생각해보면 그날 나는 유난히 피곤해했었던 것 같기도 하다. 그 전날 과다한 업무에 시달리거나 불면 때문에 잠을 못 잔 것도 아니었건만 내내 기운을 차리지 못했다. 별다른 이유가 없었으므로 단지 날씨 탓이라고 여길 수밖에 없었다. 하지만 오존주의보와 신체의 리듬에 관한 상관성에 대해 나는 아무런 지식이 없었다. 식은땀을 흘리다가 그날도 정각 여섯시에 퇴근했다.

금요일 퇴근 이후에는 언제나 유하탕에 들리고는 하였다. 오래된 버릇이었다. 유하탕은 동네 골목입구에 있는 대중목욕탕이다. 혼자 살지만 않는다면 나는 대중목욕탕 따위는 다니지 않았을 것이다. 얼마든지 집에서도 혼자 목욕할 수는 있지만 손이 잘 닿지 않는 등까지는 어떻게 해볼 도리가 없었다. 그렇다고 개운하게 등까지 때를 미는 목욕을 하고자 누군가와 함께 살 수는 없는 노릇이었다. 나는 사천원을 지불하고는 등을 밀어달라고 한다. 늘상 까만 속옷을 입고 있는 하마처럼 거대한 목욕탕 여자에게.

금요일 저녁 욕탕에는 언제나 젊은 여자들로 가득하다. 아마도 나처럼 대부분 직장을 다니고 있는 여자들일 터였다. 여느 날과 다른 게 있다면 그날 나는 등뿐만이 아니라 온몸을 목욕탕 여자에게 내맡겨버린 것이다. 기운이 없는 탓이었다. 서둘러 목욕을 마치고 집에 돌아가 아무 꿈도 없이 깊이 잠들어버리고만 싶었다. 곧장 집으로 돌아갈걸 하는 후회가 들긴 했지만 아무래도 목욕을 하고 쉬는 것이 좋을 것 같았다. 그닥 참을 수 없을 정도로 피곤한 것도 아니었고 또 께름칙한 기분으로 자리에 눕고 싶지는 않았다.

나는 눈을 감고 검은 속옷을 입은 때밀이 여자에게 벌거벗은 사지를 드러내놓고 있었다. 얼마쯤 부끄럽다는 생각이 들기도 하였다. 그런 내 감정은 곧장 귀로 옮겨가고 있었다. 뾰족한 두 귀가 벌겋게 달아오르고 있는 것이 느껴졌다. 온도에 민감한 내 귀가 이제 조금씩 부풀어오르고 있었다. 그러나 나는 내 귀가 부풀어 있는 것을 한번도 직접 눈으로 확인한 적은 없었다. 실은 정말 그럴까봐 두려워하고 있는지도 몰랐다. 그렇다면 그건 정말이지 끔찍한 일이 아닐 수 없기 때문이었다. 나는 팔을 들어 귀옆으로 바짝 붙이고 있었다. 두 손에 연둣빛 타월을 낀 여자는 내 몸을 이리저리 돌려가며 조심스럽게 닦아주었다. 생각보다 그리 불쾌한 느낌은 아니었다.

그 여자에게 온몸을 내맡기고 있던 그 사이, 나는 이십육번인 내 락카 열쇠가 삼십칠번으로 바뀌고 있다는 사실을 전혀 눈치채지 못했다.

누구를 탓할 수도 없는 입장이었다. 수도꼭지에 열쇠를 걸어둔 것이 잘못이었다. 왜 그랬을까. 도무지 나를 이해할 수가 없었다. 다른 때 같았으면 고무줄이 달린 그 열쇠로 머리를 묶거나 아니면 팔목에 걸거나 했을 터였다. 그날도 마땅히 그랬어야 했다. 그러나 나는 목욕탕 여자에게 온몸을 내맡기면서 열쇠로 머리카락을 올려 묶을 수는 없었다. 그건 부주의와는 거리가 먼 일이었다. 때밀이 여자에게 내 귀를 온통 드러내놓을 용기는 없었으니까. 그래서 여느 때와 달리 머리를 묶지 않았고 무심코 수도꼭지에 열쇠를 걸어두고 자리를 떴을 것이다. 모든 것이 귀 때문이라는 생각은 나를 견딜 수 없게 만들었다. 이놈의 귀, 이놈의 귀, 나는 자꾸만 그렇게 뇌까리고 있었다.

가방이 통째로 사라졌다. 아니 정확하게 말하면 그건 도둑을 맞은 거였다. 삼십칠번의 열쇠를 가진 여자에게. 내 부주의와 귀를 탓하기에는 모든 것이 다 지나가버린 후였다. 나는 가방을 도둑맞았고 삼십칠번 락카에는 아무것도 들어 있지 않았다. 그나마 다행인 것은 그래도 내 락카 안에 입고 있던 옷가지는 그대로 남아 있다는 것이었다. 삼십칠번의 여자는 내 구두까지 가져가버렸다.

허겁지겁 목욕탕 주인을 불렀지만 사내는 시큰둥한 표정으로 한쪽 손을 들어 벽을 가리킬 뿐이었다. 다급한 마음으로 사내의 손가락을 따라 눈을 치떴다. '귀중품은 미리 카운터에 맡기십시오. 분실시에는 책임을 지지 않습니다'. 사내는 마지못한 듯 경찰을 부르겠노라고 했다. 경찰? 나는 고개를 저었다. 삼십칠번의 열쇠를 갖고 있었고 발 사이즈가 230mm라는 것 이외에 그 여자가 남기고 간 흔적은 아무것도 없었다. 누구도 그 여자에 대해 알지 못할 거였다. 딱히 그 때문만은 아니지만 경찰을 불러봐야 절차만 복잡해질 게 분명했다. 그리고 나는 그때 더이상 참기 힘든 혼곤함을 느꼈다. 족히 이삼십 명이 넘는 벌거벗은 여자들이 뿌우연 유리문 안에서 힐끔거리고들 있었다. 그 자리에 서 있는 것만으로도 곤혹스러웠다. 경찰을 불러봐야 아무런 소용이 없다는 것쯤은 사내나 나나 모두 잘 알고 있는 사실이었다. 여자는 벌써 내 가방을 들고 경찰과 내 손이 닿을 수 없는 곳으로 멀리 달아나버렸을 게 분명했으니까. 어쩌면 굽 낮은 내 구두까지 신고서 말이다.

지갑에 뭐 든 게 없느냐는 목욕탕 사내의 말을 듣고서야 나는 후딱 고개를 들었다. 지갑 속에 든 몇 개의 신용카드. 그리고 비밀번호가 적혀 있을 검은 수첩…… 나는 잠시 아뜩해졌다. 그랬다. 나는 단지 지갑을 잃어버린 게 아니라 가방을 잃어버린 것이다. 지갑 속에 든 몇만원의 현금 따위는 문제도 아니었다. 가방 속에는 하루 일과를 꼼꼼하게 적어두는 수첩이 있었고 집 열쇠까지 들어 있었다. 나는 목욕탕 내실에 있는 전화를 빌려 정신없이 여러 군데 카드회사로 분실신고를 했다. 전화를 하면서도 그런 내 행동이 부질없다는 것쯤은 깨닫고 있었다. 여자는 벌써 가까운 지하철 역에 있는 무인지급기에서 현금을 꺼내갔을 것이다. 비밀번호는 수첩 뒤편에 모두 적혀 있다. 나는 그다지 기억력이 괜찮은 사람이 아니다. 네 개의 신용카드와 통장을 갖고 있는 나는 여러 개의 비밀번호를 사용하고 있어서 은행별로 모두 수첩에 그 번호를 적어두고 있었다. 이런 일이 있을 거라고는 꿈에도 상상한 적이 없었기 때문에 어리석게도 비밀번호가 적힌 수첩과 신용카드를 함께 지니고 다녔던 것이다. 가혹 지갑을 잃어버린 경우는 있었지만 이런 경우는 단 한 번도 없었다.

얼굴이 날아오르는 것과 동시에 얼굴 양 옆이 후끈해졌다. 나는 수화기를 내려놓고 잠시 손을 귀에 갖다대었다. 귀는 몹시 뜨거워져 있었다.

고막에 소리를 전달하는 것 이외에 귀는 부차적으로 온도조절을 하는 기능을 갖고 있다. 그렇다는 것은 웬만큼 예민한 사람이 아니면 쉽게 느낄 수 없는 것이기는 하나 귀에 관한 한 나는 그 누구보다도 많은 것을 알고 있었다. 그것은 내 귀의 생김새와 어떤 관련이 있거나 혹은 그렇지 않을 수도 있다. 어쨌거나 나는 한때 귀에 관한 연구를 꽤 열심히 한 적이 있었다. 내 귀가 다른 사람들과 다르게 생겼다는 것을 발견한 열몇 살 때쯤. 아마도 그때 나는 심한 사춘기를 겪고 있던 시기였을 것이다. 쉽게 예를 들 수 있는 귀의 온도조절 중에는 이런 것들이 있다. 코끼리들은 몸이 너무 더워지거나 하면 그 커다란 귀를 흔들어 몸을 식히는 데 이용한다고 한다. 귀의 피부표면 가까이에는 핏줄이 아주 많아 대부분의 귀가 큰 종류의 동물들은 체온을 낮추는 것에 그런 식으로 귀를 사용하고 있다. 인간에게 있어 그 방법은 진화과정에서 귀가 오므라드는 바람에 아주 미미한 역할밖에 못하고 있지만 나는 때때로 내 귀가 한없이 부풀고 있다는 것을 느끼기도 하였다. 오늘처럼 흥분을 하거나 어떤 자극을 받았을 경우에. 물론 그럴 때 거울을 들여다본 적은 한번도 없었다.

두 손으로 귀를 감싸쥐며 나는 돌연 코끼리처럼 내 귀가 펄럭거리는 것을 깨닫고 있었다.

가방을 잃어버린 사흘 뒤, 현관으로 올라가는 계단에서 소포 하나를 발견했다. 소포꾸러미 위에는 정확하게 내 이름이 기재되어 있었다. 누구로부터 온 것인지 도무지 짐작할 수 없었다. 그저 자꾸만 내 일상에 이상한 일이 벌어지고 있다는 사실에 온몸을 도사리고 있을 따름이었다. 탁자 위에 소포꾸러미를 내려놓고도 나는 한동안 그것을 가만히 쏘아보고만 있었다. 선뜻 손을 내밀고 싶은 기분이 들지 않았다.

여느 저녁과 마찬가지로 샤워를 하고 절인 생선을 구워 식사를 하였다. 그리고 석간신문의 일면까지 꼼꼼히 다 읽은 후에 다시 소파에 앉았다. 그래야 소포를 발견한 지 겨우 두 시간 남짓 지나고 있을 뿐이었다. 시간을 미루고자 이제 내가 할 수 있는 일은 밀린 세탁을 하거나 텔레비전을 시청하는 것밖에 남아 있지 않았다. 리모콘을 만지작거리다가 그대로 내려놓고 말았다. 어차피 저 소포를 그대로 놓아두고 잠을 잘 수는 없었기 때문이었다. 마지못한 듯 천천히 포장을 풀어헤쳤다.

……!

꾸러미 안에서 나온 것은 사흘 전 목욕탕에서 잃어버린 내 가방이었다. 서둘러 가방을 거꾸로 들어 세차게 흔들었다. 수첩과 지갑, 그 밖의 잡다한 소지품들이 탁자 위로 쏟아졌다. 물론 지갑 속에 현금은 없었지만 얼른 눈으로 보기에 다른 것들은 모두 그대로 들어 있었다. 주민등록증이나 신용카드까지. 그리고 상자 한 귀퉁이에서 반듯하게 접힌 쪽지 하나를 발견했다. 마음을 사려먹으며 나는 약간 신경질적으로 쪽지를 펼쳐들었다.

수첩에 적힌 주소대로 찾아오긴 했는데 이 집이 맞는지 모르겠네요. 이 소포를 받은 후에 우편함에다 가방을 받았다는 메모를 남겨주세요. 구두는 돌려드리지 않겠습니다. 사고 싶었던 디자인인 데다가 맞춘 듯 제 발에 꼭 맞거든요.

정말이지 어처구니없는 일이 아닐 수 없었다. 어쩌면 이 여자가 나를 조롱하고 있는지도 모른다는 생각이 들었다. 그렇지 않고서야 이럴 수는 없는 일이었다. 도대체 이 여자의 정체는 뭘까? 만약 여자가 옆에 있다면 뺨이라도 한 대 후려갈기고 싶도록 화가 나기 시작하였다. 그러나 나는 입을 맵게 다물고는 빈손으로 어둠만 휘젓고 있을 따름이었다. 누군가 딱딱한 지팡이로 내 발등을 찍어누르고 있는 것만 같았다.

그 소포를 받고 나서 나는 가방을 잘 받았다는 메모 따위는 남기지 않았다. 암만 생각해보아도 내가 그렇게 해야 할 이유를 찾아내지 못했던 것이다. 아니 이유를 알아냈어도 그렇게 하지 않았을 터였다. 그리고 여자가 이 근방에 살고 있을 거라는 추측을 할 수 있었다. 그렇지 않다면 그 짧은 시간에 수첩을 읽고 비밀번호를 알아 돈을 인출할 수는 없었을 테니까. 그런데 그녀가 내 신용카드에서 고작 오십만원만 인출해낸 것은 의아한 일이 아닐 수 없었다. 어림짐작으로 계산해도 최고 백오십만원까지 인출할 수 있었다. 그녀는 오십만원만 꺼내갔다. 가방을 도둑맞은 다음날 그 사실을 알았을 때 나는 고개를 갸웃거리지 않을 수 없었다. 이상한 여자다. 구두를 가져간 것도 그렇거니와 나중에 가방을 되돌려준 것도 마찬가지였다. 어쩌면 그녀는 상습범이 아닐지도 몰랐다.

나는 더이상 그 사건에 대해 괘념하고 싶지 않았다. 단단히 액땜을 한 거라 여기고 싶었다. 우연히 당한 폭행이나 교통사고보다는 그래도 참을 만한 일이었으니까. 그러다가 그녀의 소포를 받게 되었던 것이다. 마치 그런 내 마음을 읽어내기라도 한 것처럼 말이다. 등줄기가 서늘해지는 느낌이었다.

내가 우편함에 메모를 남기지 않은 탓일까. 종종 우편물들이 뜯어져 있거나 누군가의 손을 탄 흔적들이 엿보였다. 받으면 곧장 끊어지곤 하는 전화들이 걸려오기도 하였다. 그런 전화야 늘상 있어왔던 것이기는 하였지만 그럴 때마다 그것이 그녀라고 단정할 수밖에 없었다. 그러니까 그날 이후 그녀는 줄곧 내 주위를 맴돌고 있었던 것이다.

그런데 나는 아주 중요한 사실 한 가지를 잊고 있었다. 그때 되찾은 가방 속에 열쇠는 들어 있지 않았다는 것을 깨닫지 못했던 것이다.

새벽 세시쯤? 나는 초인종 소리에 잠을 깼다. 불을 켜지 않아도 그때가 새벽 세시 근처라는 것은 그리 어렵지 않게 짐작할 수 있었다. 오랫동안 혼자 살다보면 그런 사소한 것에도 귀신이 다 되곤 하였다. 겨우 스물아홉이라는 나이에도. 새벽 세시. 눈을 감고 있으면 감은 눈 속으로 세상의 모든 검은 그림자들이 나를 향해 저벅저벅 걸어오는 소리가 들리는 시간. 새벽 세시란 내게 그런 시간이었다. 스물아홉의 어느 새벽에 내 인생에 또 한차례 무슨 일인가 벌어지려 하고 있었다. 이미 어떤 암영(暗影)의 조짐은 있지 않았던가. 그렇다면 나는 그 거부할 수 없는 손길을 따라 천천히 몸을 움직여야만 하리라.

현관문을 열었을 때 내 눈을 가득 채운 것은 그저 시커먼 한 떼의 어둠뿐이었다. 그 어둠 속에 웅크리고 있는 것을 낚아채기라도 할 듯 두 눈을 부릅떴다. 아무것도 보이지 않았다. 어둠이 나를 불러낸 것일까? 나는 한 손을 뻗어 휘휘 허공을 내저어보았다. 어둠이 마구 뒤섞이고 있었다. 어둠이 뒤섞이고 있는 소리가 내 귓불을 툭툭 치고 있었다. 아무도 없군 그래. 나는 입엣말을 하였다. 그러나 내 귀를 의심하지는 않았다. 내 귀를 의심하다니, 그런 일은 있을 수가 없는 일이다.

나는 내 귀가 아직 진화의 단계를 거치지 않았다고 믿고 있었다. 인간의 귀는 태어나자마자 청각이 쇠퇴하기 시작한다. 갓난아기는 일 초에 십육에서 삼만에 이르는 주파수의 음파를 알아낼 수 있지만 나이가 듦에 따라 그 탐지능력은 급격하게 줄어든다. 그것은 인간이 진화하는 과정에서부터 나타난 현상이다. 어쩌면 내 귀는 아직도 진화의 한 과정을 지나고 있는지도 몰랐다. 그러므로 나는 초인종 소리가 들렸다는 것을 의심할 수가 없었다. 내 신체 중에서 가장 민감한 부분을 들라면 언제나 나는 서슴없이 귀라고 말할 수 있었다. 혹시 나는 내 영혼보다 두 귀를 더 신뢰하고 있는 것은 아니었을까.

분명 누군가 다녀갔다. 나는 그렇게 확신하였다. 저 농밀한 어둠 속에서 초인종을 누른 누군가가 잔뜩 몸을 웅크리고 앉아 나를 쏘아보고 있는지도 몰랐다. 그러나 역시 내 눈에는 아무것도 보이지 않았다. 한 무리의 어둠만 맞닥뜨리다가 맥없이 돌아서고 말았다. 그런데 누구였을까. 새벽 세시에 내 창가를 서성거린 사람은? 나는 기다리기로 하였다. 그가 누구이든, 어둠이거나 혹은 구천을 떠돌고 있는 심심한 혼귀이든 다시 나를 찾아올 것을 굳게 믿고 있었다.

그날 새벽 세시에 나를 일깨웠던 손짓은 어둠도 아니었고 누군가의 혼귀도 아니었다. 노란 비닐백을 멘 그녀. 그 여자애였다.

금요일. 신입사원환영 회식이 있던 날이었다. 나는 몸이 불편하다는 이유를 대고는 일찍 자리를 빠져나왔다. 대체 그 레퍼토리는 언제 바꿀 예정이셔? 누군가 내 등뒤에다 그런 말을 내뱉고 있었다. 그 말은 마치 당신은 언제까지나 그렇게 세상과 잘 사귀지 못하고 어슬렁거리기만 할 거야,라고 힐난하는 투로 들려왔다. 나는 쓰게 웃으며 거리로 나섰다.

그런데 그날 나는 어째서 곧장 집으로 돌아가지 않았던 것일까. 어쩌면 그녀가 나를 찾아오리라는 것을 예감하고 있었던 것은 아니었을까. 그렇다면 더더군다나 일찍 집으로 돌아갔어야 마땅했다. 하지만 나는 곧장 집으로 가지 않고 그 길로 혼자 회사 근처의 소극장엘 들렀던 것이다. 제목도 알 수 없는 스웨덴 영화를 물끄러미 들여다보다가 그대로 잠이 들고 말았다. 나를 잠에서 깨운 것은 잿빛 유니폼을 입은 청소부였다. 굳게 입술을 다문 채 빗자루로 내 구두를 탁탁 치고 있는 청소부는 저승사자처럼 무서운 얼굴을 하고 있었다. 열한시가 가까워오고 있는 시간이었다.

그녀는 거실 한가운데서 부들부들 온몸을 떨고 있었다. 어둠 속에서도 거실에 서 있는 사람이 그녀라는 것을 단박에 알아차릴 수 있었다. 그리고 그녀가 몸을 떨고 있는 그 미세한 소리 또한 놓치지 않았다. 나는 스스로도 믿기지 않을 만큼 침착해져 있었다. 오히려 그런 그녀를 보면서 내 마음이 고요히 가라앉는 것을 느낄 수 있을 정도였다. 정말 믿기지 않는 일이었다. 그렇다면 나는 혹시 그 새벽 이후 줄곧 그녀를 기다려온 것은 아닐까.

몇 발자국도 안 되는 거리를 천천히 걸어 그녀 앞으로 다가갔다. 그녀가 나를 올려다보았다. 투명한 눈. 그러나 이미 세상을 다 알아버린 듯한 저 눈빛. 그녀의 눈은 무언가 내가 만질 수 없는 것들을 수없이 토해내고 있었다. 현기증이 일었다. 선뜻 그녀에게 무어라 말을 걸 엄도 못내고 그녀 앞에 서 있을 따름이었다. 귓불이 달아오르는 것을 느끼며 나는 깊은 눈으로 그녀를 응시하였다. 흥건하게 젖은 그녀 뺨 위로 짧은 머리카락들이 들러붙어 있었고 드러난 팔에는 날카로운 흉기에 스친 듯 피가 배인 자국이 눈에 들어왔다. 나는 아무것도 묻지 않았다. 설령 그때 내가 무엇을 물었다고 해도 그녀는 쉽게 다문 입을 풀지 않았을 것이다. 스물아홉의 경험으로 그런 것쯤은 직감할 수 있었다.

욕조에 물을 받는 사이에 나는 여전히 거실에 서 있는 그녀에게 다가가 어색한 손놀림으로 옷을 벗겼다. 아무런 저항도 없이 그녀는 고분고분히 내게 몸을 내맡기고 있었다. 그녀의 눈빛은 어느새 짙은 몽혼함으로 가득 차 있었다. 묘하게도 앳된 얼굴과 썩 잘 어울리는 눈빛이었다. 그녀의 짧은 웃옷과 반바지 그리고 찢어진 속옷들을 벗겨내자 여리디여린 몸뚱어리가 어둠 속에 희푸르게 드러났다. 어린 묘목 같은 몸이었다. 그녀의 분홍빛 유두와 분꽃처럼 오므린 연약한 음모를 씻어주다가 나는 그녀의 나이가 열일곱을 넘지 않을 것임을 깨달았다. 나중에 알게 된 사실이지만 그녀는 올해 정확히 열일곱 살이었다.

"학교는 그만둔 지 벌써 오래 됐어. 집을 나온 것도 그렇고."

"네가 학생이 아니라는 것쯤은 나도 알아."

나는 앞짚어 그렇게 말해버렸다.

"……."

그녀가 잠에서 깨어난 새벽녘에 우리는 나란히 한 침대에 누워 있었다. 몇 시간 동안 깊은 잠을 자고 일어난 그녀는 비교적 안정돼 보였다. 목소리 또한 한결 비음이 사그러졌다.

"너, 그 말투 말야. 누구에게나 그렇게 반말을 쓰는 건 아닐 텐데, 우리가 반말을 사용해도 좋을 사이는 아니잖니?"

나는 오랜만에 친동생을 만난 듯 이물없이 그렇게 말했다. 친동생? ……하나밖에 없던 여동생은 내가 열두 살 되던 그해 봄에 병명도 모르고 시름시름 앓다가 낙엽처럼 툭 떨어지고 말았다. 기억하기도 힘들 만큼 아주 오래 전의 일이다. 스스럼없이 내뱉은 말이었지만 그러나 내 어조는 내 귀에도 훈계하는 투로 들려왔다. 이 어린 여자애를 어떻게 대해야 할지 아직 갈피를 잡지 못하고 있던 탓이었다. 이 나이의 여자애와 한 번도 대화라는 것을 나눠본 적이 있었던가. 아니 그래본 적이 없었다. 나는 지금 그 누구보다도 어려운 상대를 만나고 있는지도 몰랐다. 다시 마음을 추스려야 할 필요를 느꼈다.

"말을 높여 하고 싶은 사람을 만난 적이 없어, 지금까지 단 한 번도."

"……!"

"나이는 그다지 중요한 게 아니라고 생각해."

열일곱 살 여자애가 스물아홉의 여자에게 이런 말을 하고 있었다. 나는 힐끗 여자애를 쳐다보았다. 어느새 냉정을 되찾은 듯 야무지게 입을 다물고 있었다. 그새 슬쩍 가면이라도 바꿔쓴 것은 아닐까. 아무튼 기이하게도 그애에게 끌리고 있는 것만은 사실이었다. 흰 노트를 펼치는 기분으로 나는 그애의 말에 귀를 기울이기 시작하였다.

"그럼 네가 중요하다고 여기는 건 뭔데?"

“그걸 알고 있다면 내가 이러고 다닐 거라고 생각해?”

탁구공을 받아치듯 여자애는 단박에 내쏘았다. 맞받아칠 수 없는 굉장한 속구였다. 나는 내 옆에 상체를 세우고 앉아 있는 그 여자애가 슬그머니 무서워지고 있었다. 바로 얼마 전에 내게 순하게 몸을 맡기고 있던 사람이라는 것이 의심스러울 지경이었다.

“……그렇다면 언제까지 이러고 다닐 작정이니? 넌 아직…….”

“그런 건 함부로 묻는 게 아니잖아? 그 정도도 모를 나이는 아닌 것 같은데.”

다소 신경질적인 목소리였다. 이쯤에서 그만 입을 다물고만 싶었다. 도무지 나는 그 아이의 상대가 되는 사람이 아닌 것만 같았기 때문이었다. 나는 슬며시 탁구대에서 물러나버렸다. 그러나 그 새벽에 우리는 아주 많은 이야기들을 나누었다고 기억된다. 그렇다고는 하나 그애와 내가 나누었던 이야기들은 그애가 사라지고 나자 마치 헛꿈을 꾼 듯 그저 몽롱하기만 한 것이었다. 그녀를 붙잡을 수 없었고 게다가 그녀와 나누었던 이야기들마저 지금은 아련하기만 하였다. 그러나 잊으려고 해도 한사코 나를 놓아주지 않는 이야기들은 여전히 뿌리 깊게 남아 있었다.

“유별나게 귀가 큰 어떤 여자에 대한 이야기, 들어보지 않을래?”

“?……”

이게 무슨 말인가. 대체 어쩌자고 나는 이런 이야기를 시작하고 있는 것인지.

“그 여자는, 아주 커다란 귀를 갖고 있어. 아니 단지 그냥 크다,라는 말은 좀 틀려. 큰 것뿐만이 아니라 뾰족하고 귓불은 축 늘어져 있어. 진화가 안 된 인간의 귀는 원래 그렇게 생겼다고 해. 어디선가 들은 이야기야…… 그 여자는 바람 부는 날을 아주 싫어해. 생각해봐, 그런 날은 당연히 바람에 머리카락이 흩날릴 테고 그러면 두 귀가 온통 세상에 드러나버리잖아……."

"……어느 날 학교에서 돌아와보니까 해피가 안 보이는 거야. 아버지가 잡아먹었다고 했어. 해피는 내가 아주 좋아하던 강아지였어. 아버지는 언젠가…… 회사 현관 앞에서 물구나무를 서다가 병원에 끌려간 적도 있었어. 아주 오랫동안 병원에 있어야 했지."

내 것이 아닌 또다른 목소리 하나가 어둠을 흔들기 시작하고 있었다.

"……그 여자는 막무가내로 고개를 숙이고 걸어. 마치 길바닥에 자신의 생의 일부를 떨어뜨린 사람처럼 말이야. 어떤 날은 아예 귀밑까지 깊숙하게 모자를 눌러쓰고 다니고는 해. 혹시 어디선가 그런 여자 본 적은 없어? 혹은 이런 이야기를 들은 적은?"

"다 나았다고 했어. 그런데도 아버지는 종종 집에서도 그렇게 물구나무를 서곤 했었어. 굉장히 무뚝뚝한 얼굴로 말이야. 아니, 차라리 근엄하기까지 한 얼굴이었어. 하지만 그 일만큼은 참을 수가 없었던 거야. 아버지를 이해할 수가 없었던 거지. 나는 그만 아버지의 팔뚝을 개처럼 이빨로 콱 물어버렸어."

"나도 어디선가 들은 이야기일 뿐이야…… 그 귀가 큰 여자는 자신이 그토록 심한 울증에 시달리는 게 단지 귀 때문이라고 믿고 있었어. 귀는 그 여자에게 일종의 치부였던 셈이었지."

우리는 무슨 이야기를 나누고 있는 것일까. 내가 지금 무슨 말을 하고 있는 건가. 나는 흡사 썩은 영혼을 토해내듯 이런 말들을 주절거리고 있었다. 그러나 머릿속은 오히려 찬물에 헹궈낸 듯 차츰 맑아지고 있었다.

"내가 그런 아버지를 이해할 수 있다고 생각해? 나는 아직 그런 나이가 아니잖아. 아버지의 팔목에서는 뚝뚝 붉은 피가 떨어지고 있었어…… 그런데 사람들은 나를 이상한 눈으로 쳐다보는 거야, 엄마 역시 마찬가지였어. 나는 울 수조차 없었어. 이미 다 지난 일이기는 하지만 말이야……."

그애와 나는 마치 낯선 여행지에서 만나 그 밤이 지나면 다시는 못 볼 것을 굳게 믿고 허물없이 서로의 이야기를 나누고 있는 성싶었다. 그래, 이 새벽이 지나고 나면 우리는 다시 만나지 말아야 했다. 우리는 어쩌면 처음부터 다시 만날 수 없다는 것을 암묵적으로 느끼고 있었는지도 몰랐다. 모든 것이 자연스러웠고 지극히 평화로웠다.

"그래서 어떻게 됐어?"

"……?"

"귀가 큰 어떤 여자 얘기를 하고 있었잖아 지금. 그래서 그 여자가 어떻게 됐느냐구."

소녀처럼 해맑간 얼굴로 여자애가 상체를 숙여 내 얼굴을 들여다보고 있었다. 나는 좀더 깊숙이 베개에 한쪽 얼굴을 묻었다. 양쪽 뺨이 다시금 후끈거리기 시작하는 것을 느끼고 있었다.

"글쎄, 그건 잘 몰라. 나도 거기까지밖에는 듣지 못했으니까."

"혹시라도 그 여자를 만나게 되면 이 말을 꼭 전해줘. 그런 건 그리 대수롭지 않은 거라고 말야. 귀가 없어도 세상을 사는 덴 별로 불편하지 않을 거라고 말이지."

“……!”

“…….”

“그래, 열일곱 살 여자애가 그런 말을 하더라고 꼭 전해줄게. 언제 그 여자를 만날 수 있을지는 모르지만 말이야.”

노인처럼 쭈그리고 앉아 담배 한 대를 피운 여자애는 곧 잠이 들어버렸다. 나는 알 수 없는 목마름에 시달리다가 한동안 잠든 그애의 얼굴을 물끄러미 바라보기도 하였다. 이윽고 여자애 옆에 모로 누워 나의 열두 살 적 일들을 어렴풋이 떠올리다가 잠이 들고 말았다.

아마도 그건 정녕 꿈속의 일이었으리라. 나는 조심스런 손길 하나가 내 머리카락을 들추는 것을 느끼고 있었다. 어쩐 일인지 기겁하지도 않고 가만히 눈을 감고 누워 있었다. 그리고 나는 깊게 웅크리고 있는 내 귀에 한없이 보드라운 숨결이 닿는 것을 느꼈다. 그것은 칸나처럼 뜨거운 여자애의 입술이었다…… 나는 시체마냥 숨을 죽이고 있었다. 얼마쯤 시간이 흘렀을까. 꽃이 피었다 지는 시간? 아니면 후루룩 깊은 숨을 내쉬는 그런 동안? 숨결이 거두어지자 나는 온몸을 덜덜 떨기 시작했다. 조금 울었던가, 나는 그때.

다음날 늦은 아침에 눈을 떴을 때 여자애는 이미 사라지고 없었다. 두 귀를 어루만지다가 그제서야 그애와 내가 하룻밤 동안 아주 먼 곳을 여행했다는 것을 깨달았다. 그런 방식으로 우리는 헤어졌다.

그녀가 내 방을 다녀간 이후 나는 어쩐 일인지 수맥(水脈) 위에서 잠을 자는 사람처럼 심각한 불면에 시달리고 있었다. 이제 겨우 보름 남짓한 시간이 흐르고 있었지만 그녀를 만났던 시간은 돌이킬 수 없을 정도의 아주 먼 옛일 같기만 하였다. 겨우 한 편의 꿈을 꿀 수 있을 만한 짧은 시간만으로도 상대에게 지독한 기억을 남길 수 있다는 것을 그녀를 통해 알게 되었다.

내 귀에 누군가의 입술이 닿았던 것처럼 그녀와 한밤을 보낸 시간도 어쩌면 꿈속의 일에 불과했는지도 몰랐다. 시간이 흐를수록 차츰 그럴 거라는 생각을 하게 되었다. 그러나 내 귀의 기억력은 참으로 집요한 것이어서 아직도 그녀의 뜨거운 숨결을 생생히 추억하고 있었다. 헛꿈이었어, 헛꿈에 지나지 않았다구. 나는 종종 두 귀를 세게 잡아당기면서 그렇게 읊조리고는 하였다. 그럴 때마다 물구나무서기를 하고 싶은 충동을 가까스로 참아내지 않으면 안 되었다. 밤마다 거대한 수맥 위에서 벌겋게 부어오른 두 귀를 부여쥐며 시간의 흐름에 온몸을 내맡기고 있었다. 어쩌면 작고 모양이 좋은 순종형(純種型)의 귀를 가진 그녀가 보고 싶은 것은 아니었을까. 나는 한번도 그녀의 귀를 만져보지 못한 것을 못내 아쉬워하고 있었는지도 몰랐다.

그녀가 떠난 이후 나는 몇 번인가 돈암동이나 화양리 같은 곳을 찾아다니기도 하였다. 십대들의 밀집지역이라는 그곳을 그녀 때문에 처음 발을 들여놓게 되었지만 그렇다고 별다르게 내가 할 수 있는 일들이란 아무것도 없었다. 설령 그녀를 찾아낸다고 한들 내가 무얼 할 수 있을까. 과연 무슨 말을 할 수 있을 것인가. 혹여 그녀를 맞닥뜨리게 되는 우연이 있어도 그녀의 가방을 훔쳐낸 사람처럼 고개를 외로 꼬며 슬머시 자리를 벗어날지도 몰랐다. 나는 가출한 동생을 둔 것도 아니었고 가출한 여학생을 찾는 선생도 아니었다. 그녀에게 나는 아무것도 아니었다. 그런 입장이었으므로 나는 그저 네온이 은성한 골목골목을 여기저기 기웃거리다가 허기를 느낄 때쯤이면 좌판에 서서 꼬치나 매운 떡볶이 등을 사먹고 집으로 돌아오곤 하였다. 스스로 생각하기에도 그것은 참으로 부질없는 행동이기는 했지만 퇴근 이후의 시간을 보낼 방법을 달리 찾아내지 못하고 있었다. 그녀를 만나기 이전에 늘상 그래왔던 것처럼 서둘러 집에 돌아가 저녁밥을 지어먹고 자정이 지날 때까지 텔레비전을 시청한다는 것이 못내 견딜 수 없어졌다. 그 동안 내가 저녁시간을 어떻게 보내왔었는지 신기할 정도였다. 겨우 하룻밤 동안 만난 그녀가 이토록 내 일상을 뒤흔들어놓았다는 것이 믿기지 않았다.

어느 날 저녁, 나는 집으로 돌아가려다 말고 지하철 입구에서 발걸음을 멈추고 말았다. 꼭 그날 하지 않으면 안 될 일을 갑자기 찾아낸 사람처럼 시간에 쫓겨 허둥거리며 다시 인파 속을 헤집고 걸었다. 그렇게 내가 찾아간 곳은 나이를 감춘 대여섯 명의 여자애들이 염색을 하고 있던 한 미용실이었다. 커트해주세요, 아주 짧게요…… 귀가 드러나 보일 만큼. 나는 내가 무슨 소리를 하고 있는지 몰랐다. 하여튼 미용사에게 그렇게 중얼거리고 있었다. 영업시간이 끝날 때쯤 찾아온 손님이 귀찮은 듯 미용사는 아주 재빠른 손놀림으로 어깨선까지 늘어져 있던 내 머리카락을 순식간에 잘라내고 있었다. 나는 차라리 눈을 감아버렸다. 그리고 지금 내가 어디에 와 앉아 있는 것인지, 도대체 무슨 일을 저지르고 있는지에 대해서 아무런 생각도 하지 않기로 하였다. 머리카락이 잘려지고 있는 동안 내 모든 사고를 정지시키고 싶었던 것이다.

얼마쯤 시간이 흘렀을까. 눈을 떴을 때 내 머리카락은 아주 짧게 잘려져 있었다. 뾰족하고 큰 귀가 턱뼈에서 휘늘어져 있는 것이 보였다. 둥근 거울 속에는 얼굴은 없고 붉게 달아오른 두 귀만 덜렁 남아 있었다. 나는 차가운 눈빛으로 오랫동안 거울을 들여다보고 있었다.

언젠가 귀의 지도(地圖)라는 말을 들어본 적이 있지. 귀의 지도. 나는 그 말이 썩 마음에 들어. 사람들은 각기 저마다 다른 형태의 귀가 있게 마련이지. 이제서야 나는 그렇다는 것을 알았어. 그래서 머리모양을 바꾸고 싶었던 거야. 그런데 그게 무슨 의미가 있느냐고? 글쎄, 아마도 이런 게 아닐까. 내 귀의 새로운 탄생을 의미하는 하나의 축제 같은 것 말이야.

휘청거리며 미용실 계단을 내려가면서 문득 나는 이렇게 중얼거리고 있는 자신을 발견하고 있었다.

지하철 입구에서 나는 돌연 덜미를 잡힌 사람처럼 기겁하고 말았다. 누군가 등뒤에서 내 이름을 부르는 소리가 들렸던 것이다. 파닥거리는 신경을 애써 억누르면서 나는 천천히 지금의 상황을 되짚으려 애를 썼다. 분명 누군가 나를 부르고 있었다. 아주 미세한 목소리이긴 하였지만 그것을 놓치지 않았다고 생각했다. 누굴까…… 그러다가 나는 고개를 내저었다. 그럴 리가 없어, 잘못 들은 걸거야. 짧게 잘린 뒷머리에 손을 올리면서 그런 확신을 하였다. 하지만 내가 잘못 들은 게 아닐 수도 있었다. 순식간에 머릿속이 혼란스러워지고 있었다. 나는 뒤를 돌아보고 싶다는 열망에 휩싸이면서 게처럼 옆걸음질쳤다. 전철역 입구에 우뚝 서 있는 내 양 옆으로 분주한 발걸음들이 스쳐지나가고 있었다. 나는 빳빳하게 귀를 곧추세웠다. 내가 들었다고 생각한 그 목소리, 내가 잘못 들은 그 목소리는 더이상 들려오지 않았다.

이윽고 나는 느릿느릿 지하철 계단을 내려가기 시작했다. 그리고 문득 내가 다시는 이곳을 찾아오지 않을 것임을 깨닫고 있었다. 그녀와 나. 우리는 더이상 만나지 않아도 좋을 사람들이었다. 단 한 번의 만남으로도 평생 지울 수 없는 추억을 남기는 사람이 있는 법이니까. 양파껍질을 벗기듯 스물아홉의 여름에 그런 것들을 하나씩 하나씩 알아가고 있었다. 하여 나는 고개를 돌리지 않고 아뜩한 저 계단을 마저 내려가고 있었다.

6월 마지막 금요일. 어둠이 들끓고 있던 새벽녘에 나는 홀연히 잠에서 깨어났다. 아주 먼 곳에서 새울음 같은 소리가 들려오고 있었다. 그 희미한 소리에 내 귀가 부스스 일어나 나를 일으켜 세웠던 것이다. 새울음 소리……? 그것이 문밖에서 들려오는 초인종 소리라는 것을 나는 한참 후에야 깨닫고 있었다.

(『소설과사상』 1996년 가을)

꿈

둔중한 소리를 내며 현관문이 닫혔다. 그는 방으로 들어와 창문을 열었다. 곧 아내의 모습이 보일 것이다. 텅 빈 놀이터가 한눈에 바라다보였다. 빈 그네 두 개가 엇갈리며 흔들거리고 있다. 현관을 벗어나 세 개의 계단을 지나면 바로 주차장이고 그 옆이 놀이터이다. 하나, 둘, 셋, 넷, 다섯, 아내의 뒷모습이 보인다. 그는 창틀에 팔꿈치를 올려세우며 고개를 치켜들었다. 외출하는 아내의 뒷모습을 보고 그녀가 차를 몰아 주차장을 벗어나는 것을 확인하는 게 어느새 습관이 되고 말았다. 아내도 그가 창밖으로 자신을 쳐다보고 있다는 걸 잘 알고 있었다. 어쩌면 그녀는 그가 자신을 바라보는 것을 즐기고 있는지도 몰랐다. 그녀의 걸음걸이는 탱고를 추듯 경쾌하고 가벼웠다. 윗몸이 꽉 조이는 반소매 니트에 까만색 샤넬라인 스커트를 입은 아내의 뒷모습은 많이 보아도 스물일고여덟을 넘지 않는다. 아내는 올해 서른세 살이다. 동갑임에도 불구하고 아내는 그보다 대여섯 살 아래로 보였다. 아내는 여전히 아름답다.

흰색 아반떼가 아파트 광장을 빠져나가기 시작했다. 아내는 길고 미끈한 팔을 쭉 뻗어 흔들어 보이는 것을 잊지 않았다. 창 밖으로 고개를 내밀고 있던 그는 마주 손을 들어 보였다. 하지 만 아내가 자신을 쳐다보지 않으리라는 것을 모르지는 않았다. 자동차는 위험할 정도로 빠른 속도로 사라지고 있었다. 아내는 속도광이다. 지역 구민회관에서 꽃꽂이 강습이 끝나면 한 군데 학원을 더 들러 강의하고 늦어도 오후 다섯시까지는 집으로 돌 아올 것이다. 아내는 꽤 유명한 꽃꽂이 강사다. '하선정 요리학 원'이나 '이신우 옴므' '이영희 우리옷'처럼 그녀는 제 이름을 내건 꽃꽂이학원을 운영하는 게 꿈이다. 아내는 아이를 원치 않 았다.

자동차 꽁무니가 시야에서 사라지자 그는 안도감을 느끼며 방에서 나왔다. 전자동 세탁기에서 탈수된 세탁물들을 꺼내야 할 시간이었다. 그는 뒤엉킨 양말과 스타킹들을 짜맞춘 후에 탈 탈 털어 물기를 빼고는 가지런히 널었다. 빳빳하게 잘 말라 있 을 즈음 아내는 돌아온다. 빨래를 걷고 정돈하는 것은 아내의 몫이다. 때때로 그는 결혼을 한 게 아니라 마음이 잘 맞는 룸메 이트와 자취를 한다는 느낌을 받은 적도 있었다. 빨래를 널거나 쌀을 씻을 때 혹은 아내에게 걸려온 전화내용을 메모하고 있을 때. 하지만 그는 익숙해졌고 그같은 일상에서 평온함을 느끼게 되었다. 아이가 없는 것이 다행이라면 다행이었다. 아이가 있었다면 아주 많은 것들이 달라졌을 것이다. 그 상황에서라면 결코 평안함을 느끼지 못하리라는 건 그다지 어려운 상상이 아니다.

빨래를 다 넌 후에 식탁 앞에 앉았다. 아침 겸 점심식사를 해야 했다. 식탁 위에는 깻잎김치나 멸치조림 같은 밑반찬 서너 가지가 놓여 있었다. 아내는 토스트 한 쪽과 프리미엄 오렌지주스를 마시고 나갔다. 그는 넓적한 냉면그릇을 찾아 밥을 푸고는 물을 부었다. 신혼 초에 그는 아내가 된장찌개 하나 제대로 끓이지 못하는 것에 대단히 놀랐었지만 정작 아내는 그게 무슨 대수냐 하는 뜨악한 태도를 보였다. 그녀는 팽이버섯을 넣고 끓인 된장찌개와 말라비틀어진 멸치만 넣고 끓인 된장찌개의 맛을 구별할 줄 몰랐다. 지금은 좀 웬만해지긴 했지만 그는 아직도 아내가 끓인 된장찌개를 맛있게 먹어본 적이 없다. 하지만 이내 아내에게 익숙해져갔다. 아내를 사랑하는 것일까. 그는 고개를 저었다. 그렇지만 사랑하지 않는다고도 말할 수는 없다. 결혼생활 삼 년만 넘어서면 누구도 그 질문에 대해서는 명쾌한 대답을 하기 힘들 것이다. 결혼한 지 벌써 육 년이 지나고 있었다.

물에 만 질척한 밥에 깻잎김치를 올려놓다가 그는 수저를 놓고 말았다. 문득 아침에 아내가 한 말이 떠올랐기 때문이었다.

"상훈씨 말이야, 글쎄 이번에 전임됐다네."

"……."

아내는 동창들의 정보에 빨랐다.

"그 사람 능력 있었나봐."

다시 아내가 말했다. 아내는 그 사람에 대해 말하고 있는 것이 아니라 그의 무능을 지적하고 있는 것이다. 그는 아무런 대꾸도 하지 않고 끙 소리를 내며 돌아누웠다. 굳이 침대에서 해야 할 말이 아니라는 걸 모르는 것일까. 그는 불쾌했지만 감정을 드러내지 않으려 애썼다. 아니 그럴 용기도 없었다. 아내는 어쩌면 그가 시시한 번역가가 될 줄 알았다면 그를 선택하지 않았을지도 모른다. 지금 그는 번역하는 일을 하고 있다. 정확하게 말하면 번역이 아닐지도 몰랐다. 여러 권의 번역본들을 비교해가면서 문장을 다듬는 일을 할 뿐이었으니. 그가 참조하는 번역본들 중에도 중역이거나 아니면 그가 하는 것처럼 다른 번역본들을 베낀 책들도 있다.

한때 그는 소설가였다. 그것도 대학 재학중에 등단한 젊은 작가. 아내와 본격적으로 연애를 시작했을 때만 해도 아내의 눈에 그는 비교적 가능성을 지닌 사람으로 보였다. 그는 아내가 왜 자신을 선택했는지 잘 알았다. 하지만 그는 영원히 대학생 소설가로 머물고 말았다. 데뷔작이 마지막 작품이 되고 말았기 때문이다. 적어도 지금까지는 그렇다. 이제는 그가 소설가이거나 소설가였다는 것을 기억하는 사람은 아내와 자신밖에 없다. 아내는 한동안 자신이 선택한 남자에 대한 실망을 견디기 힘들어했다. 그러나 현명한 편에 속하는 아내는 새로운 남자를 찾을 정도로 모험을 좋아하지는 않았다. 그래서 남편이 자신의 허영을 채워줄 수 없는 사람이라면 적어도 자신의 일에 대해서만은 외조를 아끼지 않는 사람으로 길들일 필요가 있다고 판단한 듯싶었다. 아내는 자신의 판단을 확신했고 그 역시 아내의 판단을 존중하고 자신을 길들였다. 몇 년의 결혼생활을 통해 그와 아내가 확인한 것은 한 사람이 무능할 때는 다른 한 사람만은 어떻게든 유능해지지 않으면 안 된다는 사실이었다. 그는 점차 별부끄러움도 없이 자신의 무능을 드러내 보였고 아내는 점점 유능해져갔다. '정소경 꽃꽂이학원'은 그렇게 먼 현실이 아닐 것이다.

그의 쪼그라든 성기를 슬쩍 쥐었다 놓으며 아내는 미끄러지듯 침대를 빠져나갔다.

개수대에 빈 그릇들을 담가놓다가 그는 짧은 비명을 내지르며 허청거리는 몸을 싱크대에 기대고 말았다. 느닷없이 두통이 시작되고 있었다. 두통. 그것은 아주 불쾌하고 도무지 버릴 수 없는 습관과도 같았다. 두통은 좀체 면역이 되지 않는다. 한 번 두통이 지나간 다음에는 견딜 만했다는 생각이 들기도 하지만 다시 찾아올 때는 여전히 참을 수 없는 고통을 느껴야만 했다. 그는 허겁지겁 약상자를 뒤져 알약을 찾아 물도 없이 삼켰다. 가슴이 곧장 뻐근해져왔다. 다시 한 알을 더 삼키고는 물을 마셨다. 기습적으로 찾아오곤 하는 두통 앞에서 육체는 너무도 속수무책이었다. 한낱 두통 앞에서 육체가 이토록 무력하다는 것에 그는 매번 놀라곤 했다.

"귀찮더라도 차라리 병원에 한번 가보지 그래."

짜증 섞인 아내의 말이 아니더라도 병원을 찾아야 하지 않을까 생각한 적도 있었지만 썩 내키지 않았다. 예전에 그는 자주 설사에 시달린 적이 있었는데 장질환을 검사하기 위한 내시경이 어떻게 육체에 삽입되는가를 귀동냥한 이후 그 병을 아예 잊기로 작정했었다. 그같은 일들은 몇 번의 사고와 군대생활에서 경험했던 육체에 대한 치욕적인 기억을 연상시키기에 충분했다. 똑같지는 않겠지만 아무튼 그 치욕을 다시 겪느니 차라리 병에 익숙해지는 게 나았다. 그런 소극적인 사고는 고통이 견딜 만했다는 것을 말해주는 것 외에 아무것도 아닐 터이지만 시도 때도 없이 기습하곤 하는 두통은 정말로 견디기 힘들었다. 그는 결코 두통과 가까워질 수 없었으며 언젠가 또다시 찾아올 거라는 불안감에 늘 시달려야 했다. 두통의 원인에 대해서도 여전히 오리무중일 수밖에 없었다. 그는 진통제의 효력을 기대하며 두통이 지나가기만을 기다릴 따름이었다. 그에게 있어 두통은 삶에 대한 강렬한 무적(霧笛)소리 같은 것이었다.

전화벨이 울린 것은 어느 정도 두통이 가라앉고 그가 일을 시작하기 위해 책상 앞에 막 앉았을 때였다.

"와이프 나갔지?"

그녀였다. 늘 그렇듯 약간 지치고 나른한 목소리. 그녀는 오늘 집에 들러달라는 말을 마치자마자 그의 대답도 듣지 않고 냉큼 전화를 끊어버렸다. 전화번호를 가르쳐준 것이 실수였다. 그녀는 조심성없이 자주 전화를 걸어왔다. 예상치 못한 일이었다. 한 번은 아내가 전화를 바꿔준 적도 있었다. 다행히 아내는 별다른 의심은 하지 않았고 그는 가슴을 후들거리며 일방적인 그녀의 음성을 들어야만 했었다. 잠깐이었지만 몹시 곤혹스럽고 두려운 시간이었다. 전화를 끊고 나서 그는 손바닥으로 이마를 짚어보았다. 흥건히 땀이 베이나고 있었다. 집으로 전화를 삼가달라는 말에도 별로 귀담아듣는 눈치가 아니었다.

그는 다시 전화를 걸까 하다가 도로 수화기를 내려놓고 말았다. 아내에게 오늘 외출한다는 말을 미리 하지 않은 게 떠올랐다. 아내는 그가 집에 머물러 있는 것을 좋아했다. 이제는 그가 무능하고 별볼일 없는 인간이라는 것에 별로 개의치 않았다. 그것은 체념에 가까울지도 몰랐다. 그는 아내의 직장으로 전화를 걸었다. 아직 도착하지 않았다고 했다.

나는 왜 그녀에게 붙들려 있는 것일까. 그는 수화기를 내려놓을 생각도 하지 못한 채 미간을 모았다. 두통과 일상과 아내로부터 도망칠 수 없는 것처럼 그 여자로부터 도망칠 수 없을지도 모른다는 상상은 불길하기 짝이 없었다. 곰곰이 따져보면 그녀에게 끌려야 할 이유를 찾기 힘들었다. 그 여자는 아내보다 결코 아름답거나 젊다고 말할 수 없었고 아내보다 유능하지도 않았다. 그녀는 자신만큼이나 초라했고 간신히 제 몫의 삶을 밀고 나가고 있어 보였다. 그런데도 왜. 그녀는 아내와 달랐다. 아니 그건 정확한 이유가 못 된다. 설명하기 힘들지만, 이를테면 그녀를 위해 빨래를 널거나 아내의 통장을 들고 세금을 내러 은행에 가지 않아도 되었고 수퍼에서 미원이나 생리용 냅킨을 사지 않아도 되었다. 단지 그것뿐이었다. 그 외에 달리 아무런 이유를 찾아낼 수가 없다.

한동안 책장만 넘기고 있던 그는 자리에서 일어났다. 일거리가 손에 잡히지 않았고 두통이 지나간 머릿속은 온통 혼란스럽기만 했다. 안구마저 뻑뻑해지는 느낌이었다. 그는 자신의 머릿속이 그토록 복잡하고 어지러운 까닭은 순전히 두통 때문이라고 여기고 싶었다. 정말 아내의 충고대로 수일 내에 병원에 가봐야 할 것 같았다. 그는 현관문을 열고 밖으로 나갔다. 아내가 외출할 때처럼 현관문은 그의 등뒤에서 둔중한 소리를 내며 닫혔다. 열쇠로 문을 잠그고는 세 개의 계단을 내려갔다. 햇살이 쏟아지고 있었다. 봄볕치고는 제법 강렬하고 따가운 빛이다. 그는 산책하듯 느린 걸음으로 놀이터로 걸어들어갔다. 아파트 뒤편에 있는 초등학교에서는 아이들의 구령소리가 흘러나오고 있었다. 가끔 아이들의 소리는 아주 먼 곳에서 들려오는 날카로운 비명소리 같을 때가 있다. 재학중에 아내는 한 번 아이를 지웠다. 그녀가 원치 않았기 때문이었지만 그건 그 역시 마찬가지였다. 아직 하교시간이 되려면 한 시간 남짓 여유가 있었다. 아이들이 학교에서 돌아올 무렵이면 그는 책장을 덮고 이부자리도 안 갠 침대 속으로 다시 파고들어야 했다. 아파트 일층이라는 데는 오래 살 만한 곳이 못 되었다. 하지만 아이들의 고함소리나 공을 차는 소리도 그리 길게 가지는 않았다. 아파트 아이들은 대개 서너 군데씩 학원을 다니느라 어른 못지않게 바빴다. 그러고 보면 그는 초등학교 아이들보다 한가한 편이었다.

그는 빈 그네에 엉거주춤 쭈그려앉았다. 놀이터 한쪽으로 길게 이어져 있는 공원에도 사람들은 보이지 않았다. 외출하는 아내의 뒷등을 볼 때처럼 안도감이 느껴졌다. 그는 한쪽 발로 모래를 차면서 흔들거리는 그네에 몸을 맡기고 있었다. 무게를 이기기 힘들다는 듯 삐걱거리는 쇳소리를 토하면서도 그네는 계속 움직였고 그의 몸은 자꾸만 흔들거리기 시작했다.

그날 번역원고를 들고 출판사에 온 그 여자를 우연히 만나 여러 사람들과 술자리에 어울렸을 때에도 그를 휘감은 것은 저항할 수 없는 사랑의 예감 따위가 아니었다. 차라리 그 예감은 불길하기 그지없었다. 여자의 인상은 얼굴의 절반을 가리면서 흘러내린 긴 머리카락과 지나치다 싶을 정도로 눈두덩이에 보라색 아이섀도를 칠한 탓에 음울한 분위기를 풍기고 있었다. 내내 침울하게 앉아 있다가 갑자기 도발적인 말들을 내뱉곤 하는 그 여자의 태도는 사람들을 불쾌하게 만들었다. 자신에게 무례한 농담이 오갈 때면 피우고 있던 담배를 다른 사람의 술잔에 집어넣는 따위의 당혹스럽고 황당한 행동을 했다. 만취한 상태가 아니었음에도 신경쇠약 직전의 여자처럼 지극히 위험해 보였다. 출판사를 드나들면서부터 그와 유사한 위태롭고 불안해 보이는 여자들을 종종 만난 적이 있다. 그 위험한 여자들 가운데 그녀가 특별한 친밀감으로 다가왔던 것은 그녀의 두통 때문이었다. 갑자기 얼굴을 찌푸리던 그녀가 가방을 들더니 벌떡 일어섰다. 다른 몇몇의 사람들처럼 그는 별다른 생각없이 멀건 눈으로 그녀를 올려다보았다. 누군가 그녀에게 왜 그러느냐고 물었다.

"두통이 와서, 골이 쏟아지는 것만 같아요."

그녀는 외마디 비명을 지르듯 내뱉고는 서둘러 입구로 걸어 나갔다. 어떻게 설명할 수 있을까. 그는 주머니 속에 들어 있는 두통약을 만지작거리면서 희귀한 불치병을 함께 앓고 있는 사람을 만난 것 같은 느낌에 전율했다. 여자의 불길한 분위기로부터 도망치지 않고 그녀를 바래다주겠다고 뒤쫓아 일어선 행동은 스스로도 납득하기 힘들었다. 사람들이 보는 가운데서 처음 만난 여자를 바래다주겠다고 나서는 행동은 오해를 사기 십상이었다. 그런 따위의 용기란 어쩌면 거의 기적에 가까운 것일 터였다. 여자를 쫓아 일어났을 때 사람들이 던지는 노골적인 시선을 그는 애써 외면했다. 그것은 그가 여자의 아픔을 이해하게 되었다거나 감싸주고 싶었다는 감정과는 달랐다. 그는 본능적으로 위험을 감지했고 어쩌면 자멸적으로 그 위험에 몸을 맡기고 싶었는지도 몰랐다. 따지고보면 그 모든 것이 두통 때문에 시작된 일이었다. 그러기로 미리 약속이나 한 듯 아무것도 묻지 않고 택시를 잡아탄 그녀가 또다시 비명을 쏟아냈다.

"아아, 지겨워. 발정난 암코양이 한 마리가 머릿속으로 뛰어들어와 마구 할퀴는 것 같아요. 이런 고통 알아요?"

그는 아무 말도 하지 않았다.

옆집에 사는 젊은 여자가 식료품이 들었을 비닐봉지를 들고 아파트 입구 쪽으로 걸어오고 있었다. 그는 얼른 그네에서 몸을 일으켰다. 거울을 들여다보지는 않았지만 그새 얼굴이 새카맣게 그을린 것처럼 따끔거리고 있었다. 옆집 여자가 알은 척을 하며 고개를 숙여 보였다. 그는 쭈뼛거리며 인사를 하고는 몸을 돌렸다. 몇 발자국쯤 걷다가 그는 제풀에 뒤를 돌아다보았다. 옆집 여자가 그를 흘끔거리고 있다가 표정을 싹 바꾸더니 휭하게 돌아섰다. 그는 옆집 여자의 표정을 놓치지 않았다. 정말 한심한 남자지 뭐야. 아마 그녀는 아파트 여자들에게 이렇게 수군거릴 것이다. 아내의 얼굴이 떠올랐다. 세차게 머리를 흔들어버렸다. 그는 고개를 들어 단단한 아파트 외벽을 훑어보았다. 이 시간에 아파트에 남아 있는 남자는 자신밖에 없을지도 몰랐다. 그는 어디로든 가고 싶어졌다.

놀이터를 빠져나오면서 지갑을 꺼내보았다. 구겨진 몇 장의 지폐가 들어 있었다. 그만하면 다시 집으로 들어갔다 나오지 않아도 될 것 같았다. 여자에게는 별로 돈 들어갈 만한 일이 없었다. 왕복 차비와 어색하긴 하지만 가끔씩 사가는 과일값 정도가 전부였다. 특별한 선물을 요구하는 여자도 아니었다. 어떤 날은 천원짜리 한 장만 있어도 동전 몇 개가 남을 때도 있었다. 여자와는 한 번도 밖에서 만난 적이 없었다. 그 여자처럼 외출을 기피하는 사람을 본 것도 드물었다. 가끔 출판사에 번역원고를 갖다주는 일 이외에 여자는 마치 지하생활자처럼 살았다. 여자의 안색은 창백하고 뺨에는 실핏줄마저 드러나 있었다. 아름답지는 않았다.

그는 천천히 전철역을 향해 걷기 시작했다.

여자에게 메모하는 버릇이 있다는 것을 안 지는 얼마 전이었다. 그가 보기에 그것은 단순한 메모라기보다는 일종의 기록에 가까웠다. 그날의 날씨와 지출금액, 뉴스로 전해들은 크고 작은 사건들, 타인과 통화한 이야기들. 그것까지는 자신과 아무런 상관이 없었다. 그런데 여자는 그를 만난 날짜나 무심코 그가 내뱉은 말 따위, 심지어는 섹스한 횟수까지도 빠짐없이 꼼꼼히 기록하고 있었다. 어떤 부채감으로 그가 써보낸 몇 통의 편지들도 날짜 순대로 잘 정리되어 서랍 속에 들어 있었다. 편지봉투들은 손으로 찢겨져 있지 않고 가위로 깨끗하게 잘라져 있었다. 자신과 여자의 흔적들이 살아 그를 섬뜩하게 만들었다. 여자의 다이어리를 본 것은 우연이었지만 그는 여자의 입에서 '두통 때문에'라는 말을 들었을 때보다 더 심하게 몸을 떨어야 했다. 여자는 만성적인 두통 때문에 자신의 기억력이 점점 감퇴하고 있다고 믿고 있었다. 틀린 추측은 아닐지도 모르지만 그는 여자의 지독한 메모 습관에 기가 질릴 지경이었다.

두통에 시달리기 이전부터 그는 자신의 기억력이 몹시 형편없다는 것을 알고 있었다. 그는 아내의 생일이나 결혼기념일도 기억하지 못했다. 때로 신상에 관한 서류를 작성하다가 자신의 생년월일도 순간적으로 잊어버리는 경우가 있었으며 간혹 올해가 몇년도인지 몰라 옆사람에게 확인해야 할 때도 있었다. 언젠가 지방에 내려가 며칠 지낸 적이 있었는데 집에 전화를 걸려고 공중전화 앞에 섰다가 집 전화번호를 기억하지 못한다는 것을 깨닫고는 당황한 일도 있었다. 그는 겨우 숫자의 윤곽과 어감만을 기억하고 있었던 것이다. 그러나 그는 때로 엉뚱한 기억을 갖고도 있었다. 이를테면 아내를 처음 만났던 날의 구름의 두께라던가 나란히 걸어갈 때 붉은 체크무늬 모직치마에 손이 스칠 때의 느낌, 혹은 어떤 여자와 입을 맞출 요량으로 벤치에 앉아 있을 때 몸에 달라들던 모기의 기분 나쁜 날갯짓 소리 같은 것들. 그러나 그런 기억력은 일상생활이나 여자와의 관계에는 아무런 도움도 안 되는 미미한 것들이었다. 어쨌든 그는 여자와는 달리 자신의 형편없는 기억력이 두통 때문이라고는 진단해본 적이 없었다. 여자는 자신의 기억력 감퇴가 오로지 두통 때문이라고 믿고 있었는데 그가 보기에는 맹신에 가까울 정도였다.

중요한 것은 아내를 사랑하지 않는 것처럼 그 여자를 사랑하지 않는다는 것이다. 가끔 불륜이라는 멍에를 심리적으로 벗어나기 위해 차라리 사랑없이 사는 것이 불륜이라고 혼자 규정해버리곤 했다. 하지만 그 여자를 사랑한다고 보장할 수 없는 그에게는 삶 자체가 불륜일 수밖에 없었다.

그는 여자와 여행을 계획하기도 했었다. 그러나 한 번도 여자의 지하방을 떠나보지 못했다. 여자와의 여행이란 끊임없이 미루어질 수밖에 없는 행복의 약속 같은 것일지 몰랐다. 설령 여행을 갔다 하더라도 여자와 자신이 얼마나 행복을 느낄 것인가는 장담하기 어려웠다. 어차피 되돌아와야 할 여행인 때문만은 아니었다. 언제가 그녀는 산불로 온 마을이 불타버린 곳에 가보고 싶다고 말한 적이 있었다. 텔레비전이나 신문을 통해 접한 그 마을의 참상은 너무도 끔찍했다. 산과 숲은 꺼멓게 그을려 있었고 집터는 완전히 폐허가 되어 있었으며 타 죽은 가축들의 시체가 여기저기 널브러져 있었다. 왜 그녀가 그런 곳에 가보자고 했는지 그는 완전하게 이해할 수는 없었다. 그러나 어쩌면 그녀가 어떤 아름다운 풍광을 본다 하더라도 그것이 그녀의 마음을 위로해주리라고도 예측하기 힘들었다. 그리고 이제 그녀는 여행에 대해 더이상 기대하지 않는 듯했다. 그녀가 불타버린 마을을 가보고 싶다고 말한 것은 스스로의 마음의 풍경을 보고자 했던 건 아니었을까. 그녀 마음의 풍경 속에는 더이상 숲과 나무와 마을이 남아 있지 않았다. 그녀는 불에 그을린 채 서 있는 한 그루 나무처럼 보였다.

비좁은 부엌이 붙어 있는 여자의 자취방은 지하감방같이 느껴졌다. 그 방은 습기가 많고 어두운 반지하였으며 여자는 그 공간에서 좀처럼 벗어나려 하지 않았다. 여자에게 번역의 노동이란 광부들이 어두운 막장에서 탄을 캐는 일과도 같았다. 그 노동으로부터 어떤 성취와 희망을 구하고 있어 보이지 않았다. 그것은 그도 다를 게 없었다. 비슷한 사람은 어디서나 서로를 알아보는 모양이다. 하지만 두통과 기억력에 대한 상관관계에 대해서만은 서로 다른 생각을 갖고 있었다.

문을 두드리기 위해 불쑥 내민 주먹을 그는 낯선 눈길로 내려다보았다. 어느 틈에 여자의 방앞까지 온 것인지 아뜩하기만 했다. 그제서야 아내에게 외출한다는 말을 하지 않고 나온 게 떠올랐다. 아직 도착하지 않았다고 했잖아. 그는 변명을 하듯 입속에서 웅얼거렸다. 행선지를 밝히지 않고 그가 외출하는 일은 극히 드물었다. 그리고 전날 미리 이야기하지 않고 집을 나선 것도. 강의시간 틈틈이 아내는 집으로 전화를 할 것이다. 게다가 그가 받지 않으면 더더욱이나. 그는 다시 길을 내려가 공중전화를 할까 망설였다. 하지만 곧 마음을 고쳐먹기로 했다. 그는 주먹으로 여자의 방문을 조심성없이 두드렸다.

여자가 설거지를 하는 동안 그는 두 대의 줄담배를 피워댔다. 좁은 방안은 금세 담배연기로 가득 차버렸다. 그는 창문을 열었다. 담장에 가려 아무것도 보이지 않았다. 만지면 곧 부스러질 듯한 허술한 시멘트 담장만이 시야에 들어왔다. 군데군데 시멘트 사이로 초록빛 잡초들이 머리를 내밀고 있었다. 이 여자는 어떻게 이런 방에서 살까. 답답하고 하늘 한 점 보이지도 않는 방에서. 그는 앞으로 자신이 이 방에서 살게 될 처지에 놓인 사람처럼 긴 한숨을 내쉬었다. 아내와 자신의 아파트가 떠올랐다. 비록 전세값이 싸고 소음에 무방비 상태로 노출되어 있는 일층이기는 하지만 창밖으로는 놀이터와 탁 트인 공원이 내다보였다. 감옥처럼 못 견디게 답답하지는 않았다. 그는 아파트로 돌아가고 싶어졌다. 하루 몫인 몇 장의 원고를 번역하고 뜨거운 차 한 잔을 마시면서 아내를 기다리고 싶었다. 지금쯤 아내는 전화기를 붙들고 인상을 쓰고 있을 것이다. 이 사람이 대체 어딜 간 거야, 말도 없이. 신경질적으로 중얼거리면서 말이다. 그는 점점 더 초조해지기 시작했다.

쟁반에 커피잔 두 개를 받쳐들고 들어온 여자를 그는 단 한마디의 말도 없이 쓰러뜨렸다. 왜 이래, 천천히 해. 여자가 콧소리를 내며 그의 허리춤에서 셔츠를 잡아뺐다. 날카로운 손톱이 그의 가슴을 스치고 지나갔다. 유곽에 들어와 빨리 관계를 끝내고 나가고 싶은 사람처럼 허겁지겁 자신의 몸을 여자에게 비비기 시작했다. 그는 한 손으로 여자의 검은 터럭을 밀어올리며 그녀의 깊게 패인 성기를 혀가 떨어져나가도록 애무했다. 마치 그의 혀는 여자의 몸속 밑바닥에 닿으려고 애쓰는 것만 같았다. 아무 생각도 떠오르지 않았다. 그렇지만 그것을 집중이라고 말할 수는 없었다. 여자의 성기에서 설익은 콩나물 냄새가 났다. 여자는 언제부터인가 더이상 울음 같은 신음소리를 쏟아내지 않았다. 그저 습관적인 교성만을 가늘게 토할 뿐이었다. 왜 남자의 등을 보며 할 수 있는 체위는 없을까. 여자가 한숨을 토하듯 그렇게 뇌까렸다. 그는 자신의 입술로 여자의 입을 틀어막았다. 그는 그녀의 배 위에서 절망적으로 몸을 움직였고 마지막 순간에 더러운 것을 게워내듯 정액을 쏟아냈다. 쏟아내면서 아픔과 약간의 희열이 뒤섞여 있을 여자의 얼굴을 훔쳐보지 못했다. 땀이 식기 시작한 엉덩이께에 소름이 돋고 있었다.

여자는 깊이 잠들어 있었다. 너무 깊게 잠들어서 영원히 눈을 뜨지 않을 것처럼 보였다. 타인의 죽음에 대한 상상은 비밀스러운 도취감을 느끼게 한다. 그 사람에게 자신의 삶이 개입하고 있는 정도가 심할수록 그랬다. 이 여자는 나를 놓아줄까. 그는 기척을 내지 않고 옷을 찾아 입으면서 여자의 얼굴을 자꾸만 훔쳐보았다. 지금은 여자에게 죽음의 연기를 주문할 때다. 그는 입엣말을 하였다. 얼굴이 딱딱하게 경직되어가고 있는 것이 느껴졌다. 여자는 자신에게 지울 수 없는 흔적 같은 존재이고 그는 간절히 그 흔적들을 지우고 싶었다. 여자는 나를 놓아줄까. 내가 나의 생을 놓아버리고 싶듯 그렇게.

여자의 책상서랍을 뒤져 자신이 보낸 편지뭉치와 다이어리를 찾아냈다. 그것들은 아주 잘 정리되어 있었다. 물증을 없애야만 했다. 그는 그것들을 찾아낸 뒤 부엌으로 갔다. 부엌으로 나가기 전에 창문을 꼭 닫는 것을 잊지 않았다. 그는 흘깃 여자를 뒤돌아보았다. 여자는 깊이 잠들어 있었다.

　나는 긴장되는 것을 느낀다. 숨을 짧게 끊었다가 내쉬어본다. 손끝이 떨리고 있지만 나는 그 일을 할 수 있다. 아니 꼭 하지 않으면 안 된다. 여자는 쉽게 나를 놓아주지 않을 것이다. 이제 그만 이 파행적인 관계를 취소하고 싶다. 싱크대 밑 선반에서 칼을 찾아낸다. 칼로 가스레인지에 연결된 호스를 자른다. 단단한 호스는 생각처럼 쉽게 잘리지 않는다. 나는 칼을 쥔 손에 좀더 힘을 준다. 호스가 반쯤 잘린다. 밸브를 열어놓는다. 이제 가스는 조금씩 조금씩 새어나올 것이다. A4용지만한 부엌창문을 꽉 닫아버린다. 그리고는 부엌과 방으로 연결된 문을 열어둔다. 조금 있으면 잠에서 깨어난 여자는 습관대로 담배부터 찾을 것이다. 치익. 성냥 긋는 소리가 들리는 듯하다. 아니 담배를 피우지 않아도 좋다. 그 전에 여자는 질식할지도 모른다. 그러면 모든 것이 끝난다. 나는 소리내지 않고 여자의 지하방을 빠져나온다. 셔츠 위로 땀 한 방울이 툭 떨어진다.

　그는 소리내지 않고 여자의 지하방을 빠져나왔다. 셔츠 위로 땀 한 방울이 툭 떨어졌다. 잠든 여자의 얼굴이 아직도 눈앞에서 어른거리고 있었다. 그는 집으로 가는 버스를 멀건히 바라만 보았다. 아직 집에 돌아가야 할 시간이 아니었다 좀더 그럴듯한 시간에 귀가해야 했다. 이럴 때 그는 대개 삼류극장에서 그렇고 그런 영화를 보거나 할일없이 거리를 쏘다녔다. 오늘처럼 환한 평일 대낮에 음침한 영화관을 들를 때마다 그는 매번 놀라고는 했다. 자신처럼 혼자 갈데없이 버려진 젊은 남자들이 의외로 많다는 사실 때문이었다. 그들은 마치 햇빛이 두려운 사람들처럼 지하극장으로 기어들어와서는 의자에 몸을 묻고 화면에서 터져 나오는 여자의 교성에 숨죽이는 것으로 시간을 죽이고들 있었다. 화면 속에는 방금 전 그 여자와 치른 것과는 너무도 다른 환상적인 절정의 순간이 펼쳐졌다. 그때 어둠을 뚫고 한 남자가 옆자리로 다가왔다. 그는 기습당한 벌레처럼 몸을 웅크렸다. 옆의 남자가 수음을 하고 있는지도 모른다는 생각 때문이었다. 남자는 동성연애자인지도 몰랐다.

영화가 다 끝나기 전에 자리에서 일어나고 말았다. 어차피 시작과 끝이 중요한 영화는 아니다. 어둑한 지하영화관에서 지상으로 올라왔을 때 그의 몸은 순간적으로 또 움츠러들고 말았다. 아직도 햇살이 남아 있었던 때문이었다. 점점 낮이 길어지고 있는 계절이었다. 그는 서둘러 걸음을 옮겨놓았다. 극장에서 멀어질수록 그 알 수 없는 수치심과 두려움은 희미해지고 있었다. 그런데 불현듯 잠든 여자의 얼굴이 떠올랐다. 갑자기 거리가 조용해졌다. 아무런 소음도 들리지 않았다. 질주하는 버스와 옆구리를 스치며 빠르게 걷는 사람들, 빌딩 위의 현란한 옥외광고판, 그 모든 것들이 일순 정지된 것만 같았다. 그는 한 손으로 입을 틀어막았다. 구토가 치밀어오르고 있었다.

그는 갈 길을 잃은 사람처럼 아무 데로나 걷기 시작했다. 미혹에 휩싸인 듯 맥없이 걸었기 때문에 낯선 행인들과 자주 어깨를 부딪혔다. 구두 밑창이 보도블럭에 쩍쩍 들러붙기도 했다. 뜨거운 지열이 아니라면 휘청거리는 걸음 때문인지도 몰랐다. 그는 어딘지도 모르면서 걷고 또 걸었다. 거대한 빌딩 너머로 스모그에 가려진 뿌연 태양이 뉘엿거리고 있었다. 그는 걸음을 멈추었다. 눈에 잡힐 정도의 움직임으로 태양이 떨어지는 것이 보였다. 눈이 시렸지만 그는 고개를 돌리지 않고 태양의 움직임에 시선을 모으고 있었다. 눈물이 쏟아질 것만 같았다. 이윽고 시든 오렌지빛 태양이 완전히 사라지고 말았다. 그는 고개를 떨구면서 손목시계를 들여다보았다. 여자의 방을 나온 지 아직 두 시간도 채 지나지 않고 있었다. 그는 자신의 앞을 가로막고 선 편의점으로 들어갔다. 소갈증에 시달린 듯 포카리스웨트 한 병을 단숨에 마셔버렸다. 아저씨 계산 하고 드셔야죠. 카운터의 여자가 새된 목소리로 윽박을 질렀지만 그는 못 들은 척 다 마신 후에야 계산을 치렀다. 별꼴이야 정말. 편의점을 나오는 그의 등에 대고 카운터의 여자가 내쏘았다.

이제 잠에서 깨어난 여자는 그의 부재를 확인할 것이다. 여자는 그 비좁고 어두운 방안에서 한마디 말도 없이 사라진 그의 소심함과 조급함을 비웃고 있을 게 분명하다. 고개를 외로 꼬며 쑥 들어간 퀭한 눈을 약간 치켜올리는 그 여자만의 특이한 비웃음의 표정이 발끝에 채였다. 여자의 그런 표정은 가끔 아내를 떠올리게 만들었다. 그는 구둣부리에 걸린 깡통 하나를 발로 차버렸다. 그런다고 여자의 웃음소리가 사라지는 것은 아니었다. 깡통은 가로수 밑둥에 부딪히며 되튕겨나왔다. 지나치던 사람들이 힐끔 그를 돌아다보았다. 아무래두 여자에게 전화를 해야 할 것 같았다. 그는 공중전화부스를 찾았다. 오십 미터쯤 걸어서 찾아낸 공중전화에는 두 명의 어린 여자애들이 한꺼번에 들어가 있었다. 문이 닫혀 있기는 했지만 그녀들의 조심성없는 웃음소리가 거리로 새어나왔다. 여자애들은 번갈아 수화기를 주고받으며 호출기를 만지작거리고들 있었다. 그는 화가 났지만 그들에게 빨리 전화를 끊으라고 말하고 싶지도 않았다. 주머니에 손을 찌른 채 그는 그네들의 뒷모습만 눈알이 쓰리도록 노려보고 있었다. 한 통의 전화를 걸기 위해서 그는 칠 분이나 기다려야 했다.

신호가 여러 번 울리도록 여자는 전화를 받지 않았다. 그는 다시 한 번 꼼꼼히 숫자판을 눌렀다. 이번에도 마찬가지였다. 어떻게 된 일일까. 여자는 아직도 잠에서 깨어나지 않은 것일까. 아니 그럴 리가 없다. 그는 도리질을 쳤다. 여자는 무척이나 잠귀가 밝은 편이라고 들었다. 빗방울 소리 하나에도 잠을 깨는 여자였다. 여자가 그 소리에 잠을 깨면 그제서야 후득거리며 비가 쏟아지기 시작한다고 했었다. 그런 여자가 전화벨 소리를 놓칠 리가 없다. 그 사이에 여자가 외출했을 거라는 추측도 할 수 없었다. 그렇다면 대체 무슨 일이 일어난 것일까. 그는 갑자기 망연해져서 수화기를 내려놓고도 전화부스에서 나갈 엄두도 못 내고 있었다. 뒤엣사람이 신경질적으로 탕탕 문을 두드리지 않았다면 언제까지나 그렇게 서 있었을지도 몰랐다. 그는 허둥거리며 전화부스에서 나왔다. 거리는 아까보다 어두웠지만 사람들은 보도 위로 끓어넘치고 있었다. 그는 식은땀을 훔치며 인파 속으로 걸어들어갔다.

그가 걸음을 멈춘 곳은 전자제품 대리점의 쇼윈도 앞이었다. 그곳은 휘황한 네온들이 하나 둘씩 켜지고 있는 용산전자상가이거나 아니면 생전 처음 와보는 이 도시의 어느 후미진 동네였는지도 몰랐다. 대형 텔레비전 앞에 사람들이 모여 있었다. 그곳에서 걸음을 멈출 생각은 없었다. 그의 걸음을 꽉 움켜쥔 것은 귀를 후려치는 낯선 목소리 때문이었다.

불광동에서 가스저장소가 폭발했다는데.

그는 걸음을 멈추었다. 느닷없이 날카로운 흉기에 정수리께를 찔린 것만 같았다. 그는 욱시글거리는 사람들을 비집고 대형화면 앞으로 고개를 내밀었다. 상기된 뉴스진행자의 모습이 보였다. 아나운서의 입술은 크게 벌어져 있었지만 그의 귀에는 그저 웅웅거리는 이명뿐 아무런 소리도 들려오지 않았다. 자욱한 연기 사이로 불기둥이 솟아오른 화면이 거리로 터져나왔다. 그 연기 사이로 비명을 지르며 뛰어다니는 사람들, 경관들의 호각소리, 불자동차의 사이렌 소리…….

이거 혹시 도시 전체가 모조리 폭발해버리는 거 아냐. 이 사람이 무슨 그런 방정맞은 소릴 해. 그럴지도 모르잖나. 근데 원인이 뭐라나? 글쎄 아직 밝혀지지 않았다는데, 뭐 공사하다가 파이프 같은 걸 건드렸겠지. 허참, 아무튼 일 났구만 일 났어. 화면 앞에 모여 있던 사람들이 하나 둘씩 자리를 뜨기 시작했다. 붙박인 듯 서 있던 그는 한쪽 손바닥으로 얼굴을 가린 채 등을 돌렸다. 무르팍이 후들후들 떨리고 있었지만 누군가 자신을 훔쳐보고 있기리도 한 듯 재빨리 그곳을 빠져나왔다.

두통이 다시 급습한 것은 아내에게 전화를 걸기 위해 들어간 공중전화부스에서였다. 번호판을 누르다가 그는 신음소리를 내며 전화통에 머리를 부딪히고 말았다. 허겁지겁 주머니를 뒤져보았지만 두통약은 한 알도 없었다. 빈 껍질들만 손바닥 안에 잡혀나왔다. 두통보다 더한 두려움이 가슴을 치고 지나갔다. 그는 아랫입술을 깨물며 전화번호를 눌렀다. 끈적거리는 침이 입술 새에서 흘러나오고 있었다. 여보세요…… 아내의 목소리가 들려왔다. 그는 수화기를 움켜쥐었다.

"여보, 나야. 응, 갑자기 출판사에서 연락이 와서 말야. 그래, 아니 금방 들어갈 거야. 별일 없지? 혹시 전화온 거 없었어? 아니 아니, 그래 곧 들어갈게. 지금 집으로 가고 있는 중이야."

그는 전화를 끊었다. 발정난 암코양이가 아니라 여자의 긴 손톱 열 개가 골속을 후벼파는 것만 같았다. 아아, 지겨운. 그는 입술을 악물었다. 전화를 끊고 나온 그는 스타트라인에 선 허들 경기 선수처럼 몸을 동그랗게 말았다가 갑자기 푸득거리며 사지를 펼쳤다. 그리고 그는 사력을 다해 전속력으로 집을 향해 달려가기 시작했다.

(『질주』, 열림원)

천국처럼 낯선

옥주언니? 그녀는 가만히 입속으로 그 이름을 불러본다. 안경을 밀어올리며 펼쳐든 신문으로 좀더 고개를 기울인다. 김수정. 서른네 살. 상의, 밤색 재킷. 하의, 보라색 치마. 신발, 흰색 구두. 연락 주신 분 후사함. 명함판만한 흑백사진은 틀림없이 옥주였다. 옥주는 입술을 길게 벌린 채 약간 웃고 있다. 가지런한 치아가 드러나 보였다. 팬케이크처럼 둥글고 납작한 얼굴. 김수정이라는 이름도 서른네 살이라는 나이도 사실이 아니다. 이름과 나이는 다르게 기재되어 있었지만 사진 속의 여자는 옥주임이 분명했다. 옥주는 그녀가 알기에도 서너 개가 넘는 이름을 갖고 있었다. 상황과 분위기에 따라 옥주의 이름은 이화영이 되었다가 박정숙이 되기도 했다. 직업 또한 별반 다를 게 없었다. 어느 때는 미용사라고 했다가 다방마담이 되었다고도 했다. 모르긴 해도 옥주는 어쩌면 단 한 번도 직업을 가진 적이 없는지도 모른다. 옥주언니구나. 그녀는 또 중얼거려본다. 금방이라도 사진 속의 여자가 배시시 웃으며 이애, 나 옥주야 우리 정말 오랜만이지? 그녀의 볼을 톡 건드릴 것만 같았다. 이런 식으로 옥주와 부딪히는 게 벌써 몇 번째인가.

옥주언니. 삼 년 전, 어머니의 장례식에 참석한 사람들은 그녀를 제쳐두고 옥주가 딸인 줄 착각할 정도였다. 옥주는 그녀가 보기에도 애처로울 정도로 오열을 했다. 기함할까봐 염려스러울 지경이었다. 그녀는 옥주의 울음을 이해했다. 오갈 데 없이 버려진 옥주를 거두어들인 건 어머니였으니까. 울다가 지치면 옥주는 한꺼번에 김밥을 이인분씩 후딱 먹어치우고는 다시 울기 시작했고 그러다가 또 부시시 일어나 언제 울었냐는 듯 후룩거리며 국밥을 들이키곤 하였다. 틈틈이 친지들이나 낯선 사람들 사이에 비집고 앉아 술을 홀짝거리기도 했다. 아유 어떡허나, 난 이거 독해서 증말 한 잔도 못 마시는데. 맥주잔을 받으며 고개를 외로 꼬았다. 그리고는 은박접시에 음식을 덜어놓고 있는 그녀에게 다가와 허리께를 쿡쿡 찌르며 종알거렸다. 애, 소주는 어딨냐? 아휴 입맛만 버렸네, 순 쫌팽이들 같으니라구.

옥주언니. 그녀는 미소짓는다. 개미떼 같은 흑백활자들 속에서도 옥주는 여전히 건강하고 천진스러워 보인다. 아주 가끔씩 옥주는 그녀를 찾아왔다. 언제나 느닷없는 방문이었고 매번 경황이 없어 보였다. 그때마다 기꺼이 옥주의 피난처나 은닉처가 되어주었다. 마다할 이유는 없었다. 마지막으로 본 게 언제였었나. 다시 미간을 모아본다. 일 년 전, 옥주는 그녀의 집에서 일주일을 머물다 간 적이 있다. 옥주가 간 뒤에 삼백만원짜리 적금통장이 없어진 것을 발견했다. 그녀는 놀라지 않았다. 새삼스런 일이 아니었기 때문이다. 함께 살 적에도 성문기초영어나 수틀을 사기 위해 교복 안주머니에 넣어두었던 돈이 종종 없어지고는 했었으니까. 하루도 채 지나지 않아 옥주는 연분홍 매니큐어나 레이스가 달린 브래지어 따위를 사들이고는 했다. 맥주를 사와 머리칼을 물들인다고 수선 피우던 것도 생각난다. 내일이나 모레, 아니 빠르면 오늘쯤 옥주언니에게 전화가 오겠구나. 그녀는 생각한다.

소장이 문을 열고 들어오는 것을 보자 재빨리 신문을 접는다. 소장은 출근한 그녀가 아침마다 신문 보는 걸 못마땅해했다. 한번은 대놓고 빈정거린 적도 있었다. 미씨 리는 이번달 실적 좀 꽤 올렸나봅니다아? 신문 들고 여유 부리시는 걸 보니까. 실적보고서 한번 봅시다아. 아침에 신문을 읽지 않으면 그녀는 늘 불안했다. 버릇은 하루아침에 고쳐지지 않는다. 소장이 들어오자 자판기 커피를 마시고 있거나 잡담을 나누고 있던 사람들이 긴 테이블로 다가와 둘러앉는다. 대부분 여자들이고 그 중 그녀가 가장 젊은 축에 속했다. 그녀는 테이블 밑에서 손을 꼼지락거려 신문을 마저 접는다. 노트만하게 접혀진 신문을 가방에 밀어넣고 발밑으로 내려놓았다.

"조오은 아침입니다. 오늘도 화이팅 합시다, 여러분. 에, 거장 여사님 고만 지방방송 끕시다, 저도 한 말씀만 하자니까요오. 아니, 서 여사님 여기가 무슨 서 여사님댁 부엌인 줄 아세요? 직장에 나오는 사람 옷차림이 그게 몹니까 대체. 정장은 못 빼입을망정 최소한 인간적인 예의루다 그렇게 어벙벙한 몸뻬 같은 거 입고 나오면 안 되지요오. 그래가지고서야 누가 얼씨구나 계약하자고 하겠어요? 나 같애도 쳐다도 안 보겠네 원. 김 여사님 좀 보세요 처음 나올 때보다 얼마나 이뻐지셨습니까. 두루두루 신경들 좀 쓰십시요오. 에 여러분, 어제 소장들 회합에 갔었는데 거 노원 영업국에 속한 번동 영업소 있잖습니까. 글쎄 실적이 지난달보다 이십 프로나 올랐다지 몹니까아. 제가 체면이 안 서 혼났어요 혼났어. 금요일에 마감합니다. 오늘도 고객들한테 인사 잘 하시구요. 에, 우리도 화이팅 합시다. 하면 됩니다 여러분. 자아, 큰 소리로 구령 한번 할까요. 오늘의 목표, 실동합시다!”

모두들 소장의 구령에 따라 한 손을 번쩍 치켜올리며 실동합시다, 외쳤다. 그녀는 손만 힘없이 들었다 내릴 뿐이었다. 여느 아침에 비하면 소장의 연설은 비교적 짧게 끝난 편이었다. 말과는 달리 오늘 소장의 기분은 그런 대로 괜찮은가보다.

연설이 끝나자 다른 아주머니들은 어디론가 전화를 걸거나 미련이 남은 수다를 계속했다. 바쁜 사람들은 벌써 자리를 벗어나고들 있고 사무실은 조금 전보다 더 어수선해졌다. 여자들 사이로 히끗히끗한 먼지들만 흩날리고 있었다. 그녀는 개인 캐비닛으로 가 상품 카탈로그와 클리너나 행주 같은 공사품들을 챙겼다. 사람들의 탐욕은 지칠 줄 모른다. 육 개월 만에 깨달은 사실이다. 이제 그녀는 회원이나 회원으로 만들 사람들에게 크고 좋은 상품부터 건네지 않는다. 소소한 비닐 홈팩이나 클립, 지우개 같은 것부터 슬쩍 건네준다. 처음부터 가습기나 카펫 같은 것을 주면 그 다음부터는 힘에 부친다. 사람들은 늘 먼젓번보다 크고 값나가는 것을 원하기 때문이다.

자리로 돌아와 계약사항기록부와 일일활동기록부 등 서류 등속을 챙기고 있는데 옆자리에 앉은 김 아주머니가 수화기를 건네준다. 그녀는 사진 속의 여자, 옥주를 떠올린다. 옥주언니구나.

옥주는 그녀와 팔 년을 함께 살았다. 스물두 살 때 옥주는 집을 나가버렸다. 달랑 어머니 앞으로 쪽지 한 장만 남겼을 뿐이다. 꼭 성공해서 도라올께요. 맞춤법이 틀린 쪽지를 읽으며 그녀는 쪽지 하나 제대로 쓰지 못하는 옥주가 과연 성공해서 돌아올 것인지 내심 불안했다. 옥주에게 한글을 마저 다 가르쳐주지 못한 게 후회스러웠다. 성공하지 않아도 좋으니 돌아와서 아픈 어머니를 대신해 도시락을 싸주거나 함께 이불을 뒤집어쓰고 심야 라디오 프로를 들었으면 좋겠다고 생각했다. 옥주는 돌아오지 않았다. 그것이 옥주의 첫번째 가출이자 독립이었다.

"여보세요……."

"아, 여보시오 미쓰 리? 나야 나 최서장."

그녀는 화급히 전화를 끊어버렸다. 생목이 올라왔다. 왜 그래? 김 아주머니가 물었지만 대답하지 않았다. Y경찰서의 최서장. 그녀는 그가 무슨 용건으로 전화를 걸었는지 알고 있다. 미쓰 리, 내가 계약 큰 거 하나 해줄게. 얼마짜리 해주면 돼? 응? 저녁 한번 먹자니까 그러네.

여상을 졸업한 후 한때는 화장품회사 경리부에서 일한 적이 있었다. 롯데백화점 칠층에서 냉장고를 팔기도 했다. 지금은 생활설계사. 나는 당신의 생활을 설계해드립니다. 얼마나 멋진 직업인가. 그녀는 아침부터 저녁까지 한 자리에서 맴돌지 않아도 되는 이 직업이 마음에 들었다. 금박이 찍힌 명함도 있고 하기에 따라서 오후 시간은 얼마든지 자유롭게 보내도 된다. 그녀는 오후의 그런 시간을 몹시 아꼈다. 오후에, 그녀는 자신의 생활을 설계하는 데 시간을 쓰고 있다.

오늘은 어디부터 가야 되나. 묵직한 가방을 어깨에 메고 사무실을 나와 울연한 기분으로 하늘을 바라본다. 어느새 입춘과 경칩이 훌쩍 지나버렸다. 겨울잠에서 깨어난 개구리들은 지금쯤 허기져 홀쭉한 배를 늘어뜨리고 땅 위로 슬슬 기어나오고 있겠다. 하늘은 지나치게 푸르렀다. 그녀가 한숨 한 번 짧게 내쉬어도 금방 쨍하고 부서져버릴 것만 같다.

그녀 맞은편에는 뉴스위크 지를 읽고 있는 여자가 앉아 있다. 구슬처럼 투명한 오후의 햇살이 웅크린 여자의 뒷등에 굴러떨어지고 있다. 여자는 좀체 고개를 들거나 자리를 뜨는 일 없이 간간이 책장을 넘기는 단순한 동작만 되풀이한다. 스물대여섯? 그녀는 사전도 없이 영문판 뉴스위크 지를 읽고 있는 여자가 부럽다는 생각을 한다. 국립중앙도서관, 정기간행물실. 그녀는 별다른 일이 없을 경우 오후 대부분의 시간을 이곳에서 보낸다. 철 지난 잡지나 신간을 뒤적거려 짧은 소설을 읽거나 때로 시사주간지를 보기도 한다. 아무리 읽어도 이해할 수 없는 의학전문잡지나 과학잡지도 읽는다. 이해할 수는 없지만 읽는다는 행위 자체가 그녀에게는 특별한 즐거움이다. 이를테면 도서관이 꿈의 궁전인 셈이다. 그 꿈의 궁전에서 그녀는 책을 펼쳐놓고 상상하는 것을 즐긴다. 상상력이 없었다면 세상은 만들어지지 않았을 것이다. 특히 새벽녘이면 검은 양복에 넥타이를 매고 죽음을 기다리기도 한다는 일본의 젊은 작가 소설이나 십칠 세기에 테임즈 강에서 투신자살한 시인의 시를 즐겨 읽었다. 활자를 탐닉했다. 졸업한 학교에서는 그런 것들을 가르치지 않았다. 따로 찾아 읽을 수 있을 만큼 한가하지도 않았다. 그녀는 새삼 영어공부를 시작해야겠다는 결심을 한다. 저 여자처럼 영문판 뉴스위크 지를 읽고 싶다. 다시 자신의 노트를 들여다본다.

'나선형의 은하수를 정면으로 보신 적 있으십니까. 천억의 별들이 서로 강력한 중력으로 결합되어 중심을 돌고 있고, 몇몇 다른 별들은 더 넓은 궤도로 옮겨갑니다. 태양은 나머지 수행원들과 함께 멀리 떨어진 은하 중심을 시계 반대방향으로 삼억 광년에 한 번씩 회전합니다. 우리 은하와 동족의 외부 은하들은 저 멀리 공간 밖에 산재해 있습니다. 그들 역시 표류하면서 천천히 회전합니다. 우리는 너무 멀리 떨어져 있기 때문에 가장 밝은 별들과 성운만을 볼 수 있는 것일 테지요…….'

아아, 우리는 너무 멀리 떨어져 있기 때문에…… 오래 전 기억이 그녀를 후려내려는 순간, 그녀는 질끈 눈을 감는다.

공중전화. 당신에게 가는 유일한 길. 어떤 사람들은 술만 마시면 공중전화부스에서 아무에게나 전화를 걸거나 심지어 그 전화통을 부수거나 하는 습벽을 노출한다. 그 사람에게는 공중전화가 일종의 상처이거나 마지막 비상구이기 때문이 아닐까. 요즘 나는 거리의 공중전화만 보면 사무친다. 내가 걸고 싶은 전화와, 내가 걸지 못한 전화와, 내가 걸었던 전화와, 내가 끊었던 전화와, 내가 기다렸던 전화 때문에. 그 전화들 사이로 흘러간 주체할 수 없이 안타까운 시간들 때문에…….

그녀에게 이런 편지를 보낸 남자가 있었다. 편지. 편지란 둘 사이의 물리적인 거리나 한 사람의 명백한 부재 때문에 씌어지는 것이 아니라 제 마음의 수위 때문에 씌어지는 것이다. 스스로가 마음의 범람을 감당할 수 없을 때. 그 남자가 또 어떤 편지를 보냈었던가. 어두운 기억 저편으로 사라져 지금은 그저 까마득하기만 하다. 위안받지 못한 그 시절의 사랑.

낮은 신음소리를 내며 그녀는 두 손으로 얼굴을 가린다. 입술을 꼭 깨물고는 있지만 금방이라도 목안에서 자신도 알 수 없는 어떤 생생한 외침이 터져나올 것만 같았다. 감은 눈 속으로 벼린 칼 같은 햇살이 쏟아져들어온다. 안경을 벗고 눈을 크게 벌려본다. 눈이 멀 것만 같다. 태양보다 더 밝은 별이 있어, 그건 바로 대각성이라는 이름의 별이지. 누구에게랄 것도 없이 그녀는 중얼거린다. 그 빛은 금방 눈을 다치게 할 거야. 눈물 아닌 눈물이 주룩 흘러내린다. 아무도 그녀를 돌아보지 않는다. 앞자리에 앉은 여자도 여전히 책읽기에 몰두하고 있다. 책장은 아까보다 빠르게 넘어가고 있다. 아, 피곤해. 눈이 너무 시린걸. 어깨 끝에서 차란거리는 머리칼을 귀 뒤로 쓸어넘기며 그녀는 큰 소리로 말한다. 그러나 그녀의 목소리는 누구의 귀에도 들릴 수 없다. 서둘러 노트를 덮는다. 마치 누군가 그녀 등뒤에서 노트를 훔쳐보고 있다는 듯. 여느 때보다 이른 시간이기는 하지만 이제 그만 집으로 돌아가야겠다고 생각한다. 그녀는 언제나 지구가 회전해서 태양이 지평선 아래에 가리워질 때까지는 집에 돌아간다.

옥주의 발밑에는 꽃다발이 놓여 있었다. 그녀는 꽃다발을 집어들었다. 꽃 속에 얼굴을 파묻었다. 노란 프리지어 한 다발 속에 온통 봄이 몰려와 있는 것 같았다. 옥주는 한 번도 빈 손으로 온 적이 없다. 돼지고기 반 근, 사과 몇 알, 하다 못해 콩나물 오백원어치라도 들고 왔다. 꽃을 사온 것은 이번이 처음이다. 언제 왔는지 쭈그려앉은 옥주는 현관문에 기대어 잠들어 있었다. 언니가 왔구나. 그녀는 제게로 와준 옥주가 새삼 정겹게 느껴졌다. 옥주의 행색은 프리지어 한 다발보다 더 화려해 보였다. 흰색 하이힐에 보라색 스커트. 스타킹도 신지 않은 맨종아리였다. 그리고 눈에 익은 옥주의 초록가방. 잠든 옥주는 그 와중에도 가방 손잡이를 꽉 움켜쥐고 있었다. 올해 서른여섯 살. 옥주의 인생은 저 가방 하나로 요약할 수 있을지도 모른다. 옥주의 어깨를 흔들며 속삭였다. 언니, 나 왔어 그만 일어나.

"어머머 이걸 어째, 꽃다발이 다 시들었네."

눈을 뜬 옥주의 첫마디였다. 그녀는 웃음이 터질 것만 같았다. 서른여섯이 돼도 처음 만났던 열네 살 때와 조금도 달라진 게 없다는 느낌이 들었다. 어깨를 와락 잡아당기는 옥주를 마주 끌어안았다. 옥주에게서 시큼한 냄새가 풍겨왔지만 밀어내지 않았다.

여섯 살 때 어머니는 키가 후리후리하고 눈이 유난히 옆으로 길쭘하게 생긴 처녀애를 데려왔다. 먼 친척언니란다. 이제부터 우리 가족이라고 생각해야 돼. 그녀는 어머니 목소리에 귀 기울이기보다는 키가 큰 처녀애의 얼굴만 목이 아프도록 올려다보고 있었다. 이애, 너 참 귀엽게 생겼구나. 난 너보담 여덟 살이나 더 많단다. 언니가 아니라 아마 이모뻘일 거야, 앞으로 난 네 이모야. 자, 약속. 그럼 이제 나한테 이모라구 해봐, 천구백육십팔 년. 태양계의 우주선탐험기록에 아폴로 8호, 다른 세계를 선회한 최초의 인간이라고 기록된 해였다.

그녀는 이모라는 호칭 대신 늘 언니라고 불렀다. 옥주언니. 여덟 살이나 터울졌지만 이모라는 호칭은 옥주에게 어울리지 않는 것 같았다. 외가 쪽의 먼 친척이라고 했다. 그 집 일가가 모두 뿔뿔이 흩어지지 않으면 안 될 상황이었고 단촐한 식구였던 어머니가 옥주를 맡겠다고 나섰을 것이다. 나이 어린 동생들은 고아원인가 어디론가 흘러들어갔다고 들었다. 어머니가 구체적인 촌수를 말해주었던 적은 없었다. 어린 그녀에게 그런 것은 중요하지 않았다. 그녀는 궁금해하지 않았고 그것은 지금도 마찬가지다. 어쩌면 세상에 존재하지 않는 촌수일지도 모른다. 어쨌거나 여섯 살 이후 그녀는 옥주와 함께 살게 되었고 꼬박꼬박 언니라고 불렀다. 옥주는 그녀를 어여뻐했고 외딸이었던 그녀 또한 거리낌없이 옥주를 잘 따랐다. 그녀와 옥주는 피붙이가 아니면서 지금 유일한 그녀의 피붙이인 셈이다.

찻물이 담긴 주전자를 가스레인지에 올려놓으며 언니 오늘 신문에서 봤어, 했다. 옥주는 식탁의자에 앉아 담배를 피우고 있었다.

"미친 놈, 뭐 하러 돈 처들여가며 그따위 광고를 낸다니. 그런 돈 있음 진즉 나나 주지. 고기 만진 손 씻어 국 끓일 놈 같으니라구. 흥, 가는 년이 뭐 물길어놓고 갈까봐."

찻잔을 내려놓으며 옥주 앞에 앉았다. 푸르뎅뎅한 안색에 문신을 한 눈썹이 옥주 삶의 짙은 고단함을 드러내놓고 있는 것 같았다. 자세히 들여다보니 전보다 눈밑에 기미도 늘어 있었다. 갈색 물들인 머리카락. 그리고 양쪽 눈썹과 눈썹 사이, 양미간에 짧게 자른 투명 테이프를 붙이고 있는 건 여전했다. 언젠가 눈썹 사이에 스카치테이프를 붙이고 있는 옥주에게 언니 그게 뭐야? 물었다. 옥주의 대답은 간단했다. 주름 생길까봐. 그녀는 그때처럼 깔깔거리며 웃고 싶었다. 옥주는 정말 달라진 게 하나도 없는지 모른다. 그러나 그녀는 그 스카치테이프 밑으로 예전보다 더 날카로운 주름이 생겼다는 것을 안다. 기생 환갑은 서른이라던가. 벌써 서른여섯 살, 옥주는 이제 퇴물일 것이다. 웃음이 나오지 않았다.

옥주와 함께 산 지 얼마 지나지 않았을 때였다. 여섯 살의 그녀는 친구와 동네 골목에 서 있었다. 이름도 기억나지 않는 그 아이는 한 손에 고구마를 들고 싹싹 베어먹고 있다. 그때 동네에서 유일하게 텔레비전이 있던 집의 딸이다. 공짜로 요술공주 세리를 보여줄 순 없어. 친구가 혀를 날름거렸다. 난 네게 줄 게 아무것도 없는걸. 그리고 지난번에 내 만화경 너 줬잖아. 그게 벌써 언젠데 그러니? 그럼 내가 어떡하면 보여줄 거니? 친구는 잠시 골똘히 생각했다. 그러더니 제가 베어먹고 있던 고구마를 그녀 쪽으로 내밀었다. 내가 먹던 거 혀로 핥아봐. 그럼 세리 보여주지. 물고구마는 친구 손에서 끈적끈적 녹아나고 있었다. 그 애 손가락은 몹시도 더러웠다. 쟤는 아직 똥오줌도 못 가린대. 동네 아이들이 소근거리는 걸 들은 게 떠올랐다. 그녀는 잠시 망설였다. 그러나 요술공주 세리를 포기할 수는 없었다. 그럼 정말 나 텔레비전 보게 해줄 거니? 지난번처럼 니 그기 보고 있는 동안 다른 데로 돌리기 없기다. 그래 그럴게. 친구 앞으로 한 발 다가섰다. 친구가 물고구마를 든 손을 그녀 쪽으로 쭉 내뻗었다. 그녀는 눈을 딱 감았다.

어디서 나타난 건까 옥주가 친구의 뺨을 후려친 건 바로 그때였다. 이런 못된 계집애. 너 자꾸 우리 종은이 못살게 할래? 눈꼬리를 올리며 옥주가 친구에게 악을 썼다. 고구마가 땅에 떨어졌다. 얼결에 뺨을 맞은 친구는 질겁한 듯 와앙 울음을 터뜨렸다. 찢어질 듯 벌어진 친구의 입안은 누런 고구마와 침으로 엉겨붙어 있었다. 그녀는 저도 모르게 입술을 비죽거리며 울음을 쏟아내기 시작했다. 만화영화를 볼 수 없어서 그랬는지 친구의 울음이 두려워서 그랬는지는 모른다. 키 큰 옥주가 그녀를 번쩍 안아들며 말했다. 우리 종은이 착하지, 이 언니가 나중에 돈 많이 벌어서 커다란 텔레비전 사줄게, 뚝.

"언니, 애들은 잘 있어?"

그녀는 유자차 건더기를 껌처럼 질겅거리고 있는 옥주에게 물었다.

"글쎄 그러구보니 나도 걔들 안 본 지 꽤 오래 됐나부다."

"보고 싶지도 않아?"

"애, 뭐 먹을 거 좀 없냐? 아니 우리 저녁 먹자. 아유 배고파라."

옥주가 기지개를 펴며 말했다.

한국전력공사에서 막 나온 그녀는 거리에 서 있다. 외출지수 사십 퍼센트. 비가 올 것이다. 잊지 않고 우산을 챙겨나온 것이 다행이다. 신문을 읽지 않아도 어제 저녁부터 비가 올 거라는 예감이 있었다. 어깨의 신경통 때문이다. 시커먼 먹장구름이 서서히 몰려들고 있는 게 보인다. 간혹 옆구리에 우산을 끼고 걷는 사람들이 있다. 혼자인 사람들은 유난히들 빠르게 걷는다. 문득 도시 구석구석 산책을 즐긴다는 어느 시인을 떠올린다. 그녀는 산책하듯 느리게 걷고 싶다. 어느 틈엔가 바람도 불고 있다. 그저 머리카락이 슬쩍 날리는 정도이긴 했지만 난폭하게 질주하고 있는 버스조차 바람에 밀려 더 빠르게 달리고 있다는 느낌이 든다. 바람이 불고 곧 비가 쏟아질 것이다.

이제 어디로 갈까. 버스정류장 앞에서 걸음을 멈춰 선 그녀는 잠시 막연해진다. 아침에 생각지 않은 실적을 올리기는 했지만 아직 도서관에 가기는 이른 시간이다. 누구나 다 그렇지는 않지만 대개 첫 계약자와는 특별한 관계를 맺기 마련이다. 육 개월 전 인연을 갖게 된 첫 계약자에게서 전화가 왔다. 중년에 접어든 여자는 한국전력공사에서 근무하고 있다. 처음부터 여자는 젊은 그녀가 생활설계사인 것에 호감을 보였고 간혹 연고자들을 소개시켜주기도 했다. 종은씨, 나 이번엔 연금 하나 들고 싶은데 말이지. 한 오십만원짜리로 십 년쯤 납부하는 거 말이야. 연금개시가 몇 살부터지? 그녀는 웃으며 대꾸했다. 육십 세부터예요. 그래? 권할 만한 상품 있으면 오늘중으로 한번 들러주겠어?

이만하면 그런 대로 괜찮은 날이다. 버스를 탈까. 망설이다가 천천히 걸음을 옮기기 시작했다. 시인처럼 느릿느릿 걷는다. 때때로 그녀 옆으로 도서관으로 가는 버스들이 스쳐지나가고 있었다. 그녀는 손목시계를 보았다. 아직도 꿈의 궁전으로 가기에는 이른 시간이다. 뒷골목 작은 건물 앞에서 옷 매무시를 가다듬었다. 가방 안에서 상품 카탈로그를 꺼내고는 건물 안으로 들어간다. 계단을 올라가면서 그녀는 수없이 해왔던 말들을 중얼거려본다. 죄송합니다. 업무에 방해되지 않도록 하겠어요. 양해해주시겠습니까.

상사인 듯한 사람에게 양해를 구한 다음 넥타이를 맨 낯선 사람에게 다가가 카탈로그를 펼쳐놓고 설명을 시작했다. 안녕하세요. 직장인들을 위한 신상품 홍보차 K생명에서 나왔어요. 이번 신상품은 월 사만원대로 최고 십삼억원까지 보장되는 보험이거든요…… 옆에 앉은 사람이 설명을 귀담아듣고 있지 않다는 것을 눈치채고는 곧 입을 다물었다. 그런 사람에게는 더이상 집요하게 설명해서는 안 된다. 그래봐야 생활설계사에 대한 인식만 나빠질 뿐이다. 실례했습니다. 슬쩍 카탈로그만 책상 위에 흘리고 일어났다. 다음에 다시 전화를 걸거나 찾아오면 그때는 한번쯤 아는 체를 할 테니까. 다른 자리로 옮겨간다. 어사 하나 틀리지 않는 설명을 반복하면서 그녀는 마치 자신이 길 잘든 앵무새 같다는 생각을 한다.

그런데 계약도 계약이지만 거 만기 때까지 잘 유지해야 하는 게 더 중요하지 않소? 막상 옆에 앉은 사람은 귀찮다는 듯 심드렁한 반면 건너편에 앉은 사람이 관심을 보이고 있다는 것을 느낄 수 있었다. 제가 그쪽으로 갈까요? 그녀는 그 남자를 향해 물었다. 그녀의 어조는 상냥하고 여전히 웃음을 잃지 않고 있다. 불쾌한 경우를 당해도 웃음을 잃어서는 안 되는 직업이다. 어색해 보이지 않도록 애쓰며 그녀는 또 웃었다. 남자는 손을 내저으며 고개를 숙이고는 뭔가 빠르게 적어나가고 있다. 남자의 얼굴이 붉어지는 것을 보며 사무실을 나왔다. 카탈로그나 주고 나올걸. 문을 닫으며 뒤늦게 후회한다.

계단을 내려가기 전에 화장실에 들렀다. 소변을 보고 거울을 들여다보았다. 거울 속의 그녀는 아직도 웃고 있다. 입술을 오므렸다. 가면을 바꾼 듯 금세 경직된 얼굴이 나타났다. 화장실 앞에 흰색 와이셔츠를 입은 남자가 담배를 피우며 서 있었다. 조금 전 건너편 자리에서 신상품에 관한 설명에 관심을 보이던 남자라는 걸 알아본다.

"저, 잠깐만요. 아까 그…….."

말을 우물거리던 흰색 와이셔츠는 돌연 그녀의 팔을 낚아채 화장실 안으로 끌고 들어간다. 왜, 왜 이래요! 찰칵, 문이 잠겼다. 순식간의 일이다. 와이셔츠는 한 손으로 그녀의 얼굴을 틀어쥐고 있다.

"금방 끝나, 소리지르지 마. 담뱃불로 눈알을 지져버리기 전에."

와이셔츠가 지퍼를 내리며 그녀를 변기 위에 앉혔다. 숨통이 끊어질 것만 같다. 무섭도록 크게 흰자위가 벌어진 그녀는 종이 인형처럼 툭 꺾어졌다. 와이셔츠가 그녀의 입술을 벌렸다.

현관 앞에는 낯선 구두가 놓여 있었다. 그녀의 신발보다 한 뼘쯤은 족히 더 커 보일 듯한 남자구두였다. 호수를 착각한지도 몰랐다. 눈앞이 뿌옇다. 사물이 눈에 잘 들어오지 않았다. 그녀는 다시 문밖에서 호수를 확인했다. 착각한 건 아니었다. 열쇠도 제대로 맞았다. 집안에 옥주 이외에 다른 사람이 있는 걸까. 언니, 나 왔어. 그녀는 집안을 향해 소리쳤다. 그러나 목은 콱 잠겨 있었다. 그녀의 기척에 방문이 열리면서 보라색 슈미즈를 입은 옥주가 나왔다.

"어마 애! 너, 비 올 거라고 아침에 우산 챙겨가지고 나가더니 이게 뭐야. 된통으로 비 맞았구나 너. 이걸 어쩌면 좋데, 감기 들면 어쩌려구. 이 등신, 전화는 두고 국 끓여 먹을래? 전화하면 이 언니가 우산 들고 마중 안 나갈까봐? 암튼 암튼, 유도리 없기는."

현관 앞에 멍하니 서 있는 그녀를 향해 옥주는 정신없이 말을 퍼부었다. 그녀는 그대로 꼼짝 않고 서 있었다.

"어서 들어오지 않구 뭘해, 이것아."

그녀는 옥주가 이끌어주는 대로 식탁의자에 앉았다. 부산하게 몸을 움직여가며 옥주가 마른 수건을 찾아들고 왔다.

"으이그, 내가 못 살어 증말. 넌 아직두 어째 그렇게 어렸을
때랑 똑같으냐. 아무튼 뭐든 들고 나가기만 하면 잊어버리고 왔
지. 신발주머니, 우산, 도시락가방…… 느 엄마한테 혼난 거 지
겹지도 않아? 쯔쯧, 너 아무래도 안 되겠다. 이 언니가 옆에서
잘 챙겨줘야지. 밥 해먹는 것도 영 신통찮구, 이 언니가 맘이 안
놓인다 안 놓여. 내가 오길 잘했지 정말."

맨어깨를 드러낸 채 옥주는 연신 중얼거렸다. 가방 속에 우산
이 들어 있다는 것을 그녀는 알고 있었다. 호들갑스럽게 옥주가
대충 물기를 닦아주었는데도 바닥은 이미 흥건해지기 시작했다.
어느새 주전자에 물을 올려놨는지 쉭쉭거리며 뜨거운 김이 올라
왔다. 그녀는 샤워를 하고 얼른 잠들고 싶었다. 그녀가 의자에서
일어나는 것을 본 옥주가 어깨를 잡아앉혔다.

"이애, 가만 있어봐. 너한테 소개시켜 줄 사람이 있어. 내 손
님인데 괜찮지? 자기 좀 나와볼래, 내 동생애가 왔단 말야."

옥주가 건넌방에 대고 소리쳤다. 언니, 나 피곤해. 그녀는 말
하지 못했다. 신음소리를 내며 방문이 열렸다. 추리닝바지에 대
충 런닝셔츠만 걸쳐입은 사내가 걸어나왔다. 그녀는 눈썹을 모
았다. 그래도 모든 것이 희미하게만 보였다. 안경은 대체 어디서
잃어버린 걸까. 늙수그레한 사십 줄의 사내는 몹시 궁색해 보이
는 몰골이었다.

"자기, 내가 전에 말한 적 있지? 왜 이모딸이라구, 바로 애야.
종은아 인사해. 내 이거야 이거."

옥주가 새끼손가락을 흔들며 말했다. 그녀는 사내를 향해 고
개를 숙여 보였다. 옥주가 새끼손가락을 흔드는 것을 보니 어제
말한 그 미친 놈은 아닐 거라는 생각이 들었다. 사내가 그녀의

눈을 똑바로 쳐다보며 한 손을 쓱 내밀었다.

"이거, 길 가다 돌을 차도 연분이라는데, 당분간 신세 좀 집시다. 까짓껏, 사람 사는 게 다 그렇고 그런 거 아니겠나 처녀?"

그녀는 사내가 내민 손을 맞잡지 않았다. 몸이 덜덜 떨려오기 시작했다. 옥주 말대로 감기기운이 온 건지도 몰랐다.

"으이유, 암튼 배운 건 없어가지구설랑. 자긴 무슨 말을 그렇게 품위없이 하냐? 우리 종은이가 그런 거 하나 이해 못 해줄까봐? 그렇지 종은아?"

옥주의 말이 제대로 귀에 들어오지 않았다. 귓속이 웅웅거리고 눈은 더 침침해졌다. 그녀는 피곤했다. 옥주와 사내를 남겨두고 자리에서 일어났다. 걸음을 옮길 적마다 바닥에 물기가 묻어나는 것이 보였다. 옥주에게 저녁을 먹지 않겠다는 말을 잊지 않았다.

"무슨 소리야, 밥을 굶다니. 그럼 죽이라도 끓일까?"

등뒤에 대고 옥주가 목청을 높였다.

그녀는 옷 입은 채 그대로 방바닥에 쓰러져 누웠다. 바닥은 적당히 따뜻했고 딱딱했다. 샤워를 하고 옷을 갈아입어야 할 텐데. 생각뿐 몸이 움직여지질 않았다. 으슬으슬 떨렸다. 따뜻한데도 한기가 느껴졌다. 창문이 열려 있는지도 몰랐다. 그녀는 자리에서 일어났다. 창문은 굳게 닫혀 있었고 아직도 빗물이 줄줄 흘러내리고 있었다. 후딱 몸을 돌려세우고는 옷장을 열었다. 맨 아랫서랍을 뒤적거렸다. 철 이른 옷가지들이 방바닥에 내팽개쳐졌다. 그녀는 좀더 깊숙이 손을 집어넣고는 서랍 안을 휘저었다.

붉은색 권투장갑. 그것은 차갑고 단단했다. 낯선 그 거리의 스포츠용품점을 지날 때 진열대의 붉은 권투장갑을 왜 그냥 지나쳐버리지 못했던가. 마치 이런 날이 예정되었던 것처럼. 그녀는 먼저 왼손에 장갑을 끼웠다. 오른손을 끼울 땐 목과 가슴 사이에 장갑을 고정시켜야 했다. 권투장갑은 혼자 끼우기 어렵다. 누군가의 도움이 필요하다. 그녀는 혼자 두 손에 장갑을 꼈다. 끈만은 혼자 묶을 수 없었다. 어떻게 해볼 도리가 없다. 권투장갑을 낀 채 다시 바닥에 누웠다. 손은 신체 중에서 가장 자유롭고 제지할 수 없는 부분이다. 그러나 손은 위험하다. 믿을 수 없다. 누구에게도 그 무엇에도, 그리고 나 자신에게도 함부로 폭력은 쓰고 싶지 않아. 결정적일 때, 그런 때가 있을 거야. 그녀는 중얼거렸다. 장갑 속에 들어 있는 손에 점점 힘이 들어가고 있었다. 두 손을 꽉 움켜쥐었다. 모로 누운 채 빗물이 흐르고 있는 창 쪽에 눈을 던졌다. 창밖은 점점 어두워지고 있었다.

밤하늘은 단 한시도 텅 비어 있는 적이 없었다. 안경을 쓰고 있진 않지만 그것은 지금도 마찬가지다. 허블우주망원경의 확대능과 집광력 덕이 아니더라도 보이지 않는 먼 은하들이 먼지처럼 수없이 박혀 있다는 걸 알 수 있다. 그러나 은하수 저 너머에는 눈에 띄는 은하가 거의 없는 거대한 공간도 존재하고 있다. 그녀는 그곳으로 사라지고 싶었다.

밤마다 공중전화를 찾아 거리를 헤매다녔던 남자. 지난 겨울과 겨울 사이, 남자는 공중전화부스 유리문에 몸이 절반쯤 끼인 채 죽었다. 술 취한 차 한 대가 늦은 밤 공중전화부스에서 나오는 남자를 덮쳤다. 남자는 서서 죽었다. 그녀는 남자의 장례식에 가지 않았다. 교통재해로 사망보험금 일억원을 타게 될 그의 아내를 마주치게 될 것이 두려웠다.

그녀는 깊은 잠 속에 빠져 있었다. 그녀의 잠 속에는 불 켠 공중전화부스가 있었고 출구를 찾을 수 없는 골목들이 수없이 얽혀 있었다. 어디론가 끝없이 걷기도 했다. 그녀의 걸음은 더이상 시인처럼 느리지 않았다. 무엇엔가 쫓기듯 옷깃을 펄럭거리며 맨발로 정처없이 걸어다녔다. 사바나처럼 수천 킬로미터나 뻗어 있는 깊고 큰 허방이 펼쳐져 있기도 했다. 그녀는 곤두박질쳤다. 간혹 얼굴을 알아볼 수 없는 사람들이 악을 쓰며 달려들기도 했다. 카메라 이동차로 찍은 연속 동화(動畵)처럼 자신의 짧고도 긴 인생이 눈앞에 펼쳐졌다. 몇 번인가 옥주가 떠먹여주는 미음을 넘겼고 쓰디쓴 가루약을 삼켰다. 그리고는 다시 혼몽한 잠에 빠지곤 했다. 그녀는 잠에 빠지는 것이 두려웠다. 꿈은 처음부터 똑같이 되풀이되었다. 지금보다 다른 꿈을 꿀 수 있다면. 꿈속에서 중얼거렸다. 애가 대체 왜 이래, 병원 가야 되는 거 아닌지 모르겠네. 옥주의 목소리가 꿈속으로 끼어들어왔다. 그녀는 꼬박 사흘을 앓아누웠다.

갈증으로 목안이 쓰라렸다. 그녀는 눈을 떴다. 커튼은 굳게 내려져 있었고 방안은 푸르스름한 기운이 감돌았다. 도무지 시간을 가늠할 수 없었다. 누구 것인지 분명치 않은 웃음소리가 문틈으로 새어들어왔다. 옥주언니. 옥주를 불러보았다. 나, 물 좀 줘 목소리는 바닥으로 힘없이 떨어지기만 할 뿐이었다. 몸을 일으켰다. 현기증이 일긴 했지만 갈증을 참아낼 수는 없었다. 방문을 열자마자 그녀는 허겁지겁 두 손을 들어 눈을 싸쥐고 말았다. 견딜 수 없는 차가운 흰빛이 사정없이 두 눈을 찔렀기 때문이었다. 대각성을 맞닥뜨린 듯 극심한 두려움이 가슴을 쳤다. 그대로 눈이 멀어버릴 것만 같았다.

"어머, 쟤 인제 일어났네. 너 좀 괜찮냐?"

마룻바닥에 앉아 있던 옥주가 외쳤다. 천천히 두 손을 내리고
눈을 떠보았다. 집안의 불이란 불은 모두 밝혀 있었다. 그 환한
빛 한가운데서 술상을 차려놓고 있는 옥주와 사내가 보였다. 언
제부터 마시기 시작했는지 바닥 여기저기 빈 술병이 뒹굴고 있
었고 중국음식 냄새가 코를 찔렀다. 속이 울렁거렸다. 그녀는 냉
장고 문을 열었다. 물병이 보이지 않았다.

"물? 어머머 내 정신 좀 봐. 아까 끓여놓는다는 걸 깜빡 잊었
네. 갈증나는구나 너? 야, 그러지말고 이거 마셔볼래?"

옥주가 제 앞에 놓인 맥주잔을 들어올려 보였다. 그녀는 개수
대로 다가가 수돗물을 한 잔 받았다. 물에서 시큼한 냄새가 났
다. 반쯤 마시다말고 물을 쏟아버렸다.

"거봐, 나도 수돗물은 정말 못 마시겠더라니까. 넌 어떻게 아
직까지 그 흔한 정수기 하나 들여놓지 않았니, 물 끓이는 거 귀
찮잖아. 까짓껏 이참에 내가 한 대 들여놔주지 뭐, 몇푼이나 한
다구. 좋은아 일루 와, 이거 한 잔만 마셔보라니깐."

아직 꿈속을 헤매는 사람처럼 그녀는 스르르 옥주 옆으로 가
앉았다. 어디서 찾아냈는지 옥주는 하나밖에 없는 그녀의 봄 원
피스를 입고 있었다. 그녀가 다가가자 바닥에 길게 몸을 부리고
있던 사내가 마지못한 듯 허리를 일으켜 세웠다. 가까이서 보니
옥주의 시든 뺨엔 벌써 붉은빛이 번져들고 있었다. 사내의 목과
드러난 팔뚝도 옥주와 다를 것이 없었다. 옥주가 제 잔을 비우
더니 새로 맥주를 따라 그녀에게 내밀었다. 잔을 받아들었다. 연
거푸 두 잔을 비웠다. 기침이 나오긴 했으나 갈증은 가라앉는

느낌이었다. 옥주는 잔을 비우는 그녀를 생글거리며 쳐다보았다. 술 마신 옥주는 활짝 핀 모란꽃처럼 화려하고 위험해 보였다. 손끝을 스치기만 해도 툭 부러질 것만 같다.

"너 정말 나 없었으면 큰일날 뻔했지 뭐냐. 혼자 있었더라면 병수발을 누가 해댔겠어? 갈 데는 많았지만 진짜 여길 온 게 잘한 거지 뭐냐 그치?"

그녀는 고개를 끄덕였다.

"얘, 그 소장인가 뭔가 하는 사람한테 오늘 아침에 전화왔더라. 내가 너 아프다고 했어. 그런데도 되게 강짜 부리더라 나한테. 뭐라더라? 뭐 마감도 안 시키고 어쩌구 저쩌구 하더라구."

사흘이나 출근을 안 했으니 소장이 화가 날 만도 했다. 내일은 꼭 출근해야 한다. 표준활동수당이 깎이는 건 문제도 아니다. 깐깐한 소장을 대할 일이 벌써부터 걱정스러워졌다.

"그것 참, 아니 사람이 아프다는데 어따 대고 성깔을 부려? 뭐 언놈은 태어날 때부터 소장이고 사장이라더냐. 처녀, 내가 그놈 손 좀 봐줄까?"

사내가 옥주 앞으로 빈 잔을 내밀며 코를 벌름거렸다. 그녀는 그만 방으로 들어가고 싶었지만 몸이 움직여지질 않았다. 차츰 손끝부터 더운 기운이 느껴지기 시작했다.

"처녀 내 관상 좀 볼 줄 아는데 말이지, 거 보자, 저런 눈동자에 붉은 실핏줄인 적맥(赤脈)이 침범했구먼. 하, 자고로 붉은색은 파재(破財)와 살상(殺傷)의 색이라 했거늘 전원과 집을 모두 탕진할⋯⋯."

"으이구 못 살어. 배운 게 도둑질이고 개버릇 남 못 준다더니, 어디서 또 사기치고 지랄이야?"

“어허, 그 사람 참, 말하는 싸가지 하고는. 큼큼.”

사내가 휘청거리며 일어서더니 화장실 쪽으로 걸어갔다. 사내가 자리를 뜨자 옥주는 재빨리 상 위에 놓인 수저를 집어들더니 뒤로 돌려 볼록한 부분에 얼굴을 들이밀었다. 그리고는 거울을 보듯 꼼꼼히 얼굴을 점검했다. 이, 하고 치아를 드러냈다.

“얘, 나 이빨에 뭐 낀 거 없지?”

화색이 돌고 있는 옥주가 그녀에게 물었다. 그녀는 또 고개를 끄덕거렸다.

“언니…….”

그녀는 옥주를 불렀다. 부르기는 했지만 막상 입이 떨어지질 않았다. 왜, 왜? 옥주가 재촉하는데도 잠자코 앉아 있었다. 어쩌면 옥주가 화를 내거나 난처해할지도 모른다는 생각이 들었기 때문이다. 그리고 짚어보면 아직 그렇게 많은 날짜가 지난 건 아니었다. 그녀는 말을 삼켰다. 물 내리는 소리도 없이 화장실을 나온 사내가 상 앞으로 걸어오고 있었다. 그녀는 자리에서 일어나려고 두 손을 바닥에 짚었다. 조금만 더 있다 가, 우리끼리 무슨 재미냐? 옥주가 빠르게 속삭였다.

“처녀, 내 그냥 궁금해서 물어보는 건데 말이지. 이 집이 전센가 아니면…….”

“이이는, 내가 말했잖어. 내 동생 앞으로 돼 있다구.”

“허, 그거 다행이네 그려. 신세지는 입장에선 말이지.”

“아니 얘 하고 나 사이에 게우 이런 것도 신세랄까. 걱정 말래니까. 편하게 지내도 돼. 얘도 어차피 혈혈단신이고 또 저렇게 아프기라도 하면 어째. 아무래도 내가 옆에서 돌봐줘야 할 거 같아. 저애한텐 나밖에 없거든. 잘 됐지 뭐냐, 저도 외롭지 않구.

우리 아예 여기 눌러 앉을까봐. 아, 그것도 좋겠다 그치?”

“헛 참, 허긴 집에 남자 한 명은 있어야 든든한 법이지. 그럼 이제부터 좀 편히 쉬어볼까.”

무엇이 우스운지 옥주와 사내는 계속 킬킬거렸다. 챙, 챙, 잔을 맞부딪치기도 했다. 그들은 정말 편안하고 즐거워 보였다. 그녀는 방에 들어가고 싶었다. 하지만 잠은 다시 올 것 같지 않았다. 술이 떨어졌다. 옥주가 인상을 찡그리며 에고 벌써 술이 다 바닥났네? 그녀 쪽을 쳐다보았다. 옥주의 미간 사이에서 반쯤 떨어져나간 투명 테이프가 불안하게 들러붙어 있었다. 내가 사올게 언니. 그녀는 드디어 자리에서 일어났다. 카디건과 지갑을 챙겨들고 현관을 나섰다. 다리가 후들거리긴 했지만 그런 대로 걸을 만했다.

“한데 쟨 왜 저 모냥이냐? 뻣뻣하기는 원, 말뚝을 삶아 처먹었나 넨장.”

그녀는 놀이터 앞에서 걸음을 멈추었다. 갑작스런 요의가 느껴졌다. 다시 집으로 돌아갈까 망설였다. 하지만 이대로 빈 손으로 돌아갈 수는 없었다. 그녀가 사올 술을 기다리고 있는 옥주와 사내가 떠올랐다. 그들의 웃음소리도 떠올랐다. 아래에 힘을 주고는 몇 발자국 더 걸었다. 도저히 슈퍼까지 다녀올 수 있을 것 같지 않았다. 미끄럼틀 옆으로 다가갔다. 모래밭에서 잠시 몸이 기울어지기도 했다. 걸음이 흔들렸다. 주위를 둘러보았다. 벌써 불 꺼진 창들도 많았고 지나는 사람두 없었다. 그녀는 쭈그려앉았다. 다리 사이로 둥그렇게 모래가 파이고 축축히 젖어 번지는 것이 보였다. 그녀는 아주 오랫동안 길고 긴 오줌을 누었다.

그녀가 어렸을 때 옥주는 자신의 배 위에 올라가 뛰라고 했다. 부모가 외출한 날이었다. 그녀는 멋모르고 방바닥에 누워 있는 옥주의 배 위를 쿵쿵 뛰어내렸다. 옥주는 입술을 꼭 깨물고 진땀을 흘리고 있었다. 나중에 알고보니 아이를 떼기 위해 그녀에게 그런 일을 시킨 것이었다. 그 후 그녀는 매우 충격을 받았고 깊은 죄책감에 빠지게 되었다.

옷을 추스리다가 그녀는 휘청, 자리에 주저앉고 말았다. 현기증이 났다. 눈앞이 아뜩해졌다. 얼굴을 감싸쥔 채 그대로 앉아 있었다. 마치 세상이 한 컷 사진으로 정지되어 있는 것만 같았다. 공간감도 전혀 느낄 수 없었다. 아직도 잠에서 깨어나지 못한 걸까. 머리를 흔들어보았다. 온기가 남아 있는 미지근한 모래들이 그녀 아랫도리를 꽉 움켜쥐고 있었다. 아아, 그녀는 신음했다. 자극이 온다. 히드라처럼 온몸의 촉수를 뻗친다.
저만치 창백한 달이 걸려 있었다. 다른 어떤 별이나 행성도 희미하게 만들어버리는 무서운 빛이다. 그녀는 입을 틀어막았다. 울음이 터져나오고 있었다.

국제공항 제2청사 로비. 그녀는 오른쪽에 앉아 그림을 그리고 있는 노파를 흘낏거리고 있다. 자주색 우단 투피스에 흰 블라우스를 받쳐입은 노파는 사절지 종이 위에 옆자리에 앉은 외국인 남자의 초상을 그리고 있는 중이었다. 두 사람은 영어로 대화를 나누고는 있었지만 외국인의 표정은 난처해 보이기만 했다. 그림도 얼핏 보기에도 썩 대단한 솜씨는 아니었다. 외국인을 닮아 있지도 않았다. 스케치용 연필도 아닌 색연필로 스케치한 그림은 조잡해 보이기까지 했다. 밑그림이 완성되자 망사장갑을 낀 왼손 안에서 토막난 파스텔 조각을 꺼내더니 덧칠하기 시작했다. 그림은 점점 더 형편없어지는 것 같았다. 그림을 다 마쳤는지 외국인에게 이름을 묻고는 사인을 했다. 그리고는 돈을 요구했다. 그녀와 눈이 마주친 외국인은 난색을 표하며 할 수 없다는 듯 지갑을 꺼냈다. 일종의 강매를 하고 있는 셈이었다. 부끄러움이 느껴졌다. 노파는 지폐를 받은 다음 그림을 넘겨주었다. 외국인은 곧 자리를 떠났다.

노파는 망사장갑을 낀 왼쪽 손바닥 안에 파스텔 조각을 밀어넣고 오른쪽 손바닥 안으로는 그림을 문지르는 데 사용했던 휴지를 넣었다. 몇 장의 달러는 허리에 맨 까만 가죽지갑에 챙겼다. 그 모든 행동들이 꼼꼼하고 조심스러워 보이기까지 했다. 챙달린 모자까지 쓴 구색 맞춘 옷차림이었지만 그녀는 비어져나온 옆구리께에 옷섶이 터진 걸 놓치지 않았다. 발밑에는 흰 종이가 든 종이가방이 놓여 있었다.

"아가씨, 어디까지 가세요?"

가방을 들고 오가는 사람들의 뒷모습을 쫓고 있던 그녀는 소리나는 쪽을 돌아보았다. 노파였다. 흰 블라우스 맨 윗부분에는 떨어져나간 단추 대신 옷핀이 꽂혀 있었다.

"그림 좋아하세요?"

대답하지 않았는데도 또 물었다.

"직업이신가봐요?"

무슨 말이라도 해야 할 것만 같았다. 하지만 그녀는 초상화를 그려받고 싶은 마음은 없었다.

"아가씨 아주 곱게 생겼네요. 그림 한 장 그릴까?"

그녀는 고개를 저었다.

"영어를 잘 하시나봐요? 한 장에 얼마 받으시는데요?"

"영어뿐만 아니라 일본어, 중국어까지 하지. 별로 비싸지 않아, 우리나라 돈으로 만원."

"그럼 하루에 얼마쯤 버시는데요?"

그녀는 왜 이런 대화를 시작하고 있는지 자신에게 되묻지 않았다. 다만 장소를 잘못 선택했다는 후회만 하고 있을 따름이었다. 왜 이곳에 왔을까. 공항에서 회원개척에 성공했다는 사례는 지금까지 들어본 적도 없었다.

"한 다섯 장에서 많게는 열 장까지 그릴 때도 있어요. 그림 좋아하지 않아요? 젊은이가."

노파의 목소리는 가늘고 나즈막했다. 언제 꺼냈는지 새 종이 위에 벌써 그녀 얼굴의 아우트라인이 그려지고 있었다.

"할머니 그럼 그 돈 어떻게 관리하세요?…… 저축하세요? 아, 그리지 마시라니까요."

"뭐 은행에도 넣고,"

"예에. 저, 비과세 상품도 취급하거든요. 추가 보장제도도 있어요. 재해나 사망시에 돈 나오는 거 말예요."

"아가씨, 보험외판원이로군."

노파의 손놀림은 점차 빨라지고 있었다. 누군지 알아볼 수 없는 여자의 얼굴이 점점 더 명확한 윤곽을 드러내고 있었다.

"아녜요, 생활설계사예요."

"그거나 이거나."

"할머니, 만약 할머니가 오늘 집에 돌아가시는 길에 불의의 사고를 당한다고 상상해보세요. 그런 일 없으란 법 없잖아요. 사고 나면 그 동안 부었던 원금 다 나오고 최고 천만원까지 보상금이 나온단 말예요…… 아이 참, 그리지 말라니까요.”

그녀의 어투도 빨라지고 있었다.

“올해 연세가 어떻게 되시는데요?”

“예순다섯이라오.”

그녀는 푹, 한숨을 내쉬었다. 보험을 들 수 있는 가능한 나이가 아니었다. 아무래도 잘못 온 거야. 대체 어쩌자고 여길. 그녀는 자리에서 일어났다. 더이상 노파에 대한 관심은 없었다.

“이것봐, 아가씨 아직 다 안 그렸는데 벌써 가면 어떡해. 돈은 내고 가야지!”

등뒤에서 노파의 허둥거리는 목소리가 들렸다. 그녀는 휙 돌아섰다.

“누가 그리라고 했어요. 내가 언제 허락했어요? 도대체 왜 내 말은 듣지 않아요? 그리고 다 그리지도 않았잖아요!”

그녀는 악을 썼다. 목청이 찢어질 것만 같았다. 내 안에 이토록 큰 외침이 숨어 있었다니. 믿을 수 없다는 듯 그녀는 고개를 흔들었다. 순식간에 차디찬 바람 한줄기가 온몸을 관통하고 지나간 것만 같았다. 연거푸 소리치고 싶은 충동을 느꼈다.

“그, 그럼 오천원만 줘.”

“내가 왜 할머니한테 돈을 줘야 해요, 싫어요.”

아아, 지겨운 늙은이. 그녀는 차갑게 돌아섰다. 몇 발자국쯤 움직였을까. 뒤에서 노파가 그녀의 가방을 잡아당겼다. 가방이 떨어지면서 내용물들이 바닥으로 쏟아졌다. 그녀는 노파를 노려보았다. 무섭도록 싸늘한 눈빛이었다. 겁질린 노파는 굼뜨게 뒷걸음질 쳤다.

　무릎을 구부린 채 쏟아진 내용물들을 가방에 집어넣기 시작
했다. 각종 영수증과 카탈로그, 계약사항 기록부, 노트, 열쇠꾸
러미…… 그 속에서 그녀는 찢어진 신문조각을 발견했다. 손바
닥만한 신문을 펼쳐보았다. 몽골과 시베리아 지역의 때아닌 관
광러시가 이루어지고 있다는 기사였다. 지구에서 일식과 혜성의
극적인 만남을 가장 뚜렷하게 관측할 수 있다는 곳. 불시에 온
몸의 기운이 빠지는 것이 느껴졌다. 그제서야 왜 이곳에 왔는지
알 것 같았다. 그녀는 출발 행선지를 알리고 있는 전광판으로
눈을 돌렸다. 어떤 글자도 눈에 들어오지 않았다. 빨간불만 깜빡
거리고 있을 따름이었다. 초점을 모으려 애를 써보았다. 헛일이
었다. 일식중에 혜성을 관측하는 일은 이번이 역사상 처음이라
고 했다. 삼천 년 안팎을 주기로 찾아오는 헤일-밥혜성과 개기
일식을 앞으로 또 언제 만날 수 있을 것인가.

　그녀는 뒤돌아섰다.

　삼천여 년이 지나 그 혜성들이 다시 태양계를 찾았을 때 나는
어떤 모습일까. 여전히 도시 구석구석을 헤매다니며 당신들의
생활을 설계할 것이고 나날이 지쳐갈 것이다. 집에 돌아가면 옥
주와 사내가 알처럼 웅크리고 있을 테고 나는 여전히 똑같은 시
계만 쳐다보게 될 것이다. 그러나 문득 그 틈 사이로 창백한 꿈
하나를 꾸게 될지도 모른다. 천국처럼 낯선, 꿈.

　은하는 지금 충돌중이다.

(『라쁠륨』 1997년 여름)

사소한 날들의 기록

너의 구두에 발가락이 눌리는 부분을 이야기하라

오늘 모임을 리드할 교수가 문을 열고 들어선 것은 정확히 열시 십분이었다. 그때까지도 의자 한 개는 비어 있있다. 머칠 전, 문의전화를 했을 때 이번 워크숍 참가인원은 여덟 명이라고 했다. 전화를 받은 여자는 내가 마지막 신청자일 거라는 말을 덧붙였디. 신청 마지막 날이었디. 그것도 늦은 오후. 전화를 끊고 나서 나는 유신여지대학 심리건강연구소로 이십만원을 송금했다. 그러기는 했지만 아직 참가여부를 결정한 상태는 아니었다.

교수가 들어오자 나는 연구소 로비에서 집어들고왔던 팜플렛을 무릎 위로 내려놓았다. 팜플렛에는 이렇게 씌어 있었다.

'당신은 자신을 얼마나 알고 있습니까? 우리 속에는 우리가 미처 모르는 또다른 모습들이 있습니다. 당신은 타인에게 속마음을 털어놓아본 적이 있습니까? 타인으로부터 진정으로 이해받아본 적이 있습니까. 세상에서 가장 큰 고통은 자신의 아픔을 누구에게도 말하지 못하는 것입니다. 게슈탈트 상담은 대화를 통하여 당신의 아픔을 치유받을 수 있도록 도와드립니다.'

어설픈 타원을 만들며 일곱 명의 참가자들이 둘러앉아 있다. 학부생으로 보이는 남학생을 제외하고는 모두 여자들이다. 이 장(場)에 오신 여러분들을 환영합니다. 간단하게 인사를 마친 교수가 자기소개를 시켰다. 남학생과 나를 제외하고는 대개 상담심리를 전공한 후 직업을 갖고 있거나 그 분야의 논문을 준비하는 사람들이었다. 당황스러운 일이다. 당연히 구성원들 모두 나처럼 상담심리와는 거리가 멀 거라는 생각을 하고 이 자리에 왔으니까 말이다. 벌써부터 기운이 빠지면서 괜한 걸음했다는 후회가 들기 시작했다. 하지만 내일부터라도 참석하지 않을 수 있다. 문제는 선택이다. 나는 조금 더 기다려보기로 했다.

마지막으로 내 차례가 되었을 때 나는 주저하며 저 비어 있는 의자의 주인이 빨리 도착했으면 좋겠습니다,라고 말하였다. 내 말에 누군가 숨죽인 웃음소리를 흘렸고 또 누군가는 고개를 끄덕여주기도 했다. 꼭 그래야 할 필요는 없었겠지만 이름과 나이는 밝히고 싶지 않았다. 예전의 전공 같은 것은 더더군다나. 사흘이 지나면 다시는 만나지 않을 사람들이다. 그리고 어쩌면 나는 내일부터라도 이 자리에 안 나올 수도 있을 테니까. 교수가 안경을 밀어올리며 나를 돌아보는 것이 느껴졌다. 공연히 속내를 들켜버린 기분이 들었다. 구둣부리로 눈을 떨어뜨렸다.

"먼저 문장만들기를 해보는 게 어떨까요. '당신이 나를 정말 잘 아신다면……' 이 문장의 끝을 이어봅시다. 자 다시 이쪽부 터 돌아가면서."

자기소개가 끝나자 교수는 이런 제의를 했다. 낯선 사람들. 낯선 게임. 정말이지 모든 것이 낯설기만 한 아침이다. 벽에 걸 린 시계를 올려다보았다. 시간은 아직도 열시 몇분인가에 머물 러 있다. 모임이 끝나는 시간은 오후 다섯시. 오후 다섯시는 아 직도 까마득히 멀리 있었다.

내 차례가 다가오기 전에 얼른 문장을 만들어야 했다. 나는 서둘렀다. 당신이 나를 정말 잘 아신다면? 내가 말해야 한 문장 들을 머릿속에 떠올리려 애를 써보았다. 당신이 나를 정말 잘 아신다면…… 그때 문이 열리면서 삼십대 중반쯤으로 보이는 여자가 들어왔다. 전철역에서부터 이 건물까지 한달음에 뛰어왔 는지 호흡이 가빠 보였다. 여자는 고개를 숙여 보이고는 빈 의 자에 가 앉았다. 이제 꼭 여덟 명의 참가인원이 채워진 셈이다. 모두들 뒤늦게 온 그녀에게 시선을 던져두었다. 고등학교에서 영어를 가르치고 있다는 여자는 이 워크숍 때문에 오늘 아침 대 구에서 기차를 타고 올라오는 길이라고 하였다. 그녀가 앉아 있 는 의자 밑에는 노트북만한 검정 가방이 놓여 있었다. 안색이 유난히 창백한 여자다.

그 여자를 유심히 바라보았다. 야윈 상체에 비해 치마 밖으로 드러난 종아리는 부은 듯 굵어 보였다. 임신했구나. 그녀 앞가슴 께에 눈을 주며 나는 속엣말을 하였다. 흰 손수건으로 이마의 땀을 훔치는 그녀의 표정은 발치에 놓인 가방 때문인지 무언가 절박해 보이기도 했다. 내 짐작이 맞을지도 모른다. 절박하지 않

으면 그 먼 거리를 달려 여기까지 오지 않았을 것이다. 숙식은
어떻게 해결할 거냐는 누군가의 질문에 그녀는 유신여대 전철역
근처에 모텔을 예약해두고 올라왔다고 대답했다. 나와는 달리
그녀는 이 워크숍에 많은 기대를 하고 온 것인지도 모르겠다.
대체 이 사흘 동안 우리에게 무슨 일이 일어날까.

　교수 왼쪽편으로 돌아가면서 한 사람씩 문장을 말하기 시작
했다. 당신이 나를 정말 잘 아신다면, 그런 말은 하지 않겠지요.
맨 먼저 말한 사람은 참가원 중 유일한 남학생이었다. 그 말을
하면서 남학생은 얼굴을 붉혔다. 아까부터 고개조차 잘 들지 않
던 사람이었다. 당신이 나를 정말 잘 아신다면…….

　실망할까 두려워요,

　저를 이해하게 될 거예요,

　틀림없이 상처받을 거예요,

　속이 좁다고 하시겠죠,

　내가 약하다는 걸 알게 될 거예요,

　헤어지자고 하겠지요…… 참가원들은 한 명씩 돌아가며 말했
다. 틀림없이 상처받을 거예요,라고 말한 사람은 바로 내 왼쪽
옆에 앉아 있는 단발머리 여자였다. 그들의 목소리는 기차를 타
고 온 여자처럼 모두 낮고 가라앉아 있었다. 심리학에 관한 남
다른 지식은 없었지만 나는 그들의 문장 속에 숨어 있는 어떤
의미를 알 것 같았다. 왜 그들이 지금 저런 문장을 만들어낼 수
밖에 없는지. 이 모임의 리더인 교수는 그 단 한 문장 속에서도
그 문장을 만든 사람의 깊은 내면을 많은 부분 이미 눈치채고
있을 것이다. 단순한 낱말짓기가 아니라는 것쯤은 다들 알고 있
을 터였다. 나는 그렇게 쉽게 내 속내를 드러내보이고 싶지 않

다. 사람에 따라서 나처럼 자신의 동기를 감추기도 했겠지만 어쨌거나 적어도 본인만은 자신의 감정이나 동기에 대해 좀더 명확히 자각하는 계기가 될 수 있을 것이다. 리더인 교수에게 똑같은 질문을 던져보면 어떤 대답을 할까. 나는 아직 리더를 신뢰하지 못하고 있는 자신을 발견하고 있었다. 마음을 열어. 경애는 그렇게 말했었다.

나에게 이 워크숍에 참가할 것을 권한 사람은 오랜 친구 경애였다. 그애는 지금 논문을 준비하며 모교 학생생활연구소에서 상담원으로 근무하고 있다. 그애도 두 번인가 이런 워크숍에 참가한 적이 있었다. 어쩌면 너를 조금쯤 새롭게 변화시킬 수 있는 시간이 될지도 몰라. 너는 왜 내가 달라져야 한다고 생각하니? 기습하듯 경애에게 물었다. 그애는 당황한 듯 한동안 말을 잇지 못했다. 구태여 대답을 들을 필요는 없었다. 변화를 원한 건 누구보다 나 자신이었으니까. 변화라기보다 좀더 객관적으로 내 내면을 들여다보고 싶었다. 내가 누구인가. 내 안에 무엇이 웅크리고 있나. 그런 것들이 궁금했다. 그런 참에 경애는 심리치료 워크숍 이야기를 지나치듯 무심히 말하였다. 그러나 그애는 알고 있었을 것이다. 내가 그냥 흘려듣지 못하리라는 것을.

어젯밤 늦게 경애에게 전화를 걸었다. 막상 워크숍에 참가한다고 신청은 해놓았지만 여전히 망설이고 있었고 얼마쯤 불안하기까지 했다. 내일 첫날인데, 뭐 준비할 거 없을까? 경애는 배시시 웃기부터 했다. 그냥 가면 돼. 오히려 니같이 상담전공이 아닌 사람들에게 더 도움이 될 거야. 얘, 그러니까 나는 더 불안하단 말이야. 준비한 거 있어, 특히 너 말야. 그게 뭔데……? 너, 오픈 마인드 알지? 마음을 열어. 그렇지 않으면 시간 낭비에 불과할 테니.

마음을 열어. 머릿속으로 이런저런 문장을 떠올리고 있는 내게 어디선가 경애 목소리가 들리는 듯하였다.

"당신이 나를 정말 잘 아신다면, 우린 좀더 서로에게 솔직할 필요가 있다는 걸 알게 될 거예요."

마음을 열고, 나는 말했다.

"결혼하셨습니까?"

내 말이 끝나자 교수가 질문을 해왔다. 네,라고 대답하는 내 음성은 약간 고조되어 있었을지도 모른다. 나를 제외한 모든 사람들의 호기심 어린 눈빛이 내쪽으로 쏟아지고 있다. 내 몸은 금방 갑충류처럼 딱딱해졌다.

"그 문장은 어떤 특별하고 분명한 대상을 두고 만든 건가요?"

"아녜요, 그저 아무 뜻없이 만들어봤어요."

교수가 왜 그런 질문을 하는지 단번에 알아챌 수 있었다. 그는 벌써 내 문장 뒤에 숨겨진 의미를 파악했을 테니까. 아직 리더를 신뢰할 수 없다. 쉽사리 리더의 말에 감겨들고 싶지 않다. 꼿꼿한 목소리로 아니라고 대답했다. 무슨 뜻인지 고개를 몇 번 끄덕거리다가 그는 거기서 질문을 멈추었다.

"이번에는 다른 문장을 만들어보도록 합시다. '내가 당신에게 바라는 것은……' 이 문장을 완성시켜보세요."

내가 당신에게 바라는 것은, 내게 많은 이야기를 해주세요. 원한다면 내 이야기도 들려드리겠습니다. 내 옆에 앉은 단발머리 여자가 먼저 말했다. 슬쩍 고개를 돌려 그녀 옆모습을 바라보았다. 귀밑까지 내려오는 새카만 단발머리에 와인색 뿔테안경. 꼭 어디선가 한 번은 스친 적 있을 것만 같은 얼굴이다. 저

여잘 어디서 봤더라.

내가 당신에게 바라는 것은, 용기를 얻도록 도와주세요. 있는 그대로의 모습을 받아들여주세요. 사흘이 지난 후에는 제 이야기를 모두 잊어주세요,라고 말한 사람은 기차를 타고 왔다는 그 여자였다. 네에, 당연한 당부겠지만 이 장에서 있었던 이야기들은 우리 모두 비밀로 지키도록 합시다. 그녀의 말에 교수가 덧붙였다. 거역할 수 없을 것 같은 진중한 목소리였다. 참가원들 대부분 고개를 끄덕거리고들 있다. 양미간을 잔뜩 세우고 있는 여자는 긴장하고 있는 것 같았다. 나는 이렇게 이야기했다. 이 시간이 진실되도록 서로 노력합시다.

"그럼 이제 각자의 별칭을 정히도록 할까요. 이름 부르기가 어색할 테니 별칭을 사용하는 게 좋을 것 같군요."

교수가 나누어준 빈 이름표에다 저마다 자신의 별칭을 써넣었다. 샘별, 이슬, 소망, 햇살, 나무, 투명. 내 옆에 앉은 단발머리 여자는 블루였다. 여자는 푸른색 스웨터에 그보다 더 푸른빛이 짙은 바지를 입고 있었다. 나는 바다,라는 이름표를 가슴에 달았다. 이름표를 달고 보니 저 먼 곳에 있는 바다가 순식간에 가슴 안으로 밀려들어온 듯 몸이 허공으로 휘정 떠오르는 것 같았다. 교수의 별칭은 둥지였다. 둥지. 리더에게 썩 잘 어울리는 별칭이다.

점심시간이 지난 두시 이후부터는 개인작업이 시작되었다. 하루에 서너 넝씩, 물론 자발적으로 원하는 사람에 한해서였다. 먼저 하고 싶은 분 있으십니까? 둥지가 물었을 때 나를 포함한 참가원들 대부분은 고개부터 숙였다. 리더인 둥지와 눈을 마주친다는 게 어색하고 사뭇 두려운 터였다. 그리고 아직 친밀감이 형성되지 않은 상태에서 자신이 껴안고 있는 문제를 먼저 털어놓고 싶은 사람은 없을 것이다. 나는 더 깊이 고개를 숙여버렸다. 마치 이 장 안에서 누구의 눈에도 띄지 않고 싶다는 듯이.

저는 이 장의 리더입니다. 리더는 여러분들이 안고 있는 현상을 거울처럼 비춰주는 역할을 할 수 있을 뿐입니다. 결정은 자신이 하는 겁니다. 개인작업을 시작하기에 앞서서 둥지는 이런 말을 하였다. 그리고 그는 성 프란체스코의 기도문을 읊조렸다. '제가 변경시킬 수 없는 것은 그것을 받아들일 수 있는 평화로운 마음을 주옵시고, 제가 변화시킬 수 있는 일을 위해서는 그것에 도전하는 용기를 주옵시고, 또한 그 둘을 구별할 수 있는 지혜를 내려주옵소서'. 고요한 목소리였다. 오랫동안 침묵만이 흐르고 있었다.

"표정이 좀 어두워졌군요."

침묵을 깨뜨리며 둥지가 기차를 타고 온 여자에게 말을 건넸다. 나는 보이지 않게 가슴을 쓸어내렸다. 둥지는 그 여자를 지목하고 싶은 것이다. 여자의 별칭은 햇살이다. 참가자들은 고개를 들어 그녀 쪽으로 시선을 두었다. 모두 나처럼 안도의 표정이 역력해 보였다.

"지금 무슨 생각을 하고 있나요?"

"저어, 시어머니를 떠올리고 있었어요. 며칠 동안 집을 비우겠다고 했더니 몹시 화를 내셨거든요. 그리고 남편도…… 아마 제가 임신중이기 때문이겠지만."

여자의 미간에는 더욱 깊은 주름이 새겨졌다.

"어때요, 개인작업을 하고 싶으세요?"

여자는 종아리를 바짝 오므리고는 자신에게 고정되어 있는 얼굴들을 천천히 둘러보았다. 훗날이라도 모두의 얼굴을 기억하겠다는, 세심하면서도 왠지 날카롭게 느껴지는 눈초리였다. 아주 짧은 시간, 그녀와 나의 눈빛이 맞부딪쳤다. 나는 내 눈에 어려 있는 호기심을 그녀가 읽어내지 않기를 바랐다. 좌중을 둘러본 그녀는 결심한 듯 의자를 둥지 쪽으로 돌렸다. 교수와 그녀, 둥지와 햇살은 이제 마주보고 있다.

"지금 이 순간은 기분이 어떠신지요?"

"뭐랄까, 약간 불안해요. 그리고 조금 화가 나는 것 같아요."

"무슨 화가 날 만한 이유라도 있습니까?"

"다른 분들이 저를 비웃을 것만 같아요…… 화가 나고 소리치고 싶어요."

"누구를 향해서요?"

"사람들, 시어머니나 남편, 아니…… 잘 모르겠어요."

둥지와 햇살의 대화는 몹시 느린 속도로 이어지고 있다. 말을 하는 것이 힘든지 그녀는 간간이 숨을 크게 내쉬고는 하였다. 둥지와 햇살을 둘러싼 사람들은 그들의 대화에 귀를 크게 열어놓고 있었다. 그것은 나도 마찬가지였다. 쉭쉭쉭, 가습기 소리가 더 크게 들려왔다. 그녀의 상처는 무얼까. 시어머니나 남편의 문제는 아닐 거라는 예감이 들었나. 그녀의 얼굴에 아침에 느꼈던 그 절박함이 다시 짙게 드리워져 있었기 때문이다. 나는 될 수 있으면 그녀의 얼굴을 보지 않으려 하면서 그녀 목소리에 귀를 모았다.

간단한 이야기였다.

지나치게 폐쇄적인 성격이었던 그녀는 대학원 다닐 무렵, 생애 첫 남자를 알게 된다. 가족으로부터도 외면당하고 성장해온 그녀는 그 남자만이 자신을 가장 사랑해줄 거라는 믿음을 갖는다. 남자는 그녀에게 성관계를 요구한다. 혼전순결을 교육받고 자라왔던 그녀에게는 있을 수 없는 일이었다. 거부하는 그녀에게 남자는 화를 낸다. 그녀는 남자가 자신을 떠날지도 모른다는 상상을 한다. 마지못한 그녀는 남자와 여관엘 간다. 다섯 번의 관계 이후 남자는 연락을 끊었다. 사랑하지는 않지만 그녀는 그 남자와 결혼해야 한다고 생각했다. 함께 잤으니까. 어렵게 만난 남자에게 그녀는 애원한다. 결혼해야 한다고. 네가 부담스러워. 내뱉은 남자는 그녀를 떠나고 만다. 혼자 살겠다고 작정한 그녀는 오랜 시간이 지난 후 다른 남자를 만나 결혼한다. 행복하지 않다…….

마치 이 방에는 그녀와 둥지 둘만이 존재하는 것 같다. 숨소리조차 들리지 않는다. 저 블라인드를 다 걷어버렸으면.

"그때 그 남자에게 할말을 제대로 하지 못했어요. 억울해요. 그걸 뱉어내버리고 싶어요."

"지금 한번 해보시겠어요?"

대체 무엇을 하려는 것일까. 둥지는 자리에서 일어나 한쪽 구석에 놓여 있던 빈 의자를 그녀 앞으로 옮겨왔다. 그리고는 그녀의 손을 잡아끌어 빈 의자를 마주보며 서게 하였다. 그녀 턱 밑으로 눈물이 뚝뚝 떨어지고 있었다. 둥지가 주머니에서 휴지를 꺼내 그녀에게 건네주었다.

"자, 지금 저 의자에 그 남자가 앉아 있어요. 그때 하지 못한 말들을 마음껏 해보세요."

그녀 등뒤에 한 손을 올려놓으며 둥지가 말했다. 사람들의 시선이 빈 의자를 향해, 일어선 그녀를 향해 집중돼 있다.

"너는 인간도 아니야. 나도 너를 사랑한 건 아니라구, 그렇지만……."

여자의 떨리는 목소리는 잦아들었고 차츰 자신을 둘러싸고 있는 우리들의 시선을 의식해가고 있는 것 같았다.

"잘 몰입이 안 되는 것 같군요."

"네, 뭔가 쏟아내고 싶은데, 막상 하려니까 어떻게 해야 할지 모르겠어요."

"가장 하고 싶은 말이 뭐죠?"

"……욕을 해주고 싶어요. 하지만,"

"그럼 욕을 하세요. 망설이지 말아요. 햇살님은 참는 게 너무 습관화돼 있어요."

여자는 우리들의 시선을 떨쳐버리려는 듯 세차게 머리를 한 번 흔들더니 다시 빈 의자를 향해 눈을 모았다. 둥지는 그녀의 어깨를 아버지처럼 꼬옥 감싸안고 있었다.

"이 나쁜 인간……."

"그건 욕이라고 할 수 없어요, 자 햇살님 나를 따라해보세요. 이 개새끼야!"

"이, 이, 개새끼야!"

둥지를 따라 여자가 악을 썼다. 그녀는 마치 아무도 없는 빈 방, 아니 옛날의 그 남자와 단둘이만 있는 것 같았다. 옆에서 계속 등을 감싸며 욕을 하는 둥지를 따라 여자는 빈 의자를 향해 악을 쓰고 또 썼다. 여자의 눈에서 시퍼런 불꽃이 튕겨나오는 것 같았다. 여자는 이미 아무것도 보고 있지 않았다. 소름이 끼쳤다. 지금 우리 모두는 이상한 최면에 걸려 있는 건 아닐까.

"네가 그러고도 잘살 줄 알았니? 천민에, 너는 나쁜 인간이야. 더러운 놈. 너 같은 놈은 죽어버려야 돼. 그렇게 만들어놓고 나를 버려? 내가 부담스럽다고? 나는 네가 좋다는 거 뭐든지 했어. 너는 내 첫 남자였으니까. 내가 너한테 잘못한 게 뭐가 있는데? 너는 처음부터 나를 버릴 작정이었지? 그렇지? 그러면서 왜 나를 건드렸어. 다른 여자들도 많은데 아아, 하필이면 왜 나였어, 왜 나였느냐구…… 너는 짐승만도 못한 새끼야. 에잇 툇, 툇…….”

빈 의자를 향해 침을 뱉은 여자가 오열하며 바닥으로 주저앉았다. 훌쩍기리는 소리가 들려오기도 하였다. 그제서야 나는 눈을 들어 정면을 응시했다. 모두들 눈물을 흘리고 있거나 애써 울음을 참고 있었다. 내 눈앞에 펼쳐지고 있는 상황들이 비현실적이고 약간 희극적으로까지 느껴졌다. 침침한 눈을 깜박거렸다. 마른 손바닥으로 얼굴을 슥 문질러보았다. 둥지는 오열하는 그녀의 등을 토닥거리고 있었다. 그녀의 울음은 좀체 그칠 것 같지 않았다.

나는 블라인드를 걷어낸 창앞에 서 있다.

기차를 타고 온 여자의 개인작업이 끝나고 나서 시작된 휴식시간이다. 진눈깨비라도 쏟아지려는지 하늘은 잔뜩 꾸물거리고 있다. 여자가 진정을 한 후 둥지는 우리들에게 피드백(feed back)을 하겠느냐고 물었다. 그 말이 끝나자마자 내 옆에 앉은 단발머리 여자가 한숨부터 내쉬며 말을 시작했다. 우선 햇살님의 용기가 대단한 것 같다, 하지만 아직도 그 과거에 집착하는 것은 어리석다는 생각이 든다, 이제 모든 것을 잊고 현재의 삶에 충실하기를 바란다, 뭐 그런 교과서 같은 내용이었다. 슬프다, 햇살님이 행복하기를 바란다, 친근감을 느낀다, 나도 이제 내 이야기를 할 수 있을 것 같다, 용기를 주어서 고맙다. 모두들 한마디씩 거들었다. 지지와 격려를 해줘야 자신감이 생기고 문제를 수용할 수 있는 힘이 생긴다고는 했지만 어쩐지 그것마저도 어색하고 작위적인 행동으로 느껴졌다. 나는 아무 말도 하지 않았다. 어떤 말도 하고 싶지 않았다. 다만 ‘내가 당신에게 바라는 것은……’, 그녀가 만들었던 문장을 떠올리고 있을 뿐이었다. 사흘이 지난 후에는 제 이야기를 모두 잊어주세요. 방금 막 개인작업을 끝낸 그녀 주위로 사람들이 모여 위로를 하고 있는 것이 희미하게 창에 비춰졌다.

고기를 싫어하시는군요. 점심식사 때 국밥에서 고깃덩어리를 건져내고 있는 나를 물끄러미 바라보면서 교수가 말했다. 네. 국밥에 든 야채를 골라 먹으며 시큰둥히 대답했다. 요리를 즐기십니까? 그는 또 물어왔다. 내가 만든 음식을 다른 사람이 먹는 것을 보면 기분이 좋다고 대꾸했다. 사실이 그랬으니까. 하지만 해놓고 보니 쓸데없는 말이었다. 혹시 자신이 만든 요리를 본인은 잘 먹지 않거나 하지는 않습니까. 나는 그만 입을 다물고 말았다. 식사 시간까지 이런 낯선 게임에 휘말려들고 싶지 않았기 때문이었다.

남편은 오늘 돌아올까. 나흘이나 일주일쯤, 예정이 불확실한 출장을 떠난 지 오늘이 꼭 사흘째 되는 날이다. 그런 생각을 하고 있는데 창안으로 종이컵을 든 교수가 들어오는 것이 보였다. 그녀 주위를 둘러싸고 있던 사람들이 자기 자리로 돌아가고들 있다. 나는 블라인드를 내리고 돌아섰다.

두려움은 실재보다 크지 않다

기차를 타고 온 여자의 표정은 이제보다 한결 차분하고 안정감 있어 보였다. 어떻게 보면 생동감마저 흐르고 있는 것 같았다. 개인작업을 했기 때문일까. 그것은 어제 마지막으로 개인작업을 했던 남학생도 마찬가지였다. 남학생은 아버지와 심각한 갈등이 있던 참에 상담심리를 공부하고 있는 누나의 권유로 이

번 워크숍에 참가하게 되었다고 했다. 어제 첫날, 그는 둥지로부터 계속해서 내 눈을 보세요, 아니 아니 자 나를 보고 이야기하세요,라는 지적을 받았다. 남학생은 오늘 아침 여러 사람과 눈을 맞추며 대화하고 목소리도 비교적 일정한 톤을 유지하고 있다. 어제 그는 내내 격잉된 목소리였고 나중에는 호흡마저 곤란해지기도 했다. 두 사람의 표정과 앉음새, 타인을 대하는 여유 있는 태도 같은 것들. 내가 느끼기에도 하루 사이에 그들은 뭔가 달라져 있었다. 나로서는 이해하기 힘든 노릇이다.

연대감이랄까. 어제 두 명의 개인작업 이후 친밀감이 형성되기 시작한 장은 아침부터 활기차 있다. 결석한 사람은 아무도 없었다. 둥지는 오늘 첫 질문으로 우리들에게 오늘 아침 기분이 어떤지를 물어왔다. 그리고 그는 '지금, 여기(here and now)'를 강조했다. 효과적인 대화시간을 갖기 위해서라고 하였다. 아마도 그는 현재 우리들의 감정이나 욕구, 지각에 대해서 알고 싶은 것인가보다. 홀가분해요, 몸이 가벼워진 것 같아요. 임부(姙婦)와 남학생이 말했다. 아닌게 아니라 누구도 그 말을 믿지 않을 수 없을 만큼 몸안엣것을 다 비워버린 사람처럼 그들은 가볍고 투명하게 느껴졌다. 정말 알 수 없는 일이다.

"블루님의 지금 기분은 어떤지 말해줄 수 있습니까?"

오늘은 임부 옆으로 자리를 옮겨앉은 단발머리 여자에게 둥지가 물었다. 그녀는 오늘도 푸른색 외투를 입고 있었다. 푸른색 때문인지 몹시 차갑게 느껴지는 인상이다. 어제처럼 그녀의 무릎 위에는 노트가 놓여 있다.

"저는 지금 약간 지루함을 느끼고 있어요. 아니 차라리 심심하달까요."

"지루하다는 것과 심심하다는 것은 차이가 있어요. 이를테면 지루하다는 것은 싫고 피하고 싶은 감정이 강한 상태고, 심심하다는 것은 관심은 있는 상태거든요? 그렇다면 블루님은 어떤 쪽이지요?"

초등학교 학생을 가르치듯 차분한 어조로 둥지가 말했다. 펜을 든 손으로 단발머리를 쓸어올리고 있는 여자는 조금 당황해하는 것 같았다.

"그럼 저는 심심한 쪽에 가깝다고 할 수 있겠네요. 싫고 못 견디겠는 느낌은 없으니까 말예요."

"특히 집단작업에 참여할 때는 개개인 모두 적절한 어휘선택을 하는 것이 아주 중요합니다. 그렇지 않을 경우에는 오해의 여지가 생길 수 있어요. 어휘선택에 신경을 쓰는 것도 서로를 배려하는 기본적인 예의입니다."

둥지의 말이 끝나자 모두들 생각에 잠기는 듯 침묵이 시작되었다. 어휘 선택의 중요성을 말했기 때문인지 누구도 쉽게 먼저 입을 열 것 같지 않았다. 편안한 침묵은 길어도 좋지만 불편한 침묵은 그렇지 않다. 침묵은 길어지고 있다. 나도 잠자코 앉아 보푸라기가 인 스웨터의 팔목을 매만지고 있었다.

"바다님, 지금 기분이 어떠신지요?"

이번에는 나였다. 생각지도 못한 지목을 받아서인지 가슴이 후들거렸다. 사람들의 시선이 일세히 나를 향했다.

"저는 좀…… 우울합니다."

솔직히 대꾸했다. 몸이 피곤한 것도 있지만 우선 나는 우울했다. 이젯밤, 남편은 돌아오지 않았다. 불확실한 일정 때문에 별 기대는 하지 않았지만 그래도 나는 남편을 기다렸다. 응답기에 한

번, 그리고 밤 열두시 넘어 전화가 왔다. 부안군 격포리 어디쯤에 숙소를 정해놓았다고 했다. 그가 이번에 쓸 기사의 제목은 '서해 바다의 신비를 찾아서'이다. 변산해수욕장과 하섬과 비안도, 격 포바다, 채석강, 그리고 내소사까지 간다고 해도 사흘이면 그런 대로 넉넉할 것이다. 사진까지 찍는다고 해도. 집을 떠난 지 벌써 나흘째. 글쎄, 언제쯤 일이 끝날지 아직 알 수 없겠는데. 떠듬거리 며 그는 말했다. 알았어요, 감기 조심하세요. 짧게 대꾸했다. 문단 속 잘하고, 내일 또 전화할게, 그럼…… 수화기를 내렸다. 그럼 잘 자. 남편의 목소리는 툭 끊어져버렸다. 남편이 돌아왔더라도 나는 오늘 이곳에 왔을까. 우울하다는 것은 사실이었다.

"왜 그런 감정인지 궁금하군요?"

둥지는 어느새 내쪽으로 의자를 돌려앉고 있었다. 오늘부터는 오전 오후 모두 개인작업을 한다고 하였다. 벌써 내일이 마지막 날이었으니까. 방심하고 있던 게 잘못이다. 우울하다고 솔직히 말 해버린 것도. 어리석었다. 자연스러운 것 같지만 자연스럽지 않게 나는 둥지에게 선택되었다는 것을 알아차렸다. 열여섯 개의 눈동 자들이 내쪽으로 쏟아지고 있다. 후회하기에는 너무 늦어버렸다. 내 안을 휘젓기 시작하는 혼란을 억누르며 의자를 돌려 둥지를 마주보고 앉았다. 무엇보다 나는 침착해야 했다. 마음을 열어. 경 애의 목소리가 튀어나오지 않도록 몸을 잔뜩 웅크렸다.

둥지 : 뭔가 할말이 많은 것 같은 얼굴이군요.

바다 : 글쎄요, 그렇게 보인다니 좀 어리둥절한데요.

둥지 : 바다님, 문제에 대한 진정한 해결책은 문제상황을 회 피하지 않고 직면하는 것입니다. 도랑을 건넌다고 생각하세요. 건너지 않으면 자신이 원하는 곳으로 갈 수 없다고 말입니다.

바다 : (표정이 굳어지며) 어제도 개인작업을 하신 분들이 있지만, 그에 비하면 저에게는 특별한 문제는 없어요. 그래서 별로 할말이 없습니다.

둥지 : 지금 기분은 어떠십니까?

바다 : 괜찮아요.

둥지 : 괜찮다는 것은 기분을 나타낼 수 있는 말이 아닙니다.

바다 : 어색하고 불편한 감정이에요.

둥지 : 표정이 어두워졌군요. 제 눈을 똑바로 쳐다보시겠습니까? 자꾸만 저를 피하시는 것 같은데.

바다 : (잠시 생각에 잠기더니) 뭔지 모르겠지만 환경이 바뀌어버렸으면 좋겠어요. 어렵군요.

둥지 : 그건 무슨 뜻이지요? 이해가 잘 안 가는데.

바다 : (혼동스런 상태에 있기 때문에 아무 말도 하지 못한다.)

둥지 : 어떤 어려움이 있는지 계속 이야기해주시겠어요?

바다 : (질문을 회피하며) 제가 참 나쁜 사람 같아요.

둥지 : 무슨 뜻인지 이해할 수 없군요.

바다 : 결혼한 지 오 년이 지났어요…… 결혼 전에는 일을 갖고 있었는데, 지금은 그냥 평범한 주부예요.

둥지 : 좋아요, 그러면 아까 말한 환경이 바뀌었으면 좋겠다는 말과 일을 하시 않고 있나는 것이 무슨 상관 있습니까?

바다 : (삼시 침묵) 세가 그런 말을 했나요? 아니, 그렇지는 않아요. 단지 제가 무얼 다시 시작할 수 있을지 회의스러울 뿐이에요.

둥지 : 지금 이야기가 너무 넓어지고 있어요. 곁가지를 좀 잘

라보세요. 욕구나 감정을 회피하면 미해결된 문제들이 더 쌓이
게 마련입니다.

　　바다 : (표정이 없어지며 생각에 빠진 듯하다.) 상담심리를
전공하고 있는 친구가 권해서 오게 됐어요. 그 친구는 저에
게…….

　　둥지 : 자, 바다님의 이야기가 자꾸 겉돌고 있군요. 바다님과
저 사이에 뭔가 접촉이 잘 안 이루어지고 있는 느낌이 듭니다.

　　바다 : (한참 동안 가만히 있는다.)

　　둥지 : 바다님, 만약 바다님에게 다른 사람의 생각과 비밀을
알 수 있는 능력이 주어진다면 누구를 선택하시겠습니까?

　　바다 : (잠자코 있다가, 갑자기 볼멘 소리로) 저 둥지님, 다음
에 하면 안 될까요. 준비가 안 된 상태라 몹시 힘이 들어요.

　　둥지 : 네, 바다님이 원하시면 그렇게 하도록 합시다. 시간이
될지 모르겠지만. 바다님, 자신의 욕구나 감정에 대해 직면하는
것을 두려워하지 마세요. 그것을 직면하는 순간 뭔가 큰일이 벌
어질 거라고 상상하는 건 잘못된 거예요. 바다님이 좀더 용기를
내시기를 기다리겠습니다.

　　나는 끝끝내 솔직할 수 없었다. 의자를 돌려 바로 앉자 먼 곳
을 다녀온 듯 혼곤함이 느껴지기 시작했다. 내가 무슨 말을 했
는지, 둥지가 나에게 무슨 이야기를 들려주었는지 좀체 헤아릴
수 없었다. 아주 길고 어려운 터널을 빠져나온 심정이었다.

　　접촉에 실패한 내 개인작업에 대한 피드백 시간이 이어졌다.
먼저 입을 연 사람은 어제 처음으로 개인작업을 했던 기차를 타
고 온 여자였다. 고등학교에서 영어과목을 가르치면서 학생상담
을 하고 있다고 했었다. 그녀의 목소리는 신랄하고 날카로웠다.

"바다님의 이야기를 들으면서 뭔가 굉장히 어색하고 자의식이 강하다는 느낌을 받았어요. 사실 우리가 살아가면서 어느 정도의 자의식은 불가피하지만 그것이 지나칠 때는 문제가 된다고 생각합니다. 그런 사람은 자신의 행동에 대한 타인의 반응을 지나치게 의식하고, 항상 자신을 관찰자의 위치에 놓고 자신의 행동을 감시하고 통제하죠. 그래서 행동이 부자연스럽고 자발성이 결여됩니다. 어제부터 느낀 점인데, 바다님은 어쩐지 우리와 함께 이 장에 참여하고 있다는 생각이 들지 않았어요. 그저 우리를 관찰하면서 한걸음 물러나 있다고니 할까요. 무엇보다 바다님은 자아를 버리고 무심한 상태에서 사물을 보고 듣고 느끼며 접촉하는 훈련이 필요한 것 같습니다."

단숨에 말을 마치고 나서 그녀는 차가운 눈빛으로 나를 일별했다. 뭔가 억울하다는 표정이기도 했다. 당연히 받아낼 것을 받아내지 못했다는. 그런 그녀가 무서웠다. 하지만 어제 그녀의 고백을 들은 건 비단 나뿐만이 아니지 않은가. 나는 오늘 처음으로 이곳에 온 것을 후회했다. 할말을 다 쏟아내지 못하는 심정을 이해할 것 같다,고 말한 사람은 단발머리 여자였다. 답답했다, 몰입이 안 되는 게 안타까웠다, 그 밖에 다른 사람들은 별말이 없었다. 어쩌면 그들도 임부처럼 내가 이 장에 자신들과 함께 참여하고 있다는 공감을 받지 못했기 때문일지도 몰랐다. 참가원들의 눈빛은 싸늘했나. 내가 정밀 하고 싶었던 이야기를 고백했더라면 저들이 나를 서럽게 바라볼 수 있었을까. 몸이 떨렸다. 나는 그들에게 아무것도 털어놓고 싶지 않다.

기차를 타고 온 임부와 단발머리 여자, 그리고 나는 지금 창밖이 훤히 내다보이는 이층 카페에 앉아 있다. 실내는 젊은 여

성들과 담배연기로 가득했다. 차를 주문받으러 온 종업원에게
임부는 환기부터 시켜줄 것을 요구했었다. 공기가 탁했다. 오후
다섯시 사십분. 네온이 밀어낸 하늘은 멀리서 검게 웅크리고 있
다. 지나다니는 사람들 머리 위로 오색 불빛이 명멸하고 있다.
화려한 거리다.

화장실에 다녀와 가방을 챙겨들고 엘리베이터 앞으로 갔다.
임부와 단발머리 여자가 서 있었다. 그새 연구소를 벗어났는지
다른 참가자들은 한 명도 눈에 띄지 않았다. 하루 일정이 끝나
면 사람들은 누구에게랄 것도 없이 인사를 하고는 계단이나 엘
리베이터를 이용해 재빨리 연구소를 벗어나고는 했다. 서로 등
을 보이기에 바빴다. 고통을 누설하고 지지와 격려를 할 때와는
너무도 판이한 모습들이었다. 우리 차나 한 잔 마실래요? 엘리
베이터 안에서 단발머리 여자가 말을 꺼냈다. 그제서야 우리는
서로의 얼굴을 바라보았다.

오전에 내게 신랄한 피드백을 할 때와는 달리 임부는 별말없
이 입을 다물고만 있었다. 뭔가 내쪽에서 말을 걸어주기를 기다
리는 눈치 같기도 했다. 내 개인작업시간 이후 자꾸 그녀 쪽에
신경이 쓰이는 것만은 나도 어쩔 수가 없었다. 어제도 그랬지만
하루 일정을 마치고 나면 견디기 힘든 피로가 몰려들곤 하였다.
오늘도 마찬가지다. 내내 긴장하고 있어서 그런지도 몰랐다. 다
른 사람들도 그럴까.

"저 말예요, 아까 개인작업하실 때 그런 말 했었던 거 기억하
세요?"

'인연'이라는 제목의 옛노래가 끝났을 때쯤, 오랫동안 참아왔
다는 어투로 드디어 임부가 내게 말을 건넸다. 나는 긴장했다. 오

전 이후 그녀는 아직 내게 할말이 남아 있는 모양이다. 찻잔을 집어들며 무슨 말요? 눈으로 물었다. 쉽게 입이 떨어지지 않았다.

"자신에게 별다른 문제는 없는 것 같다, 그래서 할말이 없다, 그러셨던 거 말예요. 그런데 제 생각은 좀 달라요. 어쩌면 바다 님이 자기공개에 대한 두려움 때문에 그런 움츠린 태도를 보이는 것 같다는 느낌을 받았거든요. 제가 잘못 짚었나요?"

"하지만 꼭 그렇게 볼 수만은 없지 않을까요. 자신의 문제가 뭔지 잘 모르기 때문에 자기공개를 못 하는 사람도 있을 수 있잖아요."

나를 향한 임부의 질문에 단발머리 여자가 가로막고 대꾸했나. 듣고 보니 임부의 말이나 단발머리 여자 모두 한편으론 일리가 있는 이야기였다. 그러나 나는 그 문제에 대해서는 더이상 아무 말도 하고 싶지 않았다. 임부가 왜 아직까지 실패한 내 개인작업에 대해 미련을 갖고 있는지 충분히 이해할 수 있지만, 이해하고 싶지 않다.

"집단작업에 참여하는 사람은 우선 자신을 직면하려는 용기가 있어야 해요. 직접 참여하지 않고 관찰만 해도 얻는 게 있겠지만 가급적이면 적극적으로 참여하고 자기공개시간을 가셔서 타인과의 적극적인 접촉을 시도해야 더 많은 도움을 얻을 수 있고, 또 그래야 여기 온 보람도 있지 않겠어요?"

임부의 말투는 마치 나를 훈계라도 하는 듯 들려있다. 그럴 비에야 집에 있지 뭐 하러 여긴 찾아왔지? 비아냥거림이 느껴졌다. 아니 어쩌면 그녀는 내가 염려스럽고 답답해서 딴에는 충고라고 히는지도 몰랐다. 그렇게 생각하기로 했다 어차피 우리는 또 만날 수 있는 관계가 아니다 화제를 돌려야 할 필요를 느꼈다.

"솔직히 말하면 개인작업에 대한 회의를 느꼈어요. 물론 제가 개인작업에 실패해서 그런 생각이 들었을지도 모르겠지만. 아무튼 관찰하는 입장에서는 지루해지거나 수동적이 될 수도 있더라구요. 저는 다른 분들이 개인작업하실 때 몰입하는 것이 쉽지 않았어요."

"그래요? 저는 좀 생각이 다른데요. 타인의 작업을 관찰하면서 일종의 대리만족이나 문제를 해결하는 과정을 간접적으로 배우게 되던 걸요."

내 말을 받아 단발머리 여자가 말했다. 단발머리 여자는 오늘도 개인작업을 하지 않았다. 여전히 시간 내내 가끔씩 뭔가 노트에 끄적거리고는 하였다.

"맞아요, 제가 개인작업을 마쳤기 때문에 괜히 하는 소리가 아니라 타인들 앞에서의 자기공개는 카타르시스 효과를 느끼게 해요. 리더와 단둘이 하는 작업하곤 또 달라요. 다른 사람들로부터 공감과 지지를 받을 수 있는 이점도 있구요. 블루님은 참가자들에게 지지를 참 잘해주시더군요."

창백한 안색의 임부가 말을 이었다. 우리들 중 유일하게 개인작업을 마친 그녀로서는 충분히 할 수 있는 말이다. 단발머리 여자는 그녀의 말에 고개를 끄덕이며 수긍했다. 수긍하지 않으면서 나는 고개를 끄덕거렸다. 그런데 이 장이 끝나고 나면 그런 치유가 얼마나 지속될 수 있을까. 혹시 장 안에 모여 있을 때만 일시적으로 가능한 것은 아닐까. 다시 각자의 현실로 돌아가면 모든 것이 제자리로 돌아가버리지는 않을까. 정말 접촉이 잘된 개인작업을 마치고 나면 몸을 비운 듯 가벼워질까. 궁금한 것이 많았다. 임부에게 그런 것들을 묻고 싶었다. 그러나 그녀가 어떤 대꾸를 할지 짐작이 가고도 남았다. 그녀의 말에 내 견해를 피력할 수도 있지만 그러기에 나는 몹시 지쳐 있었고 두통까지 시작되고 있었다. 그녀에게 아무것도 묻지 않았다.

"미해결 과제는 끊임없이 전경으로 떠오르려고 하기 때문에 항상 '지금, 여기'에 그 모습을 드러내고 있어요. 자신은 단지 그것을 회피하지 않고 알아차리기만 하면 되는 거죠."

임부는 이야기를 다시 처음으로 되돌리고 싶은 것 같았다. 나는 그녀의 말을 이렇게 해석했다. 중요한 것은 집착이 아니라 집중하는 것이다,라고. 틀리지 않을 것이다.

"그런데 이 게슈탈트 심리치료와 정신분석의 차이는 뭐죠? 장에 저음 참여해본 어제부터 내내 그게 궁금했어요."

단발머리 여자가 임부에게 물었다. 어느새 우리들의 대화는 자연스럽게 임부를 중심으로 이어지고 있었다.

"잘 모르긴 하지만 아마도 이런 걸 거예요. 정신분석에서는 현재보다 과거를 더 중시하잖아요. 그런데 게슈탈트 심리치료에서는 정신분석에서처럼 과거사건의 의미를 통해 지금의 경험을 해석하는 것이 아니라 '지금, 여기'에서 그것을 새롭게 체험함으로써 과거사건에 대한 새로운 의미를 발견하는 것을 목표로 하고 있어요."

"그러니까 '지금, 여기'만이 실존적인 시간이라는 개념이 큰 거로군요."

나는 그녀늘의 대화를 무심코 흘러들었다. 귀에 잘 들어오지 않는 이야기였다. 단발머리 여자는 평소부터 이 분야에 상당한 관심을 갖고 있었던 것 같았다 아무튼 나로서는 이해하기 어려운 이야기였다.

"오후에 이슬님이 개인작업했을 때, 뭐랄까 마음이 좀 아팠었
어요. 그런데 달리 뭐라고 피드백할 수가 없더라구요."

단발머리 여자가 레몬차 한 모금을 마시더니 풀죽은 음성으
로 말했다.

이슬이라는 별칭을 가진 대학원 재학중이라는 여자는 개인작
업시간에 자신의 아버지 이야기를 했었다. 오 년 동안이나 가족
들 모르게 다른 여자와 살림을 차렸던 아버지. 이혼하고 혼자
살 자신이 없는 어머니는 신경정신과를 드나들고 있고 아버지는
살림을 차린 여자와 가족, 그 둘 다 포기하지 않겠다고 한다. 이
십대 중반의 딸은 무너져버린 아버지에 대한 환상 때문에 괴로
워하고 있다. 이야기를 마친 이슬님에게 나는 이렇게 피드백했
다. 물론 내가 자발적으로 원한 것은 아니었다. 둥지가 나를 지
목했다. 오 년이면 결코 짧은 시간이 아니다, 그건 충분히 단순
한 외도가 아니라는 추측을 가능하게 한다, 어머니에게 독립할
수 있는 용기를 주는 게 현명한 것 같다.

"어째서 그랬죠?"

"내 남자에게도 어린 딸이 있거든요. 한 번도 본 적은 없지만
아마 이슬님처럼 이쁘게 생겼을 거예요. 그런데 문득 그런 생각
이 들었어요. 그 남자 딸이 자라서 훗날 이슬님과 똑같은 고민
을 할지도 모르겠구나, 하는."

"그럼 블루님은 내일 개인작업시간에 그 남자, 아니 어려운
그 사랑에 대해 공개하실 건가요?"

적나라한 호기심이 역연한 눈으로 임부가 단발머리 여자에게
물었다. 궁금한 건 나도 마찬가지였다.

"아녜요, 그렇지는 않아요. 뭐 글쎄, 하게 된다면 아마 다른

이야기를 할 거예요. 하게 된다면…….”

숙였던 고개를 치켜들며 단발머리 여자가 빠른 어조로 뇌까렸다. 명민해 보이는 눈동자였다. 나는 그녀의 얼굴을 다시 찬찬히 살펴보았다. 삼십대 초반? 나와 비슷한 연배로 보이는 얼굴. 어디서 꼭 한 번 스친 적 있을 것만 같았지만 도무지 기억나지 않았다. 그렇다고 혹시 나를 만난 적 없어요? 대놓고 물어보기도 곤란했다. 하게 된다면…… 느닷없이 나는 그녀가 마지막 날인 내일도 개인작업을 하지 않을 거라는 예감을 받았다. 아니면 아예 장에 나타나지 않거나. 그런 생각이 떠오르자 갑자기 초조해지기 시작했다. 내일이 오기 전에, 아니 오늘 저녁 우리가 헤어지기 전에 그녀를 기억해내지 않으면 안 될 것만 같았다.

“실례지만, 뭐 하시는 분인지 여쭤봐도 돼요?”

내 목소리는 은밀했다.

“글쎄요, 그건 좀 대답하기가 곤란한데요. 나중에 기회가 있겠죠 뭐. 참, 이번 워크숍에 참가한 우리들, 생각하면 정말 이상한 관계지 뭐예요.”

임부와 나는 단발머리 여자 입술로 눈을 던졌다.

“그렇잖아요. 개인작업 시작하는 분들이 공통적으로 맨 처음에 하는 말이 뭔지 알아요? ‘이런 이야기는 처음 해봐요’ 하잖아요 모두들. 만난 지 얼마 되지 않아서 가족이나 아주 친한 친구에게도 하지 못했던 상처를 드러내 보이고, 그러면서두 우리 서로 이름도 나이도 모르고 있잖아요. 알려고 하지도 않고…….”

그랬다. 우리는 서로 이름이나 나이는 물론 그 밖의 것도 알고 있는 것이 없었다. 그러면서도 숨겨온 자신의 가장 아픈 부분을 드러내고들 있는 거였다. 그 시간이 끝나면 서둘러 헤어지고. 그런 허술한 익명성에 안심하는 것일까 모두들. 그렇다면 나는 아무것도 믿고 있는 것이 없는 셈이다. 훗날 그들이 외딴 골목이나 혼잡한 거리에서 우연히 부딪힌다면 어떤 느낌일까. 그건 어쩌면 서로에게 못 견딜 일일지도 모른다. 그러지 않기 위해서 사람들은 바삐 헤어져버리는지도 모르지.

"어휴, 춥다. 정이월 추위에 장독 터진다죠? 어느 쪽으로들 가세요?"

카페를 나와 외투깃을 바짝 치켜올리며 단발머리 여자가 우리들을 향해 물었다. 그녀 입에서 허연 입김이 쏟아져나왔다. 그녀의 얼굴이 잘 보이지 않았다. 나는 그녀가 내일 장에 나타나지 않으리라는 것을 확신했다.

그런데, 남편은 돌아왔을까.

전경과 배경

역시 그녀는 나타나지 않았다.

지난 이틀 동안 그녀는 누구보다 먼저 일찍 연구소에 와서 커피를 마시거나 카운터에 있는 여직원과 이야기를 나누곤 했었다. 이른 아침인데도 어디론가 긴 전화를 하고 있는 것을 본 적도 있다. 전화를 걸고 있는 그녀 곁을 스칠 때면 짙은 샴푸냄새가 풍겨나고는 하였다. 다른 참가자들이 오면 그들과 섞여 앉아 잡담을 하며 등지가 도착할 시간을 기다렸다. 나도 다른 참가자들보다 일찍 도착하는 편에 속했지만 언제나 그녀가 먼저 와 있었다. 연구소로 올라가는 육층 엘리베이터 안에서부터 나는 초조해지는 것을 느꼈다. 정말 내 예감대로 그녀가 오지 않을까봐 불안했다. 밑도 끝도 없이 그녀가 개인작업을 하지 않아도 좋으니 워크숍 마지막 날인 오늘 꼭 참석했으면 좋겠다는 생각이 들었다. 그녀를 기다리는 내 마음이 나도 잘 헤아려지지 않았다.

카운터에도 휴게실에도 그녀 모습은 보이지 않았다. 아직 아무도 안 왔어요? 커피메이커에 물을 올리고 있는 여직원에게 물었다. 그런가 본데요. 불분명한 대답을 흘렸다. 나는 그녀, 단발머리 여자를 믿고 싶었다. 추위와 긴장으로 딱딱하게 얼어붙은 손으로 문을 밀었다. 가슴이 뛰었다. 소리도 없이 문이 열렸다. 아무도 없었다. 둥그렇게 놓인 빈 의자만 입을 벌리고 있었다. 여덟시 삼십분. 아직 아홉시가 되려면 여유가 있었지만 나는 그녀가 오지 않으리라고 단정했다. 더이상 그녀를 기다리지 않기로 했다. 아홉시가 지나고 둥지가 와서 장이 시작됐을 때도 그녀는 나타나지 않았다. 결석한 사람은 그녀 한 명뿐이었다.

나는 어제 저녁 우리와 함께 차를 마시고 헤어진 임부를 눈여겨보았다. 그녀 역시 단발머리 여자를 기다렸던 게 확연히 느껴졌다. 여느 때보다 일찍 온 그녀가 문을 열자마자 단발머리 여자부터 찾는 것을 놓치지 않았다. 허둥거리는 시선으로 의자에 앉아 있는 사람들을 둘러본 임부가 내 눈을 잡았다. 실망과 배반감으로 번득이는 눈빛. 그녀와 나는 아무 말도 주고받지 않았다. 아무 말도 나누지는 않았지만 서로 같은 생각을 갖고 있다는 것을 의심하지 않았다. 모텔에서 짐을 꾸리고 나왔는지 그녀의 손에는 첫날 들고 왔던 검정색 가방이 쥐어져 있었다. 그녀는 나와 멀리 떨어진 자리에 가서 앉았다. 발목은 첫날보다 더 퉁퉁 부어 보였다.

　어리기는 했지만 동생은 엄마 뱃속에서 나온다는 것쯤은 알고 있었어요, 그런데 제 동생은 아버지 자동차 속에서 나왔어요, 엄마는 대문 빗장을 단단히 질렀어요, 그날부터 저에겐 동생이 생겼습니다…… 계속되는 개인작업시간이었다. 이복동생과의 불화로 집을 나와 하숙을 하고 있다는 젊은 여자는 줄곧 울음을 쏟아내고 있다. 마지막 날인 오늘 벌써 두번째 개인작업이 진행되고 있었지만 나는 도무지 집중할 수가 없었다. 그들의 이야기를 귓가로 흘려들었고 그러다보니 피드백조차 제대로 하기 어려웠다. 다행히 둥지는 나를 지목하지는 않았다. 이틀 동안 매번 그래왔지만 나는 더 뒤로 물러난 방관자가 되어 있는 셈이었다. 몰입하지 못하고 있는 것은 임부도 마찬가지였다. 둥지가 그녀를 가리키며 피드백하겠느냐고 했을 때 그녀는 얼굴을 붉히면서 할말이 없다고 했다. 할말이 없는 게 아니라 나처럼 그들의 이야기에 몰두하지 않고 있었던 게 틀림없었다.

　그녀가 문을 밀고 들어선 것은 오후 네시가 지나서였다.

　둥지와 다른 참가자들은 그녀가 나타난 것을 보고 반색을 감추지 않았다. 참가원 누구보다 지지를 잘 해주었고 꼭 필요한 때에 적절한 말로 둥지를 만족시키고는 했던 그녀였다. 그녀의 발언에는 나도 꽤 열심히 귀를 기울이고는 하였다. 지지를 할 때도 어떤 논리의 힘이 숨어 있다는 것을 느낄 수 있고 무엇보다 그녀의 말에는 사람의 마음을 움직이게 하는 무엇이 있었다. 아침부터 그녀를 기다렸던 것과는 달리 나는 그녀가 나타난 것에 대해 아무런 동요도 하지 않았다. 문을 열고 들어온 사람이 푸른색 외투를 입은 그녀임을 확인하자마자 임부의 표정을 훔쳐보았을 따름이다. 잘못 본 것일까. 어쩐 일인지 임부의 얼굴은 몹시 당혹스러워 보였다. 양미간에는 다시 날카로운 주름이 새겨졌다. 임부와 단발머리, 나는 그녀들을 동시에 곁눈질하고 있었다.

늦게 온 이유를 묻는 둥지에게 그녀는 죄송합니다, 인사말을 하였다. 차갑던 인상은 어느 때보다 침착해 보였다. 인사를 하고 참가자들을 둘러본 다음 둥지를 향해 개인작업을 하겠다고 하였다. 일부러 연출한 것처럼 시간에 잘 맞춰 나타난 것이다. 둥지는 그녀 쪽으로 의자를 돌려앉았다. 개인작업을 시작하기에 앞서서 그녀는 둥지에게 한 가지 제의를 했다.

"둥지님, 저에게 십 분 간만 시간을 주셨으면 해요. 그 시간 동안 아무것도 질문하지 마시고 그냥 제 이야기를 들어주세요."

이상한 긴장감이 장을 가득 메우기 시작했다. 둥지는 고개를 끄덕였다. 그때 문득 첫날 그녀가 만들었던 문장이 떠올랐다. '당신이 나를 잘 아신다면……' 틀림없이 상처받을 거예요. 임부의 눈은 이제 그녀를 향해 있지 않았다. 두 팔을 엇갈려 끼우고 있는 그녀의 시선은 블라인드로 가려져 있는 창쪽에 가 있었다. 그녀도 어쩌면 나처럼 그 문장을 떠올리고 있을지도 몰랐다. 나는 단발머리 여자에게 시선을 고정시켰다.

"제가 오늘 이 자리에 참석하기까진 아주 많은 갈등이 있었습니다. 저는 오늘 오지 않을 수도 있었어요. 그럴 자유도 있구요. 하지만 그러면 안 된다는 생각을 했습니다. 우리가 다시 만나게 될지 모르겠지만, 여러분들에 대한 예의를 지키고 싶었어요. 그래서 늦게나마 온 거예요. 여러분들이 저를 좀 이해해주셨으면 합니다. 첫날 점심시간에 어느 분이 제 신상에 대해 궁금해하셨는데 대답을 못 했어요. 그때 대답하지 못 한 게 두고두고 마음에 걸리더군요. 저는…… 소설을 쓰고 있습니다.”

김현종. 나는 그녀를 기억해냈다. 여성잡지에 실린 그녀의 사진을 본 적도 있고 신문에 연재하는 글도 간간이 읽은 기억이 있다. 우리는 한 번도 만나지 않았지만 어떤 면으로는 만난 것이다. 그녀가 누구인지 그제서야 분명해졌다. 임부의 눈은 아직도 블라인드에 걸려 있었다.

“물론, 취재를 하겠다는 목적으로 이번 워크숍에 참가했어요, 처음에는. 제가 작가라는 것을 밝힌다면 개인작업을 하실 여러분들이 마음껏 자기개방을 하지 못할 거라는 우려가 들었어요. 사실이 그랬겠지요. 시간이 흐를수록 저를 드러낼 수가 없었어요. 그건 여러분들이 충분히 납득하실 수 있을 거예요. 어제부터는 제가 취재차 왔다는 자세를 버리려고 했어요. 여러분들과 마찬가지로 구성원의 일부가 되려고 노력했습니다. 이제 여러분들께 털어놓고 나니 조금쯤 홀가분합니다.”

그럼 여기 있었던 일들, 우리들이 털어놓았던 이야기들을 소설로 쓸 건가요? 그녀의 말이 채 끝나기도 전에 피드백 시간도 아닌데 누군가 질문을 던졌다. 신경질적인 목소리였다. 그녀의 얼굴이 굳어졌다.

“아녜요, 그런 생각을 했더라면 오늘 저는 끝까지 이 자리에 오지 않았겠지요. 첫날 둥지님께서 말씀하셨잖아요. 워크숍의 중요한 참여규칙 가운데 하나가 집단에서 있었던 일은 비밀로 해야 하는 거라고. 꼭 그 말 때문은 아니지만 여러분들의 개인적인 상처들을 들으면서 그럴 수는 없다는 판단을 내렸습니다. 염려 마세요. 저는 여러분들의 비밀을 지키겠습니다.”

그녀의 말이 끝났다. 둥지는 그녀에게 그녀가 피드백할 때 이미 직업을 짐작하고 있었다고 했다. 그래서 그때 웃으셨군요. 머쓱한 표정으로 그녀가 대꾸했다. 의아스럽게도 둥지는 그녀가 작가라는 것에 별로 개의치 않는 것 같았다. 다만 개인작업 시작부터 일종의 모노드라마를 선택한 그녀에게 지나친 자기우월감을 지적했다. 그리고 접촉의 문제도. 틈을 주세요, 단 한마디뿐이었다. 둥지는 그녀를 믿는 것일까. 아무리 비밀을 지키겠다고는 했지만 작가를 믿다니. 어처구니없는 일이다. 둥지가 어리석게만 느껴졌다.

피드백 시간이었다. 사람들은 말이 없었다. 자신이 털어놓은 이야기들을 곰곰이 되짚고 있는지도 몰랐다. 어쩌면 단발머리 여자를 두려워하고 있는 것인지도. 침묵이 길어지자 둥지는 임부를 지적했다. 나는 그녀에게 기대를 걸었다.

"블루님이 왜 갈등을 했는지, 무엇 때문에 지금 그런 이야기를 하는지 저는 잘 이해가 안 돼요. 작가라고 심리치료 워크숍에 참가할 수 없는 건 아니잖아요. 그리고 소설이 허구라는 건 누구나 다 알고 있는 사실 아닌가요? 설령 블루님이 이 집단에서 있었던 일을 소설로 쓴다고 해도 저는 별상관없을 것 같은데요. 첫날부터 그런 걸 밝혔더라도 집단엔 문제가 없었을 거예요. 블루님이 괜한 고민을 하신 건 아닐까요."

나는 내 귀를 의심했다. 그녀가 저런 반응을 보일 거라고는 짐작도 하지 못했다. 방금 말을 한 사람이 내가 사흘 동안 보아 왔던 그녀라는 게 믿어지지 않았다. 내가 아는 그녀라면 당연히 단발머리 여자에게 화를 내고 혹독한 폭언도 서슴지 않았어야 했다. 실패한 내 개인작업에 그녀는 어떤 반응을 보였던가. 숨기지 않던 적대감. 그리고 납득할 수 없는 부채감마저 안겨주지 않았던가. 그런데 그녀는 상관없다고, 소설을 쓰면 어떠냐고 오히려 단발머리 여자에게 충고하고 있다. 거짓이다. 저럴 수는 없다. 나는 임부에게 심한 배신감마저 느꼈다. 그녀에게 다가가 그녀의 얼굴을 가리고 있는 허위의 가면을 확 벗겨버리고 싶었다. 그녀의 맨얼굴에 숨어 있는 끔찍한 두려움을 공개하고 싶었다. 그럴 수만 있다면. 나는 입을 굳게 다물어버렸다. 어느 틈엔지 둥지의 목소리가 장을 메우고 있었다.

"삶은 창조성의 축제라고 할 수 있습니다. 삶은 매 순간순간 새로운 것을 창조해내지요. 이 창조성을 통해 우리는 삶의 고통을 환희로 바꿀 수 있으며, 우리의 한계를 극복하고 새로운 가능성에 참여할 수 있는 것입니다. 창조성은 바로 삶을 긍정하는 것이지요. 심리치료는 바로 이런 창조적 작업과정입니다. 즉, 세계와 타인과의 관계 속에서 자신의 새로운 모습을 발견하고 새로운 삶의 가능성을 실현하는 것이 심리치료의 목표이고 그것은 곧 삶의 목표로 연결되는 것입니다. 사흘이란 시간이 비록 짧고 아쉬운 감이 없진 않지만 끝까지 장에 동참해주신 여러분들에게 박수를 보냅니다. 모두들 각자 현실로 돌아가서 자신의 세계를 새롭게 발견하면서 삶의 가능성을 꽃피워나가기를 기원하겠습니다. 그럼 우리 마지막 인사를 나누도록 할까요."

교수의 말이 끝났다. 그는 구성원들 한 사람 한 사람 돌아가면서 포옹을 했다. 다른 참가자들도 서로서로 어깨를 부둥켜안았다. 울음소리가 들리기 시작했다. 나는 내게로 오는 사람들의 어깨를 아무런 느낌없이 그저 잠깐 잡았다 놓을 뿐이었다. 그들도 내 가슴에 얼굴을 묻고 흐느끼지는 않았다. 교수가 내 어깨를 끌어안았다. 따뜻했다. 그의 등을 감싼 손에 힘을 주었다. 입술을 꼭 깨물었다. 다음에 기회가 되면 다시 해봅시다, 교수가 속삭였다. 안타까움을 숨긴 목소리. 그는 이미 내 마음을 다 읽고 있었던 것일까. 드러내지 못한 상처까지도. 스르르 팔을 내렸다. 온몸의 기운이 다 빠져나가버리는 것만 같았다. 울음소리는 점점 더 커지고 있었다. 단발머리 여자가 내게 다가왔을 때 나는 그만 얼굴을 돌려버리고 말았다. 그녀를 향한 적의를 감추고 싶지 않았다. 아니 어쩌면 그 적의는 내 것이 아닌지도 몰랐다. 그 적의는 마땅히 임부의 것이어야 했다. 단발머리 여자는 얼굴을 돌리고 서 있는 내 손을 슬쩍 쥐었다 놓았다. 나는 그녀의 손을 잡지 않았다. 서로 껴안고 흐느끼고 있는 사람들 너머 구석진 자리에서 그녀, 임부가 나를 바라보고 있었다. 그녀의 얼굴은 텅 빈 배지 같았다.

오늘도 남편은 돌아와 있지 않았다.

닷새째. 아직도 그의 여행은 끝나지 않은 걸까. 그가 짐을 꾸릴 때 나는 짐작하고 있었다. 이번 여행 이후 우리가 어떤 결정을 내리게 되리라는 그 막연한 느낌. 가방을 들고 현관을 나서는 그의 등이 낯설었다. 그것은 이미 내 것이 아니었다. 그 등에 손바닥을 대려는 순간 남편은 현관을 벗어났고 문은 닫혔다. 그는 쉽게 돌아오지 않을 것이다.

저녁 일곱시가 지나고 있는 거실은 동굴처럼 어둡고 한기마서 삼돌았다. 어둠을 밟고 친친히 남편의 서재로 들어갔다 현관을 벗어나는 남편의 등치럼 낯선 공간이다. 손가락 끝으로 책상 가장자리를 문지르며 한동안 그렇게 서 있었다. 거실 쪽에서 전화벨 소리가 들렸다. 남편일 것이다. 전화를 받지 않는다. 전화벨 소리는 끊겼다 다시 이어지고 있다. 어둠에 익숙해지자 방안의 사물들이 눈에 들어오기 시작한다. 책장과 컴퓨터, 책상, 그리고 의자.

의자를 내쪽으로 돌려놓는다.

나는 지금, 의자를 마주보고 서 있다.

'자, 이 의자에 남편이 앉아 있다고 상상할 수 있겠습니까?'

빈 의자에 남편이 앉아 있다.

"당신이 그렇게 내 눈앞에 있으니까, 무슨 말부터 해야 할지 모르겠어요…… 그날, 새벽에 잠을 깼어요. 당신이 내 옆에 없더군요. 이 방에도 화장실에도. 현관문이 열려 있길래 무턱대고 밖으로 나갔지요, 당신이 없었으니까. 당신은 공중전화부스 안에 있었어요. 누구에겐가 전화를 걸고 있었던 거예요. 그때가 새벽 세시였어요…… 그냥 돌아서고 말았어요. 당신 뒷모습이 나를 혼자 돌아서게 만들더군요. 당신은 몰랐을 거예요. 그날 당신은 뜬눈으로 밤을 지새웠어요. 새벽 세시에 당신이 누구에게 전화를 걸고 있었는지, 알고 싶지 않아요. 가끔 나를 쳐다보면서 안타까워하는 것, 그 눈에 담긴 게 무엇인지, 느낄 수 있어요. 우리 이제 겨우 서른세 살이에요. 연민만으로 함께 살기엔 너무 젊어요, 우리에게 남은 시간은 길고 길어요. 여보, 나는…… 무서워요……."

빈 의자는, 말이 없다.

(『현대문학』 1997년 4월호)

당신의 옆구리

그녀에게 네번째 전화가 걸려왔을 때, 나는 수영하는 코끼리를 보고 있었다.

세계보도사진전 '자연과 환경' 부문에서 일등을 차지했다는 수영하는 코끼리는 미국인 사진작가 올리비어 블레이스가 지난해 인도 벵골만의 안다만 섬에서 촬영한 것이라고 한다. 담뱃갑만한 크기의 사진 속에서 감파란 바다 속을 그 큰 귀와 다리통을 허비적거리며 코끼리가 수영하고 있는 모습을 오랫동안 들여다보고 있노라니 어디선가 쏴쏴쏴 밀려드는 파도소리 같은 것이 들리는 듯하였다. 바다 속에서 더 희게 빛나는 상아와 미역처럼 풀어지는 코끼리의 귀를 보면서 나는 문득 이 코끼리가 무슨 이유로 수영을 하게 되었을까, 바다에는 왜 뛰어들었을까를 생각하지 않을 수 없었다.

한동안 내가 그런 터무니없는 사념에 빠져들고 있을 때 방안의 공기를 와락 움켜쥐며 전화벨이 울렸다. 새벽 세시. 시계를 올려다보면서 나는 그 전화가 그녀로부터 온 것임을 직감적으로 알아차렸다. 이 시간에 내게 전화할 사람은 그녀밖에 없다. 스물여덟이 넘고부터는 아무도 내게 새벽에 전화하지 않는다. 처음 그녀로부터 이 시간에 걸려온 전화벨 소리를 들었을 때 나는 내 육체의 어느 한 부분, 이를테면 십이지장이나 위 속의 작은 융털 같은 것들이 단박에 긴장하기 시작하는 것을 느꼈다. 예감 같은 것은 없었다. 그랬기 때문에 나는 끔찍한 소리로 울려대는 전화기를 쓰라린 마음이 되어 바라보면서 내 삶에 그 어떤 심상치 않은 우연한 사건들이 벌어지려 한다는 것을 눈치채었다. 그러나 나는 곧 그 생각들을 머릿속에서 지워버리기로 하였다. 일상에 어떤 우연 같은 것들을 기대할 나이도 나는 지나버렸다고 그즈음 그렇게 생각하곤 하였던 것이다. 일상에 대한 호기심이 사라지고 나면 무채색의 깊고 깊은 권태가 남기 마련이지만 기습적으로 찾아드는 우연을 기대하기에는 나는 이미 너무 많은 나이를 갖고 있었다. 어쨌거나 함정을 숨기고 있지 않은 우연을 만나기란 쉽지 않을 것이 분명했다. 함정에 빠지고 싶지 않다. 그러기에 나는 너무 피곤해 있으니까.

한 달 사이에 늘 같은 시간, 벌써 네번째 걸려오는 전화였으므로 구태여 수화기를 들지 않아도 쉽사리 그녀임을 알 수 있었다. 내가 전화코드를 뽑을까 말까 망설이고 있는 사이에도 벨은 내 온몸을 바수어대기라도 할 듯 끊임없이 울려대고 있었다. 방안의 사물들이 아니, 세계가 온통 뒤흔들리고 있다는 착각이 일

만큼 전화벨 소리는 지독했다. 왕왕 귓속으로 그녀의 울음소리
가 달겨들고 있는 것만 같았다. 코드를 뽑아던지는 대신 형언할
수 없는 기이한 이끌림으로 나는 서둘러 수화기를 들었다.

　여보세요…… 여보세요, 선부야, 선부야…….

　…….

　선부야, 나다 엄마야. 듣고 있니……? 선부야 선부야…….

　…….

　그녀의 내장을 다 토해내는 듯한 뜨겁고도 길디긴 오열의 소
리기 들리기 전에 나는 재빨리 수화기를 내려놓았다. 조금 울울
해지기 시작하는 빗장뼈를 쓸어내리며 전화코드를 뽑아버렸다.
나는 선부기 이니란 말에요, 도대체 어떻게 말을 해야 알아들으
시겠어요……,라고 나는 이제 그녀에게 말하지 않는다. 그런 나
의 절규에 가까운 외침들을 그녀는 필사적으로 듣고 싶어하지
않는다는 것을 이제 확연히 알 수 있기 때문이다. 수영하는 코
끼리의 사진을 반으로 접어 책상서랍에 넣어두고 물 한 잔을 마
신 뒤 나는 침대에 길게 몸을 눕혔다. 언제나처럼 느닷없이 걸
려온 그녀의 전화 때문이기도 했지만 쉽사리 잠이 올 것 같지
않았다. 불현듯 아주 먼 데서 그녀의 목소리가 방안으로 걸어들
어오고 있는 것만 같았다.

　귀퉁이가 나달나달 헤진 수첩을 펼쳐들며 그녀는 검정 볼펜
에 침을 묻혀 정연수, 니의 이름과 전화번호를 또박또박 써넣었
나. 내 이름을 쓰고 있는 그녀의 손이 헛놀려지고 있다는 느낌
을 받으며 나는 그녀의 혓바닥에 묻어 있는 볼펜자국을 한동안
바라보았었다. 혓바닥에 묻어 있던 볼펜자국은 꽤 오랫동안 지
워지지 않고 그대로 남아 있었다. 볼펜자국이 남아 있는 붉은

혓바닥으로 가끔 나에게 뭐라뭐라 말을 거는 그녀의 함함하게 벌어지는 입모양새를 보며 나는 어쩐지 그녀가 우스꽝스러워 보인다고 생각하였다. 그녀의 전화를 받기 시작하면서부터 나는 때때로 내가 한선부라는 젊은 여자가 되어 그녀와 손을 잡고 어디론가 한참을 걸어가고 있는 꿈을 꾸기도 하며 차츰차츰 한선부라는 이름에 익숙해지기도 하는 자신을 발견하고는 종종 소스라치게 놀라기도 하였다. 한선부라는 이름의 젊은 여자는 지금 국립정신의료원에 있다고 한다.

그녀를 만난 것은 기림사로 들어가는 택시 안에서였다.

한날 한시에 어머니와 남동생의 장례식을 치른 후, 온 마음와 정신이 피폐해 있던 내가 스물여섯 시간 동안 단 한 번도 깨어나지 않고 깊은 잠에 빠져 있다가 귀신처럼 부스스 일어나 문득 여행을 떠나기로 결정한 것은 어쩌면 지극히 당연한 것이었는지도 모른다. 더욱 당연한 것은 여행지를 어머니의 고향이었던 경주로 결정한 사실이었다. 어머니와 남동생이 타고 있던 기차가 때아닌 겨울 폭우에 전복되면서 사고가 발생했다. 첫 휴가를 받아 서울로 올라오는 남동생을 데리고 오는 길이었다. 그 저녁, 나는 텔레비전 화면에 비춰지고 있는 엿가락처럼 제멋대로 휜 철로를 무심코 바라보면서 딱딱하게 굳어버린 식빵에다 힘겹게 땅콩버터를 펴바르고 있었다. 두 조각쯤 식빵을 먹고 났을 때 그제서야 나는 그 기차에 어머니와 동생이 타고 있다는 생각을 떠올릴 수 있었다. 모골이 송연해지면서 급기야 참을 수 없는 욕지기를 느끼며 화장실로 달려가 변기 위에 노릿노릿한 액체들을 게워내었다. 변기 속에서 무럭무럭 허연 김이 피어오르는 것이 보였다. 부산까지 동생을 데리러 내려가겠다는 어머니를 나는 굳이 말리지 않았다. 남동생은 그저 단순히 하나밖에 없는 아들 이상의 의미를 넘어서 어머니의 오랜 연인이자 아버지 같은 존재였었으니까. 치잣빛 한복에 솜을 넣은 두루마기를 걸쳐 입고 몇 시간 후면 남동생을 만날 수 있다는 기대감에 잔뜩 부풀어 있는 어머니를 나는 서울역까지 배웅하였다. 그리고 우리는 개찰구 앞에서 손가락을 흔들며 헤어졌다. 그것이 우리 모녀의 마지막일 거라고는 상상도 하지 못한 일이었다. 밤 열한시쯤 병원에서 어머니와 동생의 이름을 확인하는 전화가 걸려왔다.

경주역에 도착해서두 다음 목적지를 결정하지 못한 나는 역 근처에 있는 길손다방으로 들어가 녹차 한 잔을 시켜놓고 넓은 역 거리를 망연히 내려다보고만 있었다. 어머니의 고향이기는 하지만 이제 이곳에는 어머니와 관련된 그 어떤 사람도 살고 있지 않았다. 아니 어머니와 어떤 식으로든 조금이라도 관계된 사람이 살고 있다고 해도 나는 그들을 만나고 싶은 생각은 추호도 없었다. 어쩌면 나는 서울에서 나를 위로하려 들던 그 많은 사람들의 동정어린 시선들에서 비켜나고자, 그들의 시선에 더이상 앙버팀하고 있을 만한 기운이 없어서 이곳까지 찾아왔는지도 몰랐다. 아슴해지는 눈을 들자 저 멀리, 삼층 창밖으로 허연 구름 한 장이 높다랗게 걸리어 있는 것이 보였다. 묵직한 가방을 들고 뒤우뚱거리며 삼층 찻집의 문을 열고 들어설 때부터 기미쩍은 눈빛으로 나를 쳐다보던 주인여자기 찻잔을 내려놓으며 아가씨 혼자 왔나보네, 이물없이 말을 건네며 맞은편 자리에 털썩 주저앉았다. 사투리가 전혀 섞이지 않은 서울말씨였다. 나 이외에 손님은 한 사람도 보이지 않았고 낡은 의자와 탁자에도 불구하고 찻집은 정겨울 정도로 훗훗한 기운이 감돌고 있었다. 의자 깊숙이 몸을 묻고 앉는 찻집 여자는 무료하던 참에 마침 잘 만났다는 그런 태도였다. 나는 문득 혼곤한 피로감을 느끼며 찻집 여자에게 경주에서 며칠 쉬어갈 수 있는 조용한 곳이 있느냐고 물었다. 여자의 관능적인 입술에서 기림사라는 발음이 굴러나왔을 때 나는 계림사요?라고 되물었다. 아니 아니, 계림사가 아니라 기림사라니까 그러네. 잠깐의 망설임도 없이 나는 내가 지금부터 가야 할 곳은 기림사라는 작정을 하면서 서둘러 찻값 천삼백원을 지불하고는 마음을 부축이며 길손다방을 벗어났다. 요금이 만만찮을 텐데, 하며 연신 나를 힐끗거리는 택시기사의 말을 귓결로 흘려들으며 피로감을 느끼기 시작하는 나는 괜찮다며 기림사까지 데려다줄 것을 부탁하였다.

  절 입구, 전나무숲이 시작되는 언저리쯤에서 한 스님이 택시를 향해 손을 들었다. 택시기사가 호들갑스럽게 인사를 하며 앞자리에 스님을 합승시켰다. 기림사에 계신 스님이라고 하였다. 뒷좌석에 앉아 있던 나는 스님의 단아한 목덜미를 바라보며 저, 기림사에서 며칠 쉬어갈 수 있을까요, 물었다. 스님은 나를 한 번 뒤돌아보더니 그건 자기 소임이 아니라서 뭐라 단언할 수 없다며 일단 절까지 함께 올라가보자고 하였다. 벌써 어스름한 저녁 기운이 땅 위로 내려앉고 있었다. 딱히 무엇인지는 모르지만 서울의 저녁과는 사뭇 다른 느낌과 냄새가 나는 것만 같았다. 나는 문득 이 침착한 저녁의 냄새를 묘사해보고 싶다는 기묘한 충동에 부르르 온몸을 떨었다. 구부정한 어깨의 한 여인이 힘겹게 비탈길을 오르고 있는 것이 휙휙 스쳐지나갔다. 세워요 세워! 가방을 꼭 끌어안으며 차창 밖을 내다보고 있는데 스님이 허겁지겹 소리를 쳤다. 우리 절에 오신 보살님이야. 반갑게 그녀를 맞으며 스님이 한 말이었다. 그녀는 내 옆자리에 앉게 되었고 기림사로 들어가려는 세 사람을 태운 택시는 내가 묘사할 수 없는 저녁, 차츰 어두워지고 있는 오솔진 길을 향해 빠른 속력으로 달리기 시작하였다. 옆자리에 앉은 늙숙한 그녀가 힐끔 나를 한 번 바라보았다. 호수처럼 조용하지만 가량없이 음울해 보이는 눈빛이었다. 나는 종아리를 좀더 꽉 오므렸다. 오래 마주보고 있다가는 온몸의 잘디잔 실핏줄까지 모두 빨려들어갈 것만 같은 강한 흡인력이 느껴졌다. 왼쪽으로 몸을 움직거리며 내가 시선을 피해 차창 밖으로 고개를 돌리자 그녀도 내게서 고개를 돌려 오른쪽 차창을 내다보았다. 그녀와 나는 그렇게 만났다.

마음이 고달픈 모양이군요.

내가 묵고 있는 승방에 들어와 그녀는 후룩 한숨을 내쉬듯, 혼잣말을 하듯 그렇게 심상하게 말하였다. 그건 마치 아, 처녀도 나와 비슷한 마음을 가졌군요, 하는 듯이 들려왔다. 그녀의 한쪽 손목에는 염주가 둘둘 말려 있었고 다른 손에는 검은 비닐봉지가 들려 있었다. 문가에 쪼그리고 앉는 그녀의 발등에 이불귀를 여미어주며 나는 문득 어쩌면 우리가 오래 전에 어디신가 만난 적이 있을지도 모른다는 생각을 하였다. 단순히 그녀의 주름진 목덜미며 굵은 손매듭이 전혀 낯설지 않게 느껴졌던 때문만은 아니었나. 마음이 고달픈 나는 스스럼없이 내 손을 붙어쥐는 그녀의 품에 안겨 목청껏 소리를 내지르며 울고 싶다는 충동을 가까스로 억누르고는 어색한 듯 갑각류처럼 딱딱한 그녀의 손바닥 안에서 내 손을 슬몃 빼내었다. 그새 땀이 차올라 내 손바닥은 몹시 번들거리고 있었다. 내 어깨를 다독거리고 싶은 듯 그녀는 손을 뻗어 잠시 허공을 매만지더니 그대로 손을 내려놓았다. 가까이 다가앉은 그녀에게서 오래된 좀약냄새 같은 것이 풍겨나는 듯도 하였다. 그러나 나는 코를 감싸쥔다거나 눈살을 찌푸리거나 하지는 않았다. 아침과 점심 공양시간에 내가 보이질 않아 걱정스러워 찾아왔다며 그녀는 생각난 듯 과일이 든 비닐봉지를 내 앞으로 들이밀었다. 비닐봉지 안에는 몇 개의 사과와 귤, 그리고 과도까지 얌전히 들어 있었다.

기림사에 도착한 그날, 저녁식사 때 그녀는 내가 남긴 밥을 남김없이 다 먹어치우고는 그 그릇에 물을 부어 설거지하듯 헹구더니 그 물을 훌훌 들이마셨다. 주위에 있던 그 누구도 그것을 눈치채지는 못하였다. 나는 그녀가 슬쩍 바꾸어 놓아준 그녀의 말끔하게 빈 밥그릇을 앞에 놓고 내가 남긴 밥을 꼼꼼히 먹어치우고 있는 그녀의 흰머리가 섞인 숱진 머리칼과 유난히 굵고 투박한 손매듭을 바라보았다. 절밥을 남겨서는 안 된다는 사실을 나는 깜빡 잊었던 것이다. 양푼에 겨우 한 주걱의 밥을 퍼담고 연근조림 몇 개와 김치 몇 조각을 담았을 뿐인데도 나는 그것을 다 먹지 못하고 그저 헛수저질만 하고 있었다. 내 옆으로는 주방에서 일하는 몇몇 뚱뚱한 아주머니들이 앉아 내가 밥먹는 모양새를 두고 말없이 타박하는 눈길을 보내고들 있었다. 내 맞은편에 앉아 밥을 먹던 그녀도 내가 수저질하는 품을 가끔 들여다보았다. 나는 젓가락으로 탁자 귀퉁이를 톡톡 건드리며 난감한 표정을 지었다. 정말이지 난감하지 않을 수 없는 일이었다. 양푼을 다 비우고 거기에 물까지 부어 깨끗하게 비워야 한다고 생각하면 더이상 한 숟가락도 밥을 뜰 수가 없었다. 지금까지 먹은 몇 숟가락의 밥들을 모두 게워내고 싶을 만큼 강한 욕지기가 솟구쳤다. 할 수만 있다면 남은 밥들을 품속에라도 숨겨 몰래 자리를 뜨고 싶을 뿐이었다. 옆자리에 앉아 두 양푼이나 썩썩 밥을 비벼먹던 아주머니 한 분이 빈 물주전자를 채우기 위해 자리를 뜨는 것을 보며 재빨리, 정말 눈깜짝할 사이에 그녀가 내 양푼과 그녀의 빈 양푼을 바꾸어버렸다. 나는 그녀가 하는 양을 그대로 보고만 있었다. 그녀의 양푼은 말끔하게 비워져 있었고 고춧가루 몇 개가 바닥에 들러붙어 있을 따름이었다. 문득, 죽은 어머니를 생각하였다. 어머니 역시 이런 경우에 망설이지 않고 눈치껏 내 밥그릇과 당신의 것을 바꾸었을 것이다. 내 밥그릇을 비우고 있는 그녀도 어머니처럼 몹시 성성한 머리칼을 가지고 있었다.

내가 손을 빼내자 잊고 있었다는 듯 그녀는 몇 번인가 머리를 흔들어대더니 얼른 이불 속에서 발을 끄집어내 간다는 말도 없이 스르르 방문을 열고 툇마루로 나가버렸다. 어쩐지 몽유의 기척이 있는 듯한 함부로 저지할 수 없는 그런 몸짓이었다. 방문이 닫히는 것을 보며 나는 손가락 두 마디쯤 구멍이 나 있는 창호지가 발린 방문에 눈을 들이대고 그녀의 뒷모습을 좇았다. 자갈이 깔려 있는 기념사 마당을 버스럭버스럭거리며 그녀가 저편으로 사라지고 있는 것이 눈에 들어왔다. 두 어깨에 뭔가 보이지 않는 것들을 잔뜩 짊어지고 있는, 벗겨내야 할 것이 더께더께 쌓인 짓 같은 그런 힘겨운 걸음걸이였다. 그녀가 사라진 저편에서 싸리비를 들고 흰 마스크를 한 행자가 조심스런 발짝으로 저기 저만큼 걸어가고 있는 것이 보였다. 구멍에서 눈을 떼어내고 나는 내 손을 코로 가져가 냄새를 맡아보았다. 그새 내 손에 그녀의 냄새가 흠씬 배인 것만 같았다. 오랫동안 나는 두 손을 모은 채 그녀의 냄새를 자꾸만 킁킁거렸다.

　그녀가 두고 간 비닐봉지를 윗목에 놓아두고 나는 가방을 뒤적거려 휴게소에서 사온 바나나 한 개를 꺼내었다. 푸른 바나나. 조금 아릿한 맛이 났다. 못 하나 없는 방안에서 바나나를 까먹으며 나는 또다시 울적해지기 시작했다. 어젯밤, 총무스님의 허락으로 행자에게 안내를 받아 이 방에 들어섰을 때 나는 한동안 가방을 바닥에 내려놓는 것도 잊은 채 우두커니 서 있었다. 방 한구석에는 잘 개켜진 이불 한 채와 양초 그리고 성냥이 놓여 있을 뿐, 정말이지 아무것도 없었다. 하다 못해 못 하나 박혀 있지 않은 방이었다. 절절 끓는 방에 이부자리를 펴고 앉아 발바닥이 벌겋게 달아오르는 것도 모른 채 나는 이 방을 썼던 혜자 스님이란 분은 대체 어떤 사람이었을까, 내내 궁금해하였다.

　바나나 한 개를 다 먹은 나는 외투를 걸쳐입고 밖으로 나섰다. 신발을 꿰어신는데 뎅뎅뎅, 다섯 번 종이 울리는 소리가 들려왔다. 벌써 저녁공양 시간인가 보았다. 산책하듯 절 이곳 저곳을 어슬렁거리다가 내가 들어선 곳은 염주나 목탁 따위를 팔고 있는 절 입구에 있는 작은 상점이었다. 승복을 입고 머리를 짧게 치켜 깎은 여자와 승복을 입지 않은 젊은 여자 둘이서 머리를 맞대고 속닥거리고 있었다. 그렇게 오랫동안 사람을 꽉 움켜쥐고 있는데 어디 미치지 않고 견뎌낼 사람이 있겠어? 글쎄, 멀쩡하다가도 일 년에 한 번씩 그렇게 재발한대잖어. 어제 저녁공양 시간에 한 번 낯을 본 적이 있는, 내가 밥 먹는 모양새를 마뜩찮아하는 표정을 적나라하게 드러내보였던 여자들이었다. 속닥거리고는 있었지만 그 여자들의 말소리는 환하게 내 귓가에까지 들려오고 있었다. 대학졸업반 때 처음 연애를 했는데 그 여자가 몹시 반대를 했었나봐. 어렸을 적부터 얼마나 애를 심하게 감시하고 사사건건 참견했는지 말도 못한대 글쎄. 온 동네에 소문이 다 났잖아, 암만 어렵게 얻은 외딸이라도 그렇지…… 나는 조악스런 그림들과 조각품들 앞에 서서 시간을 끌며 그녀들의 조심성 없는 대화를 날것 그대고 다 듣고 있었다. 그리구 그 여잔 이제 면회도 못 간대, 그 여자만 나타나면 딸애가 창살을 붙들고 미쳐 날뛴다고 하잖아. 제 엄마가 저를 그렇게 만들었다고, 그럴 땐 영락없이 제정신이라고 하던걸. 이렇게 절에 열심히 기도다니면 뭘해…… 아가씨, 뭘 찾아요?

그녀가 다시 내 방으로 온 것은 그날 밤, 자정이 넘은 시간이었다.

오후의 짧은 산책을 제외하고는 내내 못 하나 걸려 있지 않은 한갓진 그 방에 틀어박혀 절절 끓어오르는 방바닥에 등을 대고 누워 이제부터 내가 견뎌내지 않으면 안 될 나의 남은 삶에 대해 궁리궁리하고 있었다. 마치 농담처럼, 그 어떤 예고도 없이 순식간에 잃어버리게 된 두 사람의 흔적과 그들 없이 지내야 하는 막막함들이 서러워지기 시작하였다. 그들의 죽음을 눈으로 확인하면서 나는 어쩐지 운명이라는 것에 치명적인 조롱을 당한 느낌을 받지 않을 수 없었다. 그러므로 그날 이후, 나는 내게 다가오는 세상의 모든 것들에 대해 긴장하고 경계심을 품게 되었다. 나는 서울로 돌아가 내게 남겨진 일들과 해야 할 일들에 대해 차분히 생각했다. 그리고 지금부터는 홀로 저녁식탁을 준비하고 홀로 아침에 눈을 뜨고 열쇠로 문을 열고 빈집에 들어서야 하는 신산스러워질지도 모를 내 인생에 대해 고민하였다. 그들이 살았던 삶은 내가 따로 어떤 뒷정리를 할 필요도 없이 완벽하게 말끔한 상태였다. 늘 집안에만 있기를 좋아했던 조용한 성품의 어머니와 성실한 가장과 아들, 어머니의 연인 역할까지 해왔던 동생. 그들을 위해 별다르게 내가 정리해야 할 것들은 정말이지 남겨진 사람이 무색할 정도로 아무것도 없었다. 청산하지 않으면 안 될 거액의 빚이 있는 것도 아니었고 그들이 부려놓고 간 부양해야 할 또다른 가족이 있는 것도 아니었다. 그랬더라면 나는 구태여 이곳까지 내려와 이 방에 지친 내 몸뚱어리를 이렇게 부려놓지는 않았을 것이다. 그들이 남기고 간 것들에 대한 책임 때문에라도 나는 분주해지고 싶었을 것이고 그들의 역할을 기꺼이 대신 도맡아 하고 싶었을 것이다. 그런데 그들은 마치 그럴 줄 알았다는 듯 미리 준비라도 한 것처럼 너무 깨끗하게 죽어버렸다. 그 말끔함 앞에서 남겨진 나는 이렇게 망연자실하고 있는 것이다. 정묵치 못한 내면을 다스려가며 지금 나에게 남아 있는 것들과 이제는 버려야 할 것들에 대한 생각을 하면서 나는 비오는 대교(大橋) 밑의 거지처럼 쓸쓸하였다.

방문 밖에서 누군가 나를 부르는 소리가 들려왔다. 방바닥에서 등허리를 떼어내며 나는 잠깐 아연해졌다. 어디선가 퍽 귀에 익은, 오랫동안 익숙하게 들어왔던 음성이었던 것이다. 나를 부르는 소리…… 이 밤, 누군가 나를 부르고 있었다. 소스라치게 놀란 나는 자리에서 일어나 얼른 스위치를 올렸다. 투닥투닥거리는 가슴을 애써 짓누르며 조심스럽게 문고리를 풀고 방문을 열자 공양방에서 짐을 풀었다는 중년의 그녀가 베개를 들고 웅웅거리는 모진 바람 속에서 유령처럼 서 있었다. 나는 눈을 껌

벅여대며 헛것을 본 듯 그녀를 들여다보고 또 들여다보았다. 그녀의 목언저리까지 휘늘어진 머리카락이 바람에 불불이 일어서 있는 것이 보였다. 마치 누군가 따뜻하게 보듬어주기를 바라며 분홍빛 잠옷을 입고 가슴에 인형을 품은 계집아이처럼 문밖에 선 그녀에게서는 내치면 안 될 것 같은, 냉연히 거절할 수 없는 그 어떤 연민 같은 것이 느껴졌다. 그녀의 등뒤로 둥싯하게 달이 차올라 있는 것이 보였다. 나는 말없이 좀더 방문을 열어제 꼈다. 염의없는 그녀의 태도에 어떤 거부감조차 일지 않았던 것이다. 베개와 가방을 든 그녀가 외들거리며 방안으로 들어섰다.

그날 밤, 그녀와 내가 나누었던 몇 안 되는 토막난 이야기들을 나는 이제 분명히 기억할 수 없다. 아니 이제는 그녀의 얼굴조차 소상히 떠올릴 수가 없다. 기억의 힘은 참으로 이상한 것이어서 분명 각인되었다고 생각하는 것들조차 왜곡시켜버리고는 한다. 기억의 힘이 때때로 도발적이며 놀랍게 느껴지는 것은 어쩌면 그 왜곡의 힘 때문인지도 모르겠다. 정녕 지금은 그녀를, 그녀의 모든 것을 잘 기억할 수가 없다. 다만 지금까지도 그날 밤을 떠올릴 때면 잊혀지지 않고 암암히 감각할 수 있는 것은, 택시 안에서 그녀를 처음 만났을 때 보았던 깊이를 느낄 수 없이 휘엉하게 텅 빈 것만 같던 유현한 눈빛과 그날 밤 내내 나를 쓰다듬던 그녀의 손길뿐이다.

그녀는 무엇 때문에 내 마음이 고달픈지에 대해 듣고 싶어하는 눈치였으나 나는 아무 말도 하고 싶지 않았다. 그녀 또한 나에게 자신의 딸에 대하여 자세한 이야기는 하지 않았다. 단지 나와 비슷한 나이의 딸이 지금은 병원에서 치료를 받고 있으며 자신은 가끔 이렇게 며칠씩 절에 들어와 기도를 할 따름이라고

만 말하였다. 그 이외에 별다른 이야기는 하지 않았고 나 역시 그녀의 젊은 딸이 왜 그렇게 될 수밖에 없었는지, 당신의 어깨는 지나치게 무거워 보인다는지 하는 말들은 섣불리 하지도 묻지도 않았다.

그녀와 한 이불 속에 누운 나는 쉽게 잠을 이루지 못해 등덜미가 시려운 사람처럼 오래 몸을 뒤척였던 것 같다. 몇 페이지쯤인가 천수경을 읊다가 저쪽 벽에 바싹 다가누운 그녀 또한 고른 숨소리를 내지 못하는 것이 등뒤에서도 확연히 느껴졌다. 설핏 든 잠에서 내가 깨어난 것은 가위에 눌릴 때처럼 검은 그림자가 나를 쳐다보고 있다는 그 섬뜩한 느낌 때문이었다. 죽음마저 어이없어져 더이상 놀랄 게 없는, 벌써 삶의 그 어떤 기습에도 익숙해져버린 것만 같은 나는 조용히 감고 있던 눈을 떠보았다. 설령 내 곁에 검은 그림자를 뒤집어쓴 죽음의 사자가 눈을 부릅뜨고 있다고 해도 어쩐지 나는 전혀 놀라지 않을 것만 같았다. 발치에, 저 가까운 내 발치쯤에 그녀가 웅크리고 앉아 있는 것이 보였다. 내 잠을 깨운 그 검은 그림자가 그녀임을 확인하자 나는 어처구니없게도 안도감 비슷한 것을 느끼며 그대로 다시 눈을 감아버렸다. 방안에는 그녀의 고르지 않은 숨소리와 간신히 고른 소리를 내고 있는 나의 숨소리로 가득 차는 것 같았다. 마당 한가운데 있는 수돗가에서 졸졸거리는 물소리가 바로 방안에서 들리는 것처럼 가깝게 느껴졌다. 어디선가 밤을 지새우는 명징한 목탁소리가 들려오기도 하였다.

그 목탁소리와 수돗물소리를 가로지르며 문득 그녀가 나의 발등을 쓰다듬기 시작하였다. 오스스스 온몸에 잘디잔 소름들이 돋아나는 것이 느껴졌다. 두텁고 딱딱하리라고 여겨졌던 그녀의 손길은 융처럼 보드랍고 그 옛날에 내가 어루만지기를 좋아하였던 어머니의 젖가슴처럼 따뜻하였다. 나는 몸을 움직이지 않고 그대로 가만있었다. 발등을 만져대던 그녀의 손길이 차츰 종아리께까지 더듬어 올라오기 시작했다. 전신이 흐무러지면서 이루 말할 수 없이 야릇한 흥분이 느껴졌다. 뭐라뭐라 알아들을 수 없는 말들을 웅얼거리면서 마치 대야에 물을 담아놓고 조심스럽게 아이를 씻기듯 그녀는 나의 발등을, 발가락과 발가락 사이를, 그리고 종아리를 한없이 오래도록 그렇게 어루만져대었다. 문득 등짝이 터질 것 같이 참을 수 없는 슬픔 같은 것들이 울컥 치밀어올랐으나 나는 이를 악물며 그녀의 손길을 견뎌내었다. 이상할 정도로 그런 그녀에게 어떤 경계심이나 저항 같은 것은 전혀 느끼지 못하였다. 그렇게 견뎌내지 않으면 안 될 것 같은, 도저히 표현할 수 없는 막연한 감정이었다. 삼키지 못한 침이 입가로 주르륵 흘러내렸다. 그녀의 웅얼거리는 말소리에서 내가 또렷하게 알아들을 수 있는 것은 선부야,라는 그 이름뿐이었다. 선부야, 선부야…… 선부야, 선부야…… 그녀는 자꾸만 그 이름을 부르고 또 불렀다. 소리없이 눈물이 흘러내렸다. 가만가만 그렇게 만져서 내 발등이, 내 종아리가 닳아 없어지기를 바라는 듯이 그녀는 그 밤 내내 지치지도 않고 오래도록 나를 쓰다듬었다. 그녀의 손길을 뜨겁게 받아들이다가 어느 결에 나는 천천히 잠 속으로 길어들어갔다. 그러나 꿈속에서도 나는 여전히 나의 허비(虛備)한 육체를 만지는 그녀의 손길과 그녀가 나즉나즉 불러대는 선부라는 이름을 끝없이 끝없이 듣고 있었다. 기묘한 밤이었다.

아침에 눈을 떴을 때, 그녀는 벽쪽으로 고부장하게 몸을 돌려

깊이 잠들어 있었다. 이불 밖으로 비죽이 나온 그녀의 손은 여전히 거칠고 투박해 보였다. 그 손이 어젯밤 나를 그토록 부드럽게 어루만져대던 손이라고는 믿어지지 않았다. 그녀의 손을 잠깐 그러쥐어보았다. 그녀의 손은 차갑게 식어 있었다. 어젯밤처럼 뜨겁지 않았다. 그녀의 손을 쥐고 있던 손가락을 풀어 그녀가 잠에서 깨어나지 않도록 조심스럽게 이불 속으로 손을 밀어넣어주고 나는 소리없이 옷을 갈아입고 가방을 꾸렸다. 그녀의 머리맡에는 내 이름과 전화번호가 적혀 있을 작은 수첩이 비뚜름히 놓여 있었다. 가방을 다 꾸린 나는 한동안 잠든 그녀의 옆모습을 물끄러미 들여다보다가 방문을 열고 밖으로 나왔다.

그 길로 나는 경주를 떠나 서울로 올라왔으며 그녀에게 전화가 걸려오기까지 정말이지 신기할 정도로 단 한 번도 그녀를 떠올린 적이 없었다. 적어도 내게 그런 전화가 걸려오기 전까지는.

어머니의 유품을 정리하다가 나는 오래된 옛사진 한 장을 발견하였다. 천구백칠십이년도의 가계부에서 툭 떨어져나온 그 흑백사진이 왜 다른 사진들과는 달리 그곳에 따로 보관되어 있었는지 의아해하며 나는 사진을 들여다보았다. 사진 속에는 푸른 줄무늬가 들어간 흰 세일러복을 입은 여자아이가 높다란 교회 옆에 서서 다섯 살짜리 어린아이의 표정이라고는 믿기지 않을 만큼 세상을 다 살아낸 듯한 그런 권태로운 표정으로 이맛살을 찌푸린 채 정면으로 카메라를 응시하고 있었다. 아이의 짧은 머리카락은 마치 잘 어울리지 않는 가발을 어거지로 뒤집어씌운 듯 유독 고불거리고 어색해 보였다. 툭 튀어나온 이마와 고집스레 다문 입술이 몹시 도드라져 보이는 얼굴이었다. 사진의 뒷배

경인 산비탈 위에 위태롭게 서 있는 허룩한 그 교회의 이름을 나는 아직도 잊을 수가 없다. 꽤 오랜 시간 그 사진을 들여다보면서 나는 어머니가 어째서 그 사진을 은밀하게 따로 보관하고 있었는지를 짐작할 수 있었다. 그 여름날의 기억은 선명하지 않다. 다만 어쩌다 가끔 어머니가 지나가는 말처럼 툭툭 던진 몇 마디의 말들을 통해서 그랬으리라고 짐작만 할 수 있을 따름이었다. 표현할 수 없는 그 여자의 냄새, 그리고 머리칼이 온통 지져지는 듯한 노린내, 한사코 어깨 위로 쏟아져내리던 햇살 등이 내가 그 여름날을 기억하는 전부였다.

천구백칠십이년 그해 여름, 나는 한 여자로부터 유괴를 당했었다고 한다. 그 여자가 동네 아이들과 사방치기를 하고 있던 나를 데리고 간 곳은 동네에서도 한참 떨어진 곳에 있는 미장원이었다. 어째서 하필이면 미장원이었을까. 나는 아무것도 뚜렷하게 기억할 수가 없지만 애써 그때 일을 떠올리려고 하면 어디선가 바람처럼 휙 지나가는, 언어로서는 잘 표현할 수 없는 오래된 먼지 같은 냄새들이 맡아지고는 하였다. 나를 조카라고 속인 그 여자가 내 머리와 자신의 머리를 똑같은 모양새로 파마해달라고 하고는 머리를 만 채로 잠깐 자리를 비웠다고 한다. 아마도 잔뜩 겁에 질려 있던 어린 나는 연신 울고 있었을 테고 뭔가 이상하다고 생각한 미장원집 여자가 내게 이것저것 물었나 보았다. 나는 내게 고모라는 호칭으로 부를 만한 사람이 없다고 말했을 것이다. 그리고 주소를 기억하지 못한 내가 더듬거리며 말할 수 있는 것은 봉신교회라는 지명뿐이었을 것이다. 봉신교회요, 우리집은 그 옆에 있단 말예요, 라고. 미장원집 여자가 내 손을 붙잡고 먼 거리를 걸어 넋을 잃은 채 여기저기 뛰어다니고

있던 어머니에게 나를 데리고 갔다. 머리를 채 풀지도 못한 여자
가 다시 동네 놀이터에 나타난 것은 그 다음날이라고 한다. 그 젊
은 여자가 벌써 눈빛이 다르더구나, 한눈에도 보통 실성해 보이는
게 아니었어. 아까울 정도로 미색이 반반한 여자였지…… 꼭 내
나이쯤 됐을까, 곱슬거리는 네 머리칼을 쓰다듬으며 돌아서는
데, 글쎄 그 이쁜 얼굴에 귀밑에서부터 턱선까지 실뱀이 지나간
것마냥 굵은 흉터가 보이더라. 끔찍했지. 너를 언제 봤다구, 눈
물을 뚝뚝 흘리면서 나를 한 번 물끄러미 바라보더니 홀쩍 돌아
서더라. 가다 말고 저만치서 나를 다시 돌아보던 그 여자의 눈
빛은 지금도 잊을 수가 없구나. 그때 놀란 일을 생각하면 여태
도 이렇게 내 억장이 무너지는 것만 같으니…… 오랜 시간이 지
난 후에도 어머니는 그때 일을 누구보다 선연하게 기억하곤 하
였다. 짧은 시간이었지만 첫딸을 잃어버린 충격은 대단했을 것
이다. 그때 내가 봉신교회라는 이름을 기억하고 있지 않았더라
면 지금의 나는 어디서 어떤 모습으로 살아가고 있을까. 어머니
가 돌아가시기 전에 나는 가끔 그런 생각들을 하곤 하였다. 농
담으로라도 내가 그런 말을 하려 들면 듣고 싶지 않다는 듯 어
머니는 손을 내저으시며 안방으로 들어가 청심환을 반으로 똑
갈라 물도 없이 오래오래 우물거리고는 하였다.

　나를 되찾은 오후에 늘상 무언가 기록하는 것을 좋아하였던
어머니는 봉신교회 앞에 나를 세워두고 사진을 찍었다고 했다.
앨범 속에 끼워넣지도 못한 이 사진을. 사진 속의 나는 정말 양
미간을 잔뜩 찌푸리고는 뭔가 대단히 못마땅하다는 듯이 샐쭉한
표정이다. 마치 사는 게 지겨워 미치겠어,라고 독하게 말하고
있는 듯하다. 지금까지 나는 단 한 번도 파마라는 것을 해본

일이 없는데 그것은 무의식적으로 그때의 사건과 어떤 상관이 있을지도 모르고 또 어쩌면 아무런 상관이 없을지도 모른다. 단지 분명한 것은 나는 내 머리칼이 곱슬거리는 게 싫을 뿐이다. 그 며칠 뒤에 어머니 손에 이끌려 미장원에 가서 다시 머리를 곧게 펴게 되었지만 그러고 나서도 나는 그 머리 모양새에 익숙해질 수가 없어서 사내아이처럼 짧게 머리를 치켜깎겠다고 고집을 부렸다고 한다. 그 여자는 한동안 나와 똑같은 머리모양을 하고 있었을까…… 그것은 모를 일이었다.

그 후 얼마 뒤, 우리는 이사를 하였고 우리가 살았던 그 동네에서 어린 여자아이 한 명이 유괴를 당했다는 소문을 들은 적이 있었다. 어머니는 단박에 그 여자일 거라고 단정하였지만 나는 지금도 그렇게 생각하지는 않는다. 그것은 어떤 믿음 같은 것일지도 모른다. 그때 사방치기를 하고 있던 몇몇 여자애들 중에서 그 여자가 나를 선택할 수밖에 없었던 이유, 내가 아니면 안 되었을 그 알 수 없는 이유 같은 것들 말이다. 그 여자 짓일 거라고 단언하는 어머니 옆에서 나는 가만히 고개를 저었었다. 그 여자는 아닐 거라고, 그 여자한테는 꼭 나 비슷한 아이가 필요했을 거라고, 내가 아니면 안 뇌었을 거라고. 유괴딩한 여자애기 다시 집으로 돌아왔는지 어쨌는지 그것까지는 확실히 알 수 없다. 나는 다만 때때로 그 여자애가 봉신교회라는 이름을 기억하고 있을까, 하는 짓민이 못내 궁금히었디. 그 이름을 기어하지 못하고 있나면 아바 그 역자애의 인생은 서뭇 달라졌을 것이다. 어쩌면 내가 살아야 할 인생을 이 땅 어디선가 그 여자아이가 대신 살아내고 있는 것은 아닐까…… 그 여자 짓이 아닐 거라고 확신하면서두 나는 가끔 그럼 생각들을 하지 않을 수 없었다.

세 사람이 둘러앉아 담소를 즐기곤 하였던 식탁에 홀로 앉아 가스불을 틀어놓고 있던 그 새벽녘에, 그녀에게서 첫 전화가 걸려왔다. 때때로 혼자라는 것이 극도로 참을 수 없는 지경에 이르면 나는 어느새 고칠 수 없는 오래된 버릇처럼 어둠 속에서 가스불을 틀어놓고 망연히 앉아 있곤 하였다. 부엌창을 한껏 열어제꼈다. 한기가 스며들긴 했지만 그러나 가스에 질식해 어머니와 동생처럼 그렇게 어이없이 죽을 수는 없는 노릇이었다. 어이없이 죽고 싶진 않다. 가족이란 것은 결코 선택할 수 없는 것이었지만 나는 내 죽음만큼은 자의로 선택하겠다는 희망을 갖고 있었다. 어쩌면 나는 그 희망 때문에 혼자 빈집을 지키고 앉아 하루 세끼 꼬박 끼니를 거르지 않으며 순환선처럼 지루한 일상을 견뎌내고 있는 것은 아닐까. 여섯 개의 작고 푸른 불꽃들이 화륵화륵 소릴 내며 꽃처럼 피어올랐다. 손을 대서 만져보고 싶을 만큼 유혹적이고 아름다운 푸른 꽃이었다. 소리를 낼 줄 아는 그 푸른 꽃이 아무도 없는 빈집에 나를 가두어놓고 죽은 사람들을 추억하게 하였다. 나는 평소에 어쩌다 가끔 어머니가 즐겨 마시고는 했던 레미마르탱을 한 잔 가득 따라 홀쩍이고 있었다. 적요로운 새벽이었다.

가스불은 여전히 푸른빛을 내며 거세게 타오르고 있었고 죽은 사람들에 대한 추억의 힘에 서서히 지쳐가고 있을 때 마치 내 어깨를 툭툭 치듯 전화벨이 울렸다. 나는 그것이 죽은 어머니와 동생에게 걸려온 전화라고 확신하였다. 왜 그런 밑도 끝도 없는 생각이 들었는지 그건 잘 설명할 수가 없지만 분명 그것은 술의 힘 때문은 아니었다. 잘 설명할 수 없는 것은 그것뿐만이 아니라 내가 '여보세요' 하는 그 절급한 첫 음성만을 듣고도 그녀라는 것을 순식간에 깨달았던 것이다. 참으로 알 수 없는 일이었다. 그녀는 여보세요, 여보세요, 줄곧 그렇게 반복하였다. 그리고 나서 이쪽의 내 음성을 확인하자마자 선부라는 그 낯선 이름을 흡사 초혼(招魂)이라도 하는 듯 자꾸만 되뇌기 시작하였다. 아니라고, 선부가 아니라 내 이름은 정연수라고, 당황한 목소리를 숨기며 나는 잘못을 저지른 초등학생을 타이르듯 애써 가만가만 그렇게 말했지만 그녀는 내 목소리를 듣고 있는 것 같지 않았다. 아니 그녀는 이미 세상의 모든 소리를 듣지 못하고 있는 깃민 같았다. 여섯 개의 푸른 꽃은 그때까지도 시들지 않고 쉬쉭거리며 타오르고 있었다. 수화기를 붙들고 난감해하고 있던 나는 그녀의 오열히는 소리를 들으며 차츰차츰 내 온몸의 핏줄기가 싸늘히 식어가고 있는 것을 느꼈다. 나는 잔인해지고 싶었다. 미친년! 발작적으로 그렇게 야멸차게 내뱉고는 황황히 수화기를 내려놓았다. 등허리께로 식은땀이 흐르는 것이 느껴졌다. 전화벨은 다시 울리지 않았다.

　가스불을 끄고 창을 세게 닫은 후 보일러의 온도를 높여 샤워를 하였다. 물줄기보다 더 뜨거운 것이 자꾸만 턱을 타고 가슴패기로 흘러내렸다. 어머니는 밤에 집안에서 물소리가 새어나가는 것을 끔찍히 싫어하고 금기시까지 하였다. 나는 샤워기를 더 세차게 틀어 머리끝에서부터 발끝까지 온몸 구석구석 물줄기를 늘이내었나. 이세는 일굴조자 또렷하게 기억나지 않는 죽은 사람들이, 그녀의 이비지들이, 흐르는 물속에 녹아내리고 있는 것이 얼핏 보이는 듯하였다. 어쩌지 못할 격정에 휩싸여 그 밤, 그 새벽녘에 나는 차가운 욕실벽에 알몸을 탁탁 부딪쳐가며 오래도록 소리내어 울었다.

그녀의 기습적인 전화 이외에 나의 일상에 별다른 변화는 찾
아오지 않았다. 아니 나는 애써 그들과 함께 살았던 세월들처럼
여일하게 생활하지 않으면 안 된다는 어떤 강박 같은 것을 느꼈
는지도 모르겠다. 그래도 구태여 뭔가 달라진 것을 찾는다면 그
것은 내가 거의 외출을 하지 않고 지내게 되었다는 것밖에 없
다. 평소에도 외출하는 것을 즐겨하지는 않았지만 이제 나는 거
의 문밖 출입을 하지 않게 되었다. 현관 앞에 놓인 조간신문이
나 500㎖에서 250㎖로 바꾼 우유를 들여오기 위해 아침에 잠깐
현관문을 여는 것 이외에 날짜가 지나는 것도 모른 채 집안에만
틀어박혀 있는 시간이 늘어나기 시작했다. 어머니와 동생이 살
아 있을 때처럼 나는 일주일에 세 번, 아파트단지 내에 있는 아
홉 명의 아이들에게 피아노 레슨을 하였고 가끔 은행이나 식료
품을 사러 근처에 있는 슈퍼엘 간다거나 귀이개나 속옷 따위들
을 사러 가까운 상점에 나가는 것을 제외하고는 될 수 있는 한
외출을 삼가하였다. 죽은 사람들에게 민망할 정도로 나는 혼자
지내는 것에 빠르게 적응하기 시작했지만 그러나 아무도 없는
빈집에 열쇠로 문을 열고 들어서는 것만은 좀처럼 익숙해지지
않았다. 그럴 때마다 들고 있던 달걀봉지를 떨어뜨린다거나 열
쇠를 문밖에 꽂아두고 잊어버리는 일들이 빈번히 벌어지곤 하였
다. 찾아오는 사람들의 발길도 점차 뜸해졌으며 특별히 버스나
전철을 타고 나가서 따로 만나지 않으면 안 될 사람이 있는 것
도 아니었다. 설령 그런 사람이 있다고 해도 나는 어쩌면 그 모
든 관계를 정리하고 싶었을지도 모른다. 한 번도 내 직업이 마
음에 든 적이 없어 늘 다른 곳으로 목을 길게 빼밀고는 했던 나

는 그들이 죽고 나자 천직인 양 그 어느 때보다 성실하게 아이들을 가르치고 상냥하도록 노력하였다. 그러나 아이들은 여전히 아홉 명에서 더 늘어나지는 않았다. 그래도 나는 아침이면 바쁘게 블라우스를 다려 입고 샴푸를 하고 굽 높은 구두를 신고 현관을 나서지 않아도 되는 내 직업에 저으기 만족했다. 아니 변화된 내 삶에 이보다 더 잘 어울리는 직업은 없을 거라고 여길 수 있었다. 설령 아이들이 다섯 명이나 그 이하로 줄어든다고 해도 그것은 내게 그다지 심각한 문제는 아니었다. 당분간 아무것도 하지 않아도 한 달도 밀리지 않고 아파트관리비를 낼 수 있으며 오래된 피아노도 새것으로 바꿀 수 있다. 생계에 위협을 당할 만큼 나는 아직 가난하지는 않다. 그것은 참으로 다행한 일이 아닐 수 없다. 만약 그렇지 않았더라면 나는 그들의 죽음 뒤에 이토록 빠르게 일상에 적응할 수 없었을지도 모른다. 젊은 여자가 가난하다는 것과 마흔이 넘은 여자가 가난하다는 것은 정말이지 그 정도가 다를 것이라고 생각한다. 게다가 나는 이제부터 혼자 살지 않으면 안 되는 것이다.

아침이면 어머니가 그랬던 것처럼 토스터기에 빵을 구워 설탕을 넣지 않은 커피를 두 잔씩 마셨으며 저녁에는 주로 따뜻한 국과 김을 구워 식사를 하였다. 때로는 오랜 시간 공을 들여 요리하기 까다로운 버섯전골과 찹쌀풀을 쑤어 부각 같은 것들을 만들어 먹기도 하였다. 같은 반찬을 하루에 두 번 식탁에 올리지 않았으며 밥은 항상 먹을 때마다 새로 지었고 단 한 번도 끼니를 거르지 않았다. 신문을 한 가지 더 구독해서 매일 아침마다 세 종류의 조간을 읽느라 두어 시간씩 보냈고 오래된 습관이었던 낮잠자는 버릇을 고치느라 한동안 애를 먹기도 하였다. 레슨이 없는 날이면 오후에 삼십 분이나 한 시간씩 어머니와 나는 나란히 누워 낮잠을 자고는 했었다. 그랬기 때문에 나는 예전처럼 천연스레 오후의 그 달콤한 낮잠을 즐길 수가 없었다. 애써 여러 번 낮잠을 청한 적이 있었지만 그때마다 잠을 잘 이룰 수가 없었고 그것은 빈집에 열쇠를 사용해 들어오는 것처럼 몹시 어색한 일이었다. 그런 익숙해지지 않는 몇 가지 일들을 제외하고는 모든 일상이 순조로웠다. 순조롭지 않을 것은 정말이지 아무것도 없었다.

그러나 가끔, 아주 가끔씩 나는 이른 새벽녘에 스르르 잠에서 깨어나고는 한다. 불면 같은 것은 아니다. 그럼에도 어쩌다 한 번씩 잠을 이루지 못해 온밤을 뒤척이며 창밖으로 훤하게 동이 터오는 것을 지켜보는 일도 생기고는 하였다. 그것만은 나로서도 어쩌지 못할 불가항력적인 것이다. 그럴 때마다 나는 흰 면 티만 입은 채 어둠 속에서 거실을 서성이거나 가스불을 틀어놓고 오도카니 앉아 레미마르탱을 한 잔씩 마시고는 하였다. 그러면서 나는 차츰 죽은 사람들을 추억하는 것에 싫증을 느끼기 시작했다. 새파란 어둠 속에서 그렇게 오랜 시간 혼자 앉아 있으면 문득 누군가 내 어깨에 슬며시 손을 얹는 것 같은 섬쩍지근한 기척을 느낄 수도 있었고 때로 어디선가 나를 부르고 있는 미음(微音)의 소리가 들리기도 하였다. 그 소리에 귀를 기울이고 앉아 있노라면 문득 내 등뒤로 영원의 문이 닫히고 있는 것만 같은 착각이 일기도 하였다. 그럴 때마다 나는 세차게 세차게 머리를 흔들어대며 그 모든 것들에 대해 필사적으로 저항했다. 종종 홀로 악을 써대는 경우도 있었다. 혼자 살게 되면서부터 무엇보다 중요한 것은 침묵을 이겨내는 것이라고 생각했지만 그러나 나는 아직도 침묵을 견디는 시간에 익숙해지지 않고 있었다. 그런 새벽에, 가끔 그녀의 전화를 받기도 하였다.

그녀로부터 네번째 전화를 받은 이후에 나는 타박타박 먼 거리를 걸어 전화국에 가서 전화번호를 바꾸어버렸다. 최근 들어 집을 나선 가장 긴 외출이었다. 전화국에서 돌아오면서 나는 번번이 그래왔던 것처럼 현관바닥에 달걀봉지를 떨어뜨린다거나 그대로 열쇠를 꽂아둔다거나 하는 실수는 저지르지 않았다. 다만 그날 저녁식사를 하는 것을 잊어버리기는 하였다. 번호를 바꾸어버렸으니 이제 새벽녘에 기습적으로 소리치는 벨소리를 들으며 혹시 어머니나 동생에게 걸려온 전화가 아닐까 하는 생각을 할 필요도 없었고 그녀 역시 저 먼 곳에서 나를 부르지 못할 것이다. 비로소 혼자 사는 내 일상이 제대로 자리를 잡아가기 시작할 것이며 모든 것이 평화로울 것이다. 더이상 내 인생에 대한 어떤 조롱 같은 것은 없을 것이다. 그러기를 나는 간절히 기원하였다.

어느 날 밤, 나는 베란다에 서서 눈앞을 가로막고 있는 거대한 무리의 안개를 쏘아보고 있었다. 안개는 흡사 내 내장까지 뚫고 들어오겠나는 듯이 대단한 기세로 진군해오고 있었다. 무서운 결락감(缺落感)이 느껴지는 전경이었다. 나는 차례로 두 겹의 창을 세게 닫고는 커튼까지 꼭꼭 여미어버렸다. 쿵쾅거리는 소리가 기슭을 가득 메울 만큼 내 심장은 거세게 박동하고 있었다. 갑자기 무엇을 어찌해야 좋을지를 잊어버린 채 한동안 어둑신한 거실 한가운데 혼기가 빠져나간 사람처럼 넋을 잃고 서 있었다. 그러다가 나는 불현듯 그 먼 곳에서 결번인 번호를 자꾸만 누르고 있을지도 모를 그녀를, 어쩌면 지금쯤 나를 부르고 싶어 맨발로 이곳까지 한걸음에 달려올지도 모를 그녀를 기억해냈다. 그녀의 전화를 받을 때마다 마치 무엇엔가 이끌린 듯했던 나는 이미 오래 전부터 그러고 싶어했던 것처럼 천천히 거실 한구석에 있는 전화기를 향해 걸어갔다.

　여보세요, 여보세요…… 엄마, 엄마…….
　엄마, 엄마…… 저 선부예요, 선부라구요…….
　그 새벽 방을 나올 때, 그녀의 머리칼 사이로 얼핏 보았던 그 귀밑에서 턱선으로 이어지던 오래된 흉터가 꿈틀꿈틀 되살아나 나를 향해 달겨드는 것을 나는 두 눈을 부릅뜨고 바라보았다. 길디긴 뱀 한 마리가 수화기를 붙들고 선 벌거벗은 내 몸뚱어리를 친친 휘감기 시작했다.

(『상상』1996년 여름)

목이 긴 사내 이야기

그는 창틀에 상체를 매단 채 창밖을 응시하고 있습니다.

줄곧 창밖으로 시선을 돌린 채 앉아 있는 그의 늙은 낙타처럼 지친 뒷등에는 머나먼 이국의 이름도 알 수 없는 호수와 계곡이 보이기도 하고 쉴새없이 밤하늘을 유랑하는 빛나는 점들, 은하수 밖에 자리한 조망대(眺望臺)로부터 보일 지구와 태양의 모습들이 가끔씩 나타났다 사라지고는 합니다. 어떤 날에는 아주 좁고 비토 같은 골목길과 펄떡거리며 살아 움직이는 금빛 잉어가 보이기도 합니다만 그것은 단지 내 눈이 차시현상에 불과할 것입니다. 그렇다는 것을 잘 알면서도 마치 집채만한 화면으로 생생한 필름을 본 것처럼 무섬증이 일면서 눈앞이 아뜩해지는 것을 느낄 수 있습니다. 그럴 때마다 공연히 그의 등쪽으로 손을 내밀어 휘휘 허공 속을 내질러봅니다. 기다렸다는 듯, 폭설처럼 쏟아지는 흰빛이 그를 꿀꺽 삼켜버립니다. 눈앞이 새하얘집니다.

그는 여전히 창밖을 주시하고 있습니다.

이층에서 내려다보이는 골목에는 주둥이를 꼭 여민 쓰레기봉투 몇 개가 쓰러져 있을 테고 밤새 찬 이슬을 맞으며 돌아다니다가 골목을 질주하는 자동차에 치여죽은 쥐새끼들이 붉으죽죽한 핏자국을 남긴 채 널부러져 있을지도 모릅니다. 혹은 길 잃은 누군가의 구두 한 짝이 입을 벌린 채 주인을 기다리고 있거나 취객의 토사물이 햇살에 바싹바싹 말라가고 있을지도. 굳이 확인하지 않아도 이 골목의 풍경을 그려내는 것은 그다지 어려운 일은 아닙니다. 그것은 아마도 불면으로 시달리는 새벽녘이면 황천을 헤매는 혼령처럼 흰 잠옷을 입고 골목길을 반복해 오가는 오랜 버릇 때문일 것입니다. 이제 곧 수업을 끝마친 초등학교 아이들이 골목을 메우며 폭죽놀이를 하거나 뻥뻥 공을 찰 시간입니다.

그의 상체는 조금 전보다 창틀 아래로 기울어져 있습니다. 아래층으로 내려가는 계단에 서 있는 나에게 그의 몸은 몹시 위태로워 보입니다. 그의 얼굴이며 목 부분이 전혀 보이지 않기 때문일까요. 그의 목은 골목 아래로 휘늘어져 있습니다.

그의 기다란 목. 아, 이제 그의 유난히 긴 목에 대한 이야기를 해야겠습니다. 언제부터 느낀 것인지 기억할 수는 없지만 나는 언젠가 그의 목을 보고 아, 하는 탄성을 내지른 적이 있습니다. 그것은 다른 사람들보다 한뼘쯤은 더 길어 보이는 목 때문이었습니다. 분명 이십구 년 간 보아왔을 터였는데도 그 동안 나는 그의 목을 한 번도 눈여겨본 적이 없었던 모양입니다. 생전 처음 맞닥뜨린 타인의 목에 눈이 끌린 것처럼 그것은 낯설고 기괴한 느낌마저 자아내고 있었습니다. 어쩌면 그의 목은 원래부터 그렇게 길었던 게 아닐지도 모릅니다. 내가 그의 목을 유심히 보기 시작한 것은 어머니가 돌아가신 이후의 어느 날이었습니다. 어머니가 돌아가신 이후, 그의 목은 점점 더 길어지기 시작했던 것은 아닐까요. 아니 그가 창밖을 내다보는 것으로 아침을 맞고 저녁을 보내기 시작한 그날 이후부터일런지도. 그렇다면 그 어떤 기다림이 그의 목을 잡아늘여놓은 것일까요. 기다림이 아니라면 그것은 우울 때문일지도 모르겠습니다. 아무튼 육안으로 확인할 수는 없지만 나는 그의 목이 점점 늘어나고 있다고 생각합니다.

얼마나 오랫동안 저런 자세를 하고 있었을까. 지금은 오후 한시. 그는 아마도 아침 일고여덟시경부터 내도록 저렇게 천형을 받은 죄수처럼 목 없는 모양새로 창틀 바로 밑에 놓인 소파에 다리를 꿇고 앉아 있었을 것입니다. 문득 등줄기가 서늘해집니다. 앞섶을 여미며 나는 부러 소리를 내서 계단을 내려갑니다.

창틀에서 고개를 빼낸 그가 치뜬 눈을 허둥거리며 나를 바라보고 있습니다. 그의 목울대가 심하게 헐떡이는 것이 보입니다. 나는 얼른 고개를 푹 수그립니다. 상대가 누구든 관계없이 누군가와 눈을 마주쳐야 한다는 것은 더할 수 없이 곤혹스러운 일이기 때문입니다. 어쩐 일인지 나는 사람들 눈과 눈 사이의 거리, 그 멀고 먼 거리를 잘 견뎌낼 수가 없습니다. 세상에서 가장 무서운 순간이 누군가 나의 눈을 들여다보고 있을 때라면, 과장으로 들리겠습니까.

“왜 그러세요, 거기 뭐가 있어요?”

아마도 우편배달부가 지나간 것이려니 생각하며 나는 예사로운 어조로 물었습니다. 그는 대꾸없이 고갯짓을 하며 창틀에서 완전히 몸을 빼내 소파에 주저앉았습니다.

“애야 좀 내려가봐라, 배달부가 벌써 지나가버렸나보다.”

그는 담배에 불을 붙이며 후들거리는 음성으로 말했습니다.

“……아무것도 없을 거예요.”

정말 아무것도 없을 게 분명합니다. 언제나 그렇듯 우편함은 단 한 번도 사용한 흔적없이 텅 빈 아가리를 벌리고 있을 것입니다. 그렇다는 것을 번연히 알면서도 그는 언제나 이 시간이면 맥빠진 목소리로 애야 좀 내려가봐라, 합니다.

“아무것도 없을 거라니까요.”

나는 짐짓 짜증을 내는 몸놀림으로 거칠게 슬리퍼를 끌고 계단을 내려갑니다. 조간신문의 정기구독조차 끊어버린 탓에 우리 두 사람은 문맹(文盲)처럼 아무것도 읽지 않고 그저 간간이 텔레비전 뉴스로 세상 밖 소식을 접하곤 합니다. 보스니아에서 벌어졌던 총격전이나 독극물이 든 모이를 먹고 떼죽음당한 공원의 비둘기 따위의 소식은 너무도 낯설고 그저 멀고 먼 이야기에 지나지 않습니다. 우리와는 아무런 상관없는 일들입니다. 아버지와 나는 화면이 쏘아내는 빛에 온몸이 푸릇푸릇 멍들 때까지 그저 말없이 시간을 보내곤 합니다.

은빛 스테인레스로 만들어진 차디찬 우편함에 손을 집어넣는 일은 늘상 섬뜩하기만 합니다. 오늘은 손 안에 뭔가 만져지는 게 있습니다. 그러나 나는 이제 더이상 그런 것에 속지 않습니다. 그것은 그가 기다리는 편지도 혹은 나를 찾아온 어떤 부름 같은 것도 아니라는 것을 이미 잘 알고 있기 때문입니다. 역시 우편함에 들어 있는 것은 질 나쁜 종이에 인쇄된 세 쪽으로 접힌 전단지에 불과했습니다.

'수많은 사람들 속에서 당신은 고독을 느끼지는 않습니까? 사는 것이 재미없고 무의미하지 않습니까? 기분이 늘 울적하고 매사에 의욕이 없지는 않습니까? 사람 만나기가 부담스럽고 불편하지는 않습니까? 혼자 있는 것이 두렵고 불안하지 않습니까? 항상 누군가가 옆에 있어주기를 바라지는 않습니까? 그렇다면 이 글을 잘 읽어보십시오.'

픽픽, 헛웃음이 새나왔습니다. 온통 물음표투성이인 전단지 밑에는 두 개의 전화번호가 굵게 인쇄되어 있었습니다. 낯선 전화번호는 언제나 사람을 유혹시키는 법이지요. 혹여 이 전단지를 손에 든 누군가는 밤이 이슥해지기를 기다려 두근거리는 가슴으로 몇 번씩 확인하며 전화번호를 누르고 또 누를지도 모릅니다.

나는 그 누런 전단지를 탁자 위로 시위라도 하듯 소리나게 툭 던져버렸습니다. 그는 물끄러미 나를 올려다보았습니다. 나는 싸늘한 표정으로 단박에 그의 얼굴을 밀어냈습니다. 그러면서 그에게는 이런 전단지조차 한가닥 희망이 될 수 있을지도 모른다는 어처구니없는 생각을 잠깐 하기도 했습니다.

요즘 들어 그는 부쩍 외출을 삼가고 있는 터입니다. 어쩌다 외출할 때면 한 시간에 한 번꼴로 전화를 걸어 나를 감시하곤 합니다. 그렇습니다. 그것은 분명히 감시라고밖에는 뭐라 달리 표현할 수가 없습니다. 조금 전에 왜 전활 받지 않았냐? 뭐, 전파사엘 다녀왔다고? 이년, 점점 거짓말이 유창해지는구나. 또 어떤 사내놈과 붙어먹다 왔지? 아버지의 욕설이야말로 날이 갈수록 야비해지고 나는 그 앞에서 치욕과 수치심으로 벌벌 떨고만 있을 따름입니다. 의처증 남편을 둔 여인처럼 나는 그가 외출해 있을 때도 잠시도 이 집안에서 자유로울 수 없습니다. 시장에서 평소보다 조금이라도 지체해 돌아올라치면 칼로 난도질된 속옷 따위들이 방바닥에 뒹굴어 있곤 하였습니다. 친구를 만난다거나 (사실 나에게는 친구라고 말할 수 있는 사람이 거의 없습니다. 어쩐 일인지 부모님은 나를 학교에 보내지 않았으니까 말입니다) 다른 볼일로 외출한다는 것은 꿈도 꿀 수 없는 일입니다만 어느새 나는 이런 생활에 익숙해져 있는지도 모릅니다. 이제는 나를 만나고 싶어하는 사람이나 나라는 존재를 기억하고 있는 사람은 아무도 없을 게 분명하니까요. 나를 찾는 전화를 받아본 게 언제인지 까마득하기만 합니다. 외롭거나 쓸쓸하지는 않습니다. 다만 가끔씩 이유도 없이 온몸에 열꽃이 피어난다거나 며칠씩 붉은 반점이 나타났다 사라지고는 합니다. 양쪽 어깨에 심한 동통을 느낄 적도 있습니다. 허나 익숙해지면 견디지 못할 일은 아무것도 없으리라는 생각을 합니다. 나는 아버지와 열꽃에 충분히 익숙해져 있는 모양입니다. 이만하면 그런 대로 잘 지내고 있습니다.

어머니가 살아 계셨을 때 아버지는 자주 보름이나 한 달이 넘는 긴긴 낚시를 다니곤 하였습니다. 아버지가 낚아오던 것은 주로 잉어였는데 그것은 아마도 잉어를 푹 고은 뽀얀 국물을 어머니가 즐겨했던 탓이라고 여겨집니다. 어머니는 요리 직전에 잉어 꼬리에 칼집을 낸 후 머리를 한동안 위로 세워놓고는 피를 빼내고 요리를 시작하였습니다. 비린내를 없애는 게 중요해, 그런 말을 들려준 것도 같습니다. 잉어를 무르도록 푹 삶아 색색을 낸 달걀지단과 네모지게 썰어 기름에 살짝 볶은 표고버섯과 석이버섯을 고명으로 얹은 잉어국이 아직도 눈에 환합니다.

어머니가 자궁암으로 예고도 없이 돌아가시자마자 아버지의 많은 것들이 순식간에 바뀌어버렸습니다만 그렇다는 것밖에, 어째서 아버지가 낯선 사람처럼 변해버렸는지 분명한 이유를 나는 좀처럼 모르고 있습니다. 오로지 남은 인생을 나를 감시하는 데 보내겠다는 단단한 각오를 숨기지 않는 아버지에게 표현하기 어려운 연민과 그리고 때때로 스스로도 참아내기 힘든 섬뜩한 적의를 느낍니다.

어머니의 묘시를 찾아 떠난 짧은 여행이었습니다. 무슨 이유로 아버지는 나를 자동차에서 내리지 못하게 했는지, 그때 왜 그런 상황이 되어버렸는지 도무지 기억할 수 없습니다. 가끔씩 아니, 자주 나는 머릿속이 새하얘지고 눈앞이 그저 말갛기만 할 때가 있으니까요.

너는 그냥 여기 있어라, 혼자 올라갔다 올 테니.

나는 아버지가 시키는 대로 고개를 주억거리며 자동차 안에 남아 있었습니다. 홀로 어머니 곁에 머물고 싶은 아버지의 심정을 헤아리고 싶었으니까요. 얼마나 시간이 흘렀을까. 한참을 기다려도 아버지는 돌아오지 않았습니다. 산기슭으로 어둠은 소리도 없이 깔리기 시작했고 나는 극심한 요의를 견디다 못해 문을 열고 나갈 요량으로 여기 가만 앉아 있으라,는 아버지의 말을 털어내고는 가만히 차문 손잡이를 만져보았습니다. 그리고는 얼른 손을 떼어버렸습니다. 아버지가 닫고 간 문입니다. 왜 그런 생각이 들었을까. 아버지가 열어주지 않으면 차문은 꼼짝도 안

할 것만 같았습니다. 나는 손잡이를 자꾸만 만지작거리기만 할 따름이었습니다. 창문은 모두 끝까지 올려져 있어서 바람 한 점 들어올 틈도 없었습니다. 창문이라도 열까? 그러나 나는 여전히 꼼짝않고 앉아 있었습니다. 한 인간이 외부의 세계로부터 이렇듯 간단히 차단될 수 있다니. 참으로 놀라운 일이 아닐 수 없었습니다. 이런 생각에 미치자 갑자기 숨쉬기도 곤란해졌습니다. 정말로 차츰차츰 자동차 안의 산소가 줄어들고 있을런지도 모를 일이었습니다. 이대로 가만 앉아 있다가는 내가 토해내는 이산화탄소에 질식해 꼿꼿이 앉아 그대로 죽을 것만 같았습니다. 문을 열고 밖으로 나갈까? 나는 입술을 꽉 다물고 코를 감싸쥐었습니다. 창안에 잠시 머물러 있던 초승달이 밀어낸 것처럼 갑작스레 멀리 달아나버렸습니다. 불현듯 씨방처럼 툭툭 눈물이 터졌습니다.

아버지는 왜 돌아오지 않는 걸까. 내가 여기 남아 있다는 것을 잊어버린 것일까.

나는 차창에 입김을 불어 글자를 새겨넣었습니다. 그렇게라도 하지 않으면 영영 시간이 흐르지 않을 것만 같았으니까요. 어머니, 숲, 나무, 금빛 잉어, 아버지, 나의 아버지. 글씨를 썼다가는 지우고 또 쓰고 지우곤 하였습니다. 그래도 아버지는 돌아오지 않았습니다.

정각 열두시가 지나는 것을 지켜보다가 조수석에 앉아 있던 나는 몸을 오그려 뒷좌석으로 넘어가는 데 성공했습니다. 차의 꽁무니를 바라보며 뒷좌석에 쪼그리고 앉아 치마를 걷어올렸습니다. 그리고는 바닥을 향해 오랫동안 참았던 오줌을 누었습니다. 어쩌면 이 오줌이 다 마를 때까지도 아버지는 돌아오지 않

을런지 몰랐습니다. 차 뒷유리에 일그러진 얼굴 하나가 무서운
눈으로 창밖을 쏘아보고 있었습니다. 창밖에서는 누구 것인지
모를 몸 없는 수천 개의 흰 손들이 자꾸만 흔들어대며 다가오고
어디선가 밤새들이 우는 소리가 들려왔습니다. 나는 손을 내밀
어 차안에서 어둠을 파헤치기 시작했습니다. 그 몸짓은 나를 향
해 달겨드는 수천 개의 흰 손들과 만나고 싶다는 헛된 열망의
몸놀림이었는지도 모르겠습니다. 아아, 아무것도 모르겠습니다.
나는 다만 무뇌아처럼 하얀 머릿속으로 공연한 몸짓만 계속할
따름이었습니다.

오줌이 다 마를 때까지, 아니 영영 아버지는 돌아오지 않을지
도 모른다는 불안이 몰려들자 온몸에 열꽃이 퍼지는 것이 느껴
졌습니다. 김빠진 오래된 맥주냄새가 차안에 진동하고 있었습니
다. 치마를 추스리고 나서 아마도 나는 그대로 뒷좌석에 누워
잠이 들어버렸나봅니다.

아버지는 언제 돌아온 것일까. 눈을 떴을 때 나는 내 방안에
누워 있었습니다. 닫힌 차안에서부터 잠이 든 나는 아버지가 차
를 몰아 집에 도착하는 것도, 방으로 나를 옮기는 것도 모른 채
깊은 잠에 빠져 있있던 깃입니다. 마치 낮잠을 지다 기나긴 헛
꿈을 꾼 것처럼 간밤의 시간은 몽롱하기만 할 따름이었습니다.
단지 헛꿈에 지나지 않는다 해도 참으로 고약한 꿈이 아닐 수
없습니디. 그러니 그것은 분명 내 생애 처음 경험한 지옥이었다
는 것을 의심치 않습니다. 그 기어은 가끔씨 무서운 기세로 부
상(浮上)해서 나를 자다가도 벌떡벌떡 일어나 새벽 골목을 서
성이게 합니다. 지금도 종종 시계바늘이 정각 열두시만 가리키
면 날카로운 시계바늘을 뽑아내 잠든 아버지의 심장을 푹 찌르

고 싶은 살의를 느끼고는 합니다.

나는 조금 더 아버지에게 상냥해져야 할 것 같습니다.

그는 탁자 위로 던져놓은 전단지에는 손도 대지 않고 다시 창틀로 상체를 기울이고 있습니다. 아버지가 기다리는 것은 분명 이런 전단지 따위는 아닐 것입니다. 그렇다면 아버지가 매일 저렇게 창틀에 몸을 기대고 목을 휘늘어뜨리며 기다리는, 그 기다림의 실체는 무엇일까요. 언젠가 한 번은 꼭 물어보고 싶습니다만 지금은 때가 아니라는 생각이 듭니다. 그의 뒷등에는 이제 아무것도 그려져 있지 않고 셔츠 위로 양쪽 어깻죽지만 불룩 솟아 있습니다. 역시 조금 전에 얼핏 보았던 먼 나라의 길고 긴 계곡이나 밤하늘을 유랑하는 별들, 금빛 잉어 등은 환시에 지나지 않았던 게 틀림없는 모양입니다. 불시에 얼음 덩어리를 껴안은 것처럼 가슴이 시려옵니다.

이제 곧 사십 분 간격으로 서너 명의 아이들이 들이닥칠 시간입니다. 나는 분주히 걸음을 놀리면서 피아노 뚜껑을 열고 후후 먼지를 불어냅니다. 어디서 이렇게 먼지가 스며들어오는지, 매일 닦아봐야 부질없는 짓입니다. 베개를 껴안고 어둠 속에 누워 있으면 보이지도 않는 먼지 입자들이 개미떼처럼 열지어 귓바퀴 속으로 스미는 듯합니다. 그런 감각을 느낄 때면 전율로 퍼덕거리는 속눈썹을 얼른 꾹 닫아버리고 맙니다. 행여 눈안으로도 먼지가 들어오면 몹시 곤혹스러워질 것이 분명하니까 말입니다. 먼지들은 내 귓속으로 들어와 소뇌와 대뇌, 심지어 후두엽까지 파고들어옵니다. 눈으로 볼 수는 없지만 나의 포도송이만한 뇌속에는 셀 수 없는 먼지들이 가득 들어차 있을 게 분명합니다. 가끔씩 얼굴근육이 딱딱하게 굳는 이유는 밤마다 뇌 속을 파고드는 이 먼지 때문일 것입니다. 암만 몸을 뒤채봐야 감당할 길이 없습니다. 뇌 속은 나날이 먼지가 쌓여 주름진 피질 사이사이로 녹이 슬고 덜 여문 양배추보다 훨씬 가벼워지고 있는 중입니다. 그렇다고 불면에 시달리는 게 단지 먼지 때문이라는 말은 아닙니다.

오늘은 수요일. 수요일과 금요일, 일주일에 두 번 동네 아이들에게 피아노 교습을 하고 있습니다. 한때 피아노가 내 생의 전부라고 여겨질 만큼 무섭게 몰입했던 시절이 있었습니다. 나에게 피아노를 권유한 것은 어머니였다고 기억됩니다. 주로 프란츠 슈베르트와 바그너의 음악들을 연주하곤 했었습니다만 지금은 그것도 시들해진 지 이미 오래되었습니다. 이제는 가끔 건반을 두드려보거나 그저 시간을 보내고자 아이들을 가르치는 데 이용하고 있을 따름입니다. 외출할 필요가 없는 직업이지요. 아마도 아버지가 그나마 나에게 흡족해하는 부분이 있다면 바로 이런 나의 직업일 것입니다. 사회적 학습이 전혀 안 되어 있는 나에게(단지 제도적인 교육을 받지 않았다는 이유만으로 나는 스스로를 그렇게 여기고 있습니다) 그래도 이런 직업이 있다는 게 때로는 믿기지 않을 때가 있기는 합니다. 아버지와 상관없이 나는 이 일이 퍽 마음에 듭니다. 대문 밖을 나가 타인들과 관계를 맺고 의사소통을 해야 한다는 것이 얼마나 어려운지 잘 알고 있으니까요. 그것은 상상만으로도 끔찍한 일이 아닐 수 없습니다. 언제부터인가 내가 할 수 있는 것과 할 수 없는 것에 관해 선명한 금을 긋게 되었습니다. 그것이 살아가면서 얼마나 편안함을 주는지, 스스로 대견할 지경입니다.

사실 요즘은 교습시키고 있는 아이들의 숫자가 눈에 띄게 줄어들고 있는 형편입니다. 동네 여자들에게 명문여대 음대를 졸업했다고 한 거짓말이 들통난 것일까. 어쨌든 아직 남아 있는 몇 명 아이들마저 그만두지 않도록 마음을 써야 할 것 같습니다.

피아노 교습을 하지 않는 여느 날은 거의 대부분의 시간을 침대에 누워 지내고 있습니다. 침대에 누워 잠을 자거나 『우주의 기원』『목성으로 가는 길』『공룡은 어디로 사라졌는가』하는 따위의, 주로 지금은 사라졌거나 멀고 먼 곳의 이야기가 담긴 책들을 읽곤 합니다. 창으로 들어오는 빛의 색깔이나 방바닥을 지나 창가에 놓인 책상 위로 차츰 드리워지는 그늘의 예리한 각도, 어둠의 농밀함 따위로 시간을 짐작해보는 것도 빼놓을 수 없는 즐거운 놀이이기도 하답니다. 그 밖에도 나는 혼자서 시간을 보내는 여러 가지 방법을 알고 있습니다.

청록빛 가을점퍼를 입은 보연이가 현관을 들어서자 아버지는 날랜 승냥이처럼 안방으로 숨어들어갑니다. 아버지도 나처럼 다른 사람을 만나는 것을 꺼려하는 게 틀림없습니다. 어쩌다 아버지가 저렇게 돌변해버렸을까. 모르긴 해도 그것은 분명 어머니의 갑작스런 죽음과 어떤 연관이 있는 게 확실합니다. 어머니가 살아 있을 적에는 드물지만 집에 손님이 드나들기도 하였으니까 말입니다. 그럴 때마다 나는 아래층으로 내려가지도 못하고 행여 손님 중 누군가 방문을 열고 들어오지 않을까 조바심치며 문을 걸어잠그고 방구석에 웅크리고 앉아 있기 마련이었습니다. 왠지 아버지와 어머니는 내가 다른 사람들 앞에 모습을 드러내는 것을 좋아하지 않는 것 같았으니까요. 애야, 이제 모두 다 갔구나. 어머니가 조심스럽게 방문을 두드리며 그런 말을 할 때까지 다리가 저리는 것도 모른 채 마냥 앉아 있곤 하였습니다. 그 것도 이제는 다 지난 일입니다.

보연이가 연주하는 체르니 연습곡 일번이 마구 느려지고 있습니다. 손목은 자꾸만 처지고 박자 역시 엉망입니다. 리듬 또한 형편없는 걸 보면 한 번도 연습하지 않고 온 게 분명합니다.

"아다지오가 아니라니까, 쾌속하게, 모데라토보다 힘 있게! 손목을 들어, 흔들지 말고 손목을 들라니까!"

나는 심술난 늙은이처럼 꽥꽥 소릴쳤습니다. 벌써 한 달째 이 곡을 연습하고 있는 중입니다. 아홉 살 난 보연이의 귀밑에 땀이 차는 것이 보입니다. 보연이 옆자리에 앉아 한 옥타브 높여 함께 피아노를 치기 시작합니다. 보연이는 여전히 아다지오로, 나는 알레그로로.

펼쳐진 보연이 피아노책에 검정 볼펜으로 하트 다섯 개를 실그림으로 그려줍니다. 한 번 칠 때마다 색연필로 하트를 색칠하게끔 말입니다. 아이들이 그림 그리는 것을 좋아하기 때문에 피아노를 치기 싫어하는 이런 아이들을 위해서 고안해낸 방법입니다.

나는 이층 내 방으로 올라옵니다. 여느 때처럼 어젯밤도 제대로 잠을 못 자기는 마찬가지였지만 이즈음 특히 심한 피로와 무기력함을 느끼고는 합니다. 계절을 탄다는 말이 있는데 바로 이런 것인지, 아무든 어깨 밑에 추기 매달린 것처럼 늘상 몸이 묵지근합니다. 침대에 누워 베개를 끌어안다가 문득 아버지는 방에 들어가 무얼하고 있을까, 못내 궁금해집니다. 모르긴해도 아마 나처럼 누워 있거나 담배만 연신 피워대며 꽤나 초조해하고 있을 것입니다. 피아노 교습을 하고 있는 사이, 골목길을 지나는 것들, 아버지가 내내 기다리고 있는 것들을 행여 놓치지는 않을까 싶어서 말입니다. 오늘은 될 수 있는 대로 아이들을 오래 붙들고 있어볼까 하는 생각이 듭니다. 하지만 이렇게 육체가 피곤해서야, 곧 저 몇몇 아이들조차 교습시킬 기운마저 사그러들지도 모르겠습니다. 그러면 또 무엇을 하며 기나긴 시간을 보내야 할까. 피아노 소리 사이로 털털거리는 아버지의 낡은 오토바이 소리가 들리는 듯합니다.

아버지는 한때 집배원이었습니다. 내가 태어나기 이전부터 집배원이라는 직업을 갖고 있었다고 합니다. 그때 아버지가 담당하고 있던 지역은 경남 함양의 마천면 삼정리 강청마을이라는 꽤 깊고 험준한 산골지역이었다고 들었습니다. 아버지가 집배원이 아니었더라면 어머니와 아버지는 만나지 못했을지도 모릅니다. 그 무렵 어머니는 집배원이 지나갈 시간이면 괜히 마당을 서성거리며 빨래를 널거나 말린 고추를 다듬곤 했었다고 합니다. 젊은 어머니와 청년이었던 아버지는 서로에게 편지를 쓰기 시작했고 아버지는 당신이 쓴 편지를 어머니에게 배달하기 시작했습니다. 어머니는 볼을 붉히며 아버지가 건네주는 편지를 받아들곤 했을 것입니다. 아버지는 그야말로 '사랑의 전령사'였던 셈이었지요. 사랑의 전령사,라니 이보다 더 아름다운 직업이 또 있을까요.

아무리 몸이 고되도 그날 우편물은 반드시 배달하고 퇴근했단다. 그러다 보면 밤 여덟시 아홉시를 넘기기 일쑤였지. 찌개는 졸아들고 아랫목에 묻어둔 밥도 식을 무렵에야 털털거리며 대문을 들어서곤 했단다. 세상에 무슨 그리 대단한 일을 한다고 말이야. 그때 네가 들어섰었지. 느이 아버지가 어찌나 좋아하던지…….

어머니는 가끔 그 시절을 회상할 무렵이면 나에게 이렇게 투덜거리는 어조로 말하곤 하였습니다. 그런 어머니의 얼굴에서 흐뭇하고 아련한 미소가 떠오르곤 하는 것을 엿볼 수 있었습니다. 아마도 그런 아버지가 자랑스러웠을 테지요. 그 후 어째서 아버지가 집배원을 그만두고 이 도시로 올라왔는지 나는 모릅니다. 너무 어렸던 탓이기도 하지만 유독 그 부분에 대해서만은 어머니나 아버지 두 분 모두 나에게 이야기하기를 꺼려했기 때문입니다. 단 한 번만이라도 우편,이라고 쓰여진 빨간 오토바이를 몰고 험한 산길을 쌩쌩 날렵하게 달리는 아버지의 모습을 보고 싶습니다.

베개를 집어던져놓고 나는 후다닥 아래층으로 내려갑니다. 어느 틈엔가 피아노 소리가 들리지 않았기 때문입니다. 보연이는 어느새 의자에서 내려와 주섬주섬 가방을 꾸리고 있었습니다.

"벌써 다 친 거니?"

나는 숨을 헐떡거리며 묻습니다.

"……"

거칠게 보연이의 가방을 뒤져 피아노책을 펼쳐들었습니다. 다섯 개 하트에는 색색의 색연필들로 곱게 칠해져 있었습니다. 그러나 칼처럼 세우고 있던 나의 귓속으로는 분명 그 곡이 다섯 번 울리지 않았습니다.

"너, 어째서 이런 식으로 나를 속이려들지?"

"피아노가 치기 싫어요. 정말 싫난 말예요."

보연이는 곧 울음이라도 터뜨릴 듯 잔뜩 볼이 부은 얼굴로 뚫어지게 나를 쳐다보며 말했습니다. 나는 얼른 보연이 눈을 피해

바닥으로 고개를 떨구었습니다. 기신하기도 힘들 만큼 온몸이 노곤하지만 오늘은 어쩐지 아이들을 빨리 보내고 싶지 않습니다. 보연이를 달래가며 겨우 다시 피아노 앞에 앉혔습니다.

"자, 지금부터 딱 세 번만 치면 보내줄게. 안 그러면 너, 느네 엄마한테 이를 거다. 이렇게 손목을 들고 힘 있게, 힘 있게……."

"손목을 들어, 흔들지 말고, 손목을 들라니까! 아이, 선생님은 왜 맨날 똑같은 말만 해요, 꼭 병신처럼."

보연이가 신경질 섞인 음성으로 눈을 둥그렇게 뜨고 이렇게 말하고 있습니다. 이, 이런! 순간적으로 나는 보연이의 뺨을 후려치고 말았습니다.

"병신이라니, 너 어디서 그따위 말을……."

내 목소리는 어쩐지 절박하게만 들렸습니다. 가슴이 심하게 고동치기 시작했습니다. 나는 가방도 팽개치고 현관문을 빠져나가는 보연이를 붙잡지 않았습니다. 이상한 날입니다. 저런 새파랗게 어린 계집아이에게 선생님은 왜 맨날 똑같은 말만 해요 병신처럼,이라는 말을 듣게 되다니. 실없이 웃음이 터져나오려는 입을 애써 틀어막으며 몇 군데 전화를 걸어 교습을 뒷날로 미루고 말았습니다.

아버지가 슬며시 방문을 열고 거실로 나오는 것을 보며 기다렸다는 듯 나는 말릴 틈도 주지 않고 장바구니를 챙겨들고 고꾸라질 듯 계단을 내려갑니다.

천일여관은 시장이 끝나는 길 어귀, 사시사철 햇빛 한 점 들지 않을 그늘진 자리에 늙은 신부마냥 부끄러운 듯 움푹 들어앉아 있습니다. 드문드문 지나는 사람들의 눈을 피해 나는 도둑고양이처럼 재게 안으로 들어갑니다. 이층으로 올라가는 계단에는 언제 적부터 깔렸는지 헤아리기 힘든 바래고 번들거리는 붉은 융단이 허물을 들어내놓고 있습니다만 그것은 천일여관이라는 이름과 적절한 조화를 이루고 있는 것 같습니다.

207호. 퍽 익숙한 방입니다. 샛노란 비닐장판 위로 장바구니를 던져놓자마자 수화기를 움켜쥐고는 전화번호를 누릅니다. 땀에 전 손가락이 번호판 위에서 미끄러지고 있습니다. 어쩐 일이시죠? 의아함을 감추지 않으면서도 민성이 어머니는 순순히 전화를 바꾸어주었습니다. 나는 슬며시 가슴을 쓸어내려봅니다. 이 시간이면 민성이가 과외를 받으러 갈 시간이라는 것을 잘 알고 있습니다. 수화기 건너편에서 누구야 엄마, 하는 소리가 들리더니 곧 민성이가 전화를 받았습니다.

"나야, 지금 여기 와 있거든. 얼른 올 수 있지?"

색정(色情)이 솟아오르고 있는 내 목소리는 만개한 모란꽃처럼 붉고 징그럽게만 들립니다.

"저어, 지금은 좀…… 곤란한데요."

그애 어머니가 전화기 옆에 붙어앉아 있는 걸까요. 조심스럽다 못한 그애 목소리는 잘 들리지 않기까지 합니다. 못 들은 척 나는 냉큼 수화기를 내려놓았습니다. 그애는 곧 이 방으로 올 것입니다. 이제 중학교 3학년인 민성이는 작년까지만 해도 내게 피아노를 배운 적이 있습니다. 수업시간에도 무릎 밑에 공책을 숨겨놓고 만화를 그릴 정도로 만화를 좋아한다고 합니다. 나이에 비해 성숙한 몸집과는 달리 수줍고 착한 소년이랍니다. 말도 아주 잘 듣지요.

나는 수화기를 내려놓고 침대 위로 올라가 천장을 향해 몸을

펴고 눕습니다. 그리고는 생각난 듯 훌렁 치마를 걷어올렸습니
다. 느닷없이 발바닥이며 겨드랑이께가 간지러운 것 같습니다.
십 분, 이십 분, 나는 시간이 흐르는 것을 놓치지 않으려는 듯
집요하게 벽시계를 쳐다보고 있습니다. 한 시간 내로 그애는 이
방에 들어설 것입니다. 터지기라도 하려는 듯 가슴이 뛰어오르
고 있습니다. 빨리 그애가 왔으면 좋겠습니다.

사십오 분. 노크도 없이 방문이 열리더니 드디어 그애가 들어
오고 있습니다. 처음 유곽(遊廓)에 들어서는 소년처럼 약간 고
개를 숙이고는 영 어색한 몸짓을 하고 있습니다. 나는 그애의
손을 잡아당기며 올 줄 알았어, 은밀하게 속삭이고는 그애 귀를
입술로 살짝 물었다 놓았습니다.

"누, 누나, 자꾸만 이러면 정말 곤란해요."

나는 눈꼬리를 살짝 치켜들고는 그애의 수그린 고개를 들어
올려 눈을 들여다보았습니다. 맑고 깨끗한 눈동자입니다. 이 세
상에서 내가 유일하게 눈을 맞바라볼 수 있는 사람이 있다면 바
로 이애일 것입니다. 어머니와도 그래본 기억이 별로 없습니다.
어쨌거나 다른 사람의 눈과 마주치는 것은 정말이지 고통에 가
까운 일이니까요.

고개를 숙이고 있던 그애는 내 눈에 들어찬 축축한 정욕의 그
림자를 읽어낸 것인지 망설이다가 이윽고 천천히 내 몸 위로 바
위처럼 굴러떨어지기 시작하였습니다.

아아, 어서어서 나를 바다로 데려가줘. 맨발로 바다를 밟고
간 사람은 새가 된다고 해. 나는 새가 되고 싶어. 아니아니, 나
를 수천 개의 가벼운 이파리로 만들어줘. 그리곤 지옥보다 높은
벼랑에서 미련없이 단숨에 날려버려줘 제발……

어느 결엔가 나는 그애 허리 깊숙이 손톱을 찔러넣으며 낮은 목소리로, 아무에게도 들리지 않을 목소리로 그렇게 외치고 또 외치고 있었습니다. 그애의 단내 나는 숨결 속에 내 검은 상처는 보이지 않는 피를 흘리며 밤꽃처럼 점점 더 벌어지고 있습니다.

"어머니는 죽었어, 아버지는 매일 창틀에 매달려 하루를 보내, 왜 그런지 그의 목은 점점 배암처럼 길어지고 있어, 나는 그 긴 목을 비틀어 패대기치고 싶은 가혹한 욕망에 이렇게 매일매일 몸을 떨어, 잠이 안 와, 어떤 때는 날이 지나는 줄도 모르도록 며칠씩 깊은 잠에 빠지기도 해, 나는 나는……."

방이 떠나갈 듯 누군가가 큰 소리를 외치고 있습니다. 구석에 놓인 주전자며 거울 따위들이 산산조각 나 맨몸뚱어리 위로 꽂혀들 것만 같습니다. 그 뾰족한 것들에 한껏 몸을 뒹굴고 싶습니다.

"대체 내가 무얼 잘못한 거지? 응? 나는 매일 똑같은 말만 한대, 그래? 정말 내가 그래? 어머니는 죽었어, 아버지는 매일 창틀에 매달려 하루를 보내, 어머니는 죽었어, 아버지는, 아버지는…… 아앗! "

순식간에 벼랑 끝에서 떠밀린 것 같은 아찔함으로 나는 그만 눈을 감아버렸습니다. 대체 무슨 일이 일어난 걸까? 내가 정말 가벼운 한 잎 이피리로 변해버린 것은 아닐까? 천천히 눈을 떠보았습니다. 바닥으로 나를 밀어뜨린 그애가 침대 위에서 무릎을 꿇은 채 부들부들 몸을 떨고 있는 것이 보입니다.

"무, 무서워요. 누나, 대체 왜 이러는 거예요. 다시는, 다시는 날 부르지 말아요. 누난 정말 이상하단 말예요!"

　서둘러 옷을 꿰입은 그애가 요란한 문소리를 내며 밖으로 사라져버렸습니다. 나는 비 맞은 나방처럼 방바닥에 엎드려 두 팔을 버르작거려봅니다. 시간이 흐르는 소리가 너무 크게 들려오고 있습니다. 귀가 찢어질 것만 같습니다.

　주섬주섬 내팽개쳐진 옷을 찾아입고 방 한구석을 차지하고 있는 거울 앞에 서 보았습니다. 아직도 채 열이 식지 않은 붉으족족한 얼굴의 여자가 너는 누구지? 대체 여기서 뭘 하고 있는 거지? 하는 표정으로 두 눈을 멀뚱거리고 있었습니다. 돌연한 웃음소리가 방안에 낭자하게 울려퍼지기 시작했습니다.

　나는 아버지를 노엽게 만들고 싶지 않습니다.

　그림자를 지우며 서둘러 저녁이 오고 있습니다. 빠른 걸음으로 시장통을 지나 골목으로, 그리고 날 듯이 서너 개씩 계단을 뛰어올라 현관문을 열었을 때 아버지는 두 눈을 치켜뜨며 캄캄한 거실에 우뚝 서 있었습니다. 아버지 눈 속의 시퍼런 인광(燐光)이 내 몸뚱어리 위로 쏟아져내렸습니다. 입안이 바짝 마르기 시작합니다.

　"시장엘, 다녀왔어요."

　불시에 귀신을 맞닥뜨린 것처럼 내 목소리는 한없이 떨리고 있었습니다. 손에서 미끄러진 빈 장바구니가 거실바닥으로 떨어졌습니다. 나는 본능적으로 두 팔로 머리를 감싸안으며 몸을 웅크리고는 헉, 숨을 크게 들이쉬었습니다.

　"네년, 그 밑에는 시커먼 새끼 악마들이 우글거리고 있을 게다."

　이상한 일입니다. 오늘은 아버지가 손찌검을 하거나 재떨이나 구두주걱 따위를 던지지도 않습니다. 단지 짧은 순간 매섭게 나를 노려보더니 그냥 방으로 들어가버리고 마는 것입니다. 아버지의 야윈 어깨와 구부정한 등을 바라보면서 오늘은 정말 이상한 날이라는 생각을 합니다. 그런데 어째서 아버지는 나에게 저런 말을 내뱉는 것일까요. 야릇한 슬픔 같은 것이 가슴을 차고 목울대까지 밀려들기 시작합니다. 어쩌면 아버지는 구순기(口脣期) 때 충분한 만족을 느끼지 못하고 성장해버린 건 아닐까요. 그런 사람들은 타고난 독설가로 자라거나 자신도 모르게 야유하는 것을 즐기는지도 모르겠습니다. 할 수만 있다면 아버지의 머리채를 휘어잡고 푸르게 질린 입술을 벌려 나의 이 단단한 젖가슴을 물려주고 싶은 심정입니다.

느린 걸음으로 계단을 지나 방으로 올라왔습니다. 처일여관에서처럼 천장을 향해 누워 있다가 뭔가 잊고 있던 긴요한 일을 떠올린 것처럼 벌떡 일어섰습니다. 그리고는 마냥 방안을 서성거리기 시작하였습니다. 무엇 때문에 침대에서 다급히 일어섰는지 도무지 떠올릴 수가 없습니다. 옆구리에 두 팔을 엇갈려 끼고 늙은이처럼 괜히 머리를 흔들어대며 벽에 걸린 그림 속의 새 한 마리가, 옷가지가 비어져나와 있는 옷장이, 다리가 네 개인 책상이, 벽지 속의 흰 목련들이 목을 비틀며 빙글빙글 도는 것을 한참 바라보았습니다. 할 수 없다는 듯 다시 침대에 드러누웠습니다. 나는 다시 벌떡 일어나 손바닥만한 거울을 찾아 손에 쥐었습니다.

치마와 속옷을 벗어던지고는 다리 사이에 그 거울을 끼워넣었습니다. 느닷없이 차고 단단한 이물질이 봄속으로 들어온 것 같은 낯선 느낌에 몸서리가 쳐졌습니다. 부르르 몸을 떨어대며 좀더 허벅지 안쪽으로 거울을 끼우고는 고개를 숙여 그것을 들여다보았습니다. 정말 내 밑에는 새끼 악마들이 우글거리고 있는 것은 아닐까? 목뼈가 휘도록, 그래서 등줄기가 뻣뻣해져 통증이 느껴질 정도로 깊숙이 고개를 숙였습니다. 거울 속에는 비듬처럼 허연 딱지가 덕지덕지 붙은 말라비틀어진 입술 하나가 들어 있었습니다. 눈을 비벼대며 더 자세히 들여다보니 입술 속에는 또다른 입술 하나가 더 숨어 있습니다. 입술이 입술을 품고 있는 모양입니다. 누구 것인지 모를 한 번도 본 적 없는 작고 비뚤어진, 아주 못생긴 입술이었습니다.

내 밑에 혹시 뭔가 오글거리는 게 있지 않아? 새끼 악마 같은, 정말 그런 게 있지 않아?

한사코 발바닥에 들러붙는 어둠을 털어내며 나는 소리쳤습니다. 공연히 그래보는 양 약간 어색한 듯 미간을 찌푸리며 그래도 멈추지 않고 연신 소리를 질러댔습니다. 악을 쓰는 듯한 목소리는 점점 더 깊이 허공을 가르며 어느덧 가냘픈 울음소리로 변하기 시작했습니다.

날카로운 소리를 내며 거울이 방바닥으로 산산조각나는 것이 보였습니다. 나는 피가 흐르는 발등을 부여쥐고 아얏! 헛된 단말마의 비명을 내지르며 히뜩 어설프게 웃어보기도 합니다.

옛날 옛적 아주 한 옛날에 명주(溟洲)라는 곳에 와서 공부하던 서생이 있었단다. 어느 날 개울가에서 머리를 감고 있던 그곳 마을의 한 처자를 만나게 되었지. 그들은 서로 사랑했단다. 부모의 명으로 마음에 없는 혼인을 하게 된 처녀는 눈물을 흘려가며 밤새 긴긴 편지를 썼단다. 처녀의 애절한 심정이 담긴 그 편지를 잉어가 서생에게 전달하여 그들의 사랑이 이루어졌더란다. 그들은 오래오래 행복하게 살았지……

　머리칼을 빗겨주면서 어머니는 아주 낮고 고요한 목소리로 혼잣말처럼 나에게 이런 이야기를 들려주고 있습니다. 이미 여러 번 들은 터라 한 자도 틀리지 않고 훤히 꿸 수 있는 이야기입니다. 어머니는 이 옛날이야기를 아주 좋아하는 모양입니다. 그런 게 아니라면 이렇게 되풀이해 들려줄 아무런 까닭이 없으니까요. 처음 듣는 것인 양 등뒤에서 들려오는 어머니 목소리에 귀 기울이다가 나는 그만 깜박 잠이 들고 맙니다. 내 잠 속에는 어머니 손에 이끌려 어디론가 하염없이 걸어가고 있는 계집아이와 흰 가운을 입은 낯선 여자와 오색 풍선으로 가득 찬 커다란 방이 있습니다. 쉴없이 무어라 중얼거리는 계집아이는 날이 저물고 어머니가 어둠 저켠으로 사라지는 것도 모른 채 풍선이 가득 찬 방에서 몸을 뒹굴며 마냥 뛰놀고 있습니다. 어머니는 뒤를 돌아보고 또 돌아봅니다. 이윽고 기미 낀 어머니의 얼굴이 하염없이 멀어져가고 있습니다. 내 잠 속에서 수많은 오색 풍선들이, 그 많은 꿈들이 불에 데인 듯 일제히 터지기 시작합니다.

　꿈에서 깨어났을 때 나는 방바닥에 사지를 벌리고 누워 식은 땀을 흘리고 있었습니다. 대체 얼마나 오랫동안 잠들어 있었던가. 시간이 폭포처럼 쏟아져 온몸을 때린 것처럼 전신이 욱신거리고 있었습니다. 바람이 불고 있는지 어둑신한 방안에 미친 듯 커튼이 휘날리고 금방이라도 떨어질 듯 요란한 소리를 내며 창문이 덜컹거리고 있습니다. 나는 비틀거리고 일어나 전등 스위치를 올려봅니다. 시간은 이미 자정을 지나 새벽으로 치닫고 있었습니다. 이제 곧 아침이 오고 또 저녁이 올 것입니다. 아버지는 여전히 긴 목을 창틀에 걸치고 있을 테고 우리의 말 없는 식사가 오래 이어질 것입니다. 유폐된 우리들 일상은 아무것도 달라질 게 없습니다. 전혀 슬프지 않습니다. 그런데, 눈속에 가시가 들어갔나? 자꾸만 두 눈이 화끈거리기 시작합니다.

아버지 방에는 불이 꺼져 있었습니다.

잠이 든 것일까. 냉수 한 컵을 마신 나는 이층으로 올라가려다 말고 가만히 아버지 방에 귀를 붙여봅니다. 귓바퀴로 어둠만이 끈질기게 들러붙고 있습니다. 왜 그랬을까. 소리내지 않으려 애쓰며 방문을 열어보았습니다. 한 떼의 어둠만이 가득할 뿐 방안은 텅 비어 있었습니다. 찬 공기가 냉큼 목덜미로 파고들어오는 것이 느껴졌습니다. 펼쳐진 이부자리 위에도 오래된 나무책상에도 커다란 서랍장 어디에도 아버지 모습은 보이지 않았습니다. 어딜 간 걸까. 그런다고 없는 아버지가 나타날 리도 없건만 침침한 눈을 비벼대며 방안을 휘둘러보고 또 보았습니다. 대체 아버지는 어딜 간 것일까요. 얼핏 아버지의 베개 밑에 뭔가 비어져나와 있는 것이 보였습니다. 이부자리를 함부로 발로 짓이기면서 한쪽 발로 베개를 밀쳐보았습니다. 베개 밑에는 여러 번 반듯하게 접힌 종이쪽지가 놓여 있었습니다. 맹렬히 솟아오르는 공포를 애써 억누르며 그 종이쪽지를 펼쳐보았습니다.

'수많은 사람들 속에서 당신은 고독을 느끼지는 않습니까? 사는 것이 재미없고 무의미하지 않습니까? 기분이 늘 울적하고 매사에 의욕이 없지는 않습니까? 사람 만나기가 부담스럽고 불편하지는 않습니까? 혼자 있는 것이 두렵고 불안하지 않습니까? 항상 누군가가 옆에 있어주기를 바라지는 않습니까? 그렇다면 이 글을 잘 읽어보십시오.'

저쪽 어둠 한켠에서 누군가 두 눈을 부릅뜨고 지켜보고 있기라도 한 듯 나는 입술을 일그러뜨리며 짐짓 교태스런 소리로 웃는 시늉을 해봅니다. 그리고는 베개 밑에 다시 전단지를 넣어두고는 방문을 닫아버렸습니다. 내 웃음소리를 들은 누군가가 금방이라도 문을 부수고 뛰어나와 와락 목덜미를 베어물 것만 같습니다. 문고리를 움켜쥔 손바닥에서 땀이 배어나오고 있습니다.

언제 아침이 오려나. 굳게 닫혀 있는 거실 창문을 힘껏 열어제칩니다. 아버지는 대체 어딜 간 것일까. 이 밤, 자동차를 몰아 어머니 곁에 간 것은 아닐까. 아니면 빨간 오토바이를 타고 부릉거리며 강청마을 어귀를 맴돌고 있나. 아니아니, 어쩌면 아버지는 예전에 그랬던 것처럼 두터운 낚시점퍼를 걸쳐입고 밤낚시를 떠난 것인지도 모르겠습니다. 그리하여 어느 날 팔뚝만한 금빛 잉어를 낚아 다시 이 집으로, 내 곁으로 돌아오지 않을까요. 세찬 바람을 헤집고 부고장이라도 받은 듯 누군가 성급한 걸음으로 골목을 빠져나가는 것이 보입니다.

아아, 아버지! 신오른 무당처럼 히끗 돌아가는 시퍼런 눈으로 한 여자가 창틀을 부여쥐고 있습니다.

(『문학동네』 1996년 겨울)

중독

오후 네시, 나는 누렇고 딱딱한 종이에 쌓인 소포를 들고 현관 앞에 우뚝 서 있었다.

뒤를 돌아다본 것은 돌연 등허리께가 시린 느낌 때문이었다. 골목 첫번째 집 담장 너머로 후드득 흰 꽃잎이 떨어지는 것이 보였다. 손을 뻗으면 낚아챌 수 있을 것같이 꽃잎 떨어지는 소리가 바로 내 귓결에 들리는 것만 같았다. 골목 안은 지나치게 적연스러웠는데도 말이다. 다만 열광하는 흰 빛이 가득 쏟아지고 있었다.

집안으로 들어와서야 발송인의 이름을 살펴보았다. 서완희. 완희언니……? 그녀의 이름을 확인하고도 소포를 집어들었을 때의 그 불가해한 느낌을 떨쳐버릴 수 없었다. 그녀가 내게 왜 이런 걸 보내왔을까. 나는 느닷없이 내게로 전해져온 소포꾸러미 앞에서 망연자실 서 있었다. 별다른 예감은 없었지만 도무지 펼쳐보고 싶은 기분이 동하지 않았다. CD케이스만한 납작한 상자곽. 한동안 그것을 노려보다가 주방용 가위를 찾아들고 단단하게 묶인 끈을 싹둑싹둑 자르기 시작했다. 가위를 쥔 손에 필요 이상 힘이 들어가는 것이 느껴졌지만 개의치 않았다. 뚜껑을 열었다. 고리도 없는 누런 열쇠 하나가 비명을 내지르듯 바닥으로 툭 떨어졌다. 흰 종이 한 장이 꽃잎처럼 펄럭거렸다.

　재경에게.
　나, 어느새 서른다섯까지 살았다.
　소식이 없다. 이번에도 당선되지 못한 것이겠지.
　이십사일 이후 집에 와줘야겠다.
　너도 알다시피 내겐 아무도 없다.
　내가 쓰는 마지막 글이다.
　자서(自序)와 유서(遺書)는 짧을수록 좋다고, 너 언젠가 그런 말 한 적 있지.
　너를 사랑할 수 없었다.
사월에, 완희가

　자서와 유서는 짧을수록 좋다고 내가 그런 말을 했었던가 기억에 없는 말이다. 시인의 자서를 읽을 때면 왠지 단순한 자서가 아니라 유서일지도 모른다는 불길함이 든다는 말을 한 적은 있었다. 완희언니의 글씨가 쓰여진 종이를 반으로 접었다. 손바닥 안에 들어온 그 작은 종이가 생을 버리고자 하는 사람의 목소리가 담긴 유서라고는 믿기지 않았다. 그러기에 일곱 줄의 문장은 너무도 함축적이었고 종이는 실체감이 느껴지지 않았다. 완희언니는 엄살이 심한 편이었다. 어제도 그녀는 내게 전화를 해왔다. 새벽 세시가 막 지나는 걸 확인하고 이를 닦으려던 참이었다.

잠이 안 와…… 저 사이렌 소리 때매 증말 미치겠어.

그녀의 집 가까운 곳에 관할 소방서가 있었다. 밤이고 새벽이고 시도 때도 없이 울려대는 사이렌 소리에 그녀는 늘 진저리를 쳐댔다. 그녀와 통화할 때면 배경음악처럼 매양 불자동차 소리가 섞여 들어오곤 하였다.

방을 옮기든가 커피를 좀 줄이지 그래.

……이상해.

뭐가.

잠이 안 오는 게 아니라 잠들기 싫은 거 같아. 못 깨어날까봐.

왜, 언니 잘 안 써져?

…….

내일은 좀 나아지겠지.

뭐 그런 시답잖은 대화를 나누었던 것 같다. 어렴풋하지만 그녀의 목소리가 다른 때보다 그윽하고 음산한, 뭐랄까 꼭 엷은 수묵색 같았다고나 할까. 전화를 끊고 나서도 신경이 쓰였던 것만은 사실이었다. 이 닦을 생각도 하지 못한 채 방안을 서성거리다가 잠이 들어버렸으니까. 하지만 잠에서 깨어난 후에는 언제나처럼 그녀를 잊어버렸다.

흰 종이와 열쇠를 다시 상자곽에 넣어두고 나는 책상 앞에 앉았다. 내일까지 넘겨야 할 원고를 쓰고 있던 참이었다.

'……소설가란 무엇인가. 한 번도 나는 내 식의 정의를 내려본 적은 없다. 허나 소설가란 자기 주위에 있는 사물들이 속삭이기 시작하는 것을 알아차리고 그 속삭임이 말이 되게끔 이끌어나가는 사람이라는 프랑스 작가의 정의를 무슨 부적이라도 되는 것처럼 가슴에 품고 있었다. 그렇다면 나는 소설가인가. 글쎄 어떻든 간에 나는 소설을 쓰고 있고 지난 가을에 첫 창작집까지 펴내기는 했다. 그렇다고 나 자신을 소설가라고 생각해본 적은 없다. 정연하게 설명할 수는 없지만 그것은 내게 견딜 수 없이 부끄러운 일이기 때문이다. 견딜 수 없이 부끄러운……'

더듬거리는 문장과 문장 사이로 그녀의 이름과 그녀의 짧은 편지와 열쇠가 끼여들었다. 손가락은 더이상 움직이지 않았고 나는 지금 내가 무슨 글을 쓰고 있는지조차 헤아리지도 못할 지경이었다. 이번 계절에도 그녀는 또 어디엔가 투고를 했었나보다. 학교에 입학하기 전부터 그녀는 해마다 신춘문예에 응모를 했고 신인을 모집하는 문학잡지마다 투고를 해왔다. 번번이 떨어졌다. 간혹 최종심까지 올라간 적도 있었다고 들었다. 하지만 졸업한 이후로는 그녀의 소설을 읽어보지 못했다. 그녀가 원치 않았기 때문이었다. 운이 없어서 그래. 그 말이 귀에 잘 들리지 않으리라는 것을 잘 알면서도 나는 그때마다 무심히 이렇게 위로하곤 했었다.

아무래도 그녀에게 전화를 해봐야 할 것 같았다. 수첩을 뒤적거려 전화번호를 눌렀다. 벌써 사 년이나 알고 지내는 터였지만 나는 완희언니의 전화번호를 외우고 있지 못했다. 수시로 방을 옮겼고 그때마다 번호가 바뀌었다. 몇 번쯤 전화번호를 외우고 있다가 그만 포기하고 말았다. 그리고 전화는 거의 그녀 쪽에서 먼저 해왔다. 일주일에 서너 번씩. 그러니 구태여 전화번호를 외우고 있을 필요는 없었다.

신호음만 길게 울렸다. 외출한 것인지 아니면 천연스레 책읽기에 몰두하고 있는 건지 모를 일이었다. 기계음이 들리면서 응답기가 돌아갔다.

나, 재경이. 무슨 일 있어? 전화받아…… 언니 정말 없는 거야? 돌아오면 연락 줘.

사월 이십삼일 저녁 여섯시. 전화를 끊자마자 나는 마치 거대한 수마(睡魔)에 사로잡힌 사람처럼 깊디깊은 잠에 빠져버리고 말았다. 이도, 안, 닦았는데, 빨래도, 걷어야, 하는데…… 기엄기엄 침대로 파고들면서 분절음같이 툭툭 끊어지는 내 목소리는 점점 희미해지고 있었다.

나는 촉수를 세운 거미처럼 숨죽인 채 납작하게 침대에 엎드려 있었다. 등줄기로 식은땀이 솟아나 허리께로 흘러내리는 것이 느껴졌다. 얼마나 곤하게 잔 것인지 시간조차 가늠할 수 없었다. 묵지근한 머릿속으로 어제의 일들이 떠올랐다. 흩날리던 흰 꽃잎들, 초저녁의 이른 잠, 못다 쓴 원고, 그리고 그녀의 소포…… 아, 완희언니. 나는 그제서야 웅크린 몸을 풀고 손을 뻗어 응답기 버튼을 눌렀다. 늘상 그랬던 것처럼 한밤이나 새벽녘쯤 전화벨이 울렸을 것이다. 한데 이상할 정도로 누구의 목소리도 담겨 있지 않았다. 물론 그녀의 목소리도 없었다.

그녀의 전화번호를 눌렀다. 길게 신호음이 울린 후에 어제처럼 똑같이 응답기가 돌아갔다. 이번에는 음성을 남기지 않고 수화기를 내려놓았다. 울기(鬱氣)를 이기지 못하고 훌쩍 어디론가 여행을 떠났을지도 몰랐다. 내가 아는 그녀는 언제나 봄을 잘 견디지 못했다. 심한 조울증에 시달리는 것을 몇 차례 목도하기도 하였다. 아아, 저 꽃 모가지들을 똑똑 분질러버렸으면. 어쩌다 함께 흐드러지게 꽃핀 공원이라도 산책할라치면 그녀는 신경질적이고 새된 목청으로 이렇게 소리쳐 나를 당혹시키곤 했다. 돌이켜보니 그녀는 봄이 되면 그나마 뜸하던 외출도 삼갔던 듯하다. 하지만 그녀에 대한 내 관심은 너무도 사소하고 허술했기 때문에 꼭 그랬다고만은 단언할 수 없다. 혹시 집에 있을지도 모르겠다. 안 써진다고 푸념을 늘어놓던 소설을 부여쥔 채. 그녀가 보낸 흰 종이, 짧은 일곱 줄의 문장이 기억났다. 그래 그러고 보니 나 역시 완희언니를 사랑한 적은 없는 것 같다. 그렇다면 우리의 관계는 무엇이었나. 그저 습관에 지나지 않았을까. 일정한 거리를 유지하고 있는, 그 어느 쪽에서든 줄을 놓아버리면 순식간에 무너지고 마는 그런 관계?

그녀의 집으로 가는 150번 버스는 좀처럼 오지 않았다.

끼니 챙겨먹을 여유도 없이 방송통신대학 학보사에 보낼 원고를 마무리하고 문구점에 들러 팩스로 보내고 나니 어느새 두시가 넘어서고 있었다. 잡문을 쓰지 않겠다고 작정한 적도 있었으나 간간이 발표하는 소설만으로는 생활이 되지 않았다. 소설만 쓸 수 없니? 완희언니는 대놓고 못마땅해하기도 했다. 하지만 생활이 되지 않는다는 이유 앞에서는 더이상 말을 잇지 못했다. 집을 나서기 전에 지갑 속에 그녀가 보낸 누런 열쇠를 챙기는 건 잊지 않았다. 아마 열쇠가 아니었다면 부러 집까지 찾아갈 생각은 하지 않았을 테니까. 계절은 그녀가 가장 혐오하는 봄의 절정이었고 그녀는 내게 열쇠와 짤막한 유서를 보내는 것으로 스스로를 견디고 있나보다. 약간의 위로가 필요하겠지. 우리의 관계는 아무것도 아닐 수 있지만 또 그렇게만은 단정할 수 없는 무엇이 있다.

너 우리 학과지?

세련돼 보이는 짧은 머리에 긴 바바리코트를 입은 여자가 대뜸 내게 말을 던졌다. 구십사년 이월, 오리엔테이션이 끝나고 혼잡한 학교를 빠져나와 전철을 기다리고 있을 때였다. 처음 보는 여자는 내게 반말을 썼다. 갑자기 신경이 뻣뻣해지기 시작했다. 그때 나는 스물여섯이었고 누구도 나에게 처음부터 반말을 하지는 않았으니까.

……네?

나 너랑 같은 학과야. 아까 대강당에서 너를 보았어.

쌀쌀했을 내 어투에는 아랑곳않고 그녀는 연이어 말을 건넸다. 동기들 중에 내가 가장 나이가 많을 거라는 염려를 했는데 그녀는 무려 나보다 여섯 살이나 더 많았다. 그래도 첫 만남에 무턱대고 반말을 쓰는 건 경우가 아니다. 나는 그녀가 묻는 말에 계속 삐딱해질 수밖에 없었다. 전철을 기다리면서 우리는 그때 꽤 많은 이야기들을 나누었던 것 같다. 잘 기억할 수는 없지만 대충 이런 이야기들. 뒤늦게나마 이 학과에 들어오지 않을 수밖에 없었던 이유, 우리가 선택한 학과에 거는 기대들…… 주로 그녀가 이야기했고 나는 듣는 편에 속했다. 그것은 몇 년이 지난 지금도 마찬가지이긴 하지만. 두번째 전철이 지나갔다. 전철꽁무니에 눈을 던져두다가 생각난 듯, 아니 얼굴에 물음표를 감추지 않고 그녀가 내게 질문을 했다.

넌 뭘 전공할 거니. 시? 아님 소설?

생급스런 질문이었다. 나는 뚱한 눈으로 키가 큰 그녀를 올려

242

다보았다. 그녀의 번쩍거리는 두 눈은 내 얼굴을 향해 고정되어 있었다. 그러나 섣불리 대답할 수 없었다. 늦은 나이에 학교에 입학하긴 했지만 그때까지도 나는 시를 쓸 것인지 소설을 전공할 것인지에 대해 한 번도 진지하게 고민해본 적이 없었다. 그저 시나 소설, 무엇이든 손에 잡히는 대로 읽는 게 좋았고 굳이 꼭 무엇을 쓰겠다는 열정은 없었다 그 시절만 해도. 허나 아주 드물기는 하지만 시를 습작하기는 했었다. 습작이라고도 표현할 수 없는 감상의 극치였던 낙서 나부랭이 따위들.

글쎄요. 아직 잘 모르겠어요.

광휘가 비치는 그녀의 이마께를 슬며시 피하고 말았다.

뭐라고? 세상에, 이니 너 그럼 그 나이에 이 학과는 왜 들어온 거니?

이해할 수 없다는 듯 그녀는 얼굴을 찌푸렸다. 어이없다는 듯이 이를 드러내놓고 입술을 삐죽거리기도 했다. 벚꽃처럼 흰 그녀의 치아를 바라보면서 나는 순간적으로 기분이 상했다.

시를, 써본 적은, 이, 있어요.

더듬거리며 말했다. 진땀이 흘렀고 입술은 파삭파삭 말라가고 있었다. 그녀는 소설 농인활동을 오랫동안 해왔다고 했나. 소설? …… 남독에 가까울 정도로 많은 문학서적을 섭렵하긴 했지만 그때까지도 단 한 편의 소설도 써본 적이 없었다. 키가 큰 그녀 앞에서 나는 사꾸만 무기력해지고 극심힌 얼폐감에 삐저비리고 말았나.

너, 앞으로 고생깨나 하겠구나. 그 나이에…….

그녀는 끝내 나를 무시했다. 그녀의 본심은 그게 아니었을지 무르겠지만 아무튼 나를 무시했다고 여겼다. 네번째 전철이 역내로 들어왔다. 그녀와 나는 사당역으로 가는 전철을 함께 탔다. 그 당시 그녀는 사당역 부근에서 자취를 하고 있었고 나는 그곳에서 2호선으로 갈아타야 했다. 전철 안에서는 누구도 입을 열지 않았다. 척박한 모래땅에서 자란 사지식물 같은 인상을 주는 여자였다. 이를테면 선인장이나 패랭이꽃 같은. 어쨌거나 나는 이미 내 마음속에서 그녀의 이름을 지우고 있었다. 처음 만났던 바로 그날. 우리는 사당역에서 헤어졌다. 그리고 몇 분 후, 나는 집과는 반대방향으로 가는 전철 안에서 몸을 내맡기고 있는 자신을 발견해야 했다. 치욕스런 하루였다.

두어 번 와본 적 있긴 하지만 그녀의 방을 찾는 것은 쉽지 않았다. 총신대역에서 광주약국 쪽으로 올라가서, 시장골목을 지나고, 아, 닭집이 있을 텐데. 비릿한 닭냄새를 맡으며 그곳에서 잠시 멈칫거려야 했다. 그러다가 기억을 더듬어 닭 파는 가게 옆으로 빠져들어갔다. 다시 후미진 골목이 나타났다. 미로처럼 얽힌 골목 끝에 그녀의 지하방으로 들어가는 작은 철제문을 발견할 수 있었다. 지하 계단에는 두 가지 일간신문과 250밀리리터 우유팩 몇 개가 쌓여 있었다. 언니, 완희언니. 그녀의 이름을 불러보았다. 아무런 기척이 없었다. 나, 재경이야. 이유도 없이 내 목소리는 미세하게 떨리고 있었다. 정말 어디 먼 곳으로 떠나버렸을지도 몰라. 주문처럼 나는 그 말을 소리내어 지껄여보았다. 그래도 떨림은 가라앉지 않았다. 지갑을 열어 열쇠를 꺼냈다.

오랫동안 열리기를 기다려왔던 것처럼 철문은 소리도 없이 미끄러지듯 가만히 열렸다. 두 개의 시멘트 계단 밑에 방문이 있고 방문과 계단 사이, 그 좁다란 틈새에는 음식을 해먹을 수 있도록 간단한 취사도구가 있었다. 언니이. 그래봐야 소용없다는 걸 잘 알면서도 그녀를 불렀다. 대답이 없었다. 방문을 열었다.

닭 비린내 같은 것이 훅 끼쳐왔다. 어쩌면 그것은 비린내가 아니었는지도 모른다. 하지만 나는 공연히 코를 감싸쥐고 말았다. 단순히 비린내라고 표현할 수 없는 악기(惡氣) 같은 것이 와락 달라들었다. 방안엔 아무도 없었다. 빈 방을 휘둘러보다가 후륵거리며 깊은 숨을 내쉬었다. 역시 완희언니는 어디론가 떠나버린 게 분명했다. 그런데 내게 어째서 이 열쇠를 보냈을까. 이 열쇠로 언니는 내게 어떤 전언을 보내려 했던 것일까. 방 한가운데 우뚝 서서 그런 생각에 빠져들고 있었다.

커다란 책상과 빼곡이 책이 들어차 있는 세 개의 책장, 작은 옷장, 방 구석에 놓인 커피메이커. 가구는 단출했다. 텔레비젼이나 오디오, 하다 못해 라디오 같은 것도 없었다. 심심하지 않아? 처음 이 방에 왔을 때 아마 나는 그렇게 물었을 것이다. 그때 완희언니가 어떤 대답을 했는지는 떠올려지지 않았다. 방안은 내가 보았던 그 어느 때보다 정갈하게 정돈돼 있었다. 평소 그녀의 깔끔한 성격을 잘 드러내 보이고 있는 방이었다. 전화기에서 빨간 불이 깜빡거리고 있는 것이 보였다. 나는 내 것도 아닌 전화기의 응답기 능버튼을 눌러보았다. 낯선 여자의 음성이 흘러나왔다.

'안녕하세요 쉬씨예요. 봄 신상품이 새로 나와서 전화드려요. 지난번에 맡긴 정장바지 허리는 벌써 다 줄여놓았어요. 요즘은 통 안 들르시네요, 한번 나오세요. 그럼 안녕히 계세요.'

'애, 언니다. 넌 애가 왜 그 모냥이냐. 극장 앞에서 한 시간이나 기다렸잖아. 도대체 어떻게 된 거야 전화도 안 받고. 약속 잊어버린 거냐? 아무튼 나 이제 집에 들어간다. 내일 형부 생일이니까 저녁에 꼭 들러, 알았지?'

이어지는 내 목소리.

'나, 재경이. 무슨 일 있어? 전화 받아…… 언니 정말 없는 거야? 돌아오면 연락 줘.'

텅 빈 완희언니의 방에서 내 목소리를 듣게 되다니. 그것은 별로 즐거운 경험이 아니었다. 그리고 형부라고 했었나. 내가 아는 완희언니에게는 형제가 없었다. 형제뿐만 아니라 부모도 일찍 여의었다고 들었다. 알 수 없는 일이다. 내가 모르는 가까운 인척이 있는지도 모른다. 나는 손을 뻗어 천장에 늘어진 줄을 잡아당겼다. 어둑신한 지하 방이 수십 개의 라이트를 들이댄 것처럼 불시에 환해졌다.

책상 앞으로 다가갔다. 책꽂이에는 몇 권의 노트가 가지런히 꽂혀 있었고 책상 위에는 민중엣센스국어사전과 또다른 노트 한 권이 놓여 있었다. 두꺼운 가죽 장정의 사전을 한번 들추어보았다. 손때가 많이 묻어 있는 사전이었다. 왜 그랬을까. 나는 노트 앞장을 펼쳐보았다. 맨 첫장에는 이렇게 씌어 있었다.

내 방에 온 재경에게.

……그 글자가 내 이름이라는 것을 알아차리는 데는 얼마쯤의 시간이 필요했다. 둥글고 또박또박한 글씨체. 그것이 왜 그토록 낯설게만 느껴진 걸까. 어제 오후 소포를 발견했을 때, 형체가 잡히지 않는 무엇인가 가슴을 치받고 올라오던 그 생생한 감정이 되살아났다. 더이상 노트를 넘겨볼 수가 없었다. 가슴이 후들거렸고 손가락마저 눈에 보일 정도로 뻣뻣해지고 있었다. 돌연 머리채를 잡아당기는 섬뜩한 기운이 달려들었다. 등뒤에서 누군가 어릿거리고 있다! 몸을 틀었다. 언니, 나는 외마디 비명소리를 꿀걱 삼켰다. 천근처럼 무거운 다리를 옮겨 욕실문, 방안

에 있는 다락을 개조해서 만든 욕실 쪽으로 걸어갔다. 욕실문을 잡아당겼다.

몇 개의 계단 위, 시멘트로 마감된 바닥에 온통 책들이 흩어져 있었다. 그리고 흩어진 책더미 위로 까만 구두, 흰 스타킹에 감싸인 두 개의 종아리가 늘어져 있는 것이 보였다. 나는 입을 틀어막았다. 챙 있는 까만 모자를 쓴 여자. 성장을 차려 입은 여자가 뒷모습을 보인 채 길게 허공에 서 있었다.

고독하다고?…… 그녀는 고독하지 않았다. 단지 고독한 삶을 꿈꾸었을 뿐이다. 그녀의 갑작스런 죽음 이후 고인 웅덩이 같았던 내 일상은 눈에 띄게 흔들리기 시작했다. 일상을 휘젓는 손놀림은 좀체 잦아들 줄 몰랐고 나는 내 의지와 상관없이 두 손을 늘어뜨린 채 매일매일 더 깊은 하류로 흘러가야 했다. 죽어서, 완희언니는 나를 놓아주지 않았다. 어처구니없게도 급기야 나는 그것이 내게로 보내는 그녀의 마지막 선물일지도 모른다는 생각을 하게 되었다. 그렇게라도 여기지 않으면 견디기 힘든 나날들이었다. 증오…… 그런 것도 끓어오르지 않았다. 그럴 만큼 우리는 사랑한 적이 없으니까.

나는 그녀의 영안실에 가지 않았다. 화장터에 따라가지 않은 건 말할 것도 없었다. 그렇게나마 철저히 그녀를 거부했다. 만약 지금까지 내가 알고 있던 사실대로 그녀에게 연고자가 없거나 그만그만한 관계를 맺고 있던 사람조차 없었더라면 그렇게까지는 하지 않았을 것이다. 그러나 컴퓨터로 신원조회를 해본 결과 그녀에게는 여섯 형제가 있었다. 부모님도 생존해 있었고. 그녀 집 가까운 곳에 결혼한 넷째언니가 살고 있다는 것도 알게 되었다. 졸업한 모교의 학적부에도 인적사항은 텅 비어 있었다.

그런 사실을 확인한 후에 나는 당황했다기보다 서완희라는
인물에 대해 기이한 호기심이 끓어올랐다. 내가 아는 그녀는 천
애고아나 다름없었다. 지나치게 독선적인 성격이라 그런지 친구
도 없는 눈치였다. 사소한 예지만 서른이 넘고부터는 편지도 한
통 받아보지 못했다고 들었다. 한 통의 편지. 처연하도록 긴 여
운을 남기던 한탄으로 들렸다. 그 이후에 나는 그녀에게 편지를
보낸 적도 있었다. 그랬는데 하필이면 어째서 내게 납득하기 힘
든 자신의 죽음을 가장 먼저 알려야 했는지 나는 그녀의 흰 뼛
가루를 움켜쥐며 묻고 싶었다. 눈물바람으로 뒤늦게 나타난 그
녀의 넷째언니는 유서를 전해받은 사람이라는 까닭만으로 나에
게 그녀의 뼈를 뿌려주기를 원했다. 단호히 고개를 내둘렀다. 그
래야 할 아무런 이유가 없었기 때문이었다.

형제들이 나타나 장례를 치르는 동안 나는 서너 번 경찰서에
들락거려야 했고 다짜고짜 반말투를 지껄이던 형사와 맞대면해
야 했다. 내키지는 않았지만 부름에 순순히 응하지 않을 수 없
었다. 그녀가 자신의 죽음을 알린 건 오로지 나였고 그녀의 죽
음을 처음 목도한 것도 나였으니까. 그녀의 짧은 유서를 보여주
었지만 형사는 나를 자살방조죄로 치부할 수 있다는 거친 태도
를 보였다. 그러나 그녀의 뼛가루가 한탄강 어디쯤에 뿌려지고
있는 동안 곧 풀려나게 되었다. 그녀의 죽음은 지금까지 내가
경험한 가장 불쾌한 사건이었다. 나는 단 한 방울의 눈물도 흘
리지 않았다.

사흘 동안 나는 우물처럼 깊은 잠에 빠져 있었다. 허기가 찾
아오면 생수를 마시고 다시 침대로 기어들었고 전화벨이 울리면

수화기를 바닥으로 내동댕이쳐버렸다. 간혹 아주 낯익은 목소리가 내 이름을 부르는 소리나 현관벨 소리를 들었던 것도 같다. 하지만 그 모든 것이 꿈결이었고 어쩌면 사흘 동안 한 번도 깨어난 적이 없는지도 모른다. 그것도 아니라면 눈을 부릅뜬 채 늘린 사지를 버르적거리며 깊은 망아(忘我)의 상태에 빠져 있었던 것이거나.

사흘이 지난 후. 나는 귀신 같은 몰골로 물끄러미 거울을 들여다보고 있는 자신과 마주치고 있었다. 창백한 달이 서쪽으로 서쪽으로 이울어가고 있는 시각이었다. 꺼멓게 죽은 피부 밑으로 검버섯 같은 기미가 번져들고 있었다. 지난 사흘 동안 지독한 마술에 걸려 있었는지도 몰랐다. 입술을 길게 늘여보았다. 뻣뻣한 얼굴가죽에 세로로 금이 갔다. 완희언니, 서완희…… 조문(弔文)을 읽듯 그녀의 이름을 읊조렸다. 내 등뒤에 검은 모자를 쓰고 목을 맨 그녀의 그림자가 나타났다. 나는 거울을 뒤집었다. 우리는 이제 완전히 헤어진 거야. 나는 또 중얼거렸다. 그렇게 그녀를 잊기로 했다. 그러나 나는 미처 깨닫지 못하고 있었다. 그녀의 노트가 내 가방 안에 들어 있다는 사실을.

그녀는 끝내 나를 놓아주지 않았다.

완희의 노트

나는 낯선 남자 뒤에 서 있다. 전화를 걸고 있는 남자는 아무 말 없이 수화기를 붙들고 있다. 상대가 일방적으로 말을 퍼붓고 있는 걸까. 남자는 말이 없다. 내 뒤로도 두 명이 더 서서 기다리고 있다. 짜증을 내며 내 뒤에 서 있던 여자가 줄을 이탈해버

린다. 삼 분…… 삼 분이 지났다. 동전이 떨어진다. 이십원 남
았다. 나는 신경질적으로 한쪽 구두로 바닥을 친다. 남자의 귀
에 들리도록. 이상한 냄새가 난다. 남자가 담뱃불로 번호판을
지지고 있다. 뭘 봐, 쌍년아. 담배연기를 내게 훅 뿜으며 돌아선
다. 더러운 인상. 내 뒤에 있던 사람들이 뒷걸음질친다.
　그에게 전화를 건다. 받지 않는다. 그가 집에 있다는 걸 안
다. 내일은 집으로 찾아갈 작정이다. 그가 왜 이러는가. 짐작
할 수 없다.

　재경이를 만났다. 덕수궁에서 만나자고 했다. 싫다고 했다.
집으로 갔다. 레인지에 데운 어묵과 포장김밥을 먹었다. 그애
는 인스턴트 음식에 너무 길들여져 있다. 재경은 아직 생선비
늘도 만지지 못한다고 한다. 그런 애가 소설을 쓰고 있다니.
요리하는 시간이 아까워. 물을 따르며 말했다. 국 없이는 밥을
넘기지 못하는 나와는 너무도 다르다. 다른 것이 어디 그것뿐
인가. 아마도 그런 방식으로는 혼자 오래 살지 못할 것이다.
　이번 계절에 발표한 소설에 대해 이야기했다. 그애는 내가
제 소설을 찾아 읽는 것을 못마땅해한다. 아니 그에 관한 이야
기를 하는 게 싫은 것 같다.
　대체 그 잘난 추체험으로 얼마나 더 버틸 수 있다고 생각하
니?
　그애는 젓가락으로 김밥을 쿡쿡 찌르고만 있다.
　모색이 필요하다고 생각하지 않아? 네 소설은 지나치게 관
념적이야. 도무지 만져지질 않아.
　…….

문장은 껄끄럽고 시시한 번역투 같아.

재경은 대꾸하지 않는다. 그만하라는 의사라는 걸 잘 안다.

언니, 새로 시작했다는 소설 잘 풀리고 있어?

젓가락을 내려놓으며 내게 묻는다. 새로 시작한 소설……
나는 대답하지 못한다. 장사익의 〈하늘 가는 길〉을 두 번쯤
듣다가 일어났다. 재경이가 골목 입구까지 따라나왔다. 잘 가.
그애가 말했다. 또 와,라고 말하지 않았다.

이대 앞에 갔다. 쉬씨에서 정장 한 벌을 샀다. 이십칠만원.
노점 리어카에서 하늘색 스카프 한 장 샀다. 오천원. 거리를
돌아다녔다. 케이에프씨 건널목 앞에서 담배를 피우는 여자애
들을 보았다. 사람들이 힐끔거렸다. 녹색불이 들어오자 길바닥
으로 꽁초를 던졌다. 그리고 길을 건너갔다. 많이 봐도 열여섯
을 넘지 않을 애들이다. 뒷골목 음식점에 가서 해물볶음밥을
시켜먹었다. 재경이라면 이럴 때 햄버거에 콜라를 먹었을 것
이다. 아니면 튀긴 닭조각 따위. 돌아와서 김화영 편역의 『현
대소설론』 중 제1장 스토리와 서술을 읽었다. 여러 페이지에
밑줄을 그었다.

이 기록은 시간순을 따른 건 아니다. 연대기적 서술처럼 지
겨운 것은 없다.

소설을 쓰는 동안 나는 배우가 된다. 소설 속의 주인공이
된다. 그의 모든 상황들을 내 육체에 절여 넣는다. 주인공과
나는 한몸이다. 육화화된다. 그래서 소설을 준비하는 시간, 소

설이 씌어지는 시간, 나는 지독히도 고통스럽다.

생리날짜가 벌써 열흘이나 지났다. 또 임신인가. 그것도 이젠 무감각하다. 자궁은 내 안에 있지만 그것은 내 것이 아니다. 내 육체 중에 가장 낯선 곳. 그는 너무 바쁘다. 나와 길게 통화할 시간도 없을 만큼. 나는 마치 콜걸 같다. 사랑한다고 말해본 적이 없다. 우리 둘 다. 그런데도 헤어지지 않는 이유? 궁금하지 않다. 사랑이 치욕이 되는 나이가 있다.
어쩐 일인지 재경에게 전화가 왔다.
언니 내일 별일 없지? 영화 보러 갈래?
무슨 영환데?
프랑스 영화야. 모니카 벨루치 나오는.
싫다고 했다. 프랑스 영화는 딱 질색이다. 감각과 이미지만 현란한. 재경의 소설은 불란서 영화를 연상시킨다. 그애는 불란서 소설을 좋아한다. 전화를 끊고 나서 재경의 소설이 실린 잡지를 찾아 읽었다. 재경은 모른다. 단문의 정갈함을. 그애의 문장은 수사가 너무 많다. 게다가 부사와 형용사의 남발이라니. 생래적으로 나한테 맞지 않는다. 그런데도 재경의 소설은 읽힌다.

누구였더라도 그 노트를 읽지 않을 수는 없었을 것이다. 나는 마치 오래된 앨범을 넘기는 심정으로 그녀의 노트를 펼치기 시작했다. 그 노트를 왜 내게 남겼는지 따위는 이미 궁금해하지 않기로 하였다. 그것 또한 나한테는 불가항력적인 이끌림이었다. 그리고 무엇보다 나는 무서웠다. 내가 그 노트를 읽지 않고 태워버린다 해도 어떤 식으로든 그녀는 내 앞에 나타날 거라는 두려움 때문에. 어쩌면 그녀는 아주 죽은 게 아닐지도 몰랐다.

사월의 마지막 날. 그녀가 죽은 지 구일째. 내 전화 속에는 이런 목소리가 남겨져 있었다.

"권재경 선생님. 안녕하세요, '열린문학' 기획실의 김석환입니다. 부재중이신가요?…… 이번 여름에 저희 출판사에서 젊은 작가들 중심으로 '죽음 혹은 자살'이라는 테마로 소설집을 계획하고 있습니다. 죽음이나 자살에 관련된 사건이나 경험담 등을 제재로 한 단편소설을 부탁드립니다. 선생님의 귀중한 글을 얻고자 하오니 바쁘시더라도 꼭 집필해주시면 고맙겠습니다. 그럼 또 연락드리겠습니다."

……!

한번 물꼬가 터져버린 내 일상은 어디론가 계속 흘러들어가고 있는 게 분명했다. 두 팔을 허우적거리고 목청껏 구원의 소리를 높여도 아무도 나를 돌아보지 않을 것이다. 그렇다면 아예 긴장을 풀어야 하지 않을까. 어떤 방어를 해도 소용없을 테니까. 도리 없이 나는 아예 신발을 벗어놓고 파랑이 일고 있는 물 한가운데로 천천히 걸어들어간다. 아무것도 거스르지 않겠디. 히여 나를 보다 멀리, 너에게서 멀리 떨어진 곳으로 옮겨놓아주기를. 응답기가 돌아가는 전화기 옆에서 나는 그렇게 중얼거리고 있었다.

사이렌 소리에 잠에서 깨어났다. 새벽 두시. 저 소리가 들려올 때마다 나는 습관적으로 귀를 틀어막는다. 내 인생에 대한 어떤 경종 같다. 불길한 소리다. 저 소리만 없다면 무인고도 같은 섬일 텐데. 방을 옮겨야겠다. 그런데 또 어디로? 방을 옮길 적마다 누군가 내 등을 떠미는 것 같은 느낌이다. 열여섯번째 방. 이곳에서 얼마나 더 버틸 수 있을까. 재경에게 전화를 걸었다. 통화중이다. 수화기를 내려놓고 작업을 하고 있나보다. 너무 많이 쓰고 있는 건 아닐까. 상관없는 일이다.

욕실로 들어가 담배를 피웠다. 창틀에 쥐며느리 한 마리가 몸을 동그랗게 말고 있었다. 담뱃불로 꼭 눌렀다. 쥐며느리가 발버둥쳤다. 더 세게 눌렀다. 누린내가 났다. 담배를 창틀 너머로 던져버렸다. 욕지기가 솟구쳤다. 불자동차가 지나갔다.

격포바다가 보이는 횟집. 어둠이 바다를 삼키고 있다. 풍경이 보이지 않는다. 식사를 하고 있는데 갑자기 깜깜해졌다. 정전이 되었다고 한다. 식당 안에 있는 사람들이 수런거렸다. 식당 앞으로 자동차 한 대가 다가왔다. 헤드라이트가 켜졌다. 한줄기 날카로운 빛이 쏘아졌다. 실내가 조금 환해지기는 했다. 자주 정전이 된다고 한다. 내일 아침까지 전기가 들어오지 않을 거란다. 주인인 듯한 사내가 상 위에 촛불을 올려놔주었다. 촛불 앞에서 그와 저녁식사를 들었다. 소주 한 병을 마셨다. 그가 계산하러 자리에서 일어났다. 불 끈 초를 집어 재빨리 옷앞섶에 감췄다. 다른 음식점 앞에도 헤드라이트를 켠 자동차들이 한 대씩 서 있었다. 그렇기는 해도 온 사위가 완벽에 가깝도록 어두웠다. 도시에서는 이런 어둠을 본 적이 없다.

식당에 들어오기 전에 재경에게 전화를 걸었다. 채석강을 보고 내소사까지 갈 거라고 했다.

또 혼자야?

그럼.

쓸쓸하지?

……아니.

괜히 밤에 바닷가에 나가고 그러지 마. 언제 올라올 건데?

내일.

그럼 집으로 와. 우동 끓여줄게.

전화를 끊었다.

장님처럼 길을 더듬어 여관에 들어왔다. 촛불을 켰다. 그와
섹스를 했다. 한 번도 눈을 감지 않았다. 적당한 어둠이었다.
섹스는 마치 소설을 쓰는 시간과도 같다. 약간의 희열과 고통.

싱싱한 송이버섯 같아.

딱딱한 그의 성기를 붙잡고 이렇게 말했다. 그가 웃었다. 귓
속에서 불꽃이 일려는 순간, 방안이 환해졌다. 불이 들어온 것
이다. 몸이 굳어버렸다. 누가 먼저랄 것도 없었다. 그와 나는
서둘러 등을 돌렸다.

잔고가 바닥나고 있다. 이제 남아 있는 것은 방보증금뿐이
다. 직장을 버린 지 벌써 오 년째. 나는 어떤 일도 할 수 없을
것만 같다. 아무도 나를 채용하려 들지 않을 것이다. 직장을
다닐 생각은 있나. 지긋지긋한 오퍼레이터. 내일 화곡동에 들
러봐야겠다. 또 돈을 꾸어달라면 둘째언니는 어떤 표정을 지
을까. 할 수 없다.

일월 일일. 주요 일간지마다 신춘문예 당선발표가 있었다.
아침 일찍 일어났다. 세수도 하지 않고 지하철 구내까지 다녀
왔다. 눈이 쌓여 있었다. 목이 시렸다. 세 장의 일간지를 사왔

다. 권재경의 「풀밭 위의 식사」. 나는 아연실색해지고 말았다. 재경의 소설이 당선되었다니. 믿기지 않았다. 동명이인인가 싶었다. 사진과 약력을 살펴보았다. 권재경, 내가 아는 그 재경이었다. 신문을 밀쳐버렸다. 담배 한 대를 피웠다. 욕실 창틀이 얼어붙어 있었다.

재경의 당선작을 읽었다. 치매환자가 있는 한 가정의 몰락을 그리고 있다. 처음 읽는 소설은 아니다. 습작했던 중편을 단편으로 개작한 것이다. 소설실습론 시간에 읽은 기억이 있다. 내가 알기로 그건 재경이 쓴 여섯번째 소설이다. 겨우…… 당선소감도 읽었다. 시가 자신을 외면해 소설을 쓰게 되었노라고. 가당찮은 소리다. 응모를 했다고 하길래 당연히 시부문인 줄로만 알았다. 2학년이 되면서 시보다 소설을 더 많이 쓰는 것 같긴 했다. 하지만 여전히 시에 대한 미련을 버리지 못한 것 같아 보였었다. 나는 시를 쓰는 재경이 좋았다. 이제 그애는 소설을 쓴다. 그런데 재경은 왜 내게 미리 말하지 않은 걸까. 그애의 마음이 헤아려지지 않는 건 아니다. 재경에게 전화하지 않았다. 아마도 당분간 나는 재경을 만나지 않을 것이다.

넷째언니네 아파트 안에 분리수거용 쓰레기통이 있었다. 코트 주머니를 뒤졌다. 재경의 소설이 실린 신문지를 쓰레기통 안에 처넣었다. 언니네 집에서 떡국을 먹었다. 나는 이제 서른세 살이 된다. 지독한 나이다.

남대문시장에 갔다. 시장골목을 돌아다녔다. 팔천원짜리 속옷을 샀다. 까만색 슈미즈 한 장. 먹자골목 안으로 들어갔다. 다섯번째 집을 선택했다. 잡채를 주문했다. 음식이 나왔다. 반쯤 먹었다. 그리고 주인여자를 불렀다. 멀뚱거리며 여자가 다가왔다.

무슨 잡채가 이래요?

왜 그러세요 손님?

식사를 하고 있던 사람들의 시선이 쏟아졌다.

맨 당근하고 오이밖에 안 들어갔잖아요.

네에, 지금 시금치가 떨어져서 오이를 넣은 건데.

이런 걸 잡채라고 팔아요? 시금치랑 고기 넣어서 다시 해주세요.

……야, 나가 나가. 너 같은 년한텐 안 팔고 말아.

주인여자가 내 팔을 잡아당겼다.

장사를 하려면 제대로 해야 할 거 아냐!

못 이기는 척 가방을 들고 나왔다. 물론 밥값은 지불하지 않았다. 공복도 면했다. 이런 수법이 언제까지 통할까.

거리를 돌아다녔다. 탑골공원 앞에서 트럼펫 부는 노인을 보았다. ELS 앞에 쭈그리고 앉아 아이스크림을 먹었다. 마냥 걸어다녔다. 종아리가 퉁퉁 부어올랐다. 낯선 여자가 내 팔을 잡아당겼다. 도(道)를 아십니까,라고 여자가 말했다. 맵차게 손을 뿌리쳤다. 종로2가쯤이었나. 팬시용품점에 들어갔다. 열두 자루가 든 펜 한 통과 다섯 권의 노트를 샀다. 집에 돌아와서 그동안 버리지 못했던 습작품들을 모두 태웠다. 그리고 나니 왠지 육체와 정신이 가벼워지는 것을 느낀다. 이제 나는 다시 시작할 수 있을 것 같다. 콧노래를 흥얼거렸다. 이런 내가 낯설다. 싫지 않다.

그가 집으로 오겠다고 하는 걸 거절했다. 광주약국 앞에서 만났다. 여관에 갔다. 안경을 벗겼다. 그의 입에서 달짝지근한 초고추장 냄새가 났다. 차비가 없다고 했다. 지갑을 열었다. 천원짜리만 빼고 모두 그에게 주어버렸다. 저녁도 먹지 않고 헤어졌다. 그는 지금 새 곡을 작곡하고 있는 중이라고 했다. 그는 가끔 제가 작곡한 노래를 허밍으로 들려준다. 그럴 때 그의 목소리는 음유시인 같다. 이 곡만 완성되면 판을 제작할 수 있다고 한다.

소설은 잘 쓰고 있어요?

양말을 신다가 그가 물었다. 어떤 내용인지도 궁금해했다. 적당히 둘러댔다. 신물이 난다.

나는 그만 노트를 덮고 말았다. 머리카락이 온통 뇌 속으로 파고든 것처럼 모든 것이 뒤엉키고 정신마저 아뜩해져갔다. 사람들은 대체 몇 가지의 가면을 품고 살아가는 것일까. 그녀의 노트를 쏘아보며 허망하기 짝이 없는 질문을 자신에게 내던지고 있었다.

소설을 쓸 때 나는 대체로 인간이 지닌 내면의 다양성에 대한 문제를 염두에 두곤 하였다. 그리고 좋은 소설이란 인간의 드러나지 않는 이해를 잘 그린 거라고 믿고 있었다. 한번은 어떤 술자리에서 누군가 나에게 이렇게 이야기한 걸 귀담아들은 적이 있다. 권재경씨 인물들은 어째 모두들 싸가지가 없는 거 같아, 라고. 싸가지. 그 적나라한 표현이 마음에 들었다. 공연히 기분이 유쾌해지기도 했다. 나는 나름대로 완강한 현실 속에서 본능을 억눌리고 위악성을 감춘 채 살아가는 소시민들의 모습을 소설로 형상화시키는 데 주력하고 있었기 때문이었다.

그런 내가 완희언니의 노트 앞에서는 기습적으로 무릎을 접질린 사람처럼 바닥으로 나동그라져버리고 말았다. 노트 속의 여자는 그 동안 내가 알고 지내왔던 서완희라는 인물이 아니었다. 아니, 바로 그녀다. 그녀는 다만 내 앞에서 제가 가진 또다른 가면을 쓰고 있었을 뿐이다. 나는 단지 가면 뒤에 있는 그녀의 맨얼굴을 보지 못한 사람들 중 하나일 것이다. 그녀에 대해 더이상 놀라지 않기로 했다.

그녀의 노트 속의 남자. 박성주. 나는 그 이름을 기억하고 있다.

작년 가을, 한 남자의 전화를 받게 되었다. 늘상 응답기를 틀어놓고 있던 내가 어떻게 그 전화를 직접 받게 되었는지는 알 수 없다. 아무튼 나는 그 전화를 받았고 남자는 정중히 자신의 이름부터 밝혔다. 남자의 목소리는 아직도 선명하게 떠올릴 수 있다. 그녀의 표현대로 음유시인 같은 몹시도 낮고 부드러운 음색이었다. 내 소설을 읽었다고 했다. 가끔 낯모르는 사람들로부터 그런 전화가 걸려오기는 했다. 아, 네에 그러세요…… 말꼬리를 흐리며 전화받은 것을 후회하고 있었다. 그런데,

제 노래를 도둑맞았습니다.

남자가 말했다. 나는 귀를 바짝 곧추세웠다.

……무슨 말예요?

얼마 전에 완성한 곡이 있습니다 아직 제목도 붙이지 못한 곡인데…… 글쎄 그 노래가 거리에서 흘러나오고 있는 게 아닙니까. 이게 어떻게 된 일인지 모르겠어요.

그럼 표절당하셨단 말씀이세요?

저도 아직 영문을 모르겠습니다. 누구에게 보여준 적도 없었

는데, 세상에 어떻게 이런 일이……

남자는 나를 만나고 싶다고 했다. 나는 망설이지 않고 그와 약속을 했다. 소설을 구상중이었으나 며칠째 단 한 줄의 메모도 할 수 없었던 무기력감에 빠져 있던 날들이었다. 남자를 만나지 않을 이유가 없었다.

사당역에서 삼번 출구로 나오세요. 나오자마자 '공간'이라는 레스토랑이 있을 겁니다.

약속 장소를 정한 남자는 서둘러 전화를 끊었다.

그날 저녁에 완희언니가 집에 들렀다. 스카프나 구두까지 구색을 맞춰 입은 차림이었다. 별다른 약속이 없더라도 그녀의 차림새는 늘 그런 스타일이었다. 보이시하면서도 우아한. 어울리지 않는 게 있다면 몇 권의 책과 노트가 들었을 크고 무거워 보이는 가방뿐이었다. 그녀는 청바지를 혐오했다. 저녁을 먹고 상을 치우다가 나는 그녀에게 노래를 도둑맞았다는 남자 이야기를 했다. 내일 만나기로 했다는 사실도. 그녀는 휴지를 꺼내 립스틱이 지워지지 않도록 조심하며 입가를 닦고 있었다. 그리고는 뭔가 곰곰이 생각하는 눈치더니 가방에서 에비앙 화장수 스프레이를 꺼내 얼굴에 칙칙 뿌렸다. 사지식물 같은 인상과는 달리 그녀는 건조한 것을 못 견뎌했다. 화장수를 가방에 집어넣고는 곧장 내게로 눈을 던졌다. 그녀의 피부가 촉촉해 보였다. 그리고 대뜸 이렇게 말했다.

나도 같이 나가면 안 될까.

'공간'으로 올라가는 계단에서 그녀는 내 팔꿈치를 잡아당겼다.

왜 언니?

나도 작가라고 말해줄래.

작곡가라고 자신을 소개한 남자는 거리에서 흔히 마주칠 수 있는 밋밋한 인상이었다. 목소리만 듣고 상상했던 것과는 다른 생김새였다. 그날 세 사람이 나눈 대화는 뚜렷이 기억나지 않지만 노래를 만들고 있다는 남자는 주로 음반 프로듀서의 역할이나 홍보과정 같은 것들을 화제로 이야기했다. 천편일률적인 댄스음악이 판치는 현실이 한국 대중가요의 발전을 가로막고 있다고도 했다. 나는 마치 어설픈 대중문화론 강의를 듣고 있는 성싶었다.

작곡뿐만 아니라 프로듀서까지 겸하고 있으신가보네요?

그의 이야기를 가로막으며 내가 물었다. 그는 아니라고 말했다. 각자 한 병씩 맥주를 비웠을 때도 그는 잃어버린 노래에 대해서는 말문을 열지 않았다. 만난 지 한 시간쯤 지났을 무렵, 나는 더 기다리지 못하고 그가 잃어버렸다는 노래에 관해 물어보았다. 손끝으로 병마개를 툭 치며 그는 고개를 떨구었다. 그의 태도는 아무것도 묻지 말아달라는 무언의 표현 같았다. 아니면 대답할 의사가 없다는 듯이 보이기도 했다. 그는 자신이 작곡한 노래를 잃어버린 적이 없는지도 모르고 어쩌면 꿈속에서의 일이었는지도 알 수 없었다. 한 번 더 물어보지도 않고 나는 내 식내로 단정해버리고 말았다. 전화 한 통화에 만나겠다는 결심을 한 내가 경솔했다는 후회가 들었지만 그렇다고 이내 자리를 뜨지도 못했다. 화제를 돌리는 작곡가의 낯빛을 바라보며 일어설 적당한 기회를 기다리는 시간은 지루했다. 노래를 잃어버렸다는 작곡가에 대한 호기심으로 함께 만나기를 자청했던 완희언니도 정작 그 문제에 대해서는 별다른 말을 하지 않았다.

그 만남 이후 완희언니가 지속적으로 작곡가를 만나고 있는

지는 전혀 눈치채지 못했다. 그녀는 내게 아무 말도 하지 않았다. 그녀가 내게 숨긴 것은 비단 그것뿐만이 아닐 터이지만.

그녀의 죽음 이후 내가 어둠을 두려워하게 된 것은 당연한 일인지도 몰랐다. 그 당연함을 인정하고 받아들이는 것은 마음먹은 것처럼 쉽지 않았다. 불을 끄고 잠을 자는 것은 이제 거의 불가능한 일처럼 여겨졌다. 나는 하루 종일 누군가 내 등뒤에 서 있다는 느낌을 떨쳐버릴 수 없었다. 그것은 혼자 방에 있는 시간 외에도 혼잡한 시내의 영화관 안에 있을 때나 여러 사람들과 만신창이가 되도록 술을 마시고 있을 때, 심지어는 변기 위에 앉아 있을 때도 마찬가지였다. 여태도 완희언니는 나를 따라다니고 있는 게 분명했다. 이불 밑으로 발을 뻗고 자면 누군가 슬며시 내 발목을 잡아당기며 몸을 끌어올리는 것만 같았다. 스윽, 발목에 감겨오는 그 생생한 감각을 언어로 표현할 수 있다면. 그러나 아마도 그런 것들은 언어로 표현될 수 있는 게 아닐지도 모른다. 발치에서 내 이름을 부르는 것 같은 환청은 헤아릴 수 없이 빈번히 일어났다. 혼겁(魂怯)하는 날이 연일 지속되었다. 나는 마치 향습성을 잃어버린 식물처럼 내 뿌리를 어디로 뻗어야 할지 가늠하지 못한 채 점점 더 곤혹스러워지고 있었다.

하지만 그녀는 섣불리 나를 불러 세우거나 말을 건네오지는 않았다. 다행한 일인가. 아니, 나는 차츰 차라리 그녀가 내 앞에 전신을 드러내놓기를 바라는 심정이 되었다. 무슨 말인가 해야 하지 않을까 싶었다. 그런데 아직 우리에게 남은 이야기가 있을까.

물이 담긴 컵을 들고 방으로 들어오던 참이었다. 채 스무 걸음도 안 되는 짧은 거리. 나는 허공을 잡아채며 바닥으로 쓰러져버리고 말았다. 예의 그 보이지 않는 집요한 손가락들이 발목을 움켜쥐었던 것이다. 정신이 묘연해지고 있었다. 아랫입술을 깨물며 신음소리를 내지 않으려 애를 썼다. 산산조각나 흩어져버린 유리조각들이 얼음처럼 빛나고 있는 것이 눈에 들어왔다. 바닥에 배를 댄 자세 그대로 뒤를 돌아다보았다. 발에 걸릴 만한 것은 아무것도 없었다. 나는 고의적인 악력(握力)에 의해 쓰러지고 말았다는 생각을 떨쳐버리기 힘들었다. 머리를 흔들어보았다. 어떠한 기습적인 상황을 맞닥뜨려도 정신을 놓아서는 안 되었다. 그녀를 피하겠다는 어리석음도 없었다. 설령 야밤을 틈타 어디론가 도주해버려도 부질없다는 것쯤은 잘 알고 있었다. 차라리 눈에 보이는 것이라면…… 눈에 보이지 않는 것과의 싸움은 상상한 것보다 힘겨운 일이었다.

낚싯줄처럼 투명하고 단단한, 그 동안 간신히 부여쥐고 있었던 끈 하나가 툭 끊어지는 소리가 들려왔다. 그 소리가 들리는 것과 동시에 나는 상체를 일으키고 조각난 유리조각들을 허공으로 집어던지기 시작했다.

언니, 대체 왜 이러는 거야 나한테!

악을 썼다. 그녀가 아직 이 방을 떠나지 않고 나를 주시하고 있다는 게 분명했기 때문이다. 내 목소리를 놓치지 않을 것이다. 눈에 칼을 세우고 나는 끊임없이 악을 쓰고 소리치면서 유리조각을 던졌다. 손바닥에서 검은 피가 흘러내리고 있다는 것도 알아차리지 못하고서. 내 외침에 그녀는 아무런 대꾸도 없었다. 나는 곧 입을 다물었나…… 아무 일도 없었던 것처럼 일어나서 불을 더 환히 밝히고 유리조각들을 쓸어 담았다. 아직도 피가 흐르고 있는 손을 씻으며 거울을 들여다보았다. 움푹 팬 두 눈

은 실핏줄이 터져 있었다. 마치 눈 안으로 피가 튀어들어간 것
만 같았다. 거울을 똑바로 바라보았다. 그리고 이렇게 읊조렸다.
　그래, 정말 아무 일도 없었던 거야.
　그날 새벽녘, 나는 책상 앞에 앉았다. 그녀의 죽음 이후 단 한
줄의 문장도 만들지 못했었다. 하다 못해 짧은 일기 같은 것도.
탁상용 달력을 들여다보았다. 달력은 사월에서 멈춰져 있었다.
나는 아직도 사월에서 머물고 있었던 셈이었다. 오래 간직했던
사진을 찢어버리는 심정으로 달력을 넘겼다. 오월 칠일. 어느덧
잊지 못할 그날들로부터 보름이 흘러 있었다. 스물아홉 살의 사
월. 나는 그것을 내 인생에서 영원히 지워버리고 싶었다. 그러나
그러기에는 어떤 의식 같은 게 필요할지도 몰랐다.
　전원을 올렸다. 커서가 깜박깜박거리고 있었다. 그 움직임은
나에게 어떤 문장이든 풀어내라고 종용하는 안타까운 손짓과도
같아 보였다. 그 손짓에 눈을 부릅뜨고 있다가 이윽고 나는 이
렇게 써나가기 시작했다.

　'오후 네시, 나는 누렇고 딱딱한 종이에 쌓인 소포를 들고 현
관 앞에 우뚝 서 있었다.
　뒤를 돌아다본 것은 돌연 등허리께가 시린 느낌 때문이었다.
골목 첫번째 집 담장 너머로 후드득 흰 꽃잎이 떨어지는 것이
보였다. 손을 뻗으면 낚아챌 수 있을 것같이 꽃잎 떨어지는 소
리가 바로 내 귓가에서 들리는 것만 같았다. 골목 안은 지나치
게 적연스러웠는데도 말이다. 다만 열광하는 흰 빛이 가득 쏟아
지고 있었다…….'
　거기까지 쓰고 나서 나는 호흡을 멈추고 말았다. 예전에 줄줄

외우고 있던 프레베르의 시나 김광석의 노랫말처럼 익숙한 것들을 풀어내는 듯 빠르게 움직이던 손가락이 차갑게 굳어버리고 말았다. 머릿속으로는 아직 쓰여지지 못한 다음 단락의 문장들이 맴돌고 있었다. '그녀'의 유서를 받게 되는 정황을 그릴 터였다.

유서…… 그녀의 유서를 받기 이틀 전, 완희언니는 나를 찾아왔다. 추측컨대 아마도 그날은 나에게 소포를 보낼 결정을 한 이후였거나 자신의 죽음을 이틀 앞두고 있던 때였을 것이다. 아니면 그날 돌아가서 유서를 썼거나. 지금 생각해보면 차라리 그녀가 나를 찾아온 바로 그날 내 집에서 목을 매지 않은 것이 다행이라면 다행한 일이었다. 그날 밤 늦은 시간에 돌아가려는 그녀에게 나는 이렇게 말했던 것이다.

언니, 자고 가지 그래.

그날 저녁 우리는 다정한 자매처럼 함께 저녁식사를 하고 그녀가 설거지하는 동안 나는 차를 끓였다. 봄기운을 이기지 못하고 내내 울증에 젖어 있는 서른다섯의 그녀가 안쓰럽게 느껴지기도 했다. 냉장고에서 맥주를 꺼냈지만 싫다고 했다. 함께 학교를 다녔고 그 이후에도 가족이나 어떤 친구들보다 자주 만나기는 했지만 그녀가 한 번도 술에 취해 흐트러진 모습을 본 적이 없다. 그녀의 성격 탓이었다. 그러고 보면 우리는 전혀 다른 사람들이었다. 어느 한 군데도 닮은 구석이 없었다. 그런데도 지난 사 년 동안 가까운 곁붙이처럼 늘 함께 어울렸던 이유는 무엇이었을까. 문학을 한다는 것, 그 삶을 꿈꾸었다는 바로 그것 때문에?……

그녀는 내 서랍장을 열고 삼옷바지를 찾아 하의를 갈아입었다. 바지에 주름이 생길까봐서였다. 막 끓인 인스턴트 커피를 앞에 놓고 그녀와 나는 상 앞에 앉았다.

"요즘은 왠지 너랑 함께 학교 다녔던 생각이 나더라. 벌써 이 년이 지났지……."

검지손가락으로 상 모서리께를 문지르며 그녀가 말했다.

"왜, 그때가 좋았던 것 같아?"

"글쎄 뭐 그렇지는 않은데…… 너 생각나니? 수업 끝나면 우리 둘이 팔백원짜리 커피 한 잔씩 시켜놓고 그 집 영업 끝날 때까지 너가 쓴 시나 내가 쓴 소설 읽고 평해주고 그랬던 거."

추억을 더듬는 사람의 눈빛은 그럴까. 찻잔을 집어드는 그녀의 눈빛은 검게 풀어져 아주 먼 곳으로 천천히 걸어가고 있는 성싶었다.

"그래, 그랬었지. 내가 그때 언니한테 했던 말 기억해? 독설가라고 말이야. 담당과목 교수님보다 더 그랬잖아. 내 습작품 갖고 언니가 그럴 땐 정말 가슴이 다 오그라드는 것만 같았다니까."

"그랬었니…… 나는 네가 쓴 시를 읽는 게 참 좋았었는데."

"그래? 몰랐어. 그런 말 안 했었잖아, 언니."

"내가 너한테 안 한 말이 그것뿐이겠니."

"그런데 오늘 언니 되게 이상하네, 왜 안 하던 말 하고 그래? 지난 일 꺼내가면서 말야."

잡티 하나 없이 미농지 같이 깨끗한 그녀의 얼굴을 쳐다보며 그렇게 말은 했지만 조금도 이상하다는 생각은 하지 않았다. 만약 그때 여느 날과 다른 느낌을 받았더라면 그녀를 돌려보내지는 않았을 텐데. 그런다고 뭐가 달라졌을까…… 그때 나는 풀기가 빠져 보이고 조금은 침울한 듯한 그녀와 마주하고 있는 게 모처럼 편안하다고 느꼈을 뿐이다. 그것은 그녀도 마찬가지였던 것 같다. 어느 장소에서든 늘 허리를 꼿꼿이 세우고 자세를 흐트리지 않던 그녀가 상 밑으로 다리를 길게 뻗고 있었으니까.
스타킹에 감싸인 그녀의 발가락이 내 무릎 언저리에서 움직거리
고 있었다.

"요즘은 책을 읽어도 여엉 머리에 들어오질 않아. 너무 나이
가 들어버렸나봐."

"내 참, 그게 나이랑 무슨 상관야. 그리고 내가 보기에 언닌
책을 너무 많이 읽는 것 같더라. 학교 다닐 때도 그랬지만."

그랬었다. 그녀는 동기들 사이에서 '걸어다니는 도서관'이라
는 별명을 얻기까지 했었다. 여러 권을 읽기보다 한 권을 몇 차
례씩 되풀이 읽는 나와는 달랐다. 직장생활을 하던 스물한두 살
적부터 점심시간을 아껴가며 화장실에서 책을 읽곤 했었다고 들
었다. 한동안 그녀는 무념의 상태에 빠져 있는 듯했다. 어둠이
그녀와 나 사이를 에워들고 있었다.

"지금 쓰고 있는 건 무슨 이야기야? 언니."

"그런 얘기 하지 말자, 재미없어."

"……."

"애, 나 벌써 서른다섯 살이다."

그녀는 자조하듯 꽤 시니컬한 음성으로 말했다. 나는 그녀의
잘 정돈된 손톱을 바라보며 별다른 뜻 없이 고개를 끄덕이고 있
었다.

"나는 스물아홉이야 언니."

"너 벌써 그렇게 됐니?"

"그러엄. 근네 이상하지 언니, 나는 내 나이를 부정하고 싶지
가 않아."

"……인정하는 것도 쉽진 않을 거야…… 너 그럼 나 처음 만

났을 때가 스물여섯 살?"

"그래 맞아. 그러고 보니 우리 관계도 꽤 오래 지속된 거네. 난 사실 언니 처음 만났을 때 말야, 그때 지하철역 안에서. 언니가 참 싫더라. 언니랑 단짝이 될 줄은 꿈에도 몰랐어. 그리고 이렇게 오래 만나게 될 줄은 더더군다나."

"스물여섯 살이 되도록 뭘 할 건지 결정하지도 않고 학교에 입학한 네가 그땐 한심해 보였었어. 그렇게 허술해도 되는 나이가 아니었잖니."

"어쩌면 내심 언니의 그런 질책이 두려웠는지도 몰라."

"그때랑 지금, 우리 뭐가 달라진 걸까."

"……."

"나는 시를 쓰는 네가 좋았어."

그녀의 목소리가 갑자기 튀어올랐다. 느닷없는 기습이었다. 바닥에 몸을 눕히고 한쪽 팔로 머리를 괴고 있던 나는 스르르 일어나 자세를 고쳐앉았다. 그녀의 목소리가 나를 힐난하는 듯 들려왔기 때문이었다. 그녀는 어느새 눈까지 치올려뜨고 있었다.

"그런데……?"

"……."

그렇게 묻지 말았어야 했다. 그런데도 나는 형형히 눈동자를 빛내고 있던 그녀에게 곧장 그렇게 묻고 말았다. 내 어투가 지나치게 도전적인 탓이었는지 그녀는 더 말을 잇지 않았다. 그러나 그녀가 무슨 의미로 내게 그런 말을 했는지는 충분히 헤아릴 수 있었다. 눈초리를 내려뜨리며 그녀가 다리를 모아 무릎을 끌어안았다. 나는 좀더 허리를 세우고 앉았다. 공기마저 순식간에 무거워지는 것만 같았다. 모든 것이 어색해지고 있었다.

"너무 늦었네."

그녀가 자리에서 일어났다. 곧 가겠다는 말을 하겠구나, 짐작하고 있던 참이었다. 우리의 대화는 항상 이런 식으로 끝나고는 했다. 내가 소설을 쓰기 시작한 이후부터…… 그녀가 침대에 펼쳐놓았던 바지를 들고 화장실로 들어갔다. 그녀를 이렇게 보내면 안 될 것 같았다. 그녀가 정말 내게 하고 싶은 이야기, 내가 미처 그녀에게 할 수 없었던 이야기들을 모두 풀어내버리고 싶었다. 그런 마음은 진작부터 품어오고 있었지만 선뜻 내키지 않았다. 우리에게 시간이 전혀 없었던 것도 아닌데. 그녀가 화장실로 걸어들어가는 것을 보며 나는 오늘 밤 그녀와 아주 긴 이야기를 해야겠다는 작정을 했다. 일방적인 나의 독백이라고 해도 좋았다. 우리는 서로를 이해하지 못한 채 거품 같은 만남을 지속해온 것이다, 지난 사 년 간이나. 누구도 먼저 이야기하지는 않았지만 그렇다는 것을 우리는 잘 알고 있었다. 나는 보다 그녀를 이해하고 싶었고 이해받고 싶었다. 우리가 영영 절연할 수 있는 관계가 아니라면. 옷을 갈아입고 나온 그녀에게 말했다.

"언니, 자고 가지 그래."

사이렌 소리에 잠을 깼다. 열한시 사십분. 초저녁부터 잠들었었나. 퍽 곤한 잠을 잔 것 같다. 이제는 무감각한 저 소리. 치를 떨게 했던 저 소리와도 곧 헤어질 것이다 오후에 집주인이 찾아왔다. 용건은 간단했다. 방세를 올려달라고 했다. 오백만원. 그러겠다고 대꾸했다. 물론 어쩌자는 작정도 없이. 통장에 얼마가 남아 있더라. 방법은 두 가지가 있다. 넷째언니의 집으로 들어가는 것, 하나는 좀더 높은 곳으로 이사하는 것.

다락처럼 어둡고 좁은 방으로. 선택해야 한다.

한 시간이나 그를 기다렸다. 커피를 마시고 또 콜라를 주문
했다. 목안이 칼칼했다. 얼음을 씹어 먹었다. 며칠째 전화를
받지 않았다. 집으로 찾아갔지만 문은 잠겨 있었다. 어렵게 한
약속이다. 그는 나타나지 않는다. 마지막 얼음을 다 씹어 먹었
다. 그만 돌아가려고 했다. 그때 그가 나타났다. 통유리로 나
는 그가 걸어오는 것을 지켜보고 있었다. 그런데 그는 맞은편
찻집으로 들어가버렸다. 내가 약속장소를 착각한 것일까. 자리
에서 일어서려고 했다. 카운터에서 내 이름을 부르는 소리가
들렸다. 전화가 왔다고 했다. 건너편 찻집으로 들어간 그가 탁
자 위에 놓인 수화기를 붙들고 있는 게 보였다. 내 앞에 놓인
전화를 들었다.
나야. 늦어서 미안해요.
곧장 그의 음성이 흘러나왔다. 나는 왜 그곳으로 간 것인지
묻지 않았다. 다만 다시 목안이 따끔해지는 것을 느끼고 있을
따름이었다.
할말이 있어요.
……?
무슨 말을 하려는가. 길 하나를 사이에 두고 그는 나를 바
라보고 있다. 나 역시 수화기를 든 손에 힘을 주면서 그를 똑
바로 바라본다. 가까이서 눈을 들여다볼 수 없는 게 유감이다.
무슨 말을 하려고 그는 지금 저기에 앉아 있나. 헤어지자는
말? 당황하지 않는다. 그럴 일이 아니니까.
나는 지금까지, 한 곡도 작곡한 곡이 없어요.

그가 말했다. 내 반응을 기다리고 있는 눈치다. 통유리 밖의 그는 고개를 수그리고 있다.

……누구든 타인에게는 전혀 이해받을 수 없는 자신만의 다른 생(生)의 한 자락씩은 있는 법이다. 나는 길을 뛰어넘어 그에게 달려가고 싶다. 그런데 느닷없이 웃음이 터져나왔다. 참을 수가 없었다. 수화기를 붙들고 카페가 떠나가도록 웃기 시작했다. 저 건너에서 그가 당황하는 게 한눈에 보인다.

왜, 왜 그래요?

그의 목청이 높아졌다. 일방적으로 전화를 끊어버렸다. 그에게 어떤 말도 하지 않았다. 단 한마디의 말도. 자꾸만 웃음이 나왔다. 미친 여자처럼 나는 깔깔거렸다. 사람들이 수군덕거렸다. 개의치 않았다. 그는 모를 것이다. 내 웃음의 의미를 …… 맞은편 찻집에서 몸을 웅크리고 앉아 있는 그의 모습이 마치 나를 보는 것만 같다. 지금 나는 혹시 거울을 보고 있는 건 아닐까.

재경에게 다녀왔다. 열흘 동안 틀어박혀 있었다고 했다. 뺨이 더 패어 있었다. 그 동안 무얼 했는지는 말하지 않았다. 나도 묻지 않았다. 이제 나와 상관없는 일이다. 싱크대 위에는 우동과 라면, 참치, 햄 같은 인스턴트 식품이 널려져 있었다. 김밥이라도 사올까, 하는 걸 말렸다. 냉장고를 뒤져 시든 양파와 감자를 넣고 국을 끓였다. 된장이 없어서 대신 고추장을 넣었다. 밥도 새로 지었다. 시간이 아깝지도 않아? 밥을 짓고 국을 끓이는 내 옆에서 팔짱을 지른 채 재경이 중얼거렸다. 우리의 마지막 식사였다.

저녁을 먹고 오랜만에 꽤 긴 이야기를 나누었다. 그러나 우리의 거리는 한 걸음도 좁혀지지 않았다. 그렇다는 것을 그애도 알고 있겠지. 하지만 시간이 별로 없다. 아마도 오늘 이후 그애를 만나는 일은 다시 없을 것이다. 훗날 그애가 오늘을 기억해도 특별한 기미를 알아채지 못하도록 노력했다. 그애가 덜 고통스럽도록. 가방을 집어드는데 등뒤에서 재경의 목소리가 들렸다. 언니, 자고 가지 그래…… 걸음이 헛놓이는 걸 느꼈다. 집에 돌아와서 전화번호 수첩을 찢어버렸다. 또 잊어버린 건 없나.

이제 이 글도 거의 끝나가고 있다. '이제'라는 부사를 무려 세 번이나 썼다. 수정해야겠다.

아무래도 자료를 좀 찾아야 할 듯 싶었다. 서초동 국립중앙 도서관에 갔다. 지난 시사주간지나 과학잡지들을 뒤져보았다. 삼천 년 안팎을 주기로 찾아온다는 헤일-밥혜성에 관한 자료들.『과학동아』일월호면 그런 대로 충분하겠다. 삼십 분이나 줄을 서서 기다린 끝에야 겨우 복사할 수 있었다. 비로소 소설을 시작할 수 있을 것 같다. 오랜만에 유쾌해졌다.

시간이 남아 계간지와 월간지들을 훑어보았다. 재경의 소설을 발견했다. 발표한다는 말을 듣지 못했는데. 언제부터인가 재경은 나에게 그런 말을 하지 않았다. 이상한 일은 아니다. 제목,「몽유(夢遊)」. 그 소설의 마지막 문장은 이랬다. '삼천여 년이 지나 헤일-밥혜성이 다시 태양계를 찾았을 때 지구는, 그리고 당신은 어떤 모습일까'.

복사한 자료들을 찢어버리고 말았다.

누에는 자기 몸의 이천 배나 되는 실을 품고 있다고 한다.

그 꼬물거리는 작은 것이.

　자꾸만 체중이 내려가기 시작한다. 사십사 킬로그램까지 떨어졌다. 무엇보다 책상 앞에 오래 앉아 있는 것이 힘들어졌다. 불거진 등뼈가 의자등받이에 받혀 아프다. 어깨며 관절이 쑤시기도 한다. 두어 시간 연속으로 책을 읽는 것도 안경을 쓰고 스탠드를 밝히지 않으면 어렵다. 내 몸에서 차츰 썩는 냄새가 나는 듯싶기도 하다. 좁고 높다란 방이 검은 항아리처럼 느껴진다. 너무 민감해져 있나. 약국에 가서 종합비타민제 한 통을 사왔다. 요즘 나는 하루 한 알씩 종합비타민을 복용하고 있다. 식사량도 늘리고 있는 중이다. 하지만 체중은 불어날 기미가 없다. 어쩐지 이 모든 것이 나이 탓만 같다.

　누가 그랬던가. 소설은 몸과 상상력의 휴가라고. 소설에 관한 이론서를 읽다가 문득 그 문장이 떠올랐다.
　미셸 빅토르의 『새로운 소설을 찾아서』를 읽다가 이 부분에 밑줄을 그었다. '문체란 단어들이 문장 안에서 선택되는 방식일 뿐만 아니라 문장들이 서로 이어지는 방식이며, 문단들과 에피소드들이 서로 이어지는 방식이다.'
　재경에게 전화를 걸었다. 방금 밑줄 그은 부분을 읽어주었다. 별로 귀담아듣는 눈치가 아니었다 그렇대? 하더니 난 지금 비디오 보고 있는데, 했다. 나는 인사도 없이 전화를 끊어버렸다. 어쩌면 이 부분, '소설이 시적일 수 있고 시적이어야 하는 것은 단지 몇 문단에서만이 아니라 그 전체에서이다'라는 대목을 읽어주었더라면 솔깃해했을 것이다. 그애를 안다.

전화를 끊고 나자 괜히 짜증이 솟구쳤다. 새벽까지 아무것도 할 수 없었다. 시계만 들여다보고 있는 중이다.

어머니의 칠순잔치가 있는 날이었다. 얼마 전부터 계속 언니들로부터 전화가 걸려왔다. 벌써 일주일째 전화를 안 받고 있다. 수감중인 큰오빠도 올 거라 했다. 형제들은 모두 장흥으로 떠났겠다. 나만 제외하고. 며칠 후에 넷째언니가 들이닥칠지 모른다. 잔소리를 늘어놓겠지. 지긋지긋한 가족들. 아예 집을 비워둘까. 재경은 가족이기주의적인 분위기를 견딜 수 없었다고 했다. 맏딸인데도 불구하고 집을 나왔다. 졸업한 그 이듬해에. 그애가 집을 떠난 이유는 나와는 아주 다르다.
나에게 가족은 없다.
사월 이십이일. 지금까지 나는 단 한 편의 소설도 쓴 적이 없다. 단 한 편의 소설도…… 내가 완성한 글이 있다면 그건 유일하게 이 노트뿐일 것이다. 누군가에게 꼭 누설하고 싶은 비밀이었다.

사월 이십삼일. 모든 준비를 끝냈다. 새벽 두시쯤 재경에게 전화를 걸었다. 우리가 지상에서 나눈 마지막 대화는 이랬다.
잠이 안 와…… 저 사이렌 소리 때매 증말 미치겠어.
방을 옮기든가 커피를 좀 줄이지 그래.
……이상해.
뭐가?
잠이 안 오는 게 아니라 잠들기 싫은 거 같아. 못 깨어날까봐.
왜, 언니 잘 안 써져?

……

내일은 좀 나아지겠지.

완희언니의 노트는 거기서 끝나 있었다. 내일은 좀 나아지겠지…… 그날 전화를 끊고 나서 나는 그녀의 심상찮은 목소리에 마음을 쓰다가 이 닭을 생각도 하지 못한 채 잠이 들어버렸다. 하지만 잠에서 깨어난 후에는 언제나처럼 그녀를 잊어버렸었다. 불과 이십 일 전에.

그녀와 내가 마지막 만남을 가졌던 그 시간처럼 어둠이 나를 에워들고 있었다. 불을 밝혀야겠다는 생각도 들지 않았다. 한바탕 꿈이라도 꾼 것이라면. 한 편의 길고 긴 소설을 읽고 난 기분이었다. 마지막 장을 덮고 나면 주인공의 이름조차 기억나지 않는. 어쩌면 지금까지 내가 읽었던 그녀의 노트는 정말 한 편의 소설일지도 모른다. 완벽한 허구의. 그럴지도 모른다. 그렇다면 그녀의 짧은 유서나 죽음은……? 몸을 움직일 수가 없었다. 나는 의자에 쪼그리고 앉아 시간이 흐르는 소리에 귀를 열어두고 있었다. 보다 더 짙고 무거운 어둠이 몰려들었다. 덮어두었던 노트를 다시 펼쳤다. 반 넘게 남은 노트 뒷장을 후르륵 넘겨보았으나 아무런 글자도 없었다. 꿈이라도 돌이켜보는 양 한 장 한 장 천천히 넘겨보았다. 어떤 글자도 남아 있지 않았다.

관 뚜껑을 덮는 심정으로 그만 노트를 덮어버리고 말았다. 그런데도 도무지 이 글이 끝났다는 생각이 들지 않았다. 설명하기 힘들지만 남은 무엇인가 꼭 있을 것만 같았다. 그리고 이제는 그녀의 죽음조차 믿을 수 없었다. 그녀의 삶이 그랬던 것처럼 현실과 허구를 구별할 수가 없었다. 그녀의 죽음 이후 가장 두려워지는 순간이었다. 마침표도 없는 그 노트 앞에서 내가 무엇을 할 수 있었겠는가.

한시가 지나는 것을 묵묵히 바라보다가 의자를 밀치고 일어섰다. 내가 무엇을 해야 할지 차츰 깨달아지는 순간이었다. 더이상 망설이지 않겠다…… 나는 수화기를 들었다. 이제는 깊숙이 각인되어버린 전화번호를 눌렀다. 그녀의 노트를 읽을 때처럼 긴 시간을 두고. 손가락 끝이 파르르 떨리고 있었다. 신호음이 오래오래 울렸다. 한 번 더 전화번호를 힘주어 눌렀다. 손가락 끝에 숫자가 묻어나올 것만 같았다. 이번에도 받는 사람은 없었다. 대체 지금 내가 무엇을 하고 있는 건가. 수화기를 부여쥐고 스스로에게 묻고 있었다. 한데도 어처구니없다거나 정신을 놓아버리고 있다는 생각은 들지 않았다.

정녕 꿈이었을까. 오랫동안 수화기를 들고 있다가 내려놓으려는 순간, 저켠에서 누군가 전화를 들었다. 불시에 오래 전에 죽은 사람을 맞닥뜨린 것처럼 머릿속이 아뜩해졌다. 흩어지는 정신을 애써 끌어잡으며 숨을 몰아쉬었다.

여보세요 여보세요…… 언니, 언니 맞지? 대답해봐, 대답해보라구!

추궁을 하듯 내 목소리는 집요하고 단호했다.

다 알고 있어. 너, 너, 아직 거기 있는 거지?

나는 내가 무어라 중얼거리고 있는지도 모르면서 저켠에 대고 은밀히 속삭거렸다. 그러나 내 목소리는 귀에 들려오지 않았다. 어쩌면 나는 아무 말도 하지 않았는지 모른다. 수화기 저편에서는 기척이 느껴지지 않았다. 미세한 숨소리조차 없었다. 혼기가 빠져나간 빈 몸뚱어리처럼 힘없이 비틀거리다가 이윽고 수화기를 내려놓고 말았다. 얼굴에서 열기가 올라오고 있었다. 꿈이었나. 손바닥을 뺨에 대보았다. 눈물이 흘러내리고 있었다. 그녀의 죽음 이후 처음 흘리는 눈물이었다.

그녀와 완전히 헤어지기 위한 의식이 필요했다면 이것이야말로 진정한 의식일 터이다. 성냥을 그으며 나는 이렇게 웅얼거리고 있었다. 진전도 없이 며칠째 끌어안고 있던 소설과 그녀의 노트에 불을 당겼다. 내 손은 조금도 머뭇거리지 않았다. 양은냄비 속에서 불길이 솟구쳐올랐다. 미완성인 내 몇 장의 소설과 그녀의 노트가 파닥거리며 몸을 뒤챘다. 불티가 튀었다. 나는 몇 발자국 더 뒤로 물러서 욕실벽에 등을 기댔다. 검은색 옷을 차려입은 나는 비석처럼 우뚝 서서 불길이 사위어가는 것을 오래도록 바라보고 있었다.

더듬거리며 날짜를 헤아리다가 나는 창틀에서 비켜 섰다. 미처 깨닫지 못한 사이에 여러 날들이 지나 있었다. 여태도 봄이라는 게 믿기지 않을 지경이었다. 수화기를 들고 잠깐 망설이지 않을 수 없었다. 너무 늦게 연락을 하는 건 아닐까 하는 자책과 그럼에도 꼭 하지 않으면 안 될 말들을 떠올려야 했기 때문이었다. 그리고 곧 '열린문학'으로 전화를 걸었다. 나는 전화를 받은 사람에게 이렇게 말했다.

죄송합니다만 이번에 청탁받은 소설은 쓸 수가 없겠어요, 예…… 아니, 테마와 상관없이, 네에…… 마감일요? 아니 아녜요, 연기해주셔도 어렵겠네요, 정말 죄송합니다.

희디흰 꽃가루가 천지를 뒤덮고 있던 오월 어느 아침이었다.

(『꿈꾸는 죽음』, 문학동네)

환절기

1

그 여자를 만난 것은 지난해 겨울, 버스 안에서였다. 나는 그
때 142번 버스를 기다리고 있었다. 버스는 쉽게 오지 않았고 나
는 주머니 속에서 동전을 만지작거리며 버스요금이 얼마쯤 하는
지 몰라 난처해하고 있었다. 너도 잘 알다시피 나는 거의 외출
을 하지 않는다. 어쩔 수 없이 일 때문에, 또는 급히 외출해야
할 때 나는 주로 전철과 좌석버스를 이용하거나 가까운 거리는
택시를 타곤 한다. 심한 멀미 때문이기도 하지만 어쩐지 그 먼
지 많고 난폭한 버스를 견뎌낼 수가 없다. 정거장에 서 있는 사
람들 중 하나에게 실례지만 지금 버스요금이 얼마나 되느냐고, 물

278

을 수도 있었다. 그러나 그런 내 물음에 상대방은 틀림없이 당황해할 것이며 그리고 어쩌면 나를 미친 사람쯤으로 취급할지도 모를 일이었다. 택시를 잡으려고 보도에서 한 발 내려섰을 때 142번 버스가 신호에 걸려 서 있는 게 눈에 들어왔다. 나는 오백원짜리 동전 하나를 요금통에 떨어뜨렸다. 지난 겨울, 그때 좌석버스 요금은 오백오십원이었고 택시 기본요금은 천원이었다.

버스는 어두컴컴했고 달리는 버스 속에서 여느 때처럼 나는 중심을 잡지 못하고 비틀거리기 시작했다. 그 저녁, 내가 왜 외출을 했는지는 분명하게 기억할 수 없다. 기억의 색깔은 가히 기만적이기까지 해서 더이상 그 시간 속을 더듬고 싶지 않다. 내가 기억에 대해 다소 엄격하다는 것은 이미 너도 잘 알고 있는 사실일 것이다. 뒤를 돌아볼 수 없이 앞만 내다보며 삶을 꾸리기에도 벅찬 사람들이 있다. 무엇 때문인지 나는 숨이 턱까지 차오른 그런 사람들 중 하나였다.

어디선지 뭔가 심하게 썩어가는 냄새가 났다. 택시를 탈 걸 잘못했구나. 역시 버스는…… 버스 창문을 조금 열어야겠다고 생각했다. 쉽게 오지 않은 버스는 창문조차 제대로 열리지 않았고 엄지와 검지에 힘을 주다가 그만 앞에 앉아 있는 남자의 이마를 세게 치고 말았다. 남자의 완강한 옆모습을 보면서 창문 여는 것을 포기하지 않을 수 없었다. 흡사 어창(魚艙)이 썩고 있는 것 같은 그 냄새는 점점 구체적으로 다가왔다. 이대로 집까지 가다가는 또 아무 곳에나 토해버리고 말 것 같아 버스에서 내려야겠다고 생각했다. 냄새는 유난히 후각이 민감한 나만 감지하는 게 아니었나보았다. 사람들이 하나 둘씩 투덜거리며 코를 감싸쥐기 시작했다. 나는 하 하아 하, 입으로만 숨을 내쉬면서 고개를 둘러보았다.

그때 나는 버스 뒷자리에 서 있었는데 고개를 휘둘러보다가 출입구에서 두번째 좌석에 앉아 있는 그 여자를 발견했다. 냄새는 바로 그 여자의 것이었다. 왜 미친 여자들은 대체로 머리에 꽃을 꽂고들 있는지. 그 여자 한쪽 귀 옆에 꽂힌 붉고 큰 꽃머리핀이 아니었더라도 어쩌면 모두들 그 여자가 정신이 나간 여자라는 걸 쉽게 알아차려 코만 감싸쥐고 있었는지도 모르겠다. 어둠 속에서도 그 여자 왼쪽 손에 들린 모나미 검정 볼펜이 눈에 들어왔다. 나는 그 여자의 온몸이 썩어가는 듯한 냄새 때문에 내장이 꽉꽉 조이는 위경련 바로 직전의 통증 비슷한 것을 느끼고 있었다. 그러나 호기심이란 절대로 잠드는 법이 없다. 아마 그 모나미 검정 볼펜만 아니었어도 나는 여자 곁에 다가가지 않았을 것이다. 그 여자 앞뒤 좌석은 모두 비어 있었다. 톡, 그 여자가 검정 볼펜 뒤꼭지를 톡, 눌렀다 튕겼다 했다. 톡, 톡, 톡. 나는 그 여자 앞에 서서 손잡이를 잡았다. 여자의 오른손에는 악보가 그려진 노트가 들려 있었다. 좀더 여자 앞으로 다가섰다. 하아 하아아 하. 입으로만 숨쉬던 것을 멈추고 콧구멍을 크게 열었다 닫았다 하기 시작했다. 이미 냄새쯤은 아무렇지 않은 듯 느껴졌던 때문이었다. 앉은 자리가 불편해서일까 아니면 버릇이었을까. 여자는 자리에서 계속 몸을 뭉그적대면서 흥얼흥얼 콧노래를 불렀다. 내가 조금 더 다가가지 않았더라면 그 콧노래 소리는 들을 수 없었을 것이다.

언젠가 네가 호기심 때문에, 너의 작품을 위해서 미친 여자를 따라다니면서 치러냈던 곤혹들이 떠올랐다. 그러나 나는 너와는 달리 창작을 하는 사람도 아니었으며 또 그것을 단순한 호기심이었다고 말하고 싶지도 않다. 어쩐지 그 여자의 모습은 전생의 내 것이었을 듯한, 과학적이며 논리적으로는 도저히 설명될 수 없는 그런 불가해한 느낌에 휩싸였던 것이다. 그래도 만약 네가 왜, 왜, 왜, 묻는다면 나는 더이상 할말이 없을 것이다. 입을 꽉 다물 것이다.

여자에게도 대머리가 있다는 것을 그날 처음 알았다. 그 여자의 허연 정수리가 눈에 들어왔다. 아니 어쩌면 그 여자는 대머리가 아닐지도 모른다. 누구에겐가 쥐어뜯겼거나 아니면 제 손으로 그렇게 뽑아버렸을지도 모를 일이었다. 듬성듬성한 머리칼을 뒤로 잡아매고 한쪽 귀 옆에 붉은 꽃핀을 찌른 여자. 콧노래를 하다, 여자는 가끔 왼손으로 악보에 뭔가 그려넣기도 했으며 새무룩한 표정으로 미간을 모으기도 했다. 나는 악보를 좀더 자세히 들여다보고 싶었으나 그것은 쉽지 않았다. 오선이 그려진 노트에 검정색으로 휘갈겨진 음표들만 희미하게 보였을 뿐.

버스 운전기사가 담배를 피워 물었다. 버스가 서울대 정문을 지날 무렵이었을 것이다. 그 여자와 내 눈이 부딪쳤다. 여자가 탁, 소리나게 노트를 덮으며 오른쪽 버스 창문으로 고개를 돌렸다. 그때 검은 버스 창유리에서 여자와 나의 시선이 맞부딪쳤다. 흰자위가 유난히 도드라져 보이는 눈. 꼬리가 긴 눈. 나는 나도 모르게 버스 손잡이를 쥔 손을 힘주어 부르쥐었다. 이 여자가 내리는 곳까지 따라가리라. 형형히 빛나는 흰자위를 보면서 나는 그렇게 생각했다. 어쩌면 나는 그날 밤 그 여자를 줄곧 따라다닐 수도 있었을 것이다. 그러나 나는 그 여자를 따라갈 수 없었음은 물론이고 집앞 정거장에 도착하기도 전에 버스에서 내리지 않으면 안 되었다. 그 여자 무릎 위로, 미처 손으로 막을 새도 없이 내가 구토를, 참았던 멀미를 시작했던 것이다. 그 여자의 무릎. 악보가 그려진 노트 위로 저녁에 먹은 라면 가락들이, 진득진득한 멀건 국물들이 쏟아졌다. 단 일 초의 여유만 있었더라도 나는 절대 그 여자의 무릎 위에 그런 실수는 하지 않았을 것이다. 정말 재수가 없군 그래. 오늘 이거 완전히 버슬 잘못 골라탔네, 에잇 더러워. 사람들이 웅성거리기 시작했다. 아니 이거 봐요 아가씨. 멀미할 거면 세워달라고 하던가 빨리 내릴 것이지 춧, 정말 젊은 것들이란. 미안해요 이럴려고 그런 게 아닌데 나는…… 아, 정말 미안하게 됐어요. 여자에게로 향한 내 목소리가 밖으로 나가지 않고 머릿속으로 들어와 웅웅거렸다.

무릎을 내려다보던 여자가 번쩍 고개를 들었다. 여자의 얼굴에는 칼처럼 날서 희번덕거리는 흰자밖에 보이지 않았다. 귀기(鬼氣)가 서린 눈. 내 공책 내 공책 내 공책 이, 이년 니가 내 공책을, 아악! 내 공책 내놔 이년아……! 붉은 꽃핀을 찌른 여자. 모나미 검정 볼펜을 든 여자. 악보가 그려진 노트를 갖고 있던 그 미친 여자가 벌떡 일어나 내 뺨을 후려치기 시작했다. 붉은 꽃핀이, 모나미 검정 볼펜이, 노트가 바닥으로 떨어지고 라면 가락들이 내 가슴팍으로 튀어올랐다. 한 손으로 입을 막고 한 손으로 버스 천장에 달린 손잡이를 잡고 나는 덜컹거리는 버스 안에서 사납게 휘둘리기 시작했다. 참을 수 없는 극도의 두려움으로 머릿속이 온통 새하얘지고 있었다. 어느 한순간, 살점이 뭉텅 뜯겨나가는 듯 지독한 통증이 왔다. 여자의 양쪽 손에 뽑혀나온 머리카락들이 시꺼멓게 엉겨붙어 있었다. 그 여자의 두 눈이 염염하게 타오르고 있었다.

2

경서와 한 집에서, 그것도 한 방에서 살아야 한다는 결정이 내려진 건 그 여자를 만나고 온 그날 밤이었다. 경서와 함께 살게 된 것과 그 미친 여자와의 만남은 전혀 별개의 문제였고 우연한 일이었지만 나는 막연히 그것이 나만 모르면서 은밀히 진행되고 있는 내 삶의 어떤 거대한 음모라고 생각했다. 견딜 수 있을 때까지 어디 한번 견뎌보지 그래, 너 지금부터…… 삶으혀 빼물고 내게 이렇게 조롱하는 듯했다. 그 다음날부터 내 의사와는 전혀 상관없이 순식간에 일이 진척되기 시작했다. 봄에 헐고 새로 짓는다는 계획으로 땅만 보고 계약한 집으로 이사를 했다. 좁은 방, 좁은 마루, 넓은 마당. 넓어야 할 곳은 좁았고 없어도 좋을 곳은 터무니없이 넓은 참 이상하고 오래된 집이었다. 방은 하나였다…… 옛날 집이라 난방은 연탄을 사용해야 했고 지하 연탄광은 동굴처럼 깊고 어두웠다. 지하로 내려가는 계단은 한눈에도 몹시 위험해 보였다.

봄에 새로 집을 지어도 이문을 남겨 곧 팔아버리고 우리는 다시 다른 곳으로 옮겨가야 할 것이다. 우리 꼭 이렇게 살아야 돼요? 봄까지만이다, 경서랑 잘 지내라. 어머니는 그렇게 말하고 아버지가 아파트공사를 마무리하고 있는 지방의 소도시로 짐 싸들고 내려가버렸다. 그분들은 차라리 잘된 일이라 생각한지도 몰랐다. 한 집에, 그것도 한 방에 살면 지들이 말 안 하고 견딜까.

이것들아 차라리 죽어라 죽어. 경서와 나, 둘이 방구석으로 몰려 먼지털이와 빗자루가 부러질 때까지 맞고 있다. 경서도 나도 피하지 않는다. 이러구두 니들이 피를 나눈 자매들이냐 응? 이것들아 엄마가 먼저 죽어야겠냐. 내가 죽는 꼴이 그렇게 보고 싶은 거냐. 경서가 발딱 일어서서 탁탁 앞섶을 털며 나가버렸다. 나는 부러진 먼지털이와 빗자루를 들고 천천히 안방을 나왔다. 독한 년들. 이를 악문 엄마가 낮게 중얼거렸다. 나는 방문을 닫았다.

몸을 기댈 수 있는 한 조각의 벽을 가진 사람들은 그래도 운이 좋은 거라고…… 너는 그런 말로 나를 위로하려 들었다. 스물다섯 해를 살아오면서 단 한 번도 네 방, 너만의 방을 가져본 적이 없는 너는. 그러나 그런 말은 이미 내게 위로가 될 수 없었다. 스물다섯, 지금까지 나는 누구와도 한 방을 써본 시절이 없다. 몸을 기댈 수는 없어도 나누어진 혼자만의 공간이 필요했다. 잠 따위는 서서 자도 상관없을 듯했다. 누구도 쉽게 들어오지 못하는……, 경서가 들어올 수 없는 그런 공간이 절실하게 필요했다. 그곳이 설령 길바닥이라도 나는 마다하지 않았을 거라 생각했다.

경서와 내가 한 방에 살게 된 것은 그애나 내 인생에서 어쩌면 가장 불행한 시간이 될 것이다. 경서와 내가 어쩌다 이렇게까지 되어버렸는지…… 아아, 이제는 나도 모르겠다. 우리가 벌써 이 년째 말을 하지 않고 같은 집에서 살게 된 이유도 지금은 어렴풋하다. 어렴풋하긴 하지만 이제와서 우리의 관계를 회복할 수 있는 기미는 전혀 보이지 않는다. 우리에게 남아 있는 것은 단지 소리 없는 적의뿐이다.

동어반복이긴 하지만 나는 기억의 그 기만적인 색깔을 믿지 않는다. 그 이유를 다시 떠올리는 건 기만적인 그 빛깔 속으로 빠져들어가야 한다는 것을 의미한다. 그러나 다시 떠오르는 시간은 결코 같은 시간들이 아니라는 것을 우리는 너무나 잘 알고 있다. 부모님의 기대처럼 나도 그애와 한 방을 쓰게 되면 혹시 관계가 회복되지 않을까, 잠시 생각해보기도 했다. 그러나…… 그러나, 그 동안 우리는 그 숱한 기회들을 모두 외면하고 살아왔다. 우리가 잊어버린 건 애정이 아니라 화해하는 방법 같은 것이었는지도 몰랐다. 앞으로도 그럴 것이다. 경서와 내가 한 방을 쓰게 된 것은 그애나 내 인생에서 가장 불행한 시간이 될 거라고 이미 말해버렸다. 어쩌면 예감이란 스스로를 마취시키는 주문 같은 것인지도 모른다. 실은, 나는 그 주문을 외우고 싶지 않았다. 가까이 있는 한 인간을 완벽하게 증오하는 것에 나는 소금 지쳐 있었던 것 같기도 하다. 그러나 그런 예감은 그애의 이마나 내 이마에 부적처럼 너무 선명하게 그려져 있었다. 그애의 이마를 훔쳐보지 않았더라면 나는 약간의 기대를 가질 수도 있었을 것이다. 우리는 서로의 이마를 마주치지 않으려고 애써 외면했다. 부질없는 짓이었다.

그 동안 쓰고 있던, 이제는 놓아둘 곳도 없는 가구들을 지하 연탄광 속이나 옥상에 천막을 치고 놓아두고 경서와 나, 최소한의 짐만 마루와 그 방으로 옮겨놓던 날. 나는 거의 이 년 만에 처음으로 경서에게 말을 걸었다. 아니 그것은 말을 걸었다기보다 그저 나 혼자 중얼거린 말에 가까웠을 것이다. 나는 너랑…… 이렇게 한 방을 쓴다면 아마 미쳐버리거나 곧 죽고 싶어질 거야. 옷걸이를 정리하던 경서가 빙그르 내쪽으로 몸을 돌렸다. 그래? 그럼, 너, 하고 싶은 대로 해. 방바닥에는 정리되지 않은 그애와 내 옷가지들이 소도록하게 쌓여 있었다. 그애의 이마가 찢어져 피가 흐르고 내 이마가 터져 피가 솟구친다. 오래된 책들이, 벽에 걸린 옷들이, 구석에 쌓인 이불들이 피로 물든다. 작은방 하나가 금방 피로 젖으며 흘러넘치는……, 환영을 보며 나는 이를 악다물고 소리 없는 비명을 내질렀다. 그리고 다시는 뜨지 않을 것처럼 두 눈을 꾹 감아버렸다.

그렇게 우리는 한 방에서의 생활을 시작했다.

3

'샤뻴르의 포도밭을 지나면 오래된 성벽이 나타납니다. 그 성벽에서 왼쪽으로 모퉁이를 돌면 아주 허름한 집 한 채가 나타나는데 그곳이 바로, 이제는 귀머거리가 돼버린 씨프리엥 할아버지가 사는 곳입니다. 씨프리엥 할아버지는 지금 열두 마리의 양들을 기르고 있는데 할아버지가 젊었을 때는 몇백 몇천 마리의 양들을 길렀던 시절도 있었다고 합니다. 할아버지의 부인 이아셍뜨 할머니는 팔 년 전에 돌아가셨습니다. 동네 어른들은 이아셍뜨 할머니가 돌아가신 이후 씨프리엥 할아버지가 부쩍 늙어버리셨다고 말합니다. 쉬샹브르 마을의 꼬마아이들에게 귀머거리 씨프리엥 할아버지는 아주 놀림감이 되기 쉬운 상대입니다. 그러나 학교 가기 싫은 날 집에서 나와 어른들 눈에 띄지 않고 숨어 있을 곳은 씨프리엥 할아버지 집밖엔 없습니다. 그런 날이면 할아버지는 아이들을 내쫓지 않고 장작 숯불연기를 쐰 훈제구이를 해주시거나 절인 햄을 주시기도 합니다. 어느 동틀 녘, 쉬샹브르 마을에 한 낯선 사내아이가 나타났습니다……'

사내아이 이름은 앙슬렘이다. 앙슬렘은 씨프리엥 할아버지와 함께 살게 되나 나중에 동네 꼬마아이들의 장난으로 뽈랑따드 다리 위에서 떨어져 두 다리를 잃게 될 것이다. 앙슬렘과 동네 꼬마아이들 사이에 사랑이 싹트고 헤어지기까지는 아직 더 많은 시간이 지나야 한다. 어쨌든 쉬샹브르 마을에 앙슬렘이 나타난 시간은……, 새벽 네시 삼십분. 나는 사전과 원서를 덮고 책상을 정리했다. 지난번 편지에 썼는지도 모르겠다. 나는 요즘 남프랑스 아비뇽 태생의 작가 모리스 뒤르봉의 동화『아이들의 마을』을 번역중이다. 아마도 이 동화는 모 여대 불문과 교수의 이름으로 출간될 것이다. 그런 것쯤이야 내 삶에 아무런 영향도 주지 못한다. 어차피 나는 내 이름으로 된 책 따위는 평생 갖고 싶지 않을 테니까. 그런데, 나는 벌써 이 원고를 두번째 번역하고 있다. 팔십 매 가량 번역해놓은 원고가 어느 날 사라져버렸다. 나는…… 경서가 그 원고를 없애버렸을 거라, 함부로 추측하지 않는다. 그렇게 믿고 싶지 않다. 내가 얼마나 경서를 사랑하는지, 다른 누구보다도 너는 잘 알 것이다.

약 삼백 매 정도의 이 원고도 초봄까지는 넘겨야 한다. 초봄. 봄, 봄…… 봄이 오면 혹 내 삶에 어떤 변화가 있을까. 이 집에서 봄까지만 참아라. 어머니는 단호하게 내뱉고 지방의 소도시로 내려가버렸다. 지금은 모든 것이 봄으로 미루어져 있고 삶은 내게 어떻게든 견뎌보라, 자꾸만 약을 올린다. 경서와 한 방을 쓰게 되면서부터 내 삶의 목표는 놀랍게도 이 계절을 무사히 넘기는 것이 되고 말았다. 이 계절이 지나면 뭐가 달라질까, 좀 행복해질 수 있을까. 그러나 행복이 삶의 선부는 아닐 것이다. 그런 흔한 말이 아니더라도 나는 행복이다 불행이다 하는 추상적인 것에 흥미를 잃은 지 이미 오래다. 구체적으로, 눈에 보이고 만질 수 있는 것이 아니라면 나는 믿고 싶지 않다.

　방문이 있는 벽쪽으로 고부장하게 돌아누워 잠들어 있는 경서의 머리맡에는 검은 비닐봉지가 놓여 있다. 그 비닐봉지 안에는 아마도 저녁식사 대신이었을 빵이며 비스킷 포장들이 들어 있을 것이다. 머리맡에 쓰레기봉지를 두고도 깊게 잠들 수 있는 저 아이의 튼튼한 신경이 나는 놀랍다. 저 쓰레기봉지 곁으로 냄새를 맡은 수백 수천의 개미떼들이 오갈 수 있으며 그 개미떼들이 곁에 있는 우리들의 몸속을, 땀구멍을 파고들어와 혈관을 타고 흐를지도 모른다. 핏속에 죽지 않는 개미떼가 은거(隱居)할지도 모른다. 정말 그럴지도 모른다. 그러나 나는 결코 내 손으로 저것을 치우지는 않을 것이다. 대신, 그 곁에서 잠들 수는 없다.

　연탄을 갈아야 할 시간이다. 방문을 여는데 놀란 바퀴벌레들이 마루로 쫙 흩어지는 것이 보였다. 호로록 이마에 땀이 배는 소리가 들리는 듯하다. 이 낡고 오래된 집엔 경서와 나 이렇게 둘만 사는 게 아니었다. 바퀴벌레와 개미는 천적이라는데 어떻게 이 집엔 바퀴벌레와 개미가 함께 산다. 바퀴벌레는 천장 위에도 밥그릇 속에도 때로는 책갈피 사이에도 있었다. 그리고 또 있다. ……쥐! 바퀴벌레는 내가 저를 놀라게 했다고 생각하겠지만 나는 이미 머리칼부터 발끝까지 후두두 신경이 놀라 일어서 있다. 저것들은 모를 것이다. 현관문을 열고 연탄광으로 걸어가는데 저절로 몸이 웅등그려졌다. 스위치를 올리고 계단을 제겨 디디며 어렵게 걸음을 옮겼다. 연탄불은 아직 우럭우럭 불이 일고 있었다. 집게로 연탄을 들어올리는데 또 허리가 삐걱, 했다. 나는 나의 정신을 믿지 않는다. 정신보다는 차라리 허리의 통증을 더 믿는다고 하면 이해가 될까. 내 정신은 허리에 있다. 낯선

손 하나가 불쑥 들어와 허리뼈 하나를 빼내가는 듯한 통증이 왔
다. 허리가 아프다. 아니, 정신이 아프다. 깊은 숨이……, 한숨이
되어서……, 기침이 돼서……, 쿨럭쿨럭 터져나왔다. 아직도 나
는 연탄 가는 것에 익숙해져 있지 않다.

　넓은 광 한쪽에는 일, 이월 두 달을 나기 위한 검은 연탄들이
쌓여 있고 또 한쪽에는 얼마 전까지만 해도 집 안에 있었던 가
구들이 비닐로 덮여 있다. 구석구석 오래된 거미줄이 길게 늘어
져 있고 먼지가 두꺼워 보였다. 나는 한쪽에 쌓여 있던 신문더
미 중에서 한 부를 꺼냈다. 천구백구십년 시월 이십육일 목요일
동아일보. 벌써 이 년 전 신문이다. 케케한 묵은 냄새가 나는 신
문을 한 장씩 한 장씩 바닥에 펼쳐 깔았다. 다시 한 부를 꺼내
그 위에 덧깔아본다. 슬리퍼를 벗고 나는 천천히 그 위에 드러
눕는다. 밑불이 좋은 연탄은 새벽을 지나 아침까지 활활 잘 피
어오를 것이다. 천장엔 백열등이 하나 달려 있다. 나는 눈을 감
는다. ……시간 속에서 수박 썩는 냄새가 나는 것 같다.

　가위나 다리미, 망치 또는 손톱 등이 얼마나 위험한, 훌륭한
무기가 될 수 있는지…… 너는 모를 것이다.
　아주 오래 전, 술 취한 아버지가 잠든 어머니 목에 가위를 댄
적이 있었다. 술 취한 아버지는 내 기억 속에서 언제나 위험한 존
재였다. 그날도 그런 날 중 하나였을 것이다 어머니의 배에 올라
탄 아버지가 가위를 조금씩 벌리기 시작했다 어머니는 깊이 잠들
어 있었다. 한동안 나는 그것이 어떤 행위인지 잘 이해할 수 없어
문틈으로 한쪽 눈만 내밀고 있었다. 그때까지도 나는 가위란 종이
인형을 오려내거나 머리카락을 자르는 용도 외에는 다른 상상을

할 수 없었던 것이다. 불빛을 받은 가윗날이 슬쩍슬쩍 차갑게 빛났다. 내가 소리를 치는 것과 동시에 어머니가 눈을 떴다. 양 날을 벌린 가위가 어머니의 목을 스치면서 아버지가 어머니 배에서 떨어졌다. 어머니의 목에서 붉은 피가 뚝뚝 흘렀다. 어머니는 나처럼 울거나 고함지르지 않았다…… 그리고 얼마나 시간이 흘렀을까. 방 한구석에 쓰러져 아직도 몸을 버르적거리고 있는 술 취한 아버지에게 다가가 어머니는 양말을 한 짝씩 한 짝씩, 천천히 벗겼다. 그제서야 어머니 눈에서 눈물이 떨어지는 것이 보였다. 저 새끼 사람도 아니야. 나는 속으로 부르짖었다. 그때 내 나이 아홉 살이었다. 어머니의 목에는 끝이 떨어진 브이 자 모양의 흉터가 아직도 남아 있다. 경서와 나, 우리는 사람도 아니다.

경서는 일곱시에 일어나 여덟시에 출근한다. 그애는 대개 열두시쯤 잠이 들고 나는 그애가 잠들기를 기다렸다가 책상에 앉아 작업을 시작한다. 경서가 일어나기 바로 전, 나는 그제서야 책상에서 내려와 어쩔 수 없이 경서 옆에 누워 잠을 청하곤 했다. 이 지상에서 내 한 몸 눕힐 수 있는 곳이 경서의 옆자리밖에 없다는 건 때때로 혹독한 아픔이 아닐 수 없었다. 열한시쯤 느지막이 일어나면 내 머리맡에는 경서가 아침에 머리를 말리면서 떨어뜨린 머리칼들이 소복하게 쌓여 있었다. 방을 닦고 걸레에 한 움큼 묻어나는 그애의 머리카락을 따로 떼내서 나는 매일 마당으로 나간다. 양지바른 마당 한가운데 그 머리카락을 놓고 칙, 성냥을 긋는다.

이 낡고 오래된 집. 봄이면 헐리고 말 집은 우리가 들어오기 전부터 오랫동안 비워져 있었기 때문에 난방도 이 방 하나만 되고 전기 또한 그랬다. 어느 날 아침, 경서가 내 옆에서 다림질을 하고 있었다. 사고였다. 내가 뒤척이면서 베개로 다리미를 쳤나

보았다. 갑자기 경서가 비명을 지르며 방을 뛰쳐나갔다. 세게 튼
수돗물 소리가 이 집을, 방안을 가득 메울 듯 장대비처럼 쏟아
져 들려왔다. 나는 눈뜨지 않았다. 그러나 내 귀는 당나귀 귀만
큼 커져 있었다. 그날 아침 경서는 엉엉 소리내어 울면서 방문
을, 현관문을, 대문을 박차고 출근했다. 나는 잠이 오지 않았다.
결코 일부러 다리미를 쓰러뜨린 것은 아니었다. 결코, 나는……
그날 저녁 경서는 돌아오지 않았다.

　바닥이 몹시 차갑다. 온몸으로 냉기가 전해져왔다. 한쪽에서
폭폭폭 뭔가 무너지는 소리가 났다. 몸을 일으켰다. 겨울을 나기
위해 쌓아둔 검은 연탄 몇 개가 바닥으로 떨어져 부서져 있었
다. 침침한 불빛 속에서 검은 먼지가 폭설처럼 눈앞을 가렸다.
눈앞이 부옜다. 나는 연탄광을 나왔다.

　달 하나가 휘우듬히 하늘을 지나가고 있었다.

4

　혀실(호혈)처럼 어두운 날들이 계속되고 있었다.

　경서가 주말을 이용해 설악산으로 여행을 갔다. 나는 그애가
전화통화하는 것을 엿듣고 그 사실을 알았다. 엿들었다기보다
어쩌면 그애는 내게 잘 들리라고 그렇게 큰 목소리를 냈는지도
모른다. 그 무렵 경서와 나, 우리는 전화통화하는 것으로 서로의
근황이나 변화를 눈치채곤 하였다. 들리는 그 소리마저 싹 무시
해치울 수는 없는 노릇이었다. 너는 나에게, 한 방에 살면서 어
떻게 그렇게 오랫동안 말하지 않고 지낼 수 있느냐고 물어온 적

이 있다. 그것은 네가 상상하는 것보다는 덜 어려운 일이다. 어렵진 않지만 그것은 무척 피곤한 일이다. 피곤을 넘어서면 그것은 고통으로 다가온다. 나는 고통스럽다고 말하지 않는다.

한낮 동안 흐르르하게 풀어져 있던 실핏줄들이 저녁부터 시작해 새벽이 끝날 때까지, 경서가 출근할 때까지 꽉 옥죄어진다. 면도날 같은 신경들이 정신을, 아니 허리를 아프게 한다. 경서가 여행을 떠나기로 한 그 주, 아마 수요일이나 목요일쯤이었을 것이다. 일주일이 넘도록 일이 한 페이지도 진척되고 있지 않았다. 너는 때때로 소설이 잘 써지지 않는다고 내게 푸념을 늘어놓기도 한다. 그럴 때마다 나는 너에게 어떤 위로도 해줄 수가 없었고 너의 그 소설이 잘 안 써지는 괴로움의 깊이 또한 알 수 없었다. 그런데 이제는 조금쯤 너를 이해할 수 있을 것 같기도 하다. 전문서적이나 논문 따위도 아닌데 내 정신이 어디로 도망가버렸는지 도무지 집중이 되질 않았다. 단지, 단지 그것뿐만은 아니다. 자꾸만, 눈이……, 눈이 자꾸만…… 내렸다. 쌓인 눈이 가슴속까지 들어와 푹푹 젖어들고, 봄이 보이지 않았다…… 아마도 그날이 절정이었을 것이다. 게다가 엎친 데 덮친 격으로 그 저녁, 오랜만에 어머니에게 전화가 걸려왔다. 느이들, 아직도 말 안 하냐? 응? ……. 사납게 전화가 끊겼다.

열두시가 넘어 차디찬 마루에 신문지를 깔고 앉아서 나는 소주를 마시기 시작했다. 사과 한 알을 깎아놓고서. 너도 알다시피 내 주량은 소주 두 잔을 넘지 못한다. 술이란 게 그렇더구나. 꼭 옥질러진 마음을 온통 흐무러지게 하면서…… 전신이 녹녹해졌다.

마지막 잔을 비우려는데 잠을 깼는지 경서가 방에서 나왔다. 아니 마루로 걸어들어왔다. 그애의 단단한 종아리가 화장실로 들어가더니 잠시 후에 물 내리는 소리가 들렸다. 오랜 시간 할짝거리던 술을 이번에는 단숨에 꿀꺽 넘겼다. 배꼽이 터지도록 술이 꽉 차 있었다. 몸을 일으키려는데 두 다리가 자꾸만 비트작거렸다. 화장실에서 나오는 경서의 뺨을 찰싹찰싹, 꼭 두 번 후려쳤다. 술 취한 눈으로도 금방 경서의 한쪽 뺨이 부풀어오르는 것이 보였다. 경서가 두 손으로 내 왼쪽 팔을 휘잡더니 이로 왁, 물었다. 아뭇소리도 나지 않았다. 시간이 깨져버린 듯 차디찬 마루가 너무 조용했다. 나는 그대로 자리에 주저앉고 말았다. 경서가 빈 소주병을 발로 차더니 방으로 들어가버렸다. 아니 내가 있는 마루를 나가버렸다. 갑자기 굉장한 공포가 몰려왔다. 이렇게 조용한 것이 이 미칠 듯한 침묵이 나는 너무 두려워졌다. 소주잔을 방문에다 대고 힘껏 던졌다. 소주잔이 부서지면서 챙챙 투명한 소리를 냈다. 후우 후……, 그제서야 나는 깊은 숨을 토해내었다. 왼팔뚝에 경서의 아래 위 이빨자국이 선명하게 나 있었다. 그 중 몇 군데는 깊게 파여 살점이 너덜너덜거리고 있었다. 이, 이런…… 경서, 너, 오…… 나의 개! 까무룩…… 나는 잠이 들었다.

토요일. 경서가 여행을 떠났다. 이제 일요일 저녁까지 나는 완벽하게 혼자일 수 있었다. 무엇을 할까, 무엇을 할까. 그 무렵 번역을 하지 않을 때 내가 책상에 앉아서 열중하고 있던 또다른 작업이 있었다. 그것은 '더이상 참을 수 없는 것들에 대한 리스트'를 작성하는 것이었다. 스물다섯, 내 생애 더이상 참을 수 없는 것에 대한 리스트를 작성하는 것. 그것은 참으로 신이 나는 작업이 아닐 수 없었다. 그 리스트의 첫번째는 물론 네 짐작대로 경서…… 경서와 한 방을 쓰는 것이었다. 차례로, 나는 꼭 백번째까지 그 리스트를 작성할 수 있었다. 그런데 그 리스트 안

에는 좁은 방도, 바퀴벌레도, 쥐나 개미, 검은 연탄도 포함돼 있
질 않았다. 쉰여덟번째도 경서……, 아흔아홉번째도 경서, 그리
고 백번째도 경서, 경서…… 노트에는 오직 경서라는 한 가지
이름뿐이었다.

그 토요일 저녁. 나는 다락 속에 처박혀 있던 작은 트렁크를
끄집어내려 짐을 챙기기 시작했다. 못다 번역한 원서며 사전, 노
트는 맨 나중에 넣기로 하고, 양말 두 켤레, 청바지, 스웨터 한
벌, 속옷, 수건을 넣었다. 트렁크가 무색할 정도로 스물다섯 살
의 내가 싸야 할 짐은 그렇게 많지 않았다. 짐을 다 꾸려놓고 나
는 시장엘 다녀왔다. 호박, 양파, 감자를 썰어넣고 고추장을 풀
어 찌개를 끓이고 참치를 상추에 싸서 밥을 두 공기 먹었다. 그
날 생활비를 기록하는 작은 노트에 나는 이렇게 적어넣었다. 상
추 반 근 사백오십원. 참치 두 개 천육백원. 호박 한 개 삼백오
십원. 깻잎 네 묶음 사백원.

저녁식사를 마치고 아마도 나는 너에게 전화를 걸었을 것이
다. 너는 나의 전화에 퍽 놀라는 눈치를 보이며 그래 요즘은 어
떻게 지내고 있느냐, 근황을 물었다. 내가 소릿기없이 수화기만
들고 있자 너는 다시 조심스럽게, 경서와는……?이라고 물었다.
암투는 이제 곧 끝, 날, 거, 야, 라고 내가 대꾸했다. 이번에는
네가 아뭇소리도 내지 않았다. 수화기 속으로 한없이 무거운 침
묵이 흘렀다.

나는 기적이 있다고 생각하지 않는다. 기적이 일어날 것이라
고도 믿지 않는다. 그렇다는구나, 기적은 기적에도 대비하고 있
는 사람에게만 다가간다고. 나는 애초부터 기적을 믿어오지 않
았기 때문에 기적에 대해 대비할 줄도 모르고 있었다. 내 삶에

경서를 동참시키고 싶지 않다…… 주문만 외우고 있었다. 한참을 그렇게 가만히 있다가 너는, 지금 눈이 내리고 있다고 창틀에 다복다복 눈이 쌓여 있다고 말했다. 너는 지금부터 또 예의 그 우회적인 방법으로 나를 위로하려 들 터였다. 그럴 때마다 나는 네가 참을 수 없이 지겹다. 성난 듯 냉큼 전화를 끊어버렸다. 울증이라고 네가 말했었던가. 아니다, 그렇지 않다. 나는 단지 정신이, 아니아니 허리가 좀 아플 뿐이다. 가끔 누군가의 낯선 손이 불쑥 들어와 내 허리뼈 하나를 훔쳐갈 뿐이다. 정말 그 아픔뿐이다. 그것을 너는 모르고 있었다. 나는 떠날 것이다.

샤뻴르의 포도밭에서 앙슬렘과 동네 아이들이 포도를 던지며 싸우고, 그것을 본 귀머거리 씨프리엥 할아버지가 양털을 깎다 말고 달려오는 데까지 번역을 하고 보니 벌써 다섯시. 일요일 새벽이었다. 나는 떠날 것이다. 손을 씻고 얼굴을 물에 적셨다. 트렁크의 지퍼를 활짝 열어제꼈다. 수건, 속옷, 스웨터, 청바지, 양말을 차례로 꺼내놓았다. 기어이 나는 떠나고 말 것이다. 재재재, 멀리서 겨울새들이 잠 깨는 소리가 들려왔다. 나는 이불 속으로 기어들어갔다. 백 년 동안 참았던 것처럼 깊은 잠이 몰려오기 시작했다.

5

이월 이십팔일 목요일. 백칠십여섯번째 연탄을 갈다.

삼월을 봄이라고들 하는지. 어쨌거나 나는 삼월은 백칠십일곱번째 연탄으로 시작하는 것이다. 새벽에 책상을 내려와 자리에 누울 때면 호르르, 이제 잠 깨어 날기 시작하는 새소리가 보다 투명하게 들리기 시작했다. 호르르 호르르. 나는 그 새소리들이 겨울하늘을 자꾸만 들어올리는 것이라고, 더 높이높이 들어올려 봄을 부르고 있는 것이라고 생각하면서 잠이 들고는 했다. 드디어…… 삼월이다. 어쩌면 겨우내 내 가슴속에 내려 쌓인 눈들이 화르르 순식간에 녹아버릴지도 모를 일이었다. 경서는 여전히 아침 일곱시에 일어나 여덟시에 출근하고 바퀴벌레들은 마침내 밥통 속까지 쳐들어왔다. 경서와 나, 우리는 서로 다른 화분에 심어진 식물들마냥 그렇게 살아가고 있다. 평온하다. 이 미칠 듯한 평온을…… 너는 모를 것이다.

그 집.

그 여자.

그 집, 그 여자를 발견한 건 정말 불우(不虞)가 아닐 수 없었다.

귤 스무 개, 오천원권을 내고 거스름돈을 기다리는데 여섯 개의 새시문 중에서 하나가 열리더니 커다란 화분 하나가 걸어나왔다. 가슴께에 화분을 안고 나온 여자가 문 밖에 화분을 내려놓았다. 다시 여자가 들어갔다. 화분 하나가 또 걸어나왔다. 여자가 화분을 내려놓았다. 여자가 잠깐 시장 쪽으로 돌아서더니 옷소매로 이마를 훔쳤다. 그 여자다! 나는 한눈에 그 여자를 알아보았다. 그 여자가 틀림없었다. 갑자기 복숭아 씨앗이 목구멍에 걸린 것처럼 급작스런 기침이 터져나왔다. 여자의 어룽더룽한 긴 치마가 새시문 안으로 사라졌다. 천원짜리 세 장을 거슬러받고, 이미 그러기로 했던 것처럼 나는 그 여자의 집을 지나 약국으로 들어갔다. 약국 유리문으로 여자가 화분들을 차례대로 내놓는 것이 환히 내다

보였다. 여자가 한 번 사라졌다 나타날 때마다 하나씩 화분이 늘었다. 정사각형 모양의 스치로폼 상자, 주황빛 깨진 바가지, 손잡이가 없는 법랑냄비, 고무로 된 바케츠…… 제대로 된 화분은 하나도 없었다. 그리고 이름을 알 수 없는 그 화분들 중에 꽃을 피우고 있는 것은 단 한 개도 보이지 않았다. 박카스 한 병을 다 마시고 났을 때 그 여자가 스물여섯 개, 마지막 화분을 내려놓았다. 시장을 지나다니면서 나는 이미 여러 차례 그 집앞을 지나쳤었으며 그 초라한 화분들 또한 익숙하게 보아왔던 터였다. 그때마다 새시문은 굳게 닫혀 있었고 아, 그리고 대체로 햇빛이 좋은 그런 날이었을 것이다. 그런데 저 여자가 기르는 화분들이었다니, 저 미친 여자가. 내 뺨을 후려갈겼던 그 여자가. 나는 그 여자가 어떻게 이 집에 살게 됐는지, 이전부터 이곳에 살아왔었는지, 겨울에 본 것처럼 정말 미친 것인지 도무지 알 수 없었다. 여자에 대해서 내가 알고 있는 것이라고는 정말 아무것도 없었다. 약국 유리문을 밀고 나오는데 문득 눈앞으로 여자의 악보가 그려진 노트가 떠올랐다 사라졌다. 더 필요한 식료품들을 사지 못한 채 나는 그 길로 집으로 돌아오고 말았다.

 일주일에 두 번 가던 시장을 산책하듯 매일 오후에 다녔다. 여자에게 말을 걸었던 건 매일 그 집앞을 지나다니기 시작한 지 일주일쯤 지나서였을 것이다. 그날 여자는 줄줄이 늘어선 화분들 옆에 쭈그리고 앉아 고개를 젖힌 채 햇살 속에 온몸을 풀어놓고 있었다. 땟국물이 벗겨진 여자의 얼굴은 몹시 해끔해 보였디. 지이…… 여자기 눈을 떴다. 혹시 이 화분들 파실 건가요? 여자의 눈이 허둥거렸다. 팔 생각이 있다면 하나…… 하나 사고 싶은데요, 라고 말할 참이었다. 여자가 일어서더니 순식간에 새시문 안으로 사라져버렸다. 새시문이 덜덜 흔들릴 만큼 문소리가 요란했다. 입을 꼭 오므리며 나는 문밖에서 오랫동안 움직이지 않고 서 있었다. 그 뒤로 얼마동안 햇빛이 좋은 날에도 여자는 화분들을 내놓지 않았다. 새시문은 굳게 닫혀 있었다. 때로는 주먹만한 자물통이 걸려 있기도 했다. 부엌 한쪽에서는 오래된 귤이나 사과 따위들이 쌓여 썩어가고 있었다. 그 여자가 다시 화분들을 내놓을 때까지 나는 꼭 열네 병의 박카스를 마셔야 했다.

나는 기다렸다. 무엇을 기다리는지도 모르는 채 나는 마냥 기다리며 오후의 산책을 멈추지 않고 있었다. 겨울이 점점 엷어지고 멀리서 봄의 기미가 엿보이기 시작했다. 내가 기다리는 것은 결코 봄 따위는 아니었다. 그렇다면 내가 그토록 기를 쓰며 기다리던 것은 정작 무엇이었을까. 그 무렵 나는 가끔씩 불에 달군 부젓가락에 동공을 찔리는 꿈에서 버르적거리며 깨나거나 자주 연탄 가는 것을 잊어버려 차디찬 냉방에서 이불을 뒤집어쓰고 두 눈을 홉뜬 채 어둠을 노려보며 긴 시간을 보내기도 하였다. 그 뒤 얼마 지나지 않아서 나는 마침내 그 동안 내가 무엇을 기다리고 있었는지 뚜렷이 알게 되었다.

새벽 네시가 조금 넘은 시간이었을 것이다. 어스레한 하늘 속으로 몇 개 새벽별이 빛나고 있었다. 휘휘한 골목을 지나 시장 쪽으로 걸어내려갔다. 찬바람이 목을 쓸고 귓바퀴로 들어와 웅웅거렸다. 포장을 두르고 쇠줄로 꽁꽁 묶어놓은 리어카 몇 대가 길 양쪽에서 짐승처럼 웅크리고 있었다. 헐떡이는 슬리퍼 소리만 골목에 가득했다. 그리고, 그곳에……

여섯 개의 새시문 밖으로 그 여자의 크고 작은 화분들이 어둠 속에서 떨고 있는 것이 보였다. 슬리퍼보다 내 심장이 더 헐떡거리기 시작했다. 여자는 잠들어 있을 것이다. 저 화분들을 문밖에 부려두고 여자는 정말 잠이 들었을까. 아니 어쩌면 또 붉은 꽃핀을 찌르고 버스를 타고 어디론가 떠나고 있을지도 모를 일이었다. 그러나 지금, 그 여자가 잠들어 있거나 버스를 타고 어디론가 떠나고 있거나 이미 나와는 상관없는 일이었다. 들끓는 심장 속으로 얼음칼이 슬쩍 지나가는 듯했다. 나는 앞섶을 여미고 두 손을 양쪽 겨드랑이에 엇갈려 찌르면서 몸을 돌렸다. 집까지 돌아오는 길이 박카스 열네 병을 마셔댄 시간보다 길게 느껴졌다. 경서는 잠들어 있을 것이다. 지하 연탄광에는 내가 펼쳐놓았던 신문지들이 여전히 깔려 있을 것이다.

부엌으로 갔다. 스위치를 올리는데 까만 콩이 든 그릇을 떨어뜨린 것처럼 바퀴벌레떼들이 순식간에 확 퍼졌다. 바퀴벌레들이 충분히 숨을 시간 동안 기다렸다가 커다란 양은주전자를 꺼내 물을 채워 가스 위에 올렸다. 불꽃이 일었다. 한참 동안 물이 끓지 않았다. 미처 숨을 곳을 찾지 못한 바퀴벌레들이 간간이 부엌 비닐장판 위를 지나다니기도 했다. 얼마나 시간이 지났을까. 주전자 뚜껑이 들썩들썩했다. 비로소 물 끓는 소리가 들려왔다. 경서가 잠을 깰지도 모른다. 잠을 깨고 나와서 그 큰 눈으로 으늑하게, 의심스럽게 나를 바라볼지도 모른다. 가스불을 잠갔다.

한가득 넘치도록 물이 든 주전자는 꽤 무거웠다. 가스대에서 주전자를 바닥으로 내려놓는데 흠, 하는 신음이 터지도록 허리에 통증이 느껴졌다. 양손으로 주전자를 들고 대문을 나섰다. 잠깬 여자가 새시문 안으로 다시 화분을 들여갈지도 모른다. 골목을 뒤흔들며 청소차가 달려오기 시작할지도 모른다. 어기적 어기적, 행여 물이 쏟아질세라 조심하며 걸음을 옮겼다. 걸음보다 빨리 마음이 먼저 그 집앞에 도착했다.

푸른색 필터를 끼운 것처럼 시장골목 안이 부윰해지고 있었다. 그 집앞에 물주전자를 털썩 내려놓는데 등줄기로 땀이 흘렀다. 스물여섯 개의 화분. 화분은 출입구마저 가린 채 길게 두 줄로 늘어서 있었다. 뒷줄로 열다섯 개. 앞쪽으로 열한 개. 구석에 놓인 그 여자의 푸른 바케츠를 집어내 주전자에서 물을 따랐다. 허연 김이 소스라쳐 일었다. 양손으로 푸른 바케츠를 들고 뒷줄에 있는 열다섯 개 화분에다 펄펄 끓는 물을 부었다. 주전자에 아직 반쯤 남아 있는 뜨거운 물로 앞줄 열한 개의 화분에다 골고루 나누어 부었다. 화분들이 비명을 지르는 소리가 점점점 크게 들려오기 시작했다. 수증기로 내 얼굴과 눈앞은 온통 뿌예졌다. 후두둑 이마에서 땀이 쏟아졌다. 나는 마지막 스물여섯번째 화분에다 물을 다 쏟아붓자마자 뒤도 안 돌아보고 길을 거슬러 뛰어가기 시작했다.

맞은편 길 위에서 이따금 사람들이 하나 둘 걸어내려오는 것이 보였다. 갑자기 슬리퍼가 미끈덩하더니 온몸이 휘청했다. 죽은 쥐! 슬리퍼 한쪽이 벗겨져 저만큼 뒤집어져 떨어지고 주전자가 뚜껑이 벗겨진 채 길 위에 나뒹굴었다. 발밑으로 내가 밟은 죽은 쥐가 금세 살아 튀어올라 확, 얼굴을 그어댈 것만 같았다. 나는 주전자를 줍지도 않고 나머지 한쪽 슬리퍼도 마저 벗어던진 채 맨발로 온 힘을 다해 새벽의 골목을 뛰어오르기 시작했다.

천구백구십삼년, 나의 봄은 그렇게 시작되고 있었다.

(『현대문학』 1996년 3월호)

불란서 안경원

자, 오른쪽 둘째손가락에 렌즈를 올려놓고 왼쪽 손가락으로
윗눈꺼풀을 당겨서 눈을 크게 뜨세요. 네, 그렇게요. 그리고 오
른쪽 셋째손가락으로 아랫눈꺼풀을 아래로 당기면서 이렇게, 이
렇게 렌즈를 검은 동자 위에 가볍게 붙이세요. 이때 가까이, 살
짝 밀어준다는 느낌으로 하세요. 눈썹이 하나라도 걸리면 안 들
어갑니다. ……후후후, 처음엔 땀나지요. 자, 다시 해보세요. 왼
손으로, 그렇지요. 그렇게 조금만, 조금만 더 가까이…… 잠깐
쉬었다 할까요? 땀을 너무 많이 흘리시네요. 긴장하지 마세요.
긴장히면 더 인 들어가요. 제가 끼워드릴 수도 있지만 본인이
해야 눈이 더 벌어지거든요. 자, 다시 해볼까요…… 그렇게 네,
네, 조금만 더 가까이…… 이러다 오늘 집에 못 가시겠네요. 골

때린다구요? 골때리면 아프기만 하죠. 그럼 저는 저기 앉아 있을 테니 혼자 해보시겠어요?

이십대 중반 정도의 젊은 남자는 벌써 삼십 분이 지나도록 렌즈 하나를 제 눈에 끼워넣지 못하고 있었다. 실패할 때마다 렌즈를 식염수에 헹궈준 것이 벌써 스물다섯 번이 넘었다. 드물기는 하지만 한 번에 잘 착용하는 사람이 있는 반면에 이 젊은 남자처럼 수십 번을 해도 잘 끼우지 못하는 사람들이 있다. 눈이 작고 속눈썹이 많은 사람들일수록 그렇다. 남자는 내가 제 얼굴에 손을 댔을 때부터 땀을 흘리기 시작하였다. 에어컨을 틀어놓은 지금, 실내온도는 이십사도를 넘지 않을 것이다. 만약 내가 여자 안경사가 아니었더라면 남자는 땀을 흘리지도 않고 단번에 렌즈를 끼웠을지도 몰랐다. 떨려고 그러는 게 아닌데……, 하면서도 남자는 아래 위 속눈썹과 두 손을 파르르 떨었다. 내 예감이 틀리지 않는다면 결국 저 남자는 집에 가서 연습하고 올 테니 식염수나 많이 달라고 하면서 가게를 나가버릴 것이다.

쪽문을 밀고 부엌으로 가 냉장고에서 박카스 한 병을 꺼내왔다. 남자는 박카스 한 병을 두 모금에 다 마시더니 다시 얼굴을 거울로 들이밀었다. 나는 아침에 본 신문을 펴고 소파에 앉아서 거울을 깨고 안으로 들어가버릴 듯한 남자의 흰 등을 곁눈질해보았다. 청바지를 입고 있는 의자에 눌린 엉덩이가 럭비공처럼 단단해 보였다. 나는 와락와락 소리를 내서 자꾸만 신문을 넘기고 또 넘겼다. 서른이 넘은 여자의 예감은 그 적중률이 매우 높다. 그것은 어쩌면 변형된 다른 형태의 삶의 기술일지도 모른다. 남자는 럭비공처럼 단단한 엉덩이에서 손수건을 꺼내 얼굴을 문질러대더니 집에 가서 해보고 내일 다시 오겠다고 했다.

렌즈를 제거할 때는 왼쪽 가운데손가락으로 아랫눈꺼풀을 당긴 후 엄지와 검지손가락으로 살며시, 렌즈를 잡으면 부드럽게 빠집니다. 세척할 때는요, 이 클리너 한두 방울을 떨어뜨린 후에 이삼십 초 가량 그대로 두세요. 이때 단백질 제거까지 다 되는 거예요. 그리고 식염수로 미끄럽지 않을 때까지 닦아주세요. 참, 그리구 렌즈를 착용할 때나 제거할 때 뭣보다 중요한 건 제일 먼저 깨끗하게 손을 씻는 거예요…….

어느새 나는 세상을 12자, 8자 통유리로 들여다보고 이해하는 나쁜 버릇에 길들여져 있었다. 언제나 거리에는 어디선가 본 듯한 사람들이 걸어다녔고 거리는 한번도 완전하게 텅 비어 있는 적이 없었다. 택시보다 더 많은 화물트럭들이 지나다니고 60번 11번 16번 버스들, 그리고 버스보다 자주 은빛 체인이 달린 날씬한 자전거들이 지나다녔다. 가게문을 열고 들어오면, 가로는 짧고 세로로 긴 그런 기역자 모양의 진열장이 있다. 언젠가 한번 줄자를 들고 벽과 진열장 사이의 간격을 재어본 적이 있었는데 세로로 긴 진열장과 벽 사이는 정확히 오십 센티미터였다. 그 오십 센티미터의 공간 사이에 나는 지름 삼십오 센티미터의 둥근 플라스틱 의자를 가져다놓고 벽에 기대에 창밖을 내다보곤 한다. 내가 기댄 벽에는 홈을 넣어 선글라스를 진열해놓고 있다. 오랜 시간 밖이 내다보이는 한 장소에 있어 본 사람들은 알 것이다. 그렇게 창밖을 내다보고 있으면 굳이 시간을 확인하지 않아도 아, 지금은 몇시쯤 됐겠구나, 저절로 알아지는 것이다. 이를테면 궁인덕 안과의 미스 장이 길 건너 공중전화부스로 들어가는 것이 보이면 그때는 오후 네시가 틀림없다. 옅은 분홍기가 있는 가운을 입은 미스 장은 매일 같은 시간에 나와서 공중전화를 이용한다. 한번은 상가에 있는 슈퍼에서 미스 장을 만났을 때, 어디 숨겨둔 애인이라도 있나봐 했더니 얼굴을 붉히며 웃었다. 오후 네시가 되면 저 길 건너에서 미스 장이 속삭이는 밀어들이 들려오는 듯해 나는 귀가 간지럽고 온몸이 나른해지곤 하였다. 한편 그런 미스 장뿐만 아니라 내 가게에는 한 번도 와본 적이 없지만 단신(短身)에 다리에 털이 많은 한 남자가 비디오 두 개를 들고 걸어가는 것이 보이면 영락없이 저녁 여덟시다. 그는 꼭 두 개의 비디오를 빌려간다. 미라보 다방 최양은 시도 때도 없이 가게 앞을 지나다니는데 오후가 지나고 저녁이 될수록 그녀의 종아리는 육안으로 보기에도 딱딱하게 알이 서곤 하였다.

세상을 12자, 8자 통유리로 들여다보고 이해하기까지…… 지나치게 많은 시간들이 필요했다. 그것은 어쩌면 삶과의 전의(戰意)을 포기하지 않으면 불가능한 일인지도 모른다. 나는 단 한 번도 내 일생을 통해 거사를 꿈꾼 적이 없었기 때문에 그렇게 적응하고 있다고 생각한다. 내가 아직 무엇 때문에 죽음을 생각하지 않고 있는지 나는 명확히 알지 못한다. 그러나 죽음을 떠올리는 순간, 시간은 고집을 부리며 내 옷소매를 잡아당길 게 분명하다. 아직 견뎌야 하는, 내 나이는 그런 나이다. 나에게 삶이란 단지 오늘을 견디는 것, 바로 그것뿐이다. 아직 더 견뎌야 했다. 그러나 아직 아무도 내게 삶을 견디는 방법을 가르쳐준 사람은 없다.

의자에 앉아서 손 닿는 대로 진열한 안경테의 위치를 조금씩 바꾸어주고 있는데 창밖에서 무언가 내 고개를 끄집어당기고 있었다. 누가 인사를 하고 있나, 나는 고개를 들었다. 붉고 긴 것이 위 아래로 마구 흔들거렸다. 신문으로 얼굴을 가린 한 남자가 유리문 밖에서 성기를 꺼내 흔들어대고 있었다. 남자와 나의 거리는 채 일 미터도 되지 않는다. 거리는 한적했지만 그래도 아직 마른 햇빛이 남아 있는 오후였다. 오후는 하루보다 길고 동짓밤처럼 지루했다. 어떤 날은 오후를 보내고 나면 갑자기 열 살 된 아들이 생긴 것 같은 느낌이 들기도 했다. 가끔씩 진열대 위에 팔을 괴고 깜짝깜짝 조는 것도 그 시간들이다. 나는 턱을 괴고 오후를, 창밖을 또렷하게 내다보았다. 한순간, 나는 신문을 확 찢어버리고 남자의 얼굴을 정면으로 바라보고 싶은 돌발적이고 원시적인 변태의 욕구를 느꼈다. 남자의 성기 끝에서 뚝뚝 정액이 떨어졌다. 이윽고 남자가 돌아섰다. 나는 한 번도 고개를 돌리지 않고 남자를 바라보고 있었다. 얼굴을 가렸던 신문을 치우면서 옆으로 돌아서는 남자는 첫낯이 아니었다. 지난달에 가게에 와서 십칠만원짜리 엘레강스 선글라스를 사간 남자였다. 내 기억은 정확할 것이다. 시력으로, 눈으로 사람을 기억하는 것은 그다지 어려운 일이 아니다. 그 남자는 0.4, 0.7의 시력이었고 그에 맞게 나는 선글라스의 렌즈를 새로 갈아끼워주었었다. 사실 그 선글라스는 여성용 상품이었는데 남자는 굳이 그것만을 원했었다. 그 선글라스의 테에는 타원형이 얽힌 모양의 금빛 장식이 양쪽에 달려 있었다. 내가 렌즈를 새로 맞추는 동안 앉아서 기다렸다가 남자는 그날 선글라스를 쓴 채 가게를 나갔다. 그때가 저녁 아홉시가 넘은 시각이었을 것이다. 바로 그 남자였다. 윤회해서 똑같은 인생을 다시 한번 사는 사람처럼 나는 이제 무슨 일에고 쉽게 놀라지 않는다. 단순히 감정감각이 말을 듣지 않는 것과는 다른 것이었다. 어쩌면 내 심장 속에는 백 년 묵은 구렁이가 살고 있는지도 모르고 내 의식의 심층은 이미 선 캄브리아시대 때부터 단단하게 굳어져 있었는지도 몰랐다. 정말 그럴지도 모른다. 그러나 아직 나에게도 현재형으로 쓸 수 있는, 현재형으로밖에 말할 수 없는 추억은 있다. 어쩌면 나는 그 추억을 되새김질하기 위해서 이렇게 살아가고 있는 것은 아닐까. 그의 시간은 어떻게 흐르고 있는지…….

소나무집 할머니가 가게문을 들어서고 있는 게 보였다. 숱한 생각의 편린들이 한꺼번에 흩어지기 시작했다.

올해 칠순인 할머니는 여기서 한 블럭 떨어진 곳에 살고 있었다. 넓은 정원에 온통 소나무만 기르고 있어서 사람들은 그 집을 소나무집이라 부르고 할머니를 소나무집 할머니라고 불렀다. 칠순의 나이에도 불구하고 할머니는 아직도 멋내는 것을 좋아하고 한시도 자신이 여자라는 것을 잊지 않는 타입이다. 립스틱 색깔도 볼 때마다 다르고 자주 가게를 들르면서 새로운 디자인의 안경테가 나오면 다음날 아들이나 며느리를 데리고 와서 안경을 맞추곤 하였다. 할머니는 관절염을 심하게 앓고 있는 탓에 무릎이 기형적으로 툭 불거져 있었다. 그 때문에 짧은 치마는 못 입는다고 내 무릎을 쓰다듬으면서 투덜거리기도 했다. 오후가 되기 전에 소나무집 할머니의 안경알을 갈아놓는다는 게 그만 망연히 창밖을 내다보고 있느라 잊고 있었다. 수박 몇 조각과 오렌지주스를 탁자 위로 내려놓으며 잠깐 기다리시라고 말하면서 나는 미안하게 웃어 보였다. 렌즈 가공기를 작동시키는 소음이 실내에 가득 찼다. 할머니의 안경알이 두꺼운 만큼 소음도 그렇게 길 것이다. 어젠 딸네집엘 다녀왔는데 말이야…… 할머니의 목소리가 잘 들리지 않았다. 소음을 이겨낼 목청은 없었는지 할머니가 가방에서 책을 꺼냈다.

할머니도 책을 다 읽으시네요?

나는 렌즈가 다듬어지고 있는 동안 할머니에게 다가가 그렇게 물었다.

그럼, 늙은이라고 책도 안 보는 줄 알어? 죽을 때까지 그저 사람은 책을 봐야 한다구. 늙어서 무식하면 그것도 병이야 병.

무슨 책이에요?

이거, 연애소설이라는구만. 『매디슨 카운티의 다리』라고, 안 즉 안 봤어? 늙어서도 연애소설은 참 좋더라구, 어제 손녀딸이 읽어보라고 주드만.

소나무들은 잘 자라구요?

아 그것들이 잘 자라고 말고 할 게 뭐가 있어, 늘 사시사철 그렇지…… 그나저나 요즘은 어째 내가 부쩍 부실해지는 것 같어. 거 뭐야, 악송(惡松)이라고 알어? 잘 자라지 못한 쓸모없는 소나무를 그렇게 부르거든. 내 몸이 요즘 꼭 그렇다니까, 아주 속상해 죽겠어.

할머니 아직 정정하시고 고우신데요 뭘.

그랴? 그래 보여?

다듬어진 알을 안경테에 끼우고 열가열을 해서 테를 조절했다. 할머니는 얼굴이 크고 유독 상관이 넓기 때문에 테 주적을 신경 써서 해주지 않으면 곧 불편을 호소해오다. 추음파세척기에 세척을 해서 닦은 힐머니의 새 안경이 반짝 빛이 났다. 포르릉, 날아가버릴 것만 같다. 새 안경을 쓰고 이십여 분이 넘도록 할머니는 각도를 달리하면서 거울에 얼굴을 비춰보고 또 보았다. 처음 굴절검사기를 통해 할머니의 동공을 들여다보았을 때, 나는 나도 모르게 온몸이 오싹해지는 느낌을 받았었다. 컴퓨터 화면에 나타난 할머니의 동공에 얼핏 검은 그림자가 스쳐지나갔던 것이다. 그것은 분명 환시가 틀림없었을 테지만 어쨌거나 나는 할머니의 죽음을 미리 감지해버린 듯한 기분이 들었던 것이다. 다행히 오른쪽 눈을 들여다보았을 때 그 검은 그림자는 더 이상 보이지 않았다. 그러나 화면 속 할머니의 동공에는 이미 죽음의 지층이 깊이깊이 쌓여 있다고, 나는 무턱대고 그렇게 생각했다. 그 뒤로 나는 할머니가 안경테를 맞추러 올 때마다 어쩌면 이것이 할머니가 세상에서 쓰고 가는 마지막 안경일지도 모른다는 생각을 하곤 하였다. 그때마다 나는 어쩔 수 없이 손끝이 떨려오는 것을 분명하게 느껴야 했다. 새 안경을 쓴 할머니는 안경값 외에 만원을 더 얹어주었다.

이쁜 옷 좀 사 입구 그랴, 젊은 색시가 옷이 그게 뭐야.

나는 고개를 숙여 새삼스럽다는 듯 내 옷차림을 내려다보았다. 흰 블라우스. 나는 한 달에 두 번 쉬는 날만 제외하고는 계절에 상관없이 흰색 긴 블라우스를 입고 있다. 블라우스는 목 윗부분까지 단추를 채우게 되어 있는데 미진상가에 있는 양장점에서 일 년에 한 번씩 똑같은 디자인 똑같은 소재로 다섯 벌씩 맞추어 입어오고 있다. 가을이나 겨울에는 그 위에 얇은 카디건을 걸쳐입기도 한다. 한 벌에 삼만오천원이고 소재는 물실크라 편하고 깨끗해 보여 나는 가게에 있을 때 늘 그 블라우스를 입고 있다. 그는 나의 그런 고집스런 옷차림을 마음에 들어하지 않았다. 내가 옷차림을 바꾸었다면 그는 떠나지 않았을까.

소나무집 할머니는 지팡이를 짚고 절둑거리면서 가게를 걸어나갔다. 나는 문밖까지 할머니를 부축해드렸다. 어쩌면 저 안경이 할머니가 쓰는 마지막 안경일지도 모르겠다. 그런 예감은 다른 어느 때보다도 선명하고 한결 또렷했다. 나는 소나무집 할머니의 뒤뚱거리는 뒷모습을 오래오래 바라보며 그런 생각들을 하고 있었다.

강애의 전화가 걸려온 것은 반찬들이 담겨 있는 쟁반을 탁자 위에 올려놓고 저녁밥을 먹고 있을 때였다. 강애가 담가다준 깍두기, 멸치조림에다 쇠고기를 볶아 미역국을 끓였다. 오늘은 내 생일이었다. 내 별자리는 사자자리다. 사자좌들은 대개 자신이 누구에게든 사랑받고 있다고 느끼기만 한다면 그 대상에게 성의를 다하고 만약 낙심하게 되면 아무것도 할 수 없다고 한다. 또 사자좌들은 연애와 오락의 흥분을 열망할 뿐만 아니라 자신의 삶이 남보다 두드러지고 드라마틱한 것이기를 바란다고, 그렇게 읽은 것은 『별자리로 보는 나의 성격』에서였다. 그러나 나는 내 삶이 드라마틱해지길 바래서 그를 만났던 것은 아니었다. 그렇지만 나는 그에게 성실했었다.

사 년 전, 처음 이 도화2동 삼덕상가에 불란서 안경원 간판을 달았을 때 주변 사람들은 미친 짓이라고 차리리 다른 업종을 생각해보라고 했었다. 그러나 그의 생각은 달랐다. 그는 무엇보다도 이 동네의 지역적 특성에 대해 자신했었다. 윗동에 안경원이 하나 있긴 했으나 도화여중과 대정국민학교, 그리고 주택가 주변이라는 것이 그에게 자신감을 갖게 했다. 주로 윗동에 있는 안경원이나 시내로 나가 안경을 맞추곤 했던 사람들은 쉽게 불란서 안경원으로 오지 않았다. 정말 어느 날은 단 한 사람도 손님이 없었다. 하다 못해 돈 안 받는 용접 손님 하나 들어오지 않았다. 빚으로 차린 가게였고 그와 내가 길거리에 나앉는 것은 시간문제인 것 같았다. 우리는 딱 이틀을 굶고 지냈다. 사흘째 되는 날, 안경테 삼만오천원 알 이만원, 합해서 오만오천원짜리 안경 하나가 팔렸다. 우리는 그 돈을 가지고 나가 복만두 종합 분식에서 칼국수를 사 먹었다. 그날이 바로 내 생일이었다. 칼국 수 면발을 후룩거리면서 그가 소리없이 눈물을 흘리는 것을 나 는 보았다. 빚을 다 갚고 전세였던 가게를 아예 사버리고 단골 손님들을 만들어놓고, 그러고 있다가 그는 이 불란서 안경원을 떠나버렸다.

그때 나는, 내 육신과 정신 모두 파기와처럼 깨어져 산산조각 나버렸다고 생각했다. 현실에 대한 차폐감(遮蔽感)이 목울대까 지 차버렸으며 내면 가장 깊은 곳에서는 수천 수만 송이의 코스 모스가 흔들거렸다. 삶이 자꾸만 점멸하기 시작했다.

팍팍한 입안으로 미역국에 밥을 말아 수저질을 하고 있다가 나는 강애의 전화를 받았다.

언니야? 잠깐만, 우리 수진이 바꿔줄게.

이모, 이모야, 생일 축하합니다. 엄마가 그러는데 오늘이 이모 생신이래요. 수진이가 이렇게 축하드려요. 짝짝짝…….

방울꽃 같은 목소리. 수화기 속에서 수진이의 손뼉치는 소리 가 맑고 투명하게 들려왔다. 갑자기 가슴속에 바람구멍이라도 난 것처럼 횡하니 뜨거운 바람이 불면서 눈물이 떨어졌다. 작은 냄비로 한가득 끓인 미역국은 지금쯤 좁은 부엌 한켠에서 식어 가고 있을 것이다. 나는 수저를 내려놓았다. 강애는 이번 주말에 별다른 일 없으면 집으로 와서 저녁식사를 하는 게 어떻겠냐고 물었다. 가게는 한 달에 두 번, 매월 첫째 셋째 일요일이 정기휴

일이다. 강애는 이 년 전 어머니가 돌아가신 후부터 어머니 대신 내게 김치며 밑반찬 따위를 챙겨주고, 내가 받으러 가지 않으면 수원에서 보따리 보따리를 들고 손수 가게로 찾아와 냉장고를 가득 채워놓곤 하였다. 강애에게 말하지 않았지만 반찬들의 대부분을 나는 자주 썩히고 어떤 때는 아예 그릇째 내다버리기도 했다. 한번은 오기 전에 바로 만들었다며 저녁에 먹으라고 했던 볶음밥을 냉장고에 넣어두고 잊어버린 적이 있었다. 며칠이 지나 퍼뜩 그 볶음밥이 생각나 뚜껑을 열어보았더니 누런 구더기들이 구덕구덕 꼬여 있었다. 강애가 알면 나는 수진이처럼 종아리를 맞을지도 몰랐다.

밥은 거르지 않고 꼬박꼬박 챙겨먹고 있는 거지?

어느새 아줌마가 되어버린 강애가 그렇게 묻고 있었다. 나는 이번 주말에 가겠다는 약속을 하고 전화를 끊었다. 강애의 전화를 끊고 나서야 하루 종일 아침에 식빵 두 조각밖에 먹지 않은 것을 기억했다. 강애가 그랬다. 밥 거르지 않고 잘 챙겨먹는 거, 그거 아주 중요한 의무라는 거 알어 언니? 나는 놓았던 수저를 들어 미역국을 휘저었다. 미역국은 어느새 미지근하게 식어 몽글몽글 기름이 떠 있었다.

창밖, 유리 전면에 나방, 날벌레떼들이 새까맣게 달라붙어 있었다. 얼핏 보면 그것들은 점묘의 거대한 벽화처럼 보이기도 했다. 예년보다 일찍 장마가 시작된다고 했었다. 곧 비가 쏟아질 모양이었다. 비가 오기 전에 날벌레들은 불빛이 환한 유리창으로 들러붙었다. 재빠른 것들은 환기창을 통해 들어와 진열장 속 안경테 사이나 열가열을 하는 히터 뚜껑 위에 죽어 널브러져 있기도 했다. 거대한 점묘의 벽화를 바라보다가 나는 살충제를 들고 문밖으로 나갔다. 밖에서 들여다보는 가게는 볼 때마다 낯설음이 배가되는 것 같았다. 나는 문밖에서 가게 안을 들여다보는 것을 썩 내켜하지 않는다. 그럴 때마다 확실하고 분명하게, 그가 없다는 사실이 새삼스럽게 깨달아지곤 하는 것이다. 복원력은 시간이 지나도 쉽게 내면에서 만들어지지 않았다. 내 내면은 끊임없이 기우뚱거리고만 있었다. 한 발짝 물러서서 유리 전면에다 약을 뿌리기 시작했다. 후두두두두 날벌레들이, 엄지손가락보다 큰 나방들이 비틀거리며 바닥으로 떨어져내렸다. 눈을 찌푸리고 코를 막은 채 약을 뿌리고 또 뿌렸다. 가게 안에는 모기향을 피워야 한다. 약을 뿌리고 모기향을 피워놓지 않으면 날벌레들은 비가 오기 전까지 유리문 밖에서 이렇게 악을 써댈 것이다. 발밑으로 까맣게 벌레들이 쌓였다. 옆 가게 신스 헤어숍 주인여자가 살충제를 들고 나오면서 나를 보고 조금 웃었다. 그 여자의 입술은 보는 사람이 부담스러울 만큼 크고 언제나 짙은 암홍색 립스틱이 발라져 있었다. 삼덕상가의 모든 소문은 먼저 저 입술에서부터 흘러나와 빠르게 흩어지곤 하였다. 나는 그 여자가 말을 걸어올까봐 얼른 가게 안으로 들어갔다. 가끔 부엌에서 라면이나 양념들 또는 접시 같은 것들이 없어지기도 했다. 우연히 들어가본 그 여자의 부엌에서 나는 내가 쓰던 접시를 발견한 적이 있었다. 그 여자의 아홉 살 난 딸아이의 몸에는 검고 푸르죽죽한 멍이 가실 날이 없었다. 한 달에 한 번쯤 그 여자는 제 아이를 딱 죽지 않을 만큼 패곤 했다. 지난봄, 그 여자가 아이의 안경을 맞추러 왔을 때 나는 삼만오천원짜리 안경테를 육만칠천원에 속여 팔았다. 그리고 아이를 불러 삼원각에서 자장면 두 그릇을 시켜 함께 먹었다. 아이가 군만두도 먹고 싶다고 해서 나는 전화를 걸어 추가로 군만두를 시켜주었었다.

창 유리에 약이 방울져 흘러내리고 있었다. 이렇게 약을 뿌린 날이면 다음날 아침엔 꼭 물걸레질을 해야 한다. 그렇지 않으면 비가 내려도 얼룩은 쉽게 지워지지 않는다.

소나무집 할머니가 다녀간 이후 밤 열한시까지 손님은 더이상 들지 않았다. 나는 셔터를 내리고 유리문을 잠갔다. 유리문을 잠그면서 나는 어쩌면 문을 이렇게 꽉 닫아버리면, 빗장을 지르고 나면 슬픔이나 고통 따위가 들어오지 못할지도 모른다는 생각을 잠깐 했다. 실내를 돌면서 세 군데 스위치를 모두 내렸다. 12.5평 실내에 어둠이 고여들었다. 갑자기, 어깨 위에 호랑이 한 마리가 올라탄 것처럼 눈앞이 아뜩해졌다.

암중(暗中) 속에서 나는 어깨에 호랑이 한 마리를 태우고 어둠을 노려보며 오래도록 그렇게 서 있었다.

거인들의 오줌발 같은 굵은 빗물이 유리창 밖에서 수많은 빗금을 휘긋고 있었다. 빗줄기들은 세상의 모든 것들을 무화시켜버리겠다는 듯 거칠고 난폭한 태도로 가로수들과 자동차들을 쓸어내리고 있었다. 비상리이트를 켠 차들이 경적을 울려대고 우산이 뒤집어지고 가로수 밑의 자전거들은 소리도 없이 쓰러졌다. 마력을 가진 피리소리 같은 비바람의 날카로운 비음(鼻音)이 유리창 전면을 깨부수고 귓속으로 달겨드는 것 같았다. 보도블럭이 뒤집어지고 상가의 모든 간판들이 떨어져내릴 것 같은 굉장한 폭우였다. 어젯밤 악착같이 생사를 걸고 유리에 들러붙던 날벌레들의 거대한 점묘가 떠올랐다 사라졌다. 실내 가득 비릿한 비 내음이 스며들었다.

배달을 나가는지 쟁반을 머리에 인 이씨 아주머니가 우산을 쓰고 파밭 밟듯 조심스런 걸음으로 가게 앞을 지나갔다. 건널목에 우산을 펴든 얼굴이 보이지 않는 사람들이 몇몇 서 있었다. 해바라기가 프린트된 붉은 치마가 얼핏 눈에 어른거렸다. 녹색 불이 켜졌다. 나는 서랍에서 며칠 전에 애경 유치원 한선생이 맞춰두고 간 안경을 꺼내 다시 한번 초음파세척기에 넣었다가 마른 융으로 닦았다. 길을 건너 한선생이 가게 쪽으로 걸어오고 있는 것이 보였다. 창밖으로 시선을 주고 있지 않았다면 나는 무연한 상념들에 빠져 있다가 문 여는 소리에 놀라 허둥거리며 손님을 맞이했을 것이다. 대개 그런 경우 손님들은 다시 가게를 찾지 않는다. 나를 신용하지 못하겠다는 것이다. 거의 하루 종일, 작업할 때만 제외하고 창밖으로 두 눈을 부릅뜨고 있어야 했다. 지나가는 사람들에게 일일이 눈인사도 해야 하고 손님이 걸어오는 것이 보이면 미리 맞춰두고 간 것들을 준비해두어야 한다. 그래야 손님들은 좋아하고 나를 믿을 수 있는 안경사로 취급해주는 것이다. 창밖을 내다보고 있다가 누구인지 기억하지도 못한 채 고개를 숙여 인사할 때도 있다. 그러나 그렇다고 기억나지 않는다는, 누구일까 하는 어설픈 표정을 지어서는 곤란하다. 그랬다가는 그들은 괜히 면구스러워할 테고 매상은 형편없이 뚝 떨어질 것이다.

한선생이 미리 꺼내놓았던 안경을 찾아갔다. 계산을 하면서 한선생은 신용카드를 내밀었다. 좀 깎아주시면 현금으로 계산할 수 있는데. 안경값은 십이만원이었고 한선생이 지니고 있는 현금은 십만원이라고 했다. 은행까지 가야 하는 번거로움 때문에 나는 카드로 계산하는 것을 좋아하지 않는다. 현금으로 십만원을 받았다. 전교조에 연루되었다가 유치원 선생을 하게 되었다는 한선생은 가슴골이 드러나 보일 정도로 목선이 깊이 패인 원피스를 입고 있었다. 그런 한선생의 모습을 바라보며 나는 문득 내게 아이가 있었더라도 그 유치원에 아이를 맡기지는 않았을 거라는 엉뚱한 생각을 했다. 샌들을 신은 한선생의 발톱에는 검은색 매니큐어가 칠해져 있었다.

아침에 식사를 하기 위해서 냉장고를 뒤졌지만 남아 있는 식빵이 없었다. 비가 내리지 않았더라면 길을 건너 르비앙 제과점에 가서 갓 구워낸 따끈한 식빵을 사왔을 것이다. 그러나 밖을 내다보면서 도무지 저 폭우를 뚫고 가게문 밖을 나갈 엄두가 생기지 않았다. 오늘 점심은 상가 건물 내에 있는 음식점 중에서 시켜먹어야 한다. 나는 일주일에 한 번씩 삼덕상가나 미진상가 내에 있는 식당에서 음식을 배달시켜 먹는다. 그렇게 하지 않으면 인정머리없다는 말이 나돌고 그네들 또한 윗동에 있는 안경원이나 버스를 타고 시내로 나가 안경을 맞출 것이다. 나는 삼원각으로 전화를 걸어 울면 한 그릇을 시켰다.

창밖으로 미진상가 이층 계단에서 궁인덕 원장이 우산을 들고 한 남자와 걸어나오는 것이 보였다. 점심식사를 하러 가는 길인가 보았다. 궁인덕 안과, 궁인덕 원장은 집요했다.

간판을 달고 가게문을 연 지 얼마 지나지 않아 그와 나는 궁인덕 안과를 찾아갔었다. 우리는 궁인덕 안과에서 우리 안경원으로 처방전을 보내주었으면 좋겠다고 말했다. 물론 급액의 일부를 안과에 지불하겠다는 말도 잊지 않았다. 그는 이미 윗동에 있는 스위스 안경원과 계약을 하고 있으므로 그럴 수 없다고 했다. 어쩐지 나를 쳐다보는 그의 눈빛은 음흉한 늙은이의 것처럼 질척하고 음산해 보였다. 등뒤로 서늘한 기운을 느끼며 나는 그의 팔짱을 꼭 낀 채 안과를 걸어나왔다.

그가 떠나고 난 얼마 후 궁인덕 안과에서 전화가 걸려왔다. 나는 한참을 망설이다가 점심시간을 이용해 미라보 다방에서 그를 만났다. 옷을 갈아입어야 하지 않을까 하는 생각을 잠깐 하다가 입고 있던 그대로 흰 블라우스에 감청색 치마를 입고 다방으로 갔다. 인사를 나눈 뒤 그는 요즘 장사가 잘 되느냐, 뭐 그렇게 물었을 것이다. 나는 우선 가겟세를 내지 않아도 되니까 그럭저럭 먹고살 만하다고 대꾸했다. 스위스 안경원과 계약이 끝나지는 않았지만 환자들의 처방전을 내 가게로 보내겠다고 말하며 그는 조금 웃어 보였다. 나는 어쩐지 입끝을 실룩거리며 웃는 그의 웃음이 불결해 보인다고 생각했다. 그렇게 해주시면 감사하겠다고 말한 뒤 나는 엽차를 한 모금 마셨다. 의자등받이에서 몸을 떼어내며 그가 이번주는 휴무일 텐데 시간이 있느냐고 물었다. 미라보 다방 최양이 나와 궁인덕 원장을 자꾸만 흘금거리는 게 느껴졌다. 언젠가 최양이 궁인덕 원장이 요구했던 체위를 견디지 못하고 여관방을 뛰쳐나왔다는 말을 한 것이 생각났다. 최양이 배달보자기를 싸며 걱정스런 눈빛으로 나를 건너다보았다. 나는 심하게 얽은 자국이 난 궁인덕 원장의 얼굴을 정면으로 바라보면서 시간은 없다, 그리고 고맙지만 처방전은 받지 않겠다며 딴에는 단호한 목소리로 말하고 자리에서 일어났다. 미라보 다방 계단을 내려오는 발걸음이 자꾸만 허청거렸다. 내가 우습게 보이는가 당신들……

스무 살. 그때 내 인생은 노량진 길바닥에 깔려 있었다. 첫번째 모의고사가 끝나 성적표를 받으러 교무실에 갔을 때 영어과

목을 담당하던 담임선생이 성적 때문에 할말이 있으니 저녁에 따로 만나자고 했다. 학원 근처는 아이들 눈이 있으니 좀 먼 데서 만나자며 그는 상계동에 있는 어느 찻집이 그려진 약도를 내게 내밀었다. 성적 때문이라고 했다. 그럴 수 있다고 생각했다. 그럴 수 있다고 생각한 것이 잘못이었다. 암우(暗愚)했던 재수 시절, 나는 지하철을 갈아타며 그 먼 상계동까지 찾아갔다. 그는 먼저 와서 맥주를 마시고 있었다. 다른 과목들은 다 괜찮은데 영어점수가 좋지 않다고 과외를 시켜주겠다고 했다. 과외가 허용되지 않던 시절이었다. 학원비 외에 과외비를 낼 형편이 못 된다고 나는 머리를 숙이며 말했다. 왠지 수치스럽다고 느꼈다. 그는 돈 따위는 받지 않겠다고 말했다. 돈 따위,라고 했다. 그는 어디 조용한 장소를 찾아서 일주일에 두 번씩 수업이 끝난 후에 만나 공부를 하자고 했다.

……그럼 어디서 공불 하죠?

글쎄, 어디 괜찮은 데가 있을 거야. 정 뭣하면…… 여관 같은 데라도 괜찮고…….

스무 살의 나는 멀거니 사십 중반인 그 선생을 건너다보았다. 그는 수업시간이면 턱을 괴 내 손과 펜을 쥐고 있는 내 손등이 너무 하얗게 빛나서 가슴이 다 후들거린다고 했다. 탁자 위로 그의 손이 건너와 내 손을 쥐었다. 굉장한 악력(握力)이 느껴졌다.

차라리 일주일에 두 번씩 만나 정사를 치르자고 말하는 게 더 낫겠네요.

그의 손을 뿌리치고 일어서서 나는 힐난하듯 그렇게 말하며 찻집을 나왔다. 나는 학원을 그만두었고 지금까지도 상계동이란 곳을 다시 가본 적이 없으며, 이유도 없이 호의를 보이는 사람을 쉽게 믿지 않는다.

계단 밑에서 나를 기다리고 있었다는 듯 최양이 다가오더니 언니 저 사람 왜 그래요, 물었다. 나는 아무 말도 하지 않고 녹색불이 켜지길 기다렸다가 길을 건넜다. 옷을 갈아입고 나가지 않은 것이 다행이었다고 횡단보도를 건너며 나는 생각했다. 그가 떠났다는 소문은, 그가 떠난 바로 다음날 삼덕상가나 길 건너 미진상가까지 불불이 번졌을 터였다. 그 다음날, 첫낮인 손님이 궁인덕 안과의 처방전을 가지고 왔다. 나는 잠깐 망설이다가 우리 안경원에서는 해줄 수가 없으니 윗동 스위스 안경원이나 아니면 다른 곳으로 가서 안경을 맞추라고 말했다. 여기 가면 잘 해줄 거라고 의사 선생님이 그러시던대요. 고개를 갸웃거리며 처방전을 든 손님이 나갔다. 문득 궁인덕 원장의 입술 끝을 약간 치켜올린, 얼굴 전체를 일그러뜨리며 웃던 표정이 생각났다. 귀밑으로 땀이 흘렀다.

불행의 집적(集積)은 깊고 깊어졌다.

부엌에서 뒷마당으로 통하는 쪽문의 문고리를 허술하게 내버려둔 것이 잘못이었다. 잠귀가 밝지 못한 여자는 절대로 혼자 살면 안 된다고 나는 생각한다. 부엌문이 덜그럭거리는 소리에 나는 잠에서 깨어났다. 환청일까? 나는 몸을 구부리며 벽쪽으로 돌아누웠다. 그가 떠난 뒤 이유도 없이 왼쪽 귀에서 이명이 들리고 가끔 따끔거리며 아프기도 했다. 이비인후과에서는 아무 이상이 없다고 했다. 잠을 자려고 베개에 머리를 묻을 때면 한쪽 귀에서 덜컹덜컹 기차 굴러가는 소리가 들려왔다. 매일 밤 귓속으로 기차 한 대가 회차점도 없이 굴러다녔다. 그가 탄 기차일 거라고 생각했다. 환청일 거라고 생각했다. 그가 가게 뒤편에 방을 만들면서 방문이라고 달아놓았던 새시문이 덜컹거리고 짐승 같은 검은 그림자가 보였을 때, 나는 벌떡 일어났다. 기차가 사라졌다. 꼭 필요한 가제도구를 제외하고 방안은 두 사람이 눕기에도 비좁은 그런 공간이었다. 두려움에 사지를 떨면서 나는 소리를 질러야 한다고 생각했다. 그러나 턱 막힌 가슴을, 옷 앞섶을 부여쥐고 나는 벌벌 떨고만 있었다. 문이 열린다고 생각한 순간, 나는 어머니 자궁에서 처음 빠져나와 그 환하디환한 빛에 놀라 울음을 터뜨린 공포로 그 질겁할 듯한 두려움으로 서른한 살, 온몸의 핏줄을 모아 소리쳤다.

사람 살려!

덜컹거림이 멈추고 부엌을 통해서 뒷마당으로 후다닥 도망치는 놀란 발짝소리가 들렸다.

천 년 같은 시간이 지났을까…… 나는 문을 열고 밖으로 나갔다. 부엌에서 뒷마당으로 통하는 길이 어둡고 낯설어 보였다. 허름한 문고리가 떨어져나가 있었다. 나는 가게로 나와 진열장 속에 들어 있던 이천 개가 넘는 안경테들을 끄집어내 벽으로 집어던지고 안경알들을 바닥으로 내팽개치며 그가 떠난 후 처음으로 참았던 울음을 터뜨렸다. 당신들, 다 죽여버리고 말겠어…… 환하게 날이 밝을 무렵까지 울음은 길고도 길었다.

재료를 사러 새벽시장을 나가는 옆 가게 김씨 아저씨를 불러 문고리를 새로 달고, 그것도 의심스러워 방문에는 두 개를 더 달아달라고 부탁했다. 퉁퉁 부은 눈두덩과 부석거리는 얼굴을 한 번 쳐다보더니 김씨 아저씨는 아무 말 없이 문고리를 달아주었다. 반품도 되지 않는 안경테를 쓸어담으며 나는 김씨 아저씨

앞에서 휘청, 정신을 놓고 말았다.

그날 이후로 궁인덕 안과의 처방전을 들고 오는 손님은 한 사람도 없었다. 아무 이상이 없다는데도 나는 어거지를 쓰며 이비인후과를 며칠 다녔다. 그러나 기차는 귓속에서 끊임없이 덜컹거리며 지나다녔다.

배달가방을 실은 오토바이를 타고 삼원각 청년이 지나는 것이 보였다. 청년은 울면 한 그릇을 내려놓고 가게를 나갔다. 청년의 검은 비옷에서 빗물이 뚝뚝 흘렀다. 세워둔 오토바이에 시동을 걸고 청년은 또다른 곳으로 배달을 가는지 길을 건너 청수당 약국과 꼬까방 사이, 과일시장 쪽으로 올라갔다. 청년의 오토바이에서도 검은 연기가 뭉클뭉클 꼬리를 물고 있었다. 나는 탁자 위에 울면 그릇을 놓고 나무젓가락을 쪼개었다. 간이 맞지 않은 울면은 이미 불기 시작하고 있었다.

저녁 여덟시쯤 갑자기 정전이 되었다. 렌즈의 중심선을 잡기 위해 투형축출기 속에 한쪽 눈을 들이밀고 있다가 나는 안경렌즈가 검게 물드는 것을 보고 고개를 들었다. 가게 안은 새벽 세시만큼 어두워져 있었다. 서랍에서 초를 꺼내 불을 붙여놓고 가게문을 열고 밖으로 나갔다. 복만두 종합분식의 이씨 아주머니, 신스 헤어숍 주인여자, 김씨 아저씨, 팔팔 당구장 주인들이 나와 수런거리고 있었다. 빗줄기는 약해 있었지만 하루 종일 한 번도 그치지 않고 내리고 있었다. 빗물 때문에 누전됐을 거라고 누군가 빨리 한전으로 전화를 해야 한다고 말했다. 퇴근 무렵 저녁 여덟시면 모든 상점들이 가장 활기를 띨 시간이었고 하루 매상의 대부분이 그때 오르는 상점 사람들은 갑작스런 정전에 우산을 받쳐들고 전봇대 꼭대기를 바라보며 우두망찰 서 있었다. 김씨 아저씨가 한전으로 전화를 하겠다며 가게로 들어갔다. 삼덕상가만 전기가 나갔는지 미진상가의 밝고 따뜻해 보이는 불빛들이 거리 위로 은은히 흐르고 있었다. 손님이 오면 곤란해질 것이다. 오늘은 몇 개 안경테를 새로 들여놓은 것 외에 안경을 맞추러 오는 사람도 없었고 선글라스 하나 팔지 못했다. 두서너 명 드나들면서 오백원짜리 식염수나 클리너 따위를 사갔을 뿐이다. 전기가 들어오고 또 손님이 와야 했다. 나는 이제 이틀은커녕 단 하루도 혼자 굶고 지낼 수 없을 것이다.

삼십 분쯤 지나서 한전 마크가 새겨진 봉고차 한 대가 삼덕상가 앞에서 멈추더니 비옷을 입고 장비를 걸쳐멘 몇몇 사내들이 사다리를 타고 전봇대 위로 올라갔다. 십오 분쯤 지난 뒤 삼덕상가 전체가, 가게 안이 일순 환해졌다. 후, 입김을 세게 불어 나는 단번에 촛불을 껐다. 불이 꺼진 후에도 한참 동안 흰 연기는 가늘게 피어올랐다.

콜라에 식빵을 찍어 먹다가 얼핏 나는 오늘은 뭔가 여느 날과는 다르다는 생각을 하기도 했다. 콜라에 절은 식빵은 지나치게 흐물거렸다. 나는 이가 다 빠진 노파처럼 그것을 혓바닥에 올려놓고 오랫동안 우물거리다 삼켰다. 잘못 걸려온 전화가 여러 번 오기도 했다. 바람이 이고 오는 바다가 점점 가까이 다가오고 있었다. 거리의 가로수들이 몸을 웅크리며 태풍을 기다리고 있었다.

열시쯤, 나는 지난해부터 팔리지 않아 진열대 가장 구석에 놓여 있던 검은 선글라스를 써보았다. 구형의 선글라스는 내 얼굴의 절반 이상을 덮었다. 선글라스를 쓴 내 얼굴이 창밖에 고스란히 비춰졌다. 나는 약간 웃어보았다. 검은 선글라스를 낀 여자가 창밖에서 이쪽을 쳐다보며 약간 웃고 있었다. 검은 선글라스를 쓴 채 셔터를 내리고 불을 끄고 방으로 돌아와 자리에 누웠다. 검은 선글라스를 쓴 그대로 나는 잠이 들었다.

소나무집 할머니가 죽었다.

바람은 어제보다 한결 난폭해 있었지만 아직 빗방울은 떨어지지 않고 있었다. 북동쪽 하늘에서 검은 구름들이 진군해오고 있었다. 길고 불길한 흉몽 뒤의 사고처럼 태풍은 아직 그 전조만을 보이고 있을 따름이었다.

김씨 아저씨가 와서 그 소식을 전해주며 시신을 안치한 영안실 병원을 알려주고 돌아갔다. 나는 창밖을 내다보고 있다가 서랍을 열어 만원짜리 다섯 장을 꺼냈다. 처갓집 양념통닭을 찾아가 저녁에 영안실에 갈 거라는 김씨 아저씨에게 조의금이 든 봉투를 내밀었다. 김씨 아저씨는 함께 가보는 게 어떻겠느냐고 했지만 나는 싫다고 했다.

'고객신상명세서'가 입력되어 있는 디스켓을 넣고 소나무집 할머니의 파일을 불러내었다. 이름, 차순례. 나이, 71세. 성별, 여. 주소, 인천시 도화2동 47번지. 전화번호, 764-9542. 시력, -0.7, -0.9. 특징, 악성난시…… delete. 나는 소나무집 할머니의 파일명을 삭제했다. 검은 화면 속에 낯선 얼굴 하나가 걸려 있는 것이 보였다.

저녁이 되기를 기다렸다가 나는 가게문을 걸어 잠그고 밖으로 나왔다. 블라우스 앞섶이 들썩거리고 뒤로 묶어맨 머리채가 더풀거렸다. 바람이 거세어지고 있었다. 삼덕상가 뒤편을 돌아 삼덕아파트를 지났다. 삼덕아파트 옆에 있는 공터를 지나자 소

나무집의 크고 너른 마당이 보였다. 대문을 슬쩍 밀어보았다. 대
문은 육중한 소리를 내며 스르르 밀렸다. 나는 문틈으로 고개를
내밀었다. 마당 안에는 아무도 없었고 수십 그루의 소나무가 현
관으로 통하는 좁은 길만 남겨놓은 채 바람 속에 적요롭게 서
있었다. 나는 마당 안으로 들어갔다. 납작납작한 발디딤돌을 따
라 현관까지 올라가보았지만 집안에도 인기척은 없어 보였다.
현관으로 들어가는 마당 한켠에 탁구대가 놓여 있었다. 오래 공
을 치지 않은 듯 공은 바람이 빠져 있었고 탁구대는 심하게 녹
이 슬어 있었다.

소나무가 있는 정원을 어슬렁거리다가 나는 가장 늙고 오래
되어 보이는 소나무를 찾아 그 앞에 섰다. 거칠고 야윈 몸통의
소나무는 정원 가장 낮은 자리 가장 구석진 자리에 있었다. 나
는 젊은 소나무들의 뿌리를 밟고 언젠가 할머니가 말한 악송일
듯한 그 나무 앞에 서서 치마 주머니에 손을 넣었다.

소나무집 할머니의 파일을 삭제하고 나는 어제 새로 들여놓
은 부드러운 곡선을 한 나비 모양의 안경테를 진열장에서 꺼내
었다. 십분의 일 정도 순금이 들어간 안경은 다소 무거운 감이
있긴 했으나 다리 양옆에 좁쌀만한 큐빅이 세 개씩 박혀 있어
고급스러워 보였다. 소나무집 할머니가 마음에 들어할 디자인이
었으므로 할머니가 가게에 들르면 새로 꺼내 보이겠다고 생각한
테였다. 렌즈가 든 서랍에서 -0.7, -0.9 안경알을 꺼내 두형측출
기를 돌리고 가공기를 작동시켜 안경알을 테에 맞도록 만들었
다. 새 안경테 나사를 풀어 알을 끼워넣었다. 히터를 켜놓고 열
가열을 해서 어림짐작으로 할머니의 얼굴에 맞게 다리를 조절하
고 정성스럽게 안경을 닦았다. 새 안경곽을 꺼내 완성된 안경을

넣고 뚜껑을 닫았다.

실내용 슬리퍼를 신은 앞발로 짐짓 땅을 파는 시늉을 해보았다. 흙은 단단했다. 나는 슬리퍼를 벗고 쭈그려 앉아서 슬리퍼 앞부분으로 흙을 파내기 시작했다. 얼마 흙을 파내지 않아 소나무의 말라 비틀어진 뿌리들이 툭툭 불거져 나왔다. 뿌리는, 완전히 죽어 있지 않았다. 말라 비틀어진 뿌리 사이에서 아직도 뜨거운 선혈을 흘리고 있는 뿌리들이 숨쉬고 있었다.

치마 주머니에서 안경곽을 꺼내 움푹 파인 땅에 묻었다. 파낸 황토를 덮어 슬리퍼로 꾹꾹 눌렀다. 허물어지지 않기를 바라는 두꺼비집을 만들 듯 손바닥으로 한참 동안 다독거렸다. 다독이면서 나는 문득 나의 행위가 죽음을 위로하는 것이 아니라 어쩌면 죽음의 혼귀들을 부르고 있는지도 모른다는 생각을 했다. 흙을 털어낸 슬리퍼를 신고 나는 일어났다. 갑자기 수천 마리 물고기떼의 비늘이 햇빛을 받아 반짝이는 듯 눈앞이 새하얘졌다. 나는 허청거리며 늙은 소나무의 몸통을 꽉 부여잡았다. 은빛 자전거를 탄 아이들이 물고기떼 사이를 가로지르며 쌩쌩 달려가는 것이 보였다. 참고 있었다는 듯 굵은 빗방울이 후득후득 떨어지기 시작했다.

(1996년 동아일보 신춘문예 단편부문 당선작)

죽음을 견디는 메타포

이 광 호(문학평론가, 서울예전 교수)

1. 유리의 저편

당신은 한 여자의 이미지를 보고 있다. 그녀는 지금 죽은 소나무집 할머니의 늙고 뒤틀린 악송(惡松) 아래에 안경을 묻고 있다.(「불란서 안경원」) 죽음에 관한 제의는 많은 경우 죽음을 달래는 데 그 목적이 있다. 그러나 그녀는 스스로 "나는 문득 나의 행위가 죽음을 위로하는 것이 아니라 어쩌면 죽음을 부르고 있는지도 모른다"고 생각한다. 어쨌든 그것은 죽음에 관한 행위의 의미화를 통해 죽음을 견디려는 상징제의다. 그런데 왜 '악송'인가? 나무가 우주적인 생명원리의 중심이라면, 악송은 죽음의 힘에 의해 뒤틀린 생명이다. 그 나무 아래서 죽음에 관한 제의가 이루어진다는 것은 그래서 행위의 상징성을 깊게 한다. 그러면 왜 '안경'인가? 독신으로 살아가는 서른한 살의 안경사가 있다. 그녀는 고독한가? 그렇다고 말해버릴 수도 있다. 하지만 고독이란 이미지의 구체적 형상을 얻지 못하면 한낱 닳아빠진 관념에 불과하다. 그래서 소설 속에는 고독이 있는 것이 아니라 고독의 고독한 이미지들이 살고 있다.

그녀는 안경점의 "12자, 8자 통유리" 안에 갇혀 있다. 그녀는 이 통유리로 세상을 들여다보고 이해하는 "나쁜 버릇에 길들여져 있었다". 이 통유리는 그녀가 세상을 바라보는 눈이며, 그런 의미에서 그것은 안경과 다를 바가 없다. 유리는 눈으로는 보이지만 접촉할 수는 없는 공간, 투명한 단절의 공간이다. 유리 속의 인간은 눈으로만 욕망하고 세상과 접촉한다. 그 유리의 방에서 그녀는 안경을 판다. 안경은 그녀의 생존의 도구이면서 이 세상을 이해하는 방식이다. 그리고 소나무집 할머니의 경우처럼 안경은 살아 있는 존재들의 사치이거나 욕망이다. 유리 밖으로 오가는 많은 사람들은 일상의 기호들처럼 스쳐간다. 소설의 세계는 철저한 일인칭의 공간이며, 소설은 바깥 세계에 대한 유리를 매개로 한 '그녀―나'의 시선으로 씌어진다.

막막하고 단조로운 일상의 이미지들 사이에서 외부세계는 폭력적이라는 혐의로 '나'에게 다가온다. 그 폭력은 남성의 성적 폭력이라는 양상으로 나타난다. 유리 바깥에서 '나'를 향해 자위행위를 하는 남자, 자신을 끈적한 시선으로 바라보는 안과 원장, 급기야 방에 침입한 괴한(안과 원장), 어린 시절 자신을 유인하던 40대의 학원선생, 자신을 훌쩍 떠나간 '그', 그 남자들은 바로 바깥, 즉 남성적 세계의 폭력성을 말해준다. 소설이 진행될

수록 그 폭력성은 좀더 직접적인 것이 된다. 유리문 바깥에서 방안으로. 그 폭력성에 대응하여 '나'는 꼭 같은 디자인의 흰 블라우스만을 입고 목 윗부분까지 단추를 채운다. 그리고 "유리 문을 잠그면서 나는 어쩌면 문을 이렇게 꽉 닫아버리면, 빗장을 지르고 나면 슬픔이나 고통 따위가 들어오지 못할지도 모른다" 고 생각한다. 남성적인 폭력성 혹은 '당신'들의 세계에 대한 '나'의 격렬한 적의는 "내가 우습게 보이는가 당신들" "당신들, 다 죽여버리고 말겠어"라고 절규하게 만든다. 그러나 다른 한편 으로 '나'는 유리 바깥에서 자위행위하는 남자에 대해 "신문을 확 찢어버리고 남자의 얼굴을 정면으로 바라보고 싶은 돌발적이 고 원시적인 변태의 욕구"를 느낀다. 그 유리 안의 자폐와 유리 를 깨뜨리려는 욕망 사이에 '나'가 있지만, 그러나 '나'는 여전 히 유리 속에서 살아가게 될 것이다. 괴한의 침입이 있은 뒤 '나'는 검은 선글라스, 그 짙은 단절과 저항의 이미지를 쓴 채로 잠든다. 세계의 폭력에 대해 상징적이고도 제의적인 방식으로 맞서기. 그것이 '내'가 삶을 견디는 방식이다.

2. 그녀의 귀

'그녀—나'는 특이하게 생긴 민감한 귀를 가졌다.(「푸른 나부 (裸婦)」) "귀에 관한 한 나는 아직 덜 진화된 상태"이다. 소리 가 들리면 "나는 사슴이나 영양처럼 머리를 추켜들고 귀를 이 리저리 비틀어"본다. 때로 '내' 감정은 귀로 옮겨가서 뾰족한 두 귀가 벌겋게 달아오른다. 그리고 어떤 자극을 받았을 경우

'나'는 때때로 "내 귀가 한없이 부풀고 있다는 것을 느끼"기도
한다. 심지어 "나는 내 영혼보다 두 귀를 더 신뢰하고 있는 것
은 아니었을까" 생각한다. 그 '귀' 때문에, 목욕탕의 때밀이 여
자에게 '귀'를 드러내놓을 용기가 없어서, 고무줄이 달린 열쇠
로 머리를 묶지 않은 탓에 '나'의 모든 신상정보가 들어 있는
가방을 잃어버린다. 가방을 훔친 여자는 집요하게 내 주변을 맴
돌고, 급기야 어느 새벽 만신창이의 몸으로 '나'를 찾아온다.
'나'는 "어린 묘목 같은" 그녀의 몸을 씻어준다. 그리고 자신의
숨은 상처를 반추하는 "흡사 썩은 영혼을 토해내듯" 하는 대화
들. 잠든 '내' 귀에 닿는 "보드라운 숨결"과 "칸나처럼 뜨거운
여자애의 입술".

　새벽에 이루어지는 '그녀'와 '나'의 교류와 소통은 물론 이
소설을 '동성애 소설'로 읽는 흥미로운 '오독'의 빌미를 제공한
다. 하지만 '귀'의 풍부한 상징성은 보다 다층적인 해석의 자장
을 만들어낸다. '귀'는 물론 성적인 이미지이다. '귀'가 신체접
촉에 예민한 성감대이거나 여성 성기에 결부된다는 오랜 관념도
이와 연관된다. 그러나 '나'에게 '귀'는 단순한 성적 매개체가
아니라 세상과 가장 민감하게 접촉하는 감각기관이다. '귀'는
감추고 싶은 흉터나 상처이면서 '내'가 타자들의 소리와 만나는
지점이다. 소설의 후반부에서 갑작스런 충동으로 짧은 커트를
하는 '나'. "사람들은 각기 저마다 다른 형태의 귀"가 그러니까
"귀의 지도"가 있다는 것. 그래서 "내 귀의 새로운 탄생"이 가
능하게 된다. '내 귀'를 세상을 향해 내놓음으로써 '나'는 비로
소 타자들의 공간에서 나 자신이 된다. 그녀의 귀는 다른 그녀
와의 만남을 통해 세상을 향해 열린 귀가 된다. 그러나 귀는 단

지 바깥을 향해 열려 있는 것이 아니다. 그녀의 귀는 아마도 여전히 내부의 소리에 반응하는 데 예민할 것이다. 그녀의 귀는 아직 진화가 진행중이다.

3. '그녀-나'와 그녀들

많은 그녀들이 등장한다. 소설은 대개 그녀들을 바라보는 '나'의 시선으로 이루어진다. 그녀들은 대개 불쑥 '나'의 삶 속으로 침입한다. '나'와 그녀들의 관계란 끊으려야 끊어버릴 수 없는 질긴 인연과 같다. 어머니와 남동생을 열차사고로 잃은 '나'는 경주의 기림사라는 절에서 딸을 정신병동에 보낸 기이한 여자를 만난다.(「당신의 옆구리」) 한밤 그녀는 '나'의 방으로 찾아들어 오래 내 발등과 종아리를 쓰다듬는다. 그녀를 잊어버리고 혼자만 남은 일상으로 돌아온 '나'에게 딸을 찾는 그녀의 전화가 걸려온다. 그 전화를 피하기 위해 전화번호까지 바꾸어버리지만 소설의 마지막 부분에서 '나'는 스스로 그녀의 딸이 되어 전화를 건다. 다른 미친 그녀를 '나'는 버스에서 만난다.(「환절기」) 대머리인 그녀는 붉고 큰 꽃머리핀을 꽂고 악보가 그려진 노트를 들고 있는데 그 위로 '나'는 구토를 하고 만다. '나'는 한 방에서 사는 동생에 대한 '소리없는 저이'료 단 한마디의 말도 나누지 않는 지독한 시간을 견디고 있다. 우연히 그 미친 여자를 다시 보게 된 '나'는 어느 겨울 새벽 그녀의 화분에 뜨거운 물을 붓고 도망가는 기이한 행동을 연출한다.

또 한 사람의 그녀, 옥주언니는 신문 심인란에서 만난다.

(「천국처럼 낯선」) 어린 시절 어머니가 데려온 먼 친척뻘인 언니는 느닷없이 '나'의 방을 방문하여 자신의 피난처로 삼는다. 생활설계사인 주인공은 "위안받지 못한 그 시절의 사랑"을 묻고 혼자 살아가고 있지만 세상은 그녀에게 너무 속악하다. 그녀가 남자에게 폭행을 당한 뒤 '붉은색 권투장갑'을 사서 끼어보는 인상적인 장면은 세상의 폭력성에 대항하는 그녀의 상징적인 의식이다. 상의도 없이 남자를 데리고 눌러앉은 옥주언니 역시 그녀에게 한마디 양해도 구하지 않는 이 세상의 폭력성의 일부이다. 그 속악한 세상의 저편에서 일어나는 삼천 년 안팎의 주기로 찾아오는 헤일-밥혜성과 개기일식은 낯선 꿈과도 같다.

　주인공이거나 화자인 '나' 혹은 '그녀'가 만나는 그녀들은 하나같이 일탈적인 인간형들이다. 그녀들은 대개 미쳐 있거나 적어도 정상적인 생활인이 아니다. 혼자 어렵게 세상의 속악함을 견디고 있는 주인공에게 그녀들의 침입은 통과하지 않으면 안 되는 운명적인 시련과도 같다. 물론 그녀들의 틈입은 어떤 허락도 받지 않고 자신의 삶을 뒤흔들어놓는 세상의 폭력성과 연관된다. 그러나 그녀들과 주인공 사이의 관계는 단순히 가해자와 피해자의 관계로 환원되지는 않는다. 주인공에게 그녀들은 마치 삶의 해독할 수 없는 암호와도 같은 존재다. 정신적인 불구자인 그들은 인간 심층에 도사린 불합리적인 영역을 암시한다. 소설은 그녀들에 대한 주인공의 시선으로 이루어지고 있지만, 그녀들이 왜 그렇게 살아갈 수밖에 없는가 혹은 주인공이 왜 그녀들과 기이한 관계를 맺어야 하는가를 잘 설명해주지 않는다. 주인공 역시 그녀들을 완벽하게 이해하지 못한다. 그녀들의 왜곡된 삶과 심리상태, 그녀들과 주인공의 기이한 관계는 마치 견디지 않으면 안 되는 불가해한 삶의 범주이다. 소설은 다만 그녀들의 이미지, 그 어둡고 기이한 이미지가 필요했다. 그녀들, 그 음습한 이미지를 통과한 뒤에 어쩌면 주인공들은 그런 해독할 수 없는 어두운 영역조차 삶의 일부라는 것을 받아들이게 될지도 모른다. 주인공의 웅크린 삶 안에 끼여든 그녀들을 겪은 뒤에 비로소 '나'는 존재의 불합리성을 이해한다. 그러므로 미친 여자에게 전화를 하거나 미친 여자의 화분에 뜨거운 물을 주는 행위는, 그 미친 풍경과 교류함으로써 역설적으로 자기정체성을 확인받으려는 상징제의와도 같다.

4. 그녀들의 고백

'나'는 그녀들의 고백을 듣는다. 우선 게슈탈트 상담이라는 집단적 대화를 통해서.(「사소한 날들의 기록」) 그들은 타인으로부터 이해받음으로써 자신의 상처를 치유받고자 한다. 낯선 사람들과 하는 낯선 게임. "지금, 여기"에서의 자기감정과 경험을 드러냄으로써 서로의 상처를 읽어내기 위한 언어게임. 자의식이 강한 '나'는 게임의 리더에게 속내를 쉽게 들키고 싶지 않다. 리더와 '나'와의 대화는 마치 숨바꼭질처럼 겉돈다. '나'는 '나'의 결핍과 욕망을 감추려 들기 때문이다. '나'는 돌아오지 않는 남편 때문에 우울하다. 위크숍이 끝난 후 돌아올 남편을 기다리던 '나'는 그제서야 남편의 빈 의자를 향해 가슴속에 웅크리고 있던 말을 퍼붓는다. '나' 아닌 다른 사랑을 가진 남편에게. 이 소설의 흥미로운 점은 화자인 '나'와 그녀들의 관계이다. '나'

는 이 '사소한' 기록의 관찰자이고 보고자인데, '나'는 이 상담
에서 자신의 상처를 드러내지 못한다. 끝내 '나'는 타자들의 공
간에서 자신의 내면을 드러내지 못하고, '나'의 고백은 독백으
로만 가능하다. '내'가 특별한 관심을 가지고 지켜보던 '블루'
라는 별칭의 여자는 자신이 소설가이고 취재를 위해 여기에 왔
노라고 고백한다. 그렇다면 이 소설의 함축적 화자 혹은 내포
화자의 시점은 '나'와 '블루'라는 두 인물의 시선을 동시에 포
함한다. 그래서 이 소설은 두 사람의 관찰자의 시선들이 교차하
는 복합적인 고백적 기록의 공간을 만들어낸다.

또다른 고백은 유서와 그리고 유서와도 같은 노트를 통해서
이루어진다.(「중독」) 대학시절 함께 문학이라는 꿈을 꾸던 완희
언니는 어느 날 작가가 된 '나'에게 유서와 자신의 집 열쇠를
보낸다. 믿기지 않는 그 유서가 유서인 것이 입증된 뒤 '나'는
그녀의 기억으로부터 헤어나오지 못한다. 그녀가 '나'에게 남기
고 간 노트에는 그녀의 가면 뒤의 비밀들이 밝혀져 있다. 그녀
의 고독은 그녀의 지독한 문학적 허영처럼 가짜였다. 그 노트에
는 그녀의 남자인 작곡가가 단 한 편의 곡도 짓지 않은 가짜였
다는 것, 그리고 그녀조차 단 한 편의 소설도 만들지 못했다는
믿지 못할 사실이 적혀 있다. 고독과 절망으로 가득 찬 짧은 비
명 같은 그녀의 유서조차 허구였다. 그렇다면 그녀의 노트는 진
실일까? 가면 뒤의 얼굴은 또다른 가면이 아닐까? 그녀의 죽음
은 사실일까? '나'마저도 이제는 "현실과 허구를 구별할 수 없
었다". '나'는 죽은 그녀에게 전화를 건다. "그녀와 완전히 헤
어지기 위한 의식"으로 '나'는 그녀의 노트를 불태운다. 그리고
"죽음 혹은 자살"에 관한 소설의 청탁을 거절한다. 실제로 이

소설이 같은 테마로 엮어진 앤솔러지에 실렸다는 것은 아이러니하다. 작가는 죽음의 모티브를 죽음에 관한 소설쓰기란 무엇인가라는 보다 중층적인 테마로 소설화한다. 소설의 결말은 소설과 진실의 경계에 대해 질문을 던진다. 그녀의 죽음이 그녀가 그토록 갈구하던 문학적 허구 혹은 허영의 일부라고 하자. 성장을 하고 목을 매단 그녀는 죽음으로 자신의 허구를 완성하고자한다. 그렇다면 노트는? 어쩌면 노트 역시 그 문학적 허구의 일부가 아닐까? 삶은 '허구 / 진실' '가식 / 본성' '외면 / 내면'의 대위법으로만 설명되지 않는다. 가면은 은폐와 비존재의 상징이기도 하지만, 자기동일성을 확립하기 위한 방편이기도 하다. 주체는 티지의 시선을 통해서만 자기동일성을 확립할 수 있다. 아이러니하게도 가면을 통해서만 주체는 주체가 된다.

5. 그 남자들의 부재 혹은 불우

그녀의 남자들은 부재하거나 불우하다. 남자들은 과거형이며, 흔적이며, 그늘이며, 상저이다.(「불란서 안경원」「전국저럼 낯선」「사소한 날들의 기록」) 그들은 지금 여기에 없다. 그들은 부재라는 방식으로 존재하면서 소설의 배경처럼 서 있다. 그들은 소설의 무대 위에 올라오지 않지만, 그들의 부재가 민들이내는 분위기는 소설에 일관된 우울의 빛낄을 민들이낸다. 마치 무대를 비추는 조명처럼. 무대 위에는 혼자 남겨진 '나', 막막한 상실감과 실낱 같은 기다림을 삼키며 사는 '내'가 낡아 있다. 그러나 현존하는 '나'는 부재하는 '그' 때뮨에 '나'가 된다. '나'의 고독은 ‘그’의 부재 때문에 성립된다. 소설의 ‘내’가 늘어놓은 담론들은 어쩌면 ‘그’의 부재에 대한 끊임없는 변명과도 같다. 부재와 결핍이 소설적 주절거림을 낳는다. 그러니까 ‘나’의 소설에서는 ‘그’의 부재가 필요하다. ‘나’는 ‘그’의 현존과 ‘그’의 부재를 동시에 욕망한다. 소설의 현상적 화자인 ‘나’가 그의 현존을 그리워한다면, 내포 화자는 ‘그’의 부재를 욕망한다. 그래야만 소설이 씌어질 수 있기 때문이다. 소설은 결핍의 문형이고 부재는 결핍의 긴장을 지속시키는 실존적 조건이니까. 그런 이유로 ‘그’의 부재는 계속 지속될 것이며, ‘나’는 그것을 견뎌야만 한다.

예외적으로 ‘그’가 주인공으로 무대에 등장하는 소설도 있다. (「꿈」) 그에게 느닷없이 찾아드는 원인 모를 두통은 어쩌면 치욕 같은 삶에 대한 자신 안에 웅크린 적의의 표현일지도 모른다. 그리고 ‘그녀’가 있다. 아내보다 유능하지도 아름답지도 않은 그녀, 그는 마치 어떤 위험에 자멸적으로 몸을 맡기는 것처럼 그녀에게 이끌렸다. 그리고 어쩌면 아내와 마찬가지로 그녀로부터도 영영 도망칠 수 없다는 불안감. 그들의 일을 낱낱이 기록하는 그녀의 지독한 메모 습관은 그를 더욱 섬뜩하게 만든다. 그는 아내와 마찬가지로 그녀 역시 사랑하지 않았기에 그의 “삶 자체가 불륜”일 수밖에 없다. 그는 건조한 정사를 치르고 잠든 여자에게 살의를 느낀다. 갑자기 일인칭으로 전환된 문단은 그녀를 살해하는 ‘나’의 꿈을 그린다. 그 여자의 방을 빠져나와 거리를 망연히 헤매던 그는 폭발사고의 화면을 보게 된다. 그리고 그는 “사력을 다해” 집을 향해 달린다.

소설은 한 무기력한 남자의 억압된 꿈을 섬뜩하게 그려낸다.

이때 그의 꿈이란 무엇일까? 치욕 같은 혹은 배신 같은 지리멸렬한 일상의 족쇄로부터 자유로워지는 것? 지금 이 상황의 '끝'과 새로운 '시작'을 욕망하는 것? 그러나 그의 꿈은 한없이 일그러져 있다. 삶은 그에게 끝내 불륜일 뿐이고 그에게 남은 꿈이란 고작 그 삶에 대한 적의를 상상적으로 실현하는 것뿐이다. 그의 삶이 불구의 그것인 것처럼 그의 꿈 역시 그러하다. 그래서 그의 꿈은 우리 시대의 병든 꿈을 반영한다. 우리는 탈출을 욕망한다. 무기력하고 진부한 일상과 혹은 가족이라는 제도적 족쇄로부터, 그리고 그 모든 나의 구차한 흔적들로부터. 그러나 그 탈출은 근본적으로 불가능하다. 탈출할 바깥이 없기 때문이다. '그녀'가 아내로부터의 달출구가 아니라 새롭고 치명적인 억압이었다는 것은 그런 상황을 상징적으로 말해준다. 마지막 장면인 집으로의 그의 질주는 마치 바깥 없는 세계에 대한 비명과도 같다. 일상적인 공간에 스며들어 있는 세기말적인 모티브를 한 남자의 억압된 악마적 꿈을 통해 절묘하게 형상화한 소설.

6. 가족, 아버지의 이름으로

어두운 배경처럼 불우한 가족사가 그늘을 드리운다.(「당신의 옆구리」「환절기」) 가족들은 죽거나 흩어지고 그래서 '나'는 혼자 남게 된다. 마치 그 남자들의 부재처럼 가족 역시 상실이라는 방식으로 '나'의 실존적 조건이 된다. 그 가족의 핵심적인 상징인 아버지들은 언제나 애소하고 궁핍하고 불우하다. 한국적인 가부장제 안에서 아버지의 몰락은 바로 가족의 몰락을 의미한다. 그래서 가족의 풍경은 아버지라는 인간이 만들어내는 지옥의 풍경이다.

긴 목을 가진 아버지가 있다.(「목이 긴 사내 이야기」) 어머니가 돌아가신 후 아버지는 "창틀에 상체를 매단 채" 살아간다. 기다림 혹은 우울로 아버지의 목은 점점 늘어나고 있다. 아버지는 그의 딸인 '나'를 의심과 적의로 대한다. '나'는 "시계바늘이 정각 열두시만 가리키면 날카로운 시계바늘을 뽑아내 잠든 아버지의 심장을 푹 찌르고 싶은 살의를" 느낀다. "사회적 학습"이 되지 않아 세상과 격리된 채 피아노 교습으로 살아가는 '나'는 아버지 몰래 중학생을 유혹해 섹스를 벌인다. 이 소설의 가장 선명한 이미지 중의 하나는 "네년, 그 밑에는 시커먼 새끼 악마들이 우글거리고 있을 게다"라는 아버지의 독설을 듣고 '내'가 거울을 다리 사이에 끼워넣어 "작고 비뚤어진, 아주 못생긴 입술"을 들여다보는 장면이다. 이 기이한 나르시시즘은 타자와 철저히 유폐된 존재의 자기 소외를 극명하게 보여준다. 나르시시즘이 주체의 동일성을 확인받는 원초적 경험이라면, 이 소설의 거울 장면은 자신의 여성성을 확인받는 자리가 아니라, 차라리 타자와의 왜곡된 관계로부터 촉발된 자기모멸의 상징이다. 경어체의 소설문장에서도 암시되어 있는 것처럼 화자인 '나'는 정서적, 정신적으로 극심한 결핍을 앓고 있다. "나의 포도송이만한 뇌 속에는 셀 수 없는 먼지들이 가득 들어차" 있다. 세상과 유폐된 지옥 같은 집에서 사는 아버지와 딸의 이 기괴한 관계는 드물게 음산한 단편미학을 성취한다. 어두운 성적 이미지와 경어체의 문장이 이 소설을 시종일관 들린 분위기로 이끌고가는 효과를 발휘하는 것은 물론이다.

그리고 또다른 아버지, 치매를 앓고 있는 아버지가 있다.(「내 사랑 클레멘타인」) 아버지의 뇌가 점점 더 오그라들수록 가족들의 정신적 궁핍은 더욱 극심해진다. 더이상 인간의 존엄성을 갖고 있지 못한 아버지를 오 년이나 인내한 가족은 이제 인내의 힘도 잃어간다. 어색함과 곤혹스러움을 삼키고 찍은 '처음이자 마지막인' 가족사진은 이 집의 분위기와 상황을 암시한다. 또하나, 아버지의 꿈으로 정성을 들여 지은 집이 장마에 비가 새고 그래서 '내'가 어렵게 벽지를 다시 바르는 장면은 이 가족의 몰락과 그 몰락을 지연시키려는 '나'의 안간힘을 상징적으로 그린다. 아버지를 떠나보내려 역까지 함께 나온 '나'는 결국 그렇게 하지 못한다. 소설은 아주 담담하게 전통적인 기법으로 씌어지고 있지만, 그 일상적인 공간에서 번뜩이는 은유와 상징들은 가족의 몰락 앞에 선 한 영혼의 실존적 고투를 섬세하게 전해준다. 죽은 파키라 나무의 화분, 죽은 친구에게 전화를 거는 여자, 특히 폭풍우 속에서 아버지의 문패를 다는 마지막 장면은 최근의 가족을 테마로 한 소설 가운데도 드물게 깊은 울림을 자아내는 장면이다.

아버지의 치매라는 지극히 현실적이고도 한편으로는 첨예하게 상징적인 사건을 통해 가족이라는 실존적 조건에 대한 섬세한 소설적 탐구를 보여준 이 소설이 수는 삼봉은 인상적이나. 어쩌면 우리는 이 소설에서 한국적 가부장제의 몰락과 그 몰락을 안쓰럽게 바라보고 견디려는 무의식을 읽어낼 수 있고, 그런 의미에서 이 소설은 페미니즘의 논리에 미흡한 것인지도 모른다. 그리고 가족소설적인 소제에도 불구하고 소설은 결국 '나'

의 내면의 지옥에 관한 묘사에 집중된다. 그런 점들은 이 소설
의 가족소설로서의 결함을 의미할지도 모른다. 그러나 바로 그
것들이 이 소설의 문학적 개성을 이룬다. '가족'이 우리 소설의
의미 있는 테마가 된 지금, 그 가족을 질환처럼 앓고 있는 개인
의 고통을 섬세하게 묘사하는 것은 논리 이전의 문학적 성취의
문제이다. 더욱이 아버지의 몰락과 그로 인한 가족의 고통은
'아버지' 신드롬에서 발견할 수 있는 것처럼 우리 가족문화의
한 상징적 지표이다. 이 소설은 그 테마를 단순한 '아버지 이야
기'의 차원이 아닌 '소설적 수준'으로 보여준다.

7. 지독한 이미지들

그런 지독한 이미지들이 있다. 소설 속에는 크고 작은 에피소
드들이 있고 그것들은 소설을 소설로 만드는 역할을 한다. 그러
나 그 에피소드들은 소설의 육체를 갖기 위한, 다시 말하면 '시
간성'을 갖기 위한 최소한의 장치들일 뿐이며, 소설을 다 읽은
뒤 독자인 당신과 내게 남는 것은 결국 몇 가지 강력한 잔상들
이다. 결국 우리는 이야기의 독자가 아니라 이미지의 수신자였
다. 작가 조경란에게 소설쓰기란 서로 상반된 두 가지 충동 사
이의 긴장 속에서 이루어지는 것처럼 보인다. 그 두 가지 충동
이란 도식적으로 말하면 시적 충동과 서사적 충동이다. 여기서
시적 충동은 충동 그 자체라고 말할 수 있고, 서사적 충동은 일
종의 의지에 가깝다. 나는 지금 그가 '좌절한 시인'이고 그 좌
절이 소설적인 글쓰기로 그를 내몰았다고 말하려 하는 것이 아

니다. 무엇보다 그는 문학제도적인 측면에서 시인이 아닌 작가이고, 그의 작품들은 소설이라는 장르로 읽혀진다. 모든 작가들은 자신이 쓰고 있는 것이 과연 소설인가라는 질문으로부터 자유롭지 못하며, 조경란의 경우도 예외는 아닐 것이다. 더욱 문제적인 것은 조경란의 경우 시적 충동이 그의 작가적 개성의 한 중요한 국면을 이루고 있다는 데 있다. 그의 작품들 속에서 시적 영혼은 소설의 육체를 욕망한다.

그 갈등이란 형식적인 측면에서 말한다면 이미지와 상징에 집착하는 충동과 서사적 구조를 만들어내려는 의지 사이의 갈등이다. 다르게 말하면 그것은 수사학적 욕망과 현실에서 벌어지는 사건을 밝혀내려는 의지 사이의 충돌이고, 자기성찰적인 문제미학과 플롯이라는 이름으로 세계의 구조를 재현하려는 전략 사이의 긴장이다. 시적 충동이 형용사적이고 은유적인 것이라면 서사적 충동은 다분히 동사적인 것이다. 서사적 전략은 혼란스러운 세계의 흐름을 사건의 체계로 배열하려는 것이며, 은유적 욕망은 이미지의 매혹을 정지된 시간 안에 붙들어두려는 욕망이다. 이미지는 스스로를 설명하려 들지 않지만 서사는 사건들의 관계를 설명해야 한다. 그것은 자립적인 미학주의와 삶의 의미를 전하는 쓸모 있는 이야기를 지어야 한다는 당위 사이의 긴장이기도 하다. 상징에 대한 집착은 영원의 자리와 통하는 한 순간에 머물고 싶다는 욕구이며, 그래서 그것은 세속적 시간을 짜야 한다는 의지와 반목한다. 시적 충동은 설사 그것이 죽음 같은 고립으로 자신을 내모는 것이라고 하더라도 미학의 영원성을 향한 동경으로 떨고 있지만, 서사적 의지는 타자들의 공간, 그 세속적인 자리에 서야 한다는 명제를 포기하지 않는다.

가령 "나는 문득 이 침착한 저녁의 냄새를 묘사해보고 싶다
는 기묘한 충동에 부르르 온몸을 떨었다"(「환절기」)라고 소설
의 화자가 고백할 때, 그것은 시적 묘사의 욕망과 구별되지 않
는다. 이런 시적 충동이 그의 소설들의 서사성을 제약하고 있다
고 지적할 수 있을지도 모른다. 그러나 그런 지적은 일면적이다.
소설의 서사성은 그 안에서 새겨져 있는 풍부한 상징들을 제거
함으로써 획득되는 것은 아니다. 일상적이고 세속적인 공간에서
번뜩이는 그의 은유와 상징들을 보자. 그것들은 어쩌면 소설 장
르 자체의 운명인 세속성 혹은 통속성을 견디게 만드는 은유들
이다. 다르게 말하면 현실의 폭력성과 시간성을, 그 시간의 종착
지인 죽음의 그림자를 견디는 은유들이다. 그의 이미지들이 대
개 탐미적이기보다는 실존적인 이미지인 것은 그러한 이유에서
이다. 그의 소설에서 인물들은 시간의 상처를 이미지와 은유로
겪는다. 그의 소설 속의 주인공들이 연출하는 기이한 행위들은
대개 그런 끔찍한 세계를 견디는 상징제의로서의 의미를 머금고
있다. 이것은 우리 시대 새로운 소설문법의 징후와 닿아 있다.
소설은 사건과 사건의 인과적 관계보다는 이미지와 은유에 그
기술의 무게를 준다. 그 이미지의 공간에는 의미론적 논리가 아
니라 감각의 논리가 있다. 우리가 읽는 것은 다만 그 이미지의
실감일 뿐이다.

8. 그녀의 통과제의

물론 이런 특성들 때문에 당신은 조경란의 작품에 대해 그냥

넘겨버릴 수 없는 우려를 보탤지도 모른다. 이를테면 그의 시적 충동은 때때로 지나치게 장식적인 비유들을 만들어내며, 간혹 일인칭의 닫힌 자의식은 작가와 화자와 주인공의 거리 조정에 성공하지 못하고 의미가 불명료한 진술들을 흘린다. 그리고 그런 점들은 그의 소설들이 사회적 의미를 향해 몸을 열지 못하도록 한다. 그러나 앞의 우려는 주로 그의 데뷔 초기작에만 한정된 것이며, 뒤의 우려는 소설의 사회적인 의미에 대한 재래적이고 습관적인 기대일 뿐이다. 그의 섬세한 묘사에 내재된 풍부한 시적 충전은 그 자체로도 아름다운 재능이며, 개인의 실존적 동기에 대한 진지한 소설적 탐문은 소설이 우리에게 줄 수 있는 인간학적 성찰에 값한다. 그것이 조경란의 소설들을 그와 비슷한 시기에 출발한 작가들—문체주의를 혐오하는 '신세대' 작가들과 구별하게 만들며, '페미니즘' 따위의 어사에 기대지 않고도 내재분석을 견딜 수 있는 작품을 가능하게 한다. 우리는 거기서 소설장르의 전통에 관해서는 겸손하고 자기소설의 형식에 관해서는 가혹한, 그래서 아주 조심스럽게 그러나 쉼없이 새로운 언술방식과 낯선 소재를 탐색하는 한 젊은 작가를 만날 수 있다. 그래서 우리는 속악한 세상에 대한 욕지기를 삼기고 삶의 무의미성을 견디는 그의 은유들을 읽는다.

소설 속에는 다양한 여자들이 등장하지만, 어쩌면 단 한 사람의 여자만이 등장한다. 자신의 나이가 너무 무거운 한 여자의 초상. 그녀의 분신인 그녀들은 스물아홉 살이거나, 서른한 살이거나, 서른세 살이다. 한 주인공은 스물아홉을 "스물아홉이라는 너무 늦거나 혹은 너무 빠른 나이"(「푸른 나부(裸婦)」)라고 지칭한다. 스물여덟을 넘긴 다른 주인공은 "기습적으로 찾아드는 우연을 기대하기에는 나는 이미 너무 많은 나이를 갖고 있었다”(「당신의 옆구리」)라고 단정한다. 서른한 살의 안경사는 “내 나이는 그런 나이다. 나에게 삶이란 단지 오늘을 견디는 것, 바로 그것뿐이다”(「불란서 안경원」)라고 말하고, 같은 나이의 피아노 강사는 “아라비아 숫자를 헤아리듯 담담하게 자신의 나이를 헤아려본다”.(「내 사랑 클레멘타인」), 남편의 사랑을 잃은 주부는 “우리 이제 겨우 서른세 살이에요. 연민으로 함께 살기엔 너무 젊어요”(「사소한 날들의 기록」)라고 탄식한다. 자살한 문학 지망생은 “나는 이제 서른세 살이 된다. 지독한 나이다”라고 “사랑이 치욕이 되는 나이”(「중독」)를 기록한다. 그들은 자신의 나이를 언제나 ‘지독한 나이’라고 생각하며, 그 나이에 겪는 모든 일을 ‘너무 늦거나 너무 이르다’고 판단한다.

왜 그럴까? 우선 그들의 내향성 때문이다. 그녀들은 하나같이 세상과 잘 사귀지 못하고 세상으로부터 유기되어 있다. 유리문 안에 갇혀 있거나(「불란서 안경원」), 집에서 피아노 레슨을 하거나, 아버지가 돌아오지 않는 차안에서 기다림에 지쳐 오줌을 눈다.(「목이 긴 사내 이야기」) 혹은 은신처와 같은 옥탑방에서 유폐되어(「내 사랑 클레멘타인」) 산다. 그들에게 삶이란 단지 자신을 조롱하는 악마이다. “견딜 수 있을 때까지 어디 한번 견뎌보지 그래, 너 지금부터…… 삶은 혀 빼물고 내게 이렇게 조롱하는 듯했다”.(「환절기」) 그러나 스물아홉 혹은 서른한 살에 어떤 일들이 벌어졌다. 그 일을 감당하기에 그녀들은 자신이 너무 ‘지독한 나이’라고 생각하기는 하지만, 어쨌든 그 불우한 시간들을 살아낸다. 주인공들은 세상으로 받은 상처를 통해 세상을 살아가는 방법을 배우기보다는 ‘그 자신’이 되어간다. 그 상처가 치명적일수록 그녀는 그녀 자신이 된다. 그렇다면 그들이 겪은 그 시간들, 그 나이들은 다분히 통과제의적인 의미를 갖는다. 그 나이가 너무 이르거나 너무 늦은 것은 그것이 삶의 어떤 중요한 틈을 이루기 때문이다. 그들이 통과제의적 나이에 있다는 것은 낡은 허물을 벗고 존재를 전환하려는, 그래서 진정한 그 자신이 되려는 그들의 강렬한 욕망에 대응한다. 이런 측면에서 그의 소설들을 어떤 의미의 '성장소설'로, 아주 불길한 내적 '성장'을 기록한 '성장소설'로 이해할 수 있는 가능성이 열린다. 세상의 모든 나이는 그렇게 위태롭고 불길한 가능성을 살고 있다. 저 막막한 시간을 맞이하기에 우리는 너무 늙었고 동시에 너무 어리다. 당신은 지금 몇 살인가?

문학동네 소설집

불란서 안경원

ⓒ 조경란 1997

1판	1쇄	1997년 10월 20일
1판	3쇄	1997년 12월 27일
2판	1쇄	2006년 2월 24일
2판	3쇄	2011년 11월 1일

지은이 조경란
펴낸이 강병선

펴낸곳 (주)문학동네
출판등록 1993년 10월 22일 제406-2003-000045호
주소 413-756 경기도 파주시 문발동 파주출판도시 513-8
전자우편 editor@munhak.com | 대표전화 031)955-8888 | 팩스 031)955-8855
문의전화 031) 955-8890(마케팅) 031) 955-8864(편집)
문학동네카페 http://cafe.naver.com/mhdn

ISBN 89-546-0103-0 03810

＊ 이 책의 판권은 지은이와 문학동네에 있습니다.
　　이 책 내용의 전부 또는 일부를 재사용하려면 반드시 양측의 서면 동의를 받아야 합니다.
＊ 이 도서의 국립중앙도서관 출판시도서목록(CIP)은 e-CIP홈페이지(http://www.nl.go.kr/cip.php)에서
　　이용하실 수 있습니다. (CIP제어번호 : CIP2006000310)

www.munhak.com